CW01024226

VERA, MAGNIFICIA LOVE
et
PAGES DIVERSES

Valérie (Valère) Samama est née le 1er novembre 1961 à Paris, dans une famille bourgeoise d'origine tunisienne. Elle souffre très tôt de l'absence de son père et du manque d'affection de sa mère. A douze ans, l'enfant est anorexique et murée dans le silence. Elle est alors internée pendant quatre mois dans le service psychiatrique d'un hôpital parisien. Elle en ressort à quatorze ans et retrouve la vie quotidienne d'une lycéenne, éclairée par ses cours de funambule à l'Ecole du cirque d'Annie Fratellini, matériau du livre *Eléonore* (1998). Elle fait ensuite de la danse, du théâtre et joue avec Jeanne Moreau dans *Lulu* de Maeterlinck ; elle tourne également dans un téléfilm : *Pierrette* d'après Balzac.

A quinze ans, elle commence à écrire. Deux ans après son internement, elle rédige *Le Pavillon des enfants fous* (1978), récit de son expérience et révolte contre la société.

En 1979, l'adolescente devient célèbre : Bernard Pivot la reçoit sur le plateau d'« Apostrophes », tandis que *Pierrette* passe sur TF1. Après son bac, elle poursuit des études de lettres à la Sorbonne et écrit deux romans : *Malika ou un jour comme les autres* (1979) et *Obsession blanche* (1981). Elle est également l'auteur de *La Station des désespérés* et de *Laisse pleurer la pluie sur tes yeux* (1987). Elle laisse par ailleurs des milliers de pages inédites.

En 1981, elle a une crise de dépression, se drogue, mais écrit *Magnifica Love* et *Vera*.

Son calvaire prend fin le 19 décembre 1982.

VALÉRIE VALÈRE

Vera Magnificia Love

et

Pages diverses

CHRISTIAN DE BARTILLAT

AVANT-PROPOS

A sa disparition, Valérie nous a laissé un vaste et riche héritage. Elle a transmis à tous ses lecteurs une production d'une rare densité, d'une rare profusion. Auteur à succès, auteur scandaleux et provocant dont la jeunesse et le brio en ont fait un personnage médiatique, un surdoué de la littérature voire pour certains — apprentis psy qui s'égaraient de leur fonction — un cas clinique. A sa disparition, dans sa vingtième année, Valérie nous a confié son œuvre inédite demandant sa publication intégrale.

Neuf années ont passé. Sa mort a mobilisé, quelques heures, journalistes, écrivains, cinéastes, éditeurs, puis le tumulte ambiant a repris ses droits. Une publication dans l'actualité de sa mort nous aurait fait oublier ce qu'elle revendiquait au-delà de son succès, sa dimension littéraire hors champ de toute gloire. Neuf années au cours desquelles son seul éditeur, Christian de Bartillat, n'a pas oublié cet être fragile qu'il recevait régulièrement aux éditions Stock où Valérie venait se nourrir dans la bibliothèque de littérature étrangère... Il publia successivement, indépendamment des maisons auxquelles il appartenait : Le Pavillon des enfants fous, Malika, Obsession blanche, Laisse pleurer la pluie sur tes yeux.

*Neuf années nécessaires pour redécouvrir, en deçà
du personnage bouleversant de Valérie, son œuvre, son
talent. Ce que nous fîmes ensemble durant des
semaines, abasourdis, saisis devant ce déferlement de
récits, romans, nouvelles, essais et pièces de théâtre. Nous
avons choisi pour cette première publication, afin de
mettre en lumière l'unité des textes de Valérie dans leur
diversité, trois ouvrages :* Vera, Magnificia Love *et une
sélection de morceaux choisis.*

*Présenter Valérie en quelques mots est bien difficile.
D'autant plus difficile pour moi. Valérie est ma sœur,
douce et parfois sereine, elle reste en suspens, idéale,
parfaite ; ses difficultés sont encore les nôtres ; celles
de tout homme, de toute femme, mais Valérie est
morte sans que nous puissions dire qu'elle ait choisi
quoi que ce soit, sa mort me hante encore. Il faut la
lire et la relire attentivement. A chacune de ces relec-
tures, je la découvre, fragile et vive. C'est cette viva-
cité, cette ténacité qui lui a permis de maîtriser très
vite la technique de l'écriture, voie d'expansion et de
renaissance après tant d'années de silence. Dès la
publication du* Pavillon des enfants fous, *et bien
avant son succès, elle n'a jamais cessé d'écrire. L'écriture ne l'a pas protégée de la souffrance et le succès
l'a isolée, séparée de ceux à qui elle s'adressait et qui
la sentaient si proche. L'écriture ne soigne pas. La
gloire, la célébrité, l'argent étaient des gratifications
irrecevables, tout cela ne la concernait pas, n'était
destiné qu'à sa représentation. Le mythe et l'image
nés de ces prestations télévisuelles, théâtrales et ciné-
matographiques l'ont figée, et très vite elle s'y refu-
sera. L'admiration et l'amour qu'elle recevait, au travers d'un courrier abondant, par exemple, lui étaient
étrangers comme destinés à une autre. Un pseudo-
nyme la protégeait, l'effaçait en lui permettant de se
dire avec impudeur.*

Si Le Pavillon des enfants fous *n'est pas son premier livre, c'est avec lui qu'elle découvre la force et la
magie de l'écriture. Faire du drame de cette hospitali-
sation psychiatrique, de ces conditions de misère*

8

matérielle et affective, le lieu d'une réflexion sur une société et ses institutions, *sur l'amour, sur l'être et le paraître. C'est cela son travail d'écrivain, ce travail qui l'a fait naître, s'échapper de cet enfer, de cet enfermement et dépasser la dimension narcissique de ses difficultés. Peu importe qu'elle soit anorexique, toxicomane ou non elle devient révoltée, nous transmettant, en les justifiant, sa révolte, sa colère et désignant les limites de notre système, les limites de notre illusoire liberté. Cette mise au placard, dans ce réduit hospitalier sordide qu'a été cette « thérapeutique » est devenue une crise structurante grâce à l'écriture, unique entrée dans le monde des possibles. Par la suite l'écrit est venu de lui-même, dans des styles et formes différents mais de lui-même comme au travers d'elle.*

Malika, *son deuxième roman publié, semblait rassurer après tant de colère : une enfant nous parlait d'enfants mais, à bien la relire, d'une enfance feinte...*

L'œuvre clé de Valérie, plus intime peut-être que beaucoup d'autres, c'est Obsession blanche. *Obsession d'un écrivain, de la folie, obsession du vide, du « plus rien à dire » mais aussi du silence de la rupture. Dernier livre publié de son vivant, c'est un nouveau drame. Des critiques sceptiques, des professionnels de l'édition réticents, un public désarçonné, Valérie ne veut plus jouer de son enfance et Valère est boudée, ignorée. Un moins grand nombre d'exemplaires seront lus et le mythe de l'écrivain maudit va prendre racine en elle. Elle va s'y accrocher, s'en nourrir. Elle écrira sans se soucier d'être lue comme au premier jour, pour se soulager, pour survivre. Elle écrira ce qu'il y a de plus intime, de plus secret et douloureux, sans honte ni retenue, avec son style à elle. La vie souvent demande de l'effort. Ce que nous publions aujourd'hui et bien après sa mort est ce qui lui fut, je crois, le plus cher. Errance, indifférence, rencontres furtives, silences et répétitions, stéréotypies de langage culbuté.*

Les mêmes thèmes se répètent, éternellement renou-velés : fascination narcissique de sa naissance et de sa mort, éternel retour. Que faudrait-il dire devant cette souffrance, devant ce talent pour nous la faire vivre, devant ce qu'elle nous lance à la figure sans accepter aucune de nos réponses dérisoires ? Il faut nous taire, nous taire et la lire en nous mordant les doigts de ne pas l'avoir fait au moment voulu.

Eric SAMAMA,
frère de Valérie.

VERA

J'ai une peur maladive de la vie. Cet après-midi encore, je me suis angoissée pendant tout le cours de civilisation sur mes chances de réussir l'examen, et mes multiples probabilités de le rater. Je ne sortais pas de ce tunnel. Je ne pouvais absolument pas écouter ce que disait le prof. La seule question capitale, essentielle était de savoir si je le passerais finalement. J'en ai conclu que non. Je n'arrive pas à retenir les dates, je mets huit jours pour apprendre un chapitre d'histoire. Quant aux élections, au gouvernement, aux problèmes de civilisation... zéro. Je n'y comprends rien. Je n'ai jamais l'esprit à ça. J'ai mes chances en version, en thème, en grammaire et en phonétique. Pour le reste, je ne vaux rien, ce qui s'appelle rien. Je ne serai jamais qu'une ratée. Je finirai dans un bureau, huit heures une heure, deux heures six heures, ou derrière un comptoir de Prisunic. J'insulterai les clients ou le patron, je serai renvoyée et je ne trouverai plus jamais de place nulle part. Chômage. Mes nerfs craqueront, congé maladie. Et je traînerai ma chienne de vie d'année en année, aussi inutile qu'impuissante, lamentablement impuissante...

Que faire ? Cette question m'obsède depuis des mois. Chercher un travail tout de suite par peur d'échouer ? Mais après tout, sait-on jamais... Non, je sais, la réponse est toute trouvée. Je ne réussirai pas. Et puis, je me donne encore six mois de sursis. Au plus un an. D'ailleurs, dans un an, si je rate mes examens, je n'arriverai plus à extirper de mes parents les mille francs par mois qu'ils me donnent. « A 20 ans, je travaillais déjà, moi ! Je gagnais déjà ma vie, moi ! » Donc, dans un an, je suis foutue. Métro, boulot, dodo. Et puis ? Sans doute le suicide au bout de quelque temps.

Au lieu de m'angoisser, de m'obséder, d'évaluer d'innombrables probabilités, je ferais mieux de travailler. Seulement, je ne peux pas. Vraiment, je n'ai pas le cœur à ça. Tout ce que je vois, c'est une fille paumée qui va se traîner de boulot en boulot pour finir par se jeter du haut d'une tour. Avaler des cachets, ce n'est jamais sûr. Et puis un revolver, c'est trop difficile à se procurer. Bien sûr, je pourrais penser au mariage et à une vie de famille, mais l'idée même de faire tous les soirs la cuisine pour le même homme, de vivre à ses crochets me révulse. Ni alternative ni solution. Je ne suis rien. Rien.

Je n'en peux plus. Je reste assise sur ce coin de lit, dans cette minuscule studette, parmi tous ces livres inutiles que je ne parviens pas à lire. Je n'en peux plus de mes peurs, de mes doutes, de mes visions dérisoires et de mon avenir à vau-l'eau. Je n'en peux plus. J'ai peut-être envie de hurler, mais le cri ne sort pas. J'ai peut-être envie de rire, mais je n'ai pas de talent de comédienne. J'ai peut-être envie de mourir, mais le rire ne rime plus avec vie.

5 heures. Les gens travaillent encore à 5 heures. Moi je ne fais rien. Je regarde le mur blanc, aussi dépouillé que mon silence et mon attente. Certes, je pourrais descendre au café téléphoner à Isabelle, mais elle me répondra sûrement qu'elle est « en plein boulot », qu'elle prépare « un exposé super ». Tout cela me déprimera et me déprimera encore. Ou alors elle me dira : « Je suis avec un mec génial, j'ai pas le temps. » Si c'était une amie, et non une simple copine, je répliquerais : « J'ai besoin de parler à quelqu'un, viens chez moi, on va s'allonger sur le lit et se raconter des histoires. On va rire des mecs et se parler comme des petites filles. On va se faire du

thé et aller s'acheter des gâteaux, et puis on s'endormira dans les bras l'une de l'autre, enlacées. » Mais Isabelle n'est pas une amie, il n'y a que de l'ombre dans ma chambre et dans ma vie.

Pourquoi ne pas l'appeler, après tout ? Je ne risque pas d'être plus déprimée que je le suis déjà. Mais pourquoi ne pas plutôt débarquer impromptu chez Hervé, qui m'a plaquée sans raison, par caprice ? Il me recevra certainement avec son air de ne rien savoir. La seule chose qui l'intéresse, c'est de coucher avec moi. Moi, j'ai juste besoin de parler avec lui. Lui, ou quelqu'un d'autre. La vérité est que je n'ai pas de caractère. Je me sens prête à tout pour échapper à la solitude qui m'envahit ce soir. Prête à tout. Mais, comme d'habitude, je ne fais rien.

Et si je me préparais du thé ? Je n'en ai pas particulièrement envie, mais qu'importe ! Cela me fera passer un quart d'heure. Cette ridicule cuisine d'un mètre sur un ! C'est tout juste si je peux m'y retourner. Je n'ai plus que quelques sachets de thé. Il ne me reste plus de sucre. Je m'en passerai. Je n'ai pas envie de descendre et de remonter les six étages. Et puis, si j'entre dans un supermarché, je vais être tentée d'acheter quelque chose à manger pour ce soir. Au point où en sont mes finances, ce serait désastreux. Je n'ai rien pu avaler au restau U ce midi. Une platée de hachis Parmentier m'a donné la nausée rien qu'à la regarder. J'étais en face d'un garçon vraiment trop beau. Ça me déprime, ces choses-là. C'est vrai, j'ai eu beau essayer d'imaginer sa vie, de deviner ses goûts, de l'appeler par transmission de pensée, de le dévisager intensément... aucun résultat. Il ne m'a pas remarquée. Il est resté insaisissable. Déprimant.

C'est vrai que la faim commence à me tenailler. Mais je saurai bien la faire taire. Après 8 heures, tous les magasins sont fermés. Je ne risque plus rien. Alors, elle bout, cette eau ? Je pense à Hervé. Pourquoi m'a-t-il plaquée ?

Bien sûr, sa famille. Sa maudite famille. Sa mère me trouvait trop gamine, son père pas assez cultivée.

Bouche bée, il les écoute et les approuve. « Oui, en fait, qu'est-ce qu'elle pourra t'apporter, cette fille ? » « Tu comprends, tu ne pourras rien m'apporter », répète-t-il sérieusement, sagement après le conseil de famille dominical. Et puis, on veut garder son petit dernier chez soi. On n'aime pas les voleuses, chez les bourgeois. Chez les autres non plus, d'ailleurs, mais enfin... « Tu comprends, la famille, c'est très sécurisant. Tout le monde se soutient. » Le père a acheté les quatre maisons du village pour que les quatre frères et sœurs se mangent le nez pendant les vacances. Le soutien, l'aide mutuelle, les liens du sang, et puis quoi d'autre encore ? Une œuvre de destruction, oui. Un psychologue à 28 ans encore dans sa famille. On se demande ce qu'il a appris. Mais qu'est-ce qui m'oblige, moi, à penser à lui ?

C'est peut-être l'ennui, le désœuvrement. Ou pour d'autres raisons qui m'échappent. Je ne sais pas. Le thé est prêt. Je retourne vers mon coin de lit, avec ma tasse de thé sans sucre. Je ne suis bonne à rien. Lorsque j'avais 15 ans, tout me passionnait. Je me plongeais dans le travail des heures entières sans m'apercevoir du temps qui filait. Comme j'aimerais retrouver cette faculté ! J'ai tout perdu. Ou tout gâché. Plus rien ne m'intéresse. M'émerveiller. Je ne sais plus que me complaire dans la certitude de mes défaites. De ma terrible défaite. Alors je reste là, sur mon coin de lit, à boire du thé non sucré et à rêver d'impossible, à cauchemarder sur la vie.

J'ai une dissertation sur *Volpone* à rendre demain. Je ne l'ai pas faite. Je n'ai rien trouvé à dire sur ce texte. Les autres filles m'ont expliqué qu'elles avaient trop de choses à dire. Que c'était justement là que résidait la difficulté de la dissertation. Qu'ont-elles bien pu inventer ! ou copier. Tout cela est si absurde. Je ne comprends pas. Je me suis trompée de voie. Je me suis trompée de vie. Je ne peux pas reculer, tout est foutu. Je suis foutue.

L'éternel recommencement de la lassitude. Je n'en peux plus. Je voudrais me coucher et dormir. Sombrer dans un sommeil profond, ne plus penser, ne plus prévoir. Oublier. Tout oublier. Et puis renaître.

Mais non, je ne dors pas. Je n'ai pas même sommeil. Je me sens plutôt le cœur à courir, à danser, à marcher jusqu'à l'épuisement. Pour oublier. Encore. Parce que j'ai peur. Peur de moi. De ce que je suis en train de faire de ma vie. Elle qui m'échappe. Comme si je n'étais pas maîtresse, mais simplement esclave. C'est trop facile de penser. Je ne dois pas être le jouet de la fatalité. Je ne suis pas tout à fait impuissante, je pourrais... je pourrais... Mais comment faire ? Que faire ? Cette question ne cesse de revenir sur le mur blanc de mon échec.

La tasse de thé est vide. Ma tête trop pleine d'inutiles pensées. Je vais sortir. Il faut que je sorte. Quitte à envier le sort de chaque passant, quitte à vouloir me perdre dans la vie d'un autre ; ou d'une autre ; et à chercher désespérément le fil qui a tissé l'écheveau de leur vie. Moi, j'ai l'impression de ne pas en avoir, de vie. J'ai l'impression de mourir un peu plus chaque jour dans ce silence anonyme. Cette anonyme absence.

Je me lève. J'enfile ma veste, vérifie la tristesse tranquille de mon visage dans le minuscule miroir pendu au-dessus du lavabo. Ferme soigneusement la porte derrière moi comme s'il y avait autre chose à dérober dans cette triste chambre que la détresse de ma non-vie.

Rue de Rennes, bordée par les halos des réverbères et les enseignes lumineuses, et soudainement traversée par des phares de voitures. Je marche lentement, les mains serrées le long de mes côtes. Il ne fait pas froid, pourtant, mais j'ai froid de l'intérieur. Je voudrais qu'il y ait quelqu'un auprès de moi pour me réchauffer. Me réconforter. Me raconter des histoires qui m'entraîneraient loin de moi. Loin de tout. Mais je suis seule. Il n'y a personne. Et je marche. Machinalement. Mécaniquement. Vers ces lumières d'espoir scintillant en haut de la rue. Vers ces passants différents qui savent peut-être la joie, et la tendresse, et l'amour. Vers cette vie que je ne peux pas saisir mais que pourtant je croise à chaque carrefour, à chaque coin de rue.

Demain, mon premier cours est à 8 heures. Une issue de secours dans le terne brouillard de la semaine. Version et thème. Enfin un cours réconfortant. Mais le soir... et les soirs à venir...

Les cafés sont remplis de gens, d'étrangers. Que font-ils dans la vie ? Combien gagnent-ils ? Pourquoi sont-ils à l'abri ? Pourquoi ne le suis-je pas ? Je voudrais être eux. Tous et tout le monde, mais pas cette fille qui marche sans but rue de Rennes, parce qu'elle a peur de sa sempiternelle solitude.

Je passe devant des cinémas, des crêperies, des restaurants. Des lieux de vie. Je voudrais me blottir dans leur chaleur, et ne plus exister. A chaque pas, mon sac heurte ma hanche, et à chaque pas j'ai envie de rire de moi. Moi, Vera, personne. Je ne suis personne.

J'arrive à Montparnasse où m'agressent les débordements de lumière et de bruit. Je regarde mes chaussures, et je resserre l'étreinte de mes bras autour de mes côtes. Que suis-je venue faire ici ? Je l'ignore. Je m'en moque. Je ne veux plus penser, je ne veux plus savoir, je ne veux plus être là. Il y a bien des images qui courent dans ma tête, inlassables et obsédantes, qui jaillissent en moi. Mes 20 ans. Mes rêves d'enfance abandonnée. Mon père, ma mère, qui sont-ils ? Ma mère au bout de la table, picorant chichement dans son assiette en m'observant du coin de l'œil. Mon père en face d'elle, apathique et indifférent. « Tu as voulu vivre seule, tu en mesures les conséquences », lâche-t-elle de sa voix des mauvais jours. « D'ailleurs, pourquoi vivre seule ? », insinue-t-elle. Coincée entre eux, je ne dis rien. J'attends. J'avais si faim que je n'ai plus faim. Le dégoût. Je suis venue mendier mes mille francs. Elle me dégoûte. Je me dégoûte. J'attends, les mains plaquées sur la table et la nausée au bord des lèvres. « Et tes études, ça marche ? » Un « oui » machinal, coupable. « Tu auras bientôt 21 ans, on ne peut plus se permettre d'erreurs à cet âge-là. » Elle a raison. Sa logique me fait peur. Une bouchée de riz tombe dans mon estomac. Je repose ma fourchette. J'attends la suite. La suite de leur comédie.

Dans deux semaines, il faudra que je joue de nouveau cet acte manqué. Dans deux semaines, il faudra que je recommence l'exposé de mes notes, de mes supposées soirées de travail, de mes soi-disant heures de bibliothèque, des préparations que je ne fais pas, des devoirs que je ne rends pas. Comme une petite fille. Pour justifier ces mille francs chichement octroyés. Et je me prête à ce jeu. Moi, sans caractère, sans passion, sans vie.

U.G.C. Montparnasse. Sept films à l'affiche. J'aimerais être critique de cinéma. Pour entrer et me perdre sans arrière-pensée dans l'histoire des autres. Pour croire à mes existences, à mes idées, à mes passions, à mes amours. Pour croire que je suis quelqu'un qui sait voir, comprendre, juger. Pour me croire forte. Je voudrais être tout le monde, mais pas moi. L'actrice principale, la script, la maquilleuse ou l'habilleuse. Je me hais.

Sept films et quatorze heures d'oubli. Je passe mon chemin, amère. Une librairie. Un restaurant. Et un café. Eternel recommencement. Un miroir. Je surprends mon visage perdu, mes yeux égarés et cette silhouette enfantine. J'aimerais revenir en arrière et avoir 15 ans, 15 ans seulement. Tout recommencer. Pouvoir tout recommencer.

Et si j'entrais dans un café ? Je n'ai que cinquante francs pour finir la semaine. Quelle importance ? J'ai envie d'un chocolat chaud, d'une rêverie sans attache, d'une illusion de vie. Je traverse le boulevard, j'ai choisi le *Select*. Je m'installe à la terrasse couverte, entre un couple et un vieux célibataire esseulé qui lit *Le Monde*. J'oublie les études, la pauvre fille paumée, les déceptions familiales, sentimentales et autres. Je rêve que je suis autre. Les gens passent sur le boulevard, inlassablement, silhouettes floues dont je ne distingue pas les visages. Des bribes de conversations me parviennent. Je ne les écoute pas. Je ne les comprends pas. Je suis ailleurs. Perdue.

Jean-Jacques, lui aussi, m'a plaquée. Pour une autre fille. Plus femme et moins enfant. Plus sûre et moins fragile. Il ne m'a donné aucune explication. Un jour, il m'a seulement dit au téléphone qu'il ne voulait plus me voir. Trois semaines plus tard, je l'ai rencontré dans un café avec sa nouvelle dulcinée. Il a fait semblant de ne pas me reconnaître. Elle m'a fusillée du regard. Je l'ai haïe. Puis méprisée. Parce que je l'enviais.

Personne ne peut m'aimer. Je n'en vaux pas la peine. Aimer. Est-ce que je sais seulement ce que cela veut dire ? Il suffit de se poser la question pour être sûre que l'on ne sait pas. Je ne sais pas. Je ne sais rien.

Un chocolat chaud. Deux sucres et pourtant l'amertume au creux du ventre. Un play-boy accompagné vraisemblablement d'un mannequin entre. Trop beaux, trop parfaits, trop sûrs d'eux. Je me recroqueville dans mon malaise. Je les observe du coin de l'œil. Je voudrais rester indifférente. Mais il faudrait que je m'aime beaucoup pour cesser d'avoir besoin d'admirer les autres, de toujours les contempler comme s'ils étaient l'image de ce que je ne peux pas être. Je bois mon chocolat chaud à la petite cuillère. Pour faire durer le plaisir. Et faire passer le temps. Il est 8 heures. Amertume.

J'aurais dû rester dans ma chambre à travailler. Mais le souvenir même de ces quatre murs blancs, de cette minuscule table où l'on peut à peine ouvrir un dictionnaire, me jette dans des gouffres d'angoisse. Et mes difficultés. Il faut que je recommence quatre fois le même travail avant de le mener à bien. Il faut que je relise dix fois un chapitre avant d'en retenir le moindre mot. Je ne réussirai jamais. Même en travaillant. Même en m'abrutissant de travail.

Le play-boy et le mannequin s'embrassent. S'enlacent. Un pincement au cœur me tenaille. Je pose mon regard sur le célibataire esseulé qui, inlassablement, tourne les pages du *Monde* du même geste régulier. Un verre de vin devant lui. Ses mains parcheminées. Son visage ridé, flétri. Et sa vie derrière lui.

Quelquefois, peut-être trop souvent, je rêve que je suis devenue une vieille femme : je n'ai plus rien à regretter et plus personne à maudire, mon corps n'est plus à vendre et je n'ai plus de nausée à cacher. J'attends simplement la mort, et je l'attends, je l'attends chaque jour... Je hais le contact des hommes, je hais leur corps cherchant le mien, et à chaque fois je voudrais crier de dégoût, je voudrais les gifler, et à chaque fois les insulter et les violer... Mais je me tais, fille sans courage et sans force. Je me recroqueville dans un coin du lit et pleure des larmes silencieuses tandis qu' « il » s'endort, indifférent, repu de sa dérisoire satiété. Et je me hais, je me hais. Pire, je me méprise jusqu'au fond de l'âme.

Je voudrais tant dormir une fois auprès d'un garçon qui serait sans désir et sans passion, et me comblerait de ses seules caresses, affectueuses et tendres. Mais ils ne savent pas la tendresse. Ils ne connaissent que le sexe. Et je ne dis rien. Et je me plie. Je me hais, je me méprise.

Pleurer d'abandon et pleurer de détresse. Personne ne peut m'aimer. Aimer. Savent-ils seulement ce que cela veut dire ? Je suis décidément trop naïve. Il faudrait juste user du cynisme.

Je bois mon chocolat chaud entre un célibataire esseulé et un couple d'amoureux. Je regarde les gens passer sur le boulevard et je rêve d'une autre vie, d'une autre fille. Tout cela pour me mépriser un peu plus et me maudire un peu plus. A croire que je n'en finirai jamais de me renier.

Mais quand vais-je enfin cesser de me plaindre et regagner mon courage qui part à la dérive ? Quand vais-je enfin réagir ? Personne ne le fera pour moi. Je suis seule. Seule dans un café, seule dans une chambre, seule dans un amphithéâtre, seule, toujours seule. Seule à côté d'un homme qui dort, seule dans les bras de l'abandon, seule dans l'abandon à la tristesse. Seule au détour des aventures qui s'offrent puis se dérobent. Seule à la croisée des amours qui m'illusionnent puis s'effilochent.

Les autres filles ont des « liaisons », des « petits amis » et parfois même des « fiancés ». Elles ne sont ni plus belles, ni plus sensuelles, ni plus mûres, ni plus... Mais peut-être ont-elles ce goût de la vie qui m'échappe encore et toujours. Je suis parmi elles mais toujours étrangère. Je suis entre elles ; je suis une énigme que l'on préfère ignorer. Et une réponse que l'on raye.

Le play-boy et le mannequin s'en vont enlacés. Sans doute vers d'autres amours. D'autres tendresses et d'autres joies. Je les regarde disparaître sur le boulevard, amère et peut-être jalouse. Un dégoût au fond de la gorge. Une nausée au creux du cœur. Je n'ai plus qu'à repartir vers mes livres que je ne lis pas, mes tristesses qui se sourient et mes détresses qui s'inventent un peu plus chaque jour.

Je n'ai pas la patience d'attendre que le garçon passe pour encaisser ma note. Soudain, je suis pressée. Je vais payer au comptoir. Je sors du café, dans la nuit, la nuit d'ombres et de reflets, d'illusions et de mensonges.

Où vais-je aller ? Nulle part sans doute. Je n'ai pas envie de rentrer. Je marche vers Vavin, à la recherche d'un événement impromptu, d'une rencontre de hasard ou d'un espoir naissant. Je passe devant un magasin de disques, je passe vite, très vite, pour m'empêcher de rêver. Vivre au sein même de la musique, vivre avec elle alors que je n'ai qu'un ridicule poste de radio qui s'en donne à cœur joie à force d'émettre des grésillements et des parasites plus que les ondes d'un autre monde. La distance jusqu'à Vavin, dernier point chaud de Montparnasse, s'amenuise, s'amenuise toujours, et ce point de chute bientôt atteint me laisse au bord de l'incertitude, du désarroi... Que vais-je faire ensuite ? Retourner sur mes pas et retrouver ces livres non lus qui lorgnent vers moi et m'accusent et me jugent puis me délaissent... Où pourrais-je aller, je n'ai pas de refuge et personne pour me prendre dans ses bras et me faire oublier cette nuit trop cruelle. Je n'ai pas de refuge et aucun ami pour m'offrir des bribes de tendresse, juste un instant de tendresse...

Un ami. Je voudrais n'avoir que des amis, aucun amant, mais des amis qui m'embrasseraient, me caresseraient et s'endormiraient dans mes bras. Mais jamais, au grand jamais, aucun amant qui de son corps viole le mien puis le délaisse, dans la nuit, au coin du lit, mon corps et ses larmes silencieuses et ses tendresses insatisfaites. Ce sexe gluant entre mes jambes, ce corps qui transpire, qui s'acharne, et cette douleur au creux des reins, cette odeur fade, cette sensation d'impuissance. Je voudrais tout donner pour ne les avoir jamais vécus, je voudrais tout donner pour ne m'être jamais pliée mais m'être rebellée et avoir insulté, giflé et blessé. Ce serait si tendre, si complice, un ami.

Vavin. Je m'arrête devant le métro, incertaine, désemparée. Pourquoi ne pas entrer dans un cinéma et me perdre deux heures, peut-être même quatre. Oui, bien sûr, l'argent. Il faut payer pour l'illusion et le rêve dans ce monde, il faut même payer pour le désespoir et le suicide. Tout s'achète et tout se vend, dans cette gigantesque foire aux enchères, cette loterie du hasard truquée au hasard des richesses. Je me détourne tristement des quatre cinémas *Vavin* et reviens sur mes pas.

« Mademoiselle ? Je peux vous accompagner ? Je peux vous offrir un verre ? »

Je me retourne sur un homme de 50 ans environ, moustache et lunettes, air vicieux, air malsain. Je passe. Sans répondre. Je me sens soudain pressée, très pressée d'aller me blottir dans ma chambre, à l'abri, seule, sans le danger permanent que représentent les hommes. Je ne veux pas vivre pour eux, je veux vivre pour moi, ou tout simplement pour quelqu'un qui m'aime et que j'aime.

Aimer.

Cafés, restaurants, cinémas, librairies défilent

devant mon regard trop las pour seulement les reconnaître, et je marche en imaginant que je suis autre, une autre fille réussissant ses examens, ayant son D.E.U.G., sa licence, sa maîtrise. Elle pourrait devenir traductrice et s'achèterait un immense appartement. Elle pourrait dépenser sans compter centime par centime et sortir tous les soirs, et séduire tous les soirs. Moi, je ne sais pas séduire. Lorsque j'essaie, je me sens ridicule. Les autres filles prennent une voix mielleuse et des moues enfantines, rient pour la moindre chose sans hésiter à prendre dans leur main la main de l'amant qu'elles auront élu, tout cela comme une invite. Cette invite pour laisser à l'autre le soin de se déclarer sans ambages. Moi, je ne sais pas. J'attends sur les bancs, dans les cafés, les salles de bibliothèque, aux tables du restau U, qu'un garçon m'aborde. J'ai trop peur d'être rejetée. Ridiculisée. Bafouée. Et lorsqu'un garçon m'aborde enfin, je l'accepte tout de go. Qu'il soit laid, bête ou désagréable, peu m'importe ! Il m'a remarquée. Il m'a trouvée jolie. Digne de lui. Alors je me conforte de l'illusion de me laisser aimer. Je ne l'aime peut-être pas, mais ça viendra, me dis-je. Et la plupart du temps, une fois qu'ils ont couché, adieu.

Eternelle loi. Et à chaque fois, je me laisse prendre. Je me berce d'illusions. Pour retomber sur mes pieds, et dans ma minuscule chambre de bonne, abandonnée et trahie.

La *Brasserie alsacienne*. Des tas de gens y dînent. Des tas de couples s'y aiment. Des fiancés qui viennent de se rencontrer et se déclarent un amour passionné. Ils écoutent du jazz. Ils se sentent bien et se régalent de choucroute. Sans penser au lendemain et à l'avenir. Ils commentent les dernières actualités, parlent des films qu'ils ont vus, des livres qu'ils ont lus. Ils se trouvent des goûts communs. S'enthousiasment. S'échangent leurs assiettes, pour rire, et puis séduire. Ils se sourient. Se prennent la main. S'ils sont côte à côte, ils vont même jusqu'à s'étreindre. Ils parlent de tout, ils parlent de rien, et ils s'apprennent.

Je traverse le boulevard. Et en face, je tombe pieds joints devant la vitrine de *Bébert*. Des plats fumants où scintillent des fléchettes d'argent, du couscous assorti de viandes et légumes variés réveillent ma faim assoupie. Je m'attarde à les déguster des yeux. Les clients, eux, ne se pressent pas pour se servir, politesse ou mondanité oblige. Ils ont des visages détendus et des regards qui se croisent, ils ont des paroles sur les lèvres et des sourires dans les yeux, ils ont... Et dans un coin, plusieurs étagères de pâtisseries tunisiennes et de fruits exotiques. Je me détourne vite, un peu honteuse, et si morose. Je m'engage dans la rue de Rennes, presque déserte, où seules passent et repassent les voitures de ces étrangers peut-être croisés. J'ai l'impression d'entendre mes pas résonner au rythme des battements de mon cœur. Et pourtant, je ne sens pas mon corps. Je ne sens qu'un nœud d'angoisse, là, juste là, au creux de l'estomac.

En filigrane s'inscrit le souvenir d'Hervé. Je l'aimais bien. Je croyais qu'il était sincère, qu'il était franc. Qu'il ne me cacherait pas, si c'était le cas, que je ne représentais pour lui qu'une aventure de passage, éphémère. Je pensais qu'il ne savait pas mentir. Je le voulais idéal. Idéal jusqu'à m'en aveugler les sens. Je me suis leurrée, comme toujours. Pour ne pas voir le dérisoire de cette courte liaison si fantomatique qu'on se demande même si on peut l'appeler liaison. Pour ne pas savoir, ne pas penser, ne plus me haïr.

Il fait froid. Je me recroqueville dans ma veste et presse le pas. D'ailleurs, il n'y a rien à voir dans cette rue, les lumières des boutiques sont éteintes et les passants se font rares. Je pourrais peut-être descendre jusqu'au drugstore m'acheter quelque chose à manger. Mais ça va me coûter trois fois plus cher qu'ailleurs. Et maintenant, je n'ai plus que quarante francs pour finir la semaine, après ce chocolat chaud au *Select*. Bon, je ne dînerai pas. Je vais rentrer et me coucher, m'enfouir sous mes couvertures et inventer des rêves, inventer des rêves pour oublier ma vie ratée. J'enlacerai mes genoux de mes mains, et ainsi recroquevillée, à l'abri, je saurai peut-être m'abstraire de mon angoisse et de mes doutes. J'attendrai sans bouger que le sommeil me dévore toute entière et m'entraîne vers des pays inconnus, des pays inconnus et vierges, des pays merveilleux. J'attendrai Noël comme une enfant, sans joie mais sans tristesse non plus.

Mon pas se fait de plus en plus saccadé. Comme malgré moi. Je n'ai rien à faire dans cette minuscule chambre. Ni d'ailleurs rien à faire dans la vie, mais qu'importe. J'ai envie-besoin de me cacher. Comme si je me faisais trop horreur, comme si j'avais trop honte de moi. Personne ne peut m'aimer, moi qui ne sais pas travailler, presque parasite, moi qui peut-être me donne l'illusion d'aimer pour ne pas trop me mépriser lorsque le corps des hommes s'abat sur le mien. Je n'ai que dégoût pour leur sexe, mais fais silence lorsqu'ils le retournent contre moi comme une arme. Vera, sans caractère, sans personnalité et sans avenir, moi, paumée, ratée.

J'arrive enfin devant l'immeuble. Bon chic, bon genre, immeuble bourgeois où l'on croise des femmes élégantes et des messieurs à l'air pincé. A cette heure-là, je ne risque rien, ils regardent la télévision et ses émissions éminemment culturelles. Les hommes sont plongés dans leur journal et les femmes dans leur broderie. L'ascenseur ne vient pas. Ça m'étonne pourtant qu'il soit bloqué. Quelqu'un doit bavarder en tenant la porte. J'attends. En tapant du pied. Exactement comme une enfant capricieuse. Enfin j'entends l'appareil se mettre en marche. Mon pied cesse ses caprices. L'ascenseur arrive et s'ouvre sur...

« Hervé ! »

L'émotion m'empêche de réciter toutes les questions qui se pressent dans ma tête. Ses bras m'enlacent et je blottis ma tête contre son épaule. C'est doux, et si tendre, si complice, ce contact, cette étreinte. Mais déjà ses lèvres cherchent les miennes. Je suis flattée qu'il s'occupe de moi, même si ce n'est

26

pas vraiment comme je le voudrais. Il est là, il me serre dans ses bras, il est revenu à moi !

« Je croyais que tu ne voulais plus me voir, lui confié-je.

— Tu m'as manqué.

— C'est vrai ? Je t'ai manqué ? Tu voulais me voir, tu...

— Je n'ai pas eu le temps de venir avant, j'étais tellement pris...

— Mais viens, ne restons pas comme ça sur le palier, viens. »

Je passe mon bras sous le sien, l'entraîne dans l'ascenseur. Je le trouve encore plus beau, avec la distance du temps, toutes ces semaines où j'ai cru que jamais plus il ne m'appartiendrait un peu, juste un peu. De nouveau il m'embrasse. Puis me caresse le dos. Je m'écarte.

« Tu es venu pour coucher, c'est ça ? Tu t'en fous de moi, tout ce que tu veux, c'est coucher avec quelqu'un, et comme cette imbécile de Vera est disponible, profitons-en, hein ?

— Vera, je t'assure... »

Et cette fois, il me serre contre lui, fort, très fort, presque à m'étouffer. Nous restons un long moment ainsi sans parler, sans bouger. Je me suis trompée, il est si tendre soudain. J'ai été injuste, idiote. Je voudrais...

« Excuse-moi, je...

— Ce n'est rien, calme-toi, Vera... »

Nous sortons de l'ascenseur, toujours enlacés. Je cherche ma clé dans la poche de mon jean et la lui tends, comme un preuve de confiance. Il ouvre la porte et cette chambre soudain me fait honte. Misérable, mal rangée, elle évoque le refuge d'une pauvre fille, vendeuse, magasinière ou autre, qui ne sait que faire de sa vie et chaque jour la gâche un peu plus, elle évoque cette apathie révoltante des malchanceux et des laissés-pour-compte.

Mais une ombre passe sur le visage d'Hervé. Il va

directement s'asseoir sur le lit. Je le rejoins, me blottis contre lui.

« Je croyais que tu m'avais oubliée, répétai-je.

— Non, tu vois...

— Alors, comme ça, Monsieur s'oppose à l'opinion de ses parents, souligné-je ironiquement.

— De temps en temps, ça ne fait pas de mal. »

Un silence soudain s'établit entre nous, et je cherche ses mains, je cherche sa tendresse tapie au fond de ses yeux comme un animal trop sauvage, j'ai peur qu'il me rejette, j'ai peur qu'il parte, et me laisse seule, entre ces quatre murs blancs, dans ce silence, et cette absence...

« Tu veux une tasse de thé ? Seulement, je n'ai pas de sucre.

— Non, merci. Vera... ?

— Oui ?

— J'avais tellement envie de toi... »

Il n'est venu que pour « ça » ! Je suis la petite amie de service que l'on vient voir les soirs où l'on s'emmerde trop. Je suis la Vera compatissante, obéissante, je ne suis rien, rien et personne !

Je m'éloigne de lui, vais m'asseoir sur la chaise, au bureau. Des feuilles de notes traînent, éparses, entre un dictionnaire et un traité de grammaire. Rageusement, je les referme.

« Je suis seulement une fille qui couche pour toi, hein ? Je suis trop con pour qu'on me parle, trop insignifiante pour que l'on ait des sentiments pour moi, je ne suis bonne qu'à satisfaire ton sale plaisir de mec ! »

Il me regarde avec des yeux ahuris, bien sûr, il n'a pas l'habitude de ces éclats ; d'habitude, j'obéis et me tais, mais aujourd'hui, c'est plus fort que moi, je ne peux plus le supporter, je ne peux plus le supporter !

Comme j'aimerais seulement dormir contre lui, sentir sa peau contre la mienne et lui dérober sa chaleur, l'écouter parler à voix basse et accepter les caresses de ses mains sur mon visage, ne plus penser, ne plus avoir peur, et donner ma confiance sans

28

remords... Est-ce donc impossible ? La tendresse n'existe-t-elle pas ?

« Si tu n'es venu que pour ça, tu peux repartir. »

Ces paroles m'ont échappé, j'accepterais tout pour ne pas me retrouver seule dans cette nuit sans issue à la résonance de solitude et d'abandon. Et déjà je reviens sur le lit, près de lui, tout près de lui et pose mes lèvres sur les siennes tandis que son bras enlace ma taille.

Je voudrais que tout s'arrête là et que l'on s'endorme, enlacés, immobiles...

Mais l'inlassable scénario recommence, il relève mon pull, déboutonne ma chemise, s'allonge sur le lit...

Il dort, le dos tourné vers moi, les jambes ramenées vers lui. J'observe sa nuque avec un mélange de colère et peut-être de tendresse. J'entends son souffle régulier. Je lui en veux de dormir alors que j'aimerais qu'il me prenne dans ses bras et me console, qu'il me parle et me caresse, s'occupe de moi et s'occupe de moi comme si j'étais précieuse, infiniment précieuse. Mais il dort. Tourné contre le mur. Absent. Satisfait. Je le hais.

Pourquoi ne l'ai-je pas laissé partir ? Je serais moins seule, toute seule. C'est terrible de sentir près de soi la présence de quelqu'un qui s'absente, plus terrible encore que la véritable solitude. Et je n'aurais pas cette honte aux creux des reins, ni cette humiliation, et cette colère.

J'aimerais peut-être pleurer mais mon regard est sec. Alors je pense à demain comme à une issue de secours, ce demain qui, pourtant, sera semblable à hier, et à avant-hier, et aux peurs qui me poursuivent depuis que je suis née. Je veux oublier. Mais demain aussi j'aurai tout à oublier.

Pourtant, comme je l'aurais aimé si seulement il m'avait prouvé qu'il tenait un peu à moi ! Comme je l'aurais aimé... Mais non, je ne l'aime pas, je l'aime bien et j'ai besoin de sa présence. Si je n'éprouve que de l'affection pour lui, c'est que je ne veux pas me battre contre un mur, ni construire pierre à pierre un rempart d'illusions pour ensuite le voir s'écrouler dans la fosse de mes échecs. Pourtant chaque jour, à chaque instant, je souhaite qu'il vienne, et j'imagine les paroles tendres qu'il pourrait me dire, les gestes doux qu'il inventerait pour moi et les multiples attentions qui ne trompent pas le véritable amour. J'imagine des nuits de sommeil l'un contre l'autre et des sourires au cœur, j'imagine les étreintes timides et les baisers furtifs, j'imagine...

Mais il est là, tourné contre le mur et tourné vers lui-même, et il dort. Sans pensée. Sans tendresse. Moi, je ne compte pas. Je n'existe pas. Demain matin, il s'en ira après m'avoir négligemment posé un baiser sur la joue, après avoir ramassé hâtivement ses affaires et m'avoir délibérément ignorée. Et moi, je voudrai alors que cette nuit n'ait jamais existé.

Je devrais dormir un peu. Il faut que je dorme. Je m'allonge sur le lit, sans plaisir, sans sommeil. C'est cette colère, cette révolte, qui me tiennent debout. J'essaie de les chasser. Et de penser qu'un jour je rencontrerai la tendresse que je cherche désespérément et depuis si longtemps.

Quelques heures de sommeil, puis de nouveau le réveil brutal. Il est 2 heures du matin. Et il dort toujours, il dort encore, inconscient de la présence qui, autour de lui, s'éveille. Indifférent à ses doutes et ses angoisses, aux innombrables incertitudes qu'il suscite en moi... Je ne bouge pas, peut-être par peur de le voir se réveiller et me dérober ma place. Je ne bouge pas, recroquevillée dans un coin du lit, avec la nausée au cœur et la honte au corps. Je reste couchée en chien de fusil, comme pour me protéger, mais me protéger de quoi maintenant qu'il s'est servi de moi comme d'une machine sans âme ? Je reste immobile, je reste recroquevillée...

Mes yeux peu à peu s'habituent à l'obscurité et je distingue les contours de la pièce, la table, la chaise, les étagères où s'entassent les livres... inutiles. J'entends sa respiration, régulière, imperturbable, et je voudrais la briser, je voudrais la briser. Secouer ce corps inerte, le faire glisser puis tomber, lire sur son visage les signes de l'ahurissement, je voudrais lui faire du mal, lui faire du mal ! Inventer une vengeance plus cruelle encore que l'humiliation et la douleur qu'il a provoquées en moi, imaginer une torture qui le laisserait perclus de douleur et incapable de bouger, et m'appliquer à rendre coup pour coup les coups qu'il m'a donnés, jusqu'à l'en rendre ivre, véritablement ivre ! Mais il est là, auprès de moi. Paisible et invulnérable. Je pourrais tout tenter, mais il s'en moquerait. Au pire, il ramasserait ses affaires et partirait chez l'une de ses nombreuses filles de service. Au pire, il me giflerait avec ce sourire de vanité qui lui est propre pour bien asseoir sa dérisoire supériorité de « mâle ». Et moi ? Moi, je resterais pantelante après ma défaite, éperdue au milieu de cette pièce, sans courage, sans issue.

Son dos est trop large. Et plein de boutons. Sa nuque trop robuste. Pourquoi l'ai-je choisi ? Je croyais que ce serait toujours réconfortant de plaire à quelqu'un, et j'avais tellement besoin d'être réconfortée que le temps de choisir l'être cher m'a manqué. J'ai dit oui comme ça. Par ennui. Ou peut-être par peur. Et puis j'imaginais de longues promenades, des fugues dans le bois de Boulogne, des dîners à deux et des nuits où l'on s'endormirait sans désir et sans sexe, des complicités secrètes et des gestes inventés, j'imaginais... Il avait l'air si tendre, au premier abord, si « gentleman »... Comment aurais-je pu prévoir... ?

Il bouge soudain. Se tourne vers moi. Il est réveillé. Sa main s'avance vers mes seins. Je frémis. Non, non, j'ai envie de rêver et non de sentir son corps s'acharner de nouveau sur le mien. Mais déjà sa bouche se promène sur ma poitrine, descend vers mon ventre puis son corps se colle au mien, avide et haï. J'essaie de résister, mais en vain. Je le maudis, je le maudis !

Je vois son visage en sueur, je sens ses jambes s'enrouler autour des miennes, et j'ai envie de rire. Tout cela me semble si absurde ! Oui, je rirais s'il ne m'enveloppait pas toute entière dans son dérisoire acte d'amour, vulgarité factice, lamentable, qui fait de moi une actrice bafouée. Et je ne peux même pas m'éloigner, il me tient, me retient, je pourrais crier, bien sûr, mais il prendrait cela pour du plaisir, et pleurer aussi, mais il le prendrait pour de la joie. Et je sens son sexe gluant entre mes jambes, je sens son plaisir malsain, et cette odeur fade m'écœure, et ce sexe qui se cherche un chemin, qui me viole, qui me viole ! Puis très vite il s'agite de plus en plus, voilà son sale plaisir satisfait, va-t-il me laisser en paix maintenant, va-t-il me laisser en paix ?

Il s'éloigne, et de nouveau me tourne le dos. Il ne m'aime pas. Il se moque de moi. Lorsqu'on aime quelqu'un, on le prend dans ses bras, on ne le laisse pas s'endormir seul, on veille sur son sommeil comme pour découvrir son âme, et on le serre très fort dans ses bras afin qu'il oublie toute la solitude et le malheur d'avant... Lorsqu'on aime quelqu'un...

Je me recroqueville de nouveau dans le coin du lit. J'aimerais qu'il parte maintenant. J'ai moins peur de ma solitude que de lui. J'aurais dû le renvoyer. J'aurais dû... Je suis lâche, sans courage, sans volonté. Pour une caresse, je donnerais tout. Je meurs de ma tendresse volée. Je crie pour cette tendresse volée et personne ne me répond.

J'aimerais allumer et lire. Mais il va encore hurler que je le réveille. « Tu n'en as pas eu assez ? » me demandera-t-il du haut de sa vulgarité. Et je ne saurai quoi répondre. Je n'ai pas de répartie en face de la vulgarité.

Alors je m'invente des rêves. C'est dangereux, les rêves, parce que l'on croit toujours les vivre. Et lorsqu'on retombe sur ses pieds, ça fait mal, trop mal. On s'en va vers des pays inconnus, des contrées fabuleuses, on se promène de pyramide en temple sacré, de tendresse en complicité et d'amour en amitié lorsque soudain l'on revient seule entre ses quatre murs blancs, avec pour seul voyage sa défaite. J'ai souvent peur de rêver maintenant. Le retour sur terre est trop douloureux, trop cynique.

Lâche. Peur de la douleur. Peur de ma douleur. Peur de moi, de moi en face des autres, de moi en face de moi. Une peur qui m'empêche de vivre. Si toutefois je peux vivre.

Je ne me suis pas rendormie depuis ce réveil à 2 heures. Il est maintenant 7 heures. Hervé dort toujours. Et moi, je me lève pour préparer le café, en fille soumise, en fille esclave, sans pensée et sans âme. La prochaine fois, je ne le ferai pas entrer. Je prétexterai que j'ai du travail à faire, ou pourquoi pas, un ami. C'est la dernière fois que je le supporte, lui et ses habitudes de seigneur.

J'entre dans la minuscule cuisine. Je n'ai ni pain ni beurre. Si ça ne lui plaît pas, c'est la même chose. Il n'a qu'à descendre à la boulangerie. Je ne vais tout de même pas dépenser dix francs de croissants pour lui. Je suis idiote, mais à ce point, non. Je mets une casserole d'eau à bouillir et prépare les tasses. Il ronfle maintenant. Je hais les hommes.

« Hé, Hervé !

— Hein... quoi ? énonce-t-il à peine réveillé.

— C'est l'heure ! Debout ! »

Il se redresse, comme étourdi, perdu. Il passe rapidement sa main sur son visage et s'adosse contre l'oreiller, visiblement mécontent d'avoir été soustrait à ses divines contemplations.

« J'ai rien à bouffer.

— Ah, ça ne m'étonne pas de toi ! T'as jamais rien ! Faut pas se ramener chez toi quand on crève de faim, ça, je sais ! »

Sans même répliquer, je lui tends une tasse de café. A la lumière du jour, je le trouve décidément laid.

Evidemment, s'il était tendre, ça ne m'empêcherait pas de l'aimer, mais comme il ne l'est pas...

« Dégueulasse, ton café ! »

Je baisse la tête sur mes mains et mon orgueil, décuplé mais toujours étouffé, me crie : « Dis-lui qu'il n'a qu'à descendre au café ! Quand on est fils de bourgeois, on a les moyens de se payer un double express avec des croissants au bistrot du coin ! » Mais je ne dis rien. Sagement, je bois mon café. Sans le regarder car son visage me dégoûte. Sans le larder d'insultes comme je l'ai rêvé toute cette nuit. Sans me haïr et me mépriser d'avoir couché avec lui alors que je ne le voulais pas. Sans le traiter de salaud. Le quitter blindée d'indifférence. Tant pis pour son « Bye, bye Vera ».

« File-moi mes affaires, je me barre. »

Je lui jette ses vêtements, un à un, à la fois contente et dépitée qu'il s'en aille. Que vais-je faire avec lui, sinon recevoir des insultes et son corps sur mon corps... De toute façon, je n'ai pas le choix. Et puis, j'ai un cours à 8 heures. Un cours que je n'écouterai certainement pas, un cours mensonge et trahison, un cours de pacotille... Mais un cours tout de même. Je classe machinalement mes dossiers, mes feuilles de notes, mes stylos...

« Tu ne vas pas venir avec moi, tout de même ? »

Il y a une telle note d'anxiété dans sa voix que je ne peux m'empêcher de sourire.

« Rassure-toi. Je descends juste prendre le métro pour aller à la Fac. »

Il pousse un soupir de soulagement. Il enfile ses chaussettes. Je le trouve tellement ridicule ainsi, en slip et chaussettes, que j'ai envie de rire. Seulement, je n'ai pas le cœur à rire. Je finis de boire mon café en l'observant attentivement, comme si, vraiment, c'était le dernier ami que je perdais. Comme si, après lui, je devais rester seule, totalement seule, à jamais.

« Tiens ! Et puis barre-toi maintenant ! Ça m'évitera la corvée de descendre avec toi les escaliers ! »

Je lui ai lancé sa boot. Tout en continuant à classer mes notes. Je n'ai même pas relevé la tête. Il n'en vaut pas la peine. Soudain, j'ai envie de tout laisser tomber et de partir sur une grande route ensoleillée. Je verrais ma silhouette se découper dans l'ombre et je continuerais à marcher, marcher, indéfiniment...

Précipitamment, il a enfilé sa godasse. Il n'a pas eu l'air de comprendre. Puis il a ramassé son sac et a claqué la porte derrière lui.

J'ai entendu le bruit de ses pas décroître dans l'escalier.

Je me retrouve seule. Et je me demande : « Et maintenant ? » Pour séduire, il faut des preuves. Preuves en or de leur sexe maudit. Le cercle vicieux m'emprisonne, un cerceau qui tourne autour de moi, un bilboquet dont l'image reste obsédante...

Je reste assise sur mon lit, avec mon sac entre mes jambes, et je me sens comme dépouillée de tout. Je voudrais que quelqu'un soit là, tout près de moi, et qu'il me prenne dans ses bras. Si ce quelqu'un était toujours auprès de moi, je ne chercherais pas toujours quelqu'un d'autre. J'ai juste besoin de quelqu'un. Mais il n'y a que moi. Et je ne m'aime pas. Ce soir sans doute, il y aura encore quelqu'un d'autre. Que je n'aimerai pas non plus. Qui partira demain. Après sa sale comédie de sexe. Et puis alors. Je me méprise tant que cela n'a même plus d'importance.

Je rate mes examens, je prends mal mes notes, je suis mal vue des profs, tout ça parce que je regarde les garçons pendant les cours au lieu de me passionner pour la ruée des Américains en Europe. Le brun me regarde également. Je lui parlerai aujourd'hui. Les autres... Les autres écrivent. Mais de toute façon, les gens avec maîtrise sont au chômage, alors pourquoi avoir un D.E.U.G. ? Pourquoi faire semblant de s'intéresser à ces cours ?

En attendant, je suis toujours au pied de mon lit, dans ma chambre en désordre qu'Hervé a mise dans un état pareil. Comme les perspectives de cette journée sont plutôt déprimantes, je décide d'aller tout de suite à la Fac. Je prends mon sac et me lève.

Je descends dans le métro à Odéon. J'ai l'impression que tout le monde lit sur mon visage, que tout le monde devine, et j'ai honte, terriblement honte... Je voudrais disparaître, disparaître à jamais, être lavée de ce sexe sans amour.

Huit heures moins dix. Le brun est à la cafétéria. Je demande un crème à la serveuse qui me jette un sale regard, comme tout le monde aujourd'hui, aujourd'hui et toujours. Je sirote mon café, entre mes incertitudes et mes velléités. J'essaie de lui parler.

« Tu as du feu ?

— Non. »

Manque de chance. Aujourd'hui, je me l'avais dit, tout tourne à l'envers.

« Ça ne fait rien, j'ai envie de te parler. Comme ça, ça arrive, des envies. »

J'allume ma cigarette. Parce que le feu, évidemment, c'était un prétexte. Je le regarde de biais. Ma proposition n'a pas l'air de le toucher. Il faut croire qu'il n'est pas sensible à ces choses-là. Il sirote son café en fixant la pendule. Mais va-t-il me répondre, oui ou non ?

« T'es dans le même cours que moi ?

— Oui. »

Tiens, pour une fois, un regard franc. J'aurais envie que quelqu'un me console : « Tu n'es ni moche, ni conne, ni chiante ». Je me sens tout ça et je ne sais même plus si je me trompe sur moi-même. J'aurais envie que quelqu'un me prenne par la main et murmure : « Viens, on va s'en aller très loin. » J'aurais envie qu'on me dise que ça ne fait rien que je ne fasse rien de ma vie et que la vie, c'est encore autre chose, mais que je n'ai pas su le découvrir. J'aimerais qu'on me dise des choses comme ça en me caressant les cheveux sur un banc, au soleil, et qu'il n'y ait plus autour de moi d'horaires à respecter, ni de dissertations à rendre, de cafés à payer et de professeurs à saluer. J'aimerais...

« T'as fait la préparation ? »

Je suis tombée sur un élève bien studieux. Je le regarde sans répondre. Je pense à mes envies de bancs au soleil et à mes songes d'un autre monde, et puis je pense aussi qu'aujourd'hui ne sera rien d'autre qu'une journée grise et terne, et qu'au bout du chemin, il n'y aura rien d'autre qu'une fille triste, conne et moche, assise en tailleur, qui regarde ses pieds et qui n'a même plus le courage de tenter quelque chose pour que ça aille mieux.

« Non. Et toi ? »

La réponse tombe comme un couperet.

« C'était super facile. Il fallait un quart d'heure pour la faire, pas plus. »

Et si je lui disais : « Viens avec moi, on sèche les cours, on va se balader au parc Monceau et prendre un café à la terrasse. » Et si je lui disais : « Je suis triste et je voudrais rester avec toi et que tu me racontes ta vie, et puis des tas d'autres choses encore », qu'est-ce qu'il me répondrait ? Il dirait : « Ça ne va pas, non ? Et ma disserte à rendre ? Mais tu es complètement inconsciente ou quoi ? » et il prendrait sa sacoche et s'en irait bien sagement, bien sérieusement...

« Faut peut-être y aller ? » dit-il, lorgnant la pendule.

Je regarde mon café crème et tout d'un coup, comme ça, je me mets à chialer. C'est chaud, les larmes, et ça fait du bien quand il n'y a personne. Si tous les jours d'une vie sont comme ceux-là alors une vie ne vaut pas grand-chose, ça ne vaut pas la peine qu'on marche tous les jours en espérant un lendemain meilleur, ça ne vaut pas la peine qu'on rentre tous les soirs en imaginant qu'on s'est trompé de chemin et qu'autre part il y a quelque chose de différent. Ça ne vaut pas la peine qu'on soit là, en ce moment, devant un café crème immonde qu'on a payé deux francs trente...

« Ne sois pas triste... »

Il me passe un bras autour des épaules, et même si c'est par pitié, ça fait du bien. Puis il m'entraîne vers cette maudite salle de cours où je voudrais ne plus jamais entrer. Et le prof ne dit rien parce que je pleure, et moi, je reste sur ma chaise à chialer tandis qu'ils étudient les conditionnels ou je ne sais quoi. Je ne sais pas parce que je n'écoute pas...

Au bout de dix minutes, le brun me demande si je veux sortir. Je réponds : « Oui, viens avec moi. » On sort tous les deux dans le couloir, et je voudrais tout lui dévoiler, les soirs entre quatre murs quand on ne sait même plus qu'on existe, les matins où l'on se réveille en ignorant si on est lundi ou jeudi, les cauchemars quand on voudrait hurler mais qu'il n'y a personne pour vous entendre, les églises où l'on voudrait se cloîtrer parce qu'on vient de voir deux amoureux qui s'embrassaient et qu'à soi ça n'arrivera jamais. Les numéros qu'on s'invente et les vies qu'on se raconte, les mecs qu'on drague par ennui, pour ne pas se croire tout à fait seule et qui offrent leur sexe en guise de tendresse, le dégoût de soi parce que quelqu'un vient de vous gifler, et la haine de soi lorsqu'on vous insulte, les murs sans prise, les tunnels sans lumière, les falaises du non-retour...

« Mais qu'est-ce qui t'arrive ? Tu as des ennuis ? »

Je lève mon visage vers lui et lui adresse un regard qui reste sans réponse. Il n'a pas l'air de comprendre. Les mecs, ça ne comprend jamais rien. Il m'embrasse sur la tempe comme si ça pouvait arranger quelque chose. Je ne dis rien. Je regarde le sol. Un sol plastifié, à carreaux, moche. Debout, je me presse contre lui. Je lui vole un peu de sa chaleur. Ou je lui vole un rêve. Mais alors...

« Tu t'appelles comment ?

— Vera.

— Je t'aime bien, Vera. »

Il caresse mes cheveux et m'embrasse sur les lèvres, les « Je t'aime bien » sans le « bien », ça ne doit pas exister. Je t'aime bien, ça veut tout dire, et ça ne veut rien dire, c'est sans risque, un demi-monde, une demi-vie, un demi-tout...

Dans le couloir, silencieux, on attend, peut-être de partir ou peut-être de rentrer dans le rang de leurs conditionnels. Une étreinte de hasard. Demain, on se dira à peine bonjour, et il n'y aura rien à juger, personne contre qui crier. Demain, c'est toujours terne, et aujourd'hui jamais vivable.

« Viens, je t'emmène. »

Je lui prends la main. J'en ai marre de tout. Je veux partir. Je ne veux pas rester seule avec moi-même. Je ne veux pas rester dans ces salles de cours. Je veux partir, et n'importe où, pour espérer et peut-être croire. Espérer et croire...

« Mais où ? jette-t-il, inquiet.

— N'importe où !

— Mais mon sac est dans la salle et...

— Dis que tu vas à l'infirmerie. Débrouille-toi ! »

Il retourne dans la salle et déjà je sais que je suis perdante. Il ne reviendra pas. « Je t'aimais peut-être bien, Vera, mais tu veux tout. Moi, je ne donne rien. C'est la loi. C'est comme ça qu'on s'en sort dans la vie, Vera. »

Ce soir, c'est la réception chez mes parents. Si je pouvais trouver une excuse pour ne pas y aller ! Mais ces salauds seraient capables de me couper les vivres. Je pourrais toujours leur raconter ma dernière conquête, ou mes soirées passées à compter mes six sur vingt, entre le potage et le dessert, tout cela animerait agréablement la soirée. Non, je n'ai pas envie de rire, j'ai plutôt le cœur à crier, mais personne n'est là pour m'entendre.

J'étais seule, hier, et ça fait du bien d'être seule, seule, seule, bercée par sa solitude, et de pouvoir prendre toute la place dans le lit, et j'en ai eu envie. Et puis après dormir en boule, comme une petite fille qu'on abandonne. Ça fait du bien. Mais comme c'est triste de se dire qu'il pourrait y avoir quelqu'un que vous auriez choisi et qui dort à vos côtés sans vous ennuyer ou qui se contente d'écouter le récit des rêves qui traînent dans votre tête avant de s'endormir ou, si le rêve n'est pas assez beau, qui vous prend la main. Mais ça aussi, c'est un rêve, un rêve qui tourne court au bout de la réalité. Je fume une cigarette dans ce couloir morbide. Il y a quelques étudiantes qui recopient leur cours et deux types qui n'arrivent pas à se dépêtrer de quatre filles — ça fait beaucoup —, et puis au bout de mon univers, il y a les quatre murs de ma chambre de bonne et les sales gueules de mes parents.

Je vais à la cafétéria m'offrir un café. Le brun est là, noyé dans ses pensées. Je ne sais pas si j'ai envie de lui parler. Je me dirige tout de même vers lui avec ma tasse qui me brûle les doigts et ma rancœur enfouie en moi qui se réveille. Je décide de l'aborder la première.

« Alors, comme ça, on ne tient pas ses promesses ?

— Je ne t'avais rien promis, réplique-t-il.

— Alors fallait refuser. »

Et chacun de se replonger dans la contemplation de son café. A croire que c'est passionnant. Mais c'est toujours pareil : ils n'ont rien dans les tripes. Il faudrait leur apporter la joie, l'espoir et le bonheur sur un plateau ciselé d'or et d'argent. Alors peut-être daigneraient-ils vous jeter un coup d'œil. Mais ils sont prudents. Avant, ils préfèrent les cafétérias aux aventures de hasard.

« Après le cours, tu fais quoi ?

— Je vais travailler à la bibliothèque, répond le bon élève.

— Mais tu es sérieux, toi !

— Oh, salut, hein ! »

Je lui tourne le dos et vais m'asseoir sur un banc. Il me suit du regard. Il ferait mieux d'apprendre ses verbes irréguliers. Mais, ce n'est pas possible, une vraie fillette ! Il vient vers moi !

« Ne t'en vas pas comme ça !

— Toi, tu n'as pas l'air de savoir ce que tu veux.

— Je voudrais juste parler un peu avec toi.

40

— Ah bon... Et de quoi ?
— Je ne sais pas... Je...
— Tu vois bien... »

Silence. Silence. Je parie qu'il habite encore chez ses parents. Qu'il travaille tous les soirs. Et tous ses après-midi de libre. Pourquoi m'intrigue-t-il ? Il est trop timide. Je n'en ai pas l'habitude. Ou alors, il préfère les garçons. Ce serait une drôle de question à lui poser. Il rougirait, peut-être. 20 ans ? 22. Mais que fait-il encore en première année ? Comme moi, il a perdu du temps. Les ratés, ça arrive à tout le monde. Pourtant, il me paraît étrange. Non, mais vraiment. Ou c'est moi. Je confonds toujours. Genre monologue, ce n'est pas mal. Pour les dialogues, on n'a pas l'air doué.

« Bon, alors, parlons. »

Il me regarde comme s'il ne m'avait jamais vue. C'est drôle, ça me donne l'impression d'être jolie. Je suis peut-être jolie après tout. Je ne sais jamais. Quand je me regarde dans une glace, je n'arrive pas à me décider. Alors, je ne dis rien. Je reste dans le doute.

« Tu n'as pas envie d'aller te balader, toi ?
— Il y a un cours dans un quart d'heure, répond le bon élève.
— Ah oui, c'est vrai. Mais ça t'intéresse tant que ça, l'Angleterre victorienne ? »

Silence. Décidément, il faut prendre toutes les décisions à sa place. Moi, j'irais bien me balader. Lui, il reste avec son café dans la main, les yeux fixes et l'esprit ailleurs. J'en profite pour lui dérober son sac, histoire de s'amuser, parce qu'on s'ennuie un peu dans cette fac. Sans ses précieuses notes de cours, il sera bien obligé d'abandonner l'Angleterre victorienne. Et de venir se balader avec moi. Oh, bien sûr, pour une balade euphorique, ça va plutôt manquer d'entrain, il serait plutôt apathique, ce brun aux yeux verts qui ne vous dit jamais rien et vous regarde sans mystère ; mais moi après tout, est-ce que je suis pétillante de vie ?

Moi, je suis seule sur mon bout de chemin, et j'aimerais bien qu'il y ait quelqu'un pour me tenir la main et puis aussi me raconter ses histoires et ses rêves. Alors je choisis au hasard, et le hasard, ça vous trompe souvent mais faut pas y penser sinon l'on resterait éternellement sur son Angleterre victorienne avec ses dates que l'on oublie l'heure juste passée en se demandant à quoi ça sert tout ça et si c'est « ça », la vie.

J'ai glissé son sac contre le mur et il regarde toujours son café sans rien dire, moi, je pense à ce foutu dîner chez mes parents et j'aimerais fuir, m'enfuir...

« Et s'il n'y avait pas de cours, tu viendrais te balader ?

— Peut-être.

— Les oui et les non, ça te dérange, hein ? »

Il jette son gobelet dans une poubelle et se retourne vers moi, de ce regard sans regard qui ne dit rien et qui dit tout, qui dit un « je t'aime bien » sans risque de compromission possible...

« Tu sais, je te drague pas, je sais bien que tu préfères les garçons. »

Il rougit, il baisse la tête, il ne sait plus où se mettre, moi, ça me fait un peu rire. J'ajoute :

« Tant mieux, entre nous, parce que les mecs, j'en ai ras-le-bol. Avec toi, je pourrai me promener sans que tu me promettes le bout du monde pour m'emmener dans ton lit, et puis ensuite "Bye, bye Vera !" Allez, viens, on s'en va.

— Mais le cours ? s'inquiète-t-il.

— Il n'y a plus de cours. C'est les vacances. Tu ne le savais pas ? »

Il se lève, l'air un peu perdu, et soudain il cherche son sac. Moi, je ne dis rien, je ne fais rien. Je le laisse démêler lui-même cette situation inextricable. Je souris un peu, mais pas trop, car au fond j'ai l'âme plutôt morose et le cœur prêt de flancher.

« Comme tu ne sais pas décider, je le fais pour toi. Viens, on s'en va ! »

Je lui tends son sac et je l'entraîne vers la sortie. Il

y a des gens comme ça que l'on découvre, et d'autres qui se dévoilent. Il a la main très chaude, et la mienne est glacée. On m'a toujours dit que j'ai une mauvaise circulation sanguine, on m'a toujours dit que j'ai l'âme mauvaise, on m'a toujours dit...

« Vera, tu n'es pas sérieuse, tu...

— Mais si, je suis très sérieuse quand la vie se met à divaguer.

— Ecoute, si tu as envie de t'amuser, tu ne pourrais pas trouver quelqu'un d'autre ?

— Non, c'est toi que j'ai choisi.

— Mais moi j'ai un rendez-vous à 3 heures !

— Ça se rate, les rendez-vous.

— Et où on va aller ? Qu'est-ce qu'on va faire ?

— Allez, viens ! »

Il recule, il retourne vers la Fac. Tant pis. J'irai me balader seule avec mes pensées. Je ne sais pas exactement ce que je veux faire. J'ai juste envie d'oublier pour un moment que je suis là et peut-être d'entrer au café du coin pour regarder les passants et imaginer que je suis à leur place. J'ai peut-être envie de prendre le métro pour aller jusqu'à Saint-Michel, et traîner sans but, sans pensée, sans idée, en imaginant que chaque visage croisé entraperçu est celui d'un homme heureux, qu'ils ont tous acheté le bonheur à une loterie comme moi j'ai échangé mes certitudes sur la vie et mon avenir contre des tourbillons de détresse. J'ai juste envie de croire que je suis quelqu'un d'autre, qui pourrait n'être personne. J'ai juste envie de croire que la vie ce n'est pas 8 heures-1 heure, 2 heures-6 heures, et que l'on peut se coucher seul avec ses rêves d'attente et ses illusions de vagabondages.

Je sèche mes cours, je pleure quand j'y assiste, je dessine des petites fleurs lorsque la voix du prof ne me revient pas, je ne fais rien de ma vie, et la vie, je ne sais pas ce que c'est. J'ai peur de la réalité parce qu'elle m'échappe toujours quand j'ose la croire accessible. Et puis, à la fin d'une journée, d'une semaine ou d'un mois, je retrouve mes belles histoires sans suites qui pourraient être des scènes de film si je savais construire au lieu de lâcher prise.

Je n'ai plus qu'à rentrer chez moi pour me donner l'illusion de travailler, je n'ai plus qu'à longer le boulevard Saint-Germain en me disant que tous les beaux mecs qui passent ont tous une maîtresse, et que moi je ne suis qu'une paumée et une ratée qui ne saura jamais rien d'autre qu'accepter les mecs qui viennent la voir, énième roue du carrosse, moi, impuissante ; moi, qui ne peux rien exiger parce que je n'en vaux même pas la peine ; moi, simple objet du décor, inanimé, muet.

20 ans, et ils disent « le bel âge ». Ils disent que l'on peut tout se permettre et tout s'offrir, se saouler de folies et s'enivrer d'extra. Moi, 20 ans, et je longe la rue de Rennes pour rejoindre la Vera qui ne sait pas ce qu'elle fait ici, là, nulle part, où que ce soit, dans ce monde et dans cette vie, et croit que les autres l'abandonnent alors que c'est elle qui s'illusionne.

Je feuillette mon carnet d'adresses, un vrai Bottin mondain. Je pourrais m'amuser à téléphoner tous ces gens pour savoir qui ils sont, et puis leur dire : « Viens avec moi, on va se balader. » Je suis une mendiante en partance, une fille qui ne sait plus que faire d'elle-même. Je ne suis rien et personne, j'aimerais habiter dans une grande maison où seraient réunis tous les gens que j'aurais connus, mais il est 3 heures de l'après-midi et j'attends le soir comme une délivrance alors que c'est une corvée. Je n'y comprends rien. Je ne sais rien.

Pascal, Jérôme, Jean, Michel, Stéphane... je les ai peut-être vus deux fois, peut-être trois, et puis « Bye, bye Vera ! » C'est la vie, on se croise et on ne se retrouve plus. Même si on les reconnaît, avec l'usure du temps ce ne sont déjà plus les mêmes personnes. Si je les rencontrais aujourd'hui dans un café, on se saluerait à peine d'un signe de tête. C'est la vie et la non-vie, tout ça. Ça ne veut rien dire et ça ne mène à rien, qu'à une rue enténébrée par la lumière.

Et j'en vois des milliers, de ces rencontres d'un soir qui auront fini leur route le lendemain matin, et j'en imagine des milliers, de ces visages croisés que l'on reconnaît à peine le lendemain matin dans la lumière trouble du jour. J'en ris comme j'en pleure, de tous ces étrangers dont je ne saurai rien et dont j'aurais voulu tout connaître. Je ne suis qu'une fille que l'on croise et puis que l'on oublie parce qu'elle n'est rien, et n'a rien. Et puis je ne sais rien.

Je compose un numéro. Il s'appellera Michel et je le vois avec des yeux bleus et des gestes de tendresse. Je me construis des illusions parce que parfois la réalité ça fait trop mal, et que la solitude, ça vous étouffe. Trois, quatre sonneries... Une voix au bout du fil.

« Je me présente : Vera. Tu te souviens de moi ? On s'est rencontré un soir, et puis adieu. Les retrouvailles, c'est toujours émouvant. Tu ne trouves pas ?

— Vera ?

— Oh, une fille que tu as certainement oubliée. Et j'aimerais bien te revoir, histoire de voir si tu as changé, ou histoire de reconstruire le passé qui n'a peut-être pas tout à fait existé...

— Vera... Tu es venue un soir chez moi. Tu es repartie le lendemain matin. Je t'ai cherchée longtemps, mais tu n'étais déjà plus là...

— Tu habitais rue de l'Ancienne-Comédie. Chez tes parents. Et on venait me voir chez moi. Ça ne te plaisait pas. Tu es parti...

— Vera... Tu étais brune, avec de grands cheveux que tu lavais tous les jours, et tu portais toujours un jean bleu...

— Tu ne fais rien, cet après-midi ?

— Non.

— Tu voudrais me revoir, comme ça, pour rire ou se souvenir ?

— Dans une demi-heure, à Odéon. D'accord ?

— D'accord. »

Et je raccroche, mal à l'aise, comme une mendiante qui ne saurait plus que faire d'elle et qui aborderait les passants pour tuer le temps. Je ne suis personne, et je voudrais parfois avoir l'impression d'exister. Peut-être ne vais-je pas y aller, par orgueil. Mais même mon orgueil m'a quittée, et je ne sais plus ce que je fais. Je ne sais plus.

J'attends, sous la pendule, à Odéon, un visage que j'aurais déjà connu, et j'attends comme l'on espère l'oubli de sa vie si infime que l'arrivée de cet homme presque inconnu va me sauver de mes angoisses et de mes détresses qui prolifèrent. J'ai peur et peur de tout, peur de moi. De moi qui ne sais même pas qui je suis. J'attends. Inlassable attente.

« Vera ? »

Je relève la tête sur un visage que j'ai déjà croisé mais dont le souvenir m'échappe. Oui, en me forçant, je le reconnais. Il me sourit. Je lui réponds. Que suis-je venue chercher ici ?

« Tu viens ? Je t'invite à prendre un café. »

Je me laisse entraîner. Il me conduit vers le pub *Relax*. C'est drôle, mais j'ai l'impression de ne l'avoir jamais connu.

« Ça marche, tes études ?

— J'en suis à ma licence. »

On ne parle de rien ; on parle de tout ; j'ai envie de me blottir dans ses bras et de ne plus bouger, de ne plus savoir que le monde existe. J'aurais aussi bien pu tomber sur Pascal, Jean ou un étranger de passage. J'ai faim de tendresse inassouvie et faim de caresses. Je ne bouge pas. Je ne dis rien. Tout est exactement comme si l'on ne se connaissait pas.

« Ça fait longtemps qu'on ne s'est pas revu, Vera. On s'est rencontré un soir, comme ça, où tu n'avais rien à faire, et puis le lendemain...

— Je préparais mes examens...

— Vera, tu es plus jolie qu'avant, tu sais.

— Je pourrais être une déesse que demain tu me reconnaîtrais à peine dans la rue.

— Tu es injuste.

— Et si je disais : "Viens ! on part tous les deux. Viens, on part n'importe où !..." Tu poserais ton café en vitesse, et tu filerais à toutes jambes... Les aventures, ça va bien cinq minutes. Mais lorsque c'est sérieux, ça devient dangereux.

— Non, je t'embrasserais sur les lèvres, Vera. Et puis là, juste dans le cou, et je te dirais qu'il existe des pays qui n'existent pas et auxquels ce n'est même pas la peine de rêver...

— Michel, tu dirais : "Viens, j'ai du boulot", et puis tu te barrerais, comme toujours... »

Je regarde tous ces gens qui passent, et je me dis que je ne serai jamais comme eux. Je regarde les filles maquillées en minijupes et talons hauts. Je regarde tout ce monde que je ne connais pas et que je suis incapable de deviner. Il doit y avoir tant de vies différentes et qui ne seront pas pour moi. Je rêve et je divague en face de ce Michel dont je ne garde plus qu'un trouble souvenir. Il boit son café, fume sa cigarette.

« Et si on allait chez toi ?

— Pour quoi faire ? Il n'y a pas de musique, pas de thé...

— Vera, Vera, viens, on va chez toi... »

Et j'accepte. Comment savoir si l'on se trompe ? Comment savoir s'il ne veut pas me raconter ses déboires et ses joies ? Et puis, de toute façon, qu'est-ce que j'en ai à faire ? Après tout, c'est bien moi qui suis venue le chercher.

« Ça fait drôle de revoir quelqu'un après... Après combien de temps, au fait ?

— Un an, je crois, peut-être un peu plus. »

On reprend le boulevard Saint-Germain, mais cette fois je ne suis plus seule à imaginer la vie des gens, et ça me rappelle des jours où l'on se tenait par la main en se parlant de grands sentiments tout en sachant que ce n'était pas vrai. Seulement, c'est toujours pareil. Aujourd'hui, ce n'est plus Michel.

« Et toi, tu vis toujours chez tes parents ?

— Non, Vera.

— Tu as un studio ?

— Non, je vis chez un copain, dans un grand atelier de peintre.

— C'est drôle, mais j'ai l'impression de n'avoir plus rien à te dire. »

Qu'est-ce que je fais là, avec ce type ? La solitude m'effraie-t-elle à ce point pour que je fasse n'importe quoi pour y échapper ? Si la vie c'est ça, il faudra toujours parler à des gens dont, en fait, on n'a rien à faire... Je me méprise, mais je continue à avancer. Il me tient la main et je ne dis rien. Il me répondrait n'importe quoi que je ne ferais rien non plus. Est-ce que je suis ça ?

Rue de Rennes (et le dialogue s'effiloche). On va se regarder yeux dans les yeux sans rien trouver à se dire parce que le temps est meurtrier envers les mots. Et puis alors...

« Tu n'es jamais passé me voir, Michel.

— Je croyais que tu étais fâchée.

— La belle excuse ! Tiens, c'est là. Plus j'y réfléchis, moins j'aurais dû te rappeler. J'ai l'impression de ne plus te connaître, te reconnaître. »

On attend l'ascenseur. On est tout proche l'un de l'autre. Mais l'on ne se touche pas. Qu'est-ce que je vais lui raconter ? Et s'il parle de lui, aurai-je seulement l'esprit à l'écouter ? Je fais les choses au hasard, et le hasard me retombe toujours dessus comme un vulgaire traître.

J'ouvre la porte : minable chambre de bonne. Mais je n'ai pas honte, je me sens seulement terriblement seule comme si plus personne ne pouvait me chuchoter des histoires et me faire rire, terriblement seule comme dans une chambre vide où il y aurait des barreaux sur la porte et une inscription « Interdit d'entrer », terriblement seule comme si je ne pouvais plus parler, plus entendre, plus rien ressentir...

Michel fait le tour de la pièce. Moi, assise sur le lit, je le regarde en fixant mes boots. Pourquoi ai-je besoin de quelqu'un auprès de moi ? Je me sens plus seule que dans un immense désert tout blanc. Pourquoi aujourd'hui et pourquoi demain ? Je ne sais plus rien, aujourd'hui. Je ne sais rien, de toute façon...

« Tu arrives à vivre là-dedans ?

— Je préfère vivre "là-dedans" que chez mes parents. »

Il vient s'asseoir près de moi, et il me prend par les épaules. Il me dit qu'il ne croyait pas me revoir un jour, et qu'il ne sait pas encore si je suis Vera ou une fille qu'il vient de rencontrer aujourd'hui. Là, tous les deux, assis au bord du lit, on a l'air d'être aussi paumés l'un que l'autre. Puis le silence. Pour changer, ou parce qu'on n'a déjà peut-être plus rien à se dire.

« Tiens, au fait, je dois aller chez mes parents ce soir. Une visite contre mille balles. J'ai l'impression d'être une prostituée chaque fois que je me ramène pour dîner.

— Vera, je ne voudrais pas te mentir. Je suis venu parce que j'avais envie de coucher avec toi.

— Alors, tu peux partir. Tu ne risques pas de te tromper de porte. Il n'y en a qu'une. »

Il se lève et ramasse son sac. Tous les mêmes ! J'aurais dû téléphoner à Isabelle. Et moi qui reste assise sur mon coin de lit, sans rien dire. Sans rien faire.

« Et puis, si tu veux, reviens un jour, pour autre chose.

— Bye, Vera ! »

La porte se ferme. Je reste seule sur mon coin de lit, avec mon ennui et mes détresses, mes haines et mon mépris. J'aurais aimé qu'on joue à redevenir des enfants et qu'on délire sur le réel, ou qu'on s'amuse de nos cauchemars. J'aurais aimé qu'on ne soit ni Vera ni Michel, mais des personnages inventés comme ça, au hasard d'un mot. Mais c'est toujours le même scénario qui se déroule. On se demande pourquoi il y a tant de films. J'ai froid, et puis je voudrais dormir inlassablement, sans même savoir que le temps a pu exister.

Moi, Vera, je m'allonge sur le lit, et je me mets à rêver... Vivre ? Non, je ne sais pas ce que ce mot signifie.

7 heures. J'ai enfilé une robe. Ça fait bien, une robe. Et j'attends patiemment l'ascenseur en me demandant ce que je vais bien pouvoir leur raconter. Je connais le scénario par cœur, mais eux, apparemment, ça n'a pas l'air de les gêner de rabâcher éternellement les mêmes phrases. Je prends mon air sérieux, j'entre dans la cabine. Je parie qu'elle a préparé ce bœuf aux carottes qui est censé être mon plat préféré. Il va encore falloir la féliciter ! Sixième étage. Je frappe à la porte et elle m'ouvre avec son air de mère irréprochable.

« Bonjour, ma chérie. Comme tu es belle ! »

J'aurais plutôt l'air d'une mauvaise reproduction. Mais enfin... Je réponds à son sourire, j'entre dans le vestibule, je trouve mon père assis dans son fauteuil en train de lire son journal. Il lève à peine les yeux sur moi. Tant mieux ! Un mensonge en moins. Je ne sais pas très bien que faire de moi dans cet ancien appartement de mon enfance où tout me paraît déplacé et vieilli, comme un miroir sans tain qui se serait usé avec l'âge.

Le couvert est déjà mis, les barquettes d'apéritif servies. Il ne manque que les dialogues, ou plus exactement les monologues de ma mère qui s'est installée sur le divan avec un air de reine. Elle sourit avec satisfaction à tout son petit monde enfin rassemblé. Je me sens mal à l'aise, mal à l'aise...

« Alors, tu as passé tes partiels ?

— Oui, mais je n'ai pas encore les notes. »

Je ne vais tout de même pas lui dire que sa petite

fille si intelligente a récolté six sur vingt en civilisation et un sur vingt en grammaire. Ça lui ferait un choc et grèverait mes finances. Je croise mes jambes de toute ma distinction et la regarde avec un sourire angélique, puis j'ajoute :

« Mais ça s'est bien passé. Je connaissais les sujets. »

Mensonge grandiose, mais il faut bien savoir mentir dans la vie, surtout que j'apprends par la chère et tendre conversation que mon petit frère a passé haut la main son examen, avec mention s'il vous plaît. Je ne vais tout de même pas rester à la traîne !

Elle ouvre de grands yeux comme si j'étais la septième merveille du monde et, soudain, j'ai le trac comme si le rôle que je devais réciter m'échappait brusquement. Et je me retrouve sur la scène, dans ma longue robe, sans pouvoir prononcer un mot. Ce silence me paraît durer une éternité. Je ne sais plus que faire. J'observe simultanément mon père et ma mère qui commencent tous deux à froncer les sourcils. Que dire, mais que dire ? Je me mets à parler d'Isabelle qui, soi-disant, a moins travaillé que moi. J'imagine une vie d'Isabelle pour ne pas rester dans ce silence qui me paralyse, et tout ça me paraît ridicule à en mourir, à en mourir.

Ma mère, enfin, se lève pour surveiller son bœuf aux carottes. Elle revient en annonçant que le dîner sera prêt dans dix minutes. Je baisse les yeux sur mes mains, et elle m'envoie :

« Tu aurais pu te faire les ongles !

— Je n'ai pas eu le temps.

— Tu te négliges un peu, il me semble. »

Tiens, la voici dans son rôle de mère gouvernante. Je n'ai pas grand-chose à répliquer à ça. Je me sens jugée et jaugée, dévisagée. Ça me met mal à l'aise. J'ai envie de leur faire passer l'examen, à eux aussi, de leur renvoyer en plein visage tout ce qu'ils m'ont fait quand j'étais gosse. Mais je ne dis rien, comme d'habitude. Je me tais.

« Tu n'avais pas parlé de garder des enfants le soir, le mois dernier ?

— Je n'ai rien trouvé.

— Pourtant, aujourd'hui, beaucoup d'étudiantes travaillent.

— Je sais.

— Je trouverais ça normal que tu participes un peu à... disons, ton train de vie.

— Tu comprends, ajoute mon père, si tu étais restée à la maison, tu vivrais plus aisément et ce serait plus facile pour nous. »

Le refrain recommence, j'aurais dû m'en douter. Bientôt ils vont aussi me dire que je devrais travailler.

« A quoi ça mène, les études, on se demande, et puis tu as déjà perdu deux ans après ton bac... Tu comprends, on veut bien être indulgent mais tout de même...

— La fille des Legrand par exemple, eh bien, elle a 24 ans et elle vit encore chez ses parents. Ce qui lui réussit très bien d'ailleurs, elle passe tous ses examens avec mention.

— Parce que, en fait, qu'est-ce que ça t'amène de vivre seule ? Tu dois payer un loyer, faire tes courses, ton ménage, et tout ça, c'est du temps perdu pour ton travail. »

Chaque fois, c'est la même chose, les mêmes dialogues, les mêmes reproches. Je ne réponds rien, j'attends qu'ils aient épuisé leurs répliques, qu'ils finissent par conclure : « Enfin, tu fais comme tu veux ! »

Et, pendant ce temps-là, j'imagine une fille qui n'aurait pas besoin de se pointer tous les mois chez ses parents pour mendier son chèque, j'imagine une fille qui se débrouillerait pour travailler et se sentir libre. J'imagine...

« Bon, eh bien, on va passer à table, je crois. »

Elle m'a coincée entre mon père et elle, en bonne maîtresse de maison, et commence à servir un potage. Je regarde mieux cette vieille femme à la coiffure démodée. Un visage ridé et des mains tachetées. C'est drôle, mais je n'arrive pas à me la représenter jeune, me portant dans ses bras, m'embrassant sur le front. Ça me donne l'impression de n'avoir jamais eu de mère. Peut-être n'en ai-je jamais eu. Je ne me souviens pas d'un visage de femme me souriant et me racontant des histoires. Je ne me souviens pas d'une femme qui me lavait les cheveux au soleil ni de mains qui me soulevaient pour me poser sur des genoux. Non, je ne me souviens de rien...

« Et puis, ton frère, il n'est parti qu'à 25 ans de la maison. Et encore, c'est un garçon.

— Nous ne voudrions pas te décourager, ma chérie, mais as-tu seulement pensé à ce que tu vas faire plus tard ? Tu sais, la fille de nos amis, eh bien, avec une licence d'anglais, elle ne trouve pas de travail.

— Sans compter que lorsque tu auras fini tes études la situation économique sera certainement plus critique...

— Je verrai bien.

— Mais, enfin, ce n'est pas une réponse ! On dirait que tu attends que l'or te tombe du ciel ! Il faut être plus sérieuse que cela, je crains...

— Tu comprends, après, tu nous reprocheras de ne pas t'avoir plus sérieusement conseillée... »

Je soupire en finissant la dernière cuillerée de ce potage sans goût. Je n'ai qu'une envie, c'est de regagner mon lit et mes histoires d'un jour. Ils me dépriment, là, tous les deux, presque vieillards qui voudraient vivre à ma place, presque vieillards qui vivent depuis vingt ans dans le même appartement et se racontent chaque soir les mêmes anecdotes usées, ces presque vieillards qui voudraient me dérober jusqu'à ma dernière étincelle de vie.

« J'ai fait du bœuf aux carottes, je sais que tu adores ça. »

Je baisse la tête sur mon assiette, je n'ai même plus l'énergie de jouer mon rôle, je n'ai plus l'énergie de rien, et je me sens minable, prostituée et dérisoire.

« Il y a beaucoup de garçons dans ta classe ?

« — Non, un ou deux. »

Je vois le sourire de soulagement sur leurs visages usés, le regard d'entremetteuse de ma mère et le sale regard d'homme de mon père.

Je pense à Michel, qui ne reviendra pas, qui ne reviendra plus, et ne me reconnaîtra même pas si je passe dans la rue. Je pense à Hervé qui doit déjeuner avec ses parents chéris, et je pense à tous ceux que j'ai croisés et à tous ceux que je hais, et puis aussi à celui que je n'ai jamais rencontré.

« Et les autres filles dans ta classe ? »

« Oh, je ne les connais pas beaucoup. »

Vite, finir ce bœuf aux carottes, avaler le dessert, prendre mon chèque et puis partir, j'ai envie de pleurer dans les bras de quelqu'un parce que je ne suis rien. Et puis, non, j'ai envie de me cacher dans une pièce noire à l'abri du monde, une pièce où il n'y aurait personne pour me voir et me juger, j'ai envie de me recroqueviller sur moi et de pleurer sur ce que je ne serai jamais, j'ai envie...

« C'est bon ? »

« — Très. »

Décidément, elle doit s'apercevoir qu'il y a quelque chose qui ne va pas, moi qui ose toujours critiquer ses manies culinaires en en profitant pour en reprendre trois fois. Ce soir, je ne dis rien et je ne finis même pas ce qu'il y a dans mon assiette, non, je n'ai pas le cœur à mentir.

« Vera, ma petite fille, tu sais que s'il y a quelque chose qui ne va pas... »

Je me garderais surtout bien de te le dire. Qui est cette vieille femme qui s'attendrit sur moi, qui est-elle pour se donner le droit de me regarder ainsi, comme si je n'existais pas, comme si je n'avais pas le droit de vivre ? Elle, ma mère ?

Elle se lève et emporte le plat. Si j'avais su, j'aurais prétexté un exposé à rendre demain. Elle revient avec une crème aux œufs. Soudain, ça me donne mal au cœur. Mais qu'est-ce que je fais là ? Comment précipiter les choses ? Je me hais.

« Il y a bientôt des vacances, non ?

— Oui, dans deux semaines.

— Tu pourras venir nous voir un peu plus souvent alors. »

Oh, non, merci. Tout mais pas ça. Il ne faudrait pas me prendre pour la petite fille de service. Mon père me regarde en souriant béatement. Ma mère surenchérit :

« Comme tu as déjà passé tes partiels... »

Mais qu'est-ce qu'elle attend ? Qu'est-ce qu'elle croit ? Je n'ai plus rien à lui dire, à cette vieille femme qui s'ennuie. Rien ne me lie à elle, imaginer que je suis sortie de son ventre, c'est impossible, trop impossible. Elle n'est rien pour moi, plus rien !

Bruit de cuillers, retombées du silence. Eux, mes parents... Dire que j'ai vécu presque vingt ans avec eux, qu'ils m'ont portée, aimée, haïe ! Je n'arrive plus à me rappeler quelle chaleur pouvait exister ni quelle passion me retenir ; je n'arrive pas à imaginer leur présence jour après jour, leurs paroles, leur amour, j'ai l'impression qu'il ne reste de tout cela qu'un grand vide, un si grand vide...

« On pourrait aller ensemble dans les magasins si tu veux. »

Le piège. Doux chantage. Sous-entendu « si tu viens, je t'achèterai certainement quelque chose ». Nausée. J'ai besoin-envie de me cacher. Besoin-envie de n'être plus traitée par hypocrisie et mensonge. Besoin-envie de me retrouver seule et de me dire que mes parents n'ont jamais existé, qu'il n'y a jamais eu de mère pour me tendre les bras ni de père pour me prendre par la main, besoin-envie de croire que je ne suis qu'une enfant de l'abandon.

Le plat de crème aux œufs repasse. Mon père s'en empare. Ma mère réprimande :

« Voyons, Georges, ton diabète ! Ce n'est pas sérieux !

— Oh, pour une fois...

— Vera ?

— Non merci. »

La pendule égrène le temps. 9 heures et demie. Demain, je n'ai qu'un cours à 10 heures. Je verrai peut-être Isabelle. Je ne sais pas ce que je ferai ensuite. D'avance, la journée me semble vide, terriblement vide. Comme un fossé que l'on aurait peur de sauter, une porte que l'on aurait peur de franchir, un mur sur lequel vos mains tâtonneraient à la recherche d'une prise...

Je ne peux pas m'empêcher de rechercher des bribes de passé. Je n'en trouve aucune. Sur ces visages, il n'y a que l'usure des années, la triste flétrissure de l'ennui, le désarroi d'une vie. Je ne vis pas avec eux. Je n'ai rien partagé avec eux. Etrangers.

Le cérémonial du café maintenant. Je patiente. Figurante du décor. Simple mannequin qu'on aurait posé là. Je suis ailleurs. Dans les rues de la ville en train de marcher sans but, dans les couloirs du métro entre les files de passagers pressés, dans les couloirs d'une Fac en train de réfléchir sur le vide, sur la vie, et sur rien. Je suis dans une maison où il y aurait du soleil, dans un grenier où je reconstruirais le monde, sur un chemin où il y aurait quelqu'un pour me dire « Viens » et me prendre par la main. Je suis sur une plage où le vent me murmure des poèmes, sur une digue où les vagues meurent devant moi, en haut d'une falaise d'où le vide me dit « Viens »...

Choc des tasses contre les soucoupes de porcelaine. Ma mère. Qu'est-ce que ça veut dire, mère ? Tout cela me semble si ridicule. Un étau se serre dans ma poitrine ; il va bientôt sortir son carnet de chèques, ce geste me révolte et pourtant, je ne suis venue que pour lui. « Prostituée ! » me crie une voix.

« Tu as des cours demain, Vera ?

— Oui, à 8 heures.

— Eh, bien, nous allons te laisser partir. »

La formule de libération. On ouvre la porte. Les grilles sont derrière moi. Mais devant moi, je devine encore des milliers de portes à franchir, de grilles à ouvrir, d'emprisonnements à subir. Il sort son carnet de chèques, de ce geste décent, indécent. J'étouffe de honte.

« Tu nous téléphoneras ?

— Bien sûr. »

Il signe. Le geste est fait, la prostituée referme la porte, l'homme descend l'escalier. Les billets sur la table de nuit.

« Eh bien surtout, ma petite chérie, prends soin de toi.

— Travaille bien. »

J'embrasse les peaux flétries de ces étrangers. J'ai ramassé le chèque et l'ai glissé dans mon sac, infime victoire. Je me dirige vers la porte. Je me retourne sur ce couple de vieillards. Une photo, une détresse.

Je voudrais qu'il y ait de la lumière dans ma maison et que les jours ne soient plus gris et tristes comme des flaques d'encre sur un mur blanc, je voudrais que mes yeux aperçoivent un sourire sur le miroir tacheté et qu'il y ait des milliers d'espoirs éparpillés sur le chemin qui mène à la route, je voudrais qu'il y ait du café chaud et des tas de sourires à recevoir, je voudrais qu'un chat au regard de tendresse vienne se blottir sur mes genoux comme moi je ne pourrai jamais le faire, je voudrais qu'on me caresse l'épaule pour me signifier qu'il est l'heure de se lever et qu'on me dise quel jour on est, et pourquoi aujourd'hui et pourquoi pas demain. Je voudrais qu'il n'y ait plus d'heures et que le temps s'enfuie, que les nuits soient comme des caresses et le sommeil comme une larme sur la joue d'un enfant, je voudrais m'endormir sur moi-même avec une petite lumière au creux de la main et puis me réveiller au milieu de la nuit pour la donner à mon cœur blotti au creux de mon corps. Je voudrais qu'il y ait des tas d'étoiles par terre et des bougies partout dans ma maison et puis...

Mais tous les jours, se réveiller le vide au creux du

corps, et voir son visage morose dans le miroir et se répéter qu'il y en a encore un, encore un jour sans savoir où est le bout du chemin, et tous les jours se haïr d'être là, telle que l'on est, amoureuse de toutes celles qu'on ne sera jamais... Et tous les jours espérer sans croire qu'une étincelle va jaillir sous vos pieds fatigués, et tous les jours espérer sans pouvoir devenir celle que l'on a imaginée... Et tous les jours voir ses mains répéter les mêmes gestes et sentir le même étau dans la poitrine, la peur, la peur de soi, qui s'étend, et se repût de vous... Et tous les jours se dire que le soir, on sera semblable à la veille, et tous les jours se dire que l'on attend le soir pour mourir un peu plus...

Je bois mon café assise au pied du lit en relisant d'un œil distrait les notes du cours de la semaine dernière. Il y a des dessins, des insultes, des débuts de poèmes. Des dates. Des pièces de Shakespeare. Des grands blancs. Je referme la chemise. Le café est amer, il faudra que je pense à acheter du sucre. J'ai envie de me recoucher, et de rêver. De m'endormir sur ma détresse, et mon ennui. De m'oublier, me perdre dans des déserts tout blancs et des églises romanes, de ne plus retrouver le chemin de la forêt et d'y rester comme un animal abandonné, de m'égarer dans la ville et d'entrer chez quelqu'un d'autre, que je deviendrais, au lieu d'être moi. J'ai envie de sentir qu'il y a quelque chose d'autre en moi qu'un regard qui quémande et une main qui se tend, et que je pourrais aussi être celle qui sait donner, et caresser, et protéger. J'ai envie de découvrir que je suis quelqu'un d'autre, que je ne connais pas, que je ne devine pas.

Un rayon de soleil sur le lit, ma main s'y allonge, malade. Malade d'abandon et de détresse, malade de tendresse insatisfaite. Je suis malade. Je voudrais me recoucher, et m'endormir.

Non, je vais partir. Je serai en avance, mais il fait trop triste dans cette chambre, sur ce lit, ce coin de lit, avec ces rêves, tous ces rêves qui s'enfuient. Il fait trop triste dans l'espoir de quelque chose de différent et la certitude de la défaite.

Descendre les six étages, ouvrir la boîte aux lettres vide, refermer l'espoir et continuer son chemin vers nulle part. Mon sac heurte ma hanche à chaque pas, comme le retour d'une réalité que je ne peux plus saisir. Je me dis que je vais retrouver une foule d'étudiants qui, comme moi, ne travaillent pas, ignorent leur avenir et pourtant ne meurent pas d'angoisse. Mais je me dis aussi qu'ils sont plus doués que moi, plus travailleurs, plus sérieux. Isabelle n'a pas d'angoisse pour l'avenir, elle. Non, elle est sûre de sa force, sûre de sa vie. Même si elle a raté ses examens, n'a plus d'argent pour finir le mois et a perdu son dernier petit ami qu'elle considérait déjà comme son grand amour. Moi je m'effondre pour une histoire qui ne rime à rien mais qui me frappe comme un échec. Je me sens le soir, toute seule, dans le noir. Je n'ai même pas un sursaut de désespoir. Je suis triste à en mourir, sans savoir ni vouloir me révolter.

Les visages sans expression des gens, leurs yeux qui ne parlent de rien et leurs gestes usés de passagers sans espoir, les stations qui défilent et des visions de corps broyés, ravagés, et de corps morts, mon sac sur mes genoux et les battements de ce cœur qui vit, vit inexorablement, les publicités pour le Maroc et tous ces pays où le soleil vous illumine... les images se mêlent et se perdent dans un flot de brouillard, hors de la vie. J'ai l'impression de m'être trompée de train, de partir vers nulle part alors que quelqu'un m'attend quelque part. J'ai l'impression d'avoir raté mon rêve, gâché ma vie. Je suis en train de mourir, maintenant, dans le train anonyme des abandons, laissée-pour-compte. J'ai l'impression d'avoir croisé celui qui m'attendait, ignoré celui qui me regardait, bafoué celui qui, en secret, m'aimait.

Terminus des sans foi ni loi, des clochards et des mendiants, Clignancourt, sortie de secours, destination inconnue... Je descends le boulevard avec mon sac qui heurte ma hanche et mes cauchemars qui se mêlent pour crever sur le trottoir gris des indifférences. Je ne sais pas où je vais, je ne sais pas qui je suis... Est-ce qu'un jour je verrai la lumière apparaître au bout du chemin, l'étoile scintiller dans la nuit et la nuit s'ouvrir sur la tendresse d'une vie ? Je ne sais pas, je ne sais plus...

Bâtiment gris entouré de grilles, soi-disant lieu de culture, je vais directement à la cafétéria m'offrir, mais sans plaisir, un café crème. Isabelle n'est pas là, Véro toujours absente. J'aperçois le brun assis près de l'amphithéâtre en train de relire ses notes... Je reste sur mon coin de table. Les autres, autour de moi, bavardent, s'enthousiasment et rient de je ne sais quoi. Je me sens moche, bête et dérisoire. Je me sens bonne à être jetée au rebut, comme un jouet usagé, qui n'émerveille plus. J'ai envie de disparaître dans le noir, que personne ne me voie, que personne ne m'aperçoive...

Je laisse la foule des étudiants pénétrer dans l'amphithéâtre, je rentre parmi les derniers, avec mon sac inutile et mes pensées qui vagabondent...

Et ça recommence : baratin sur Shakespeare. Je me mets à observer les étudiants, les filles sont toutes plus belles que moi, les mecs jouent les indifférents. Je n'ai pas ma place ici, je ne prends pas de notes parce que d'autres notes courent dans ma mémoire, je ne suis même pas ce que dit le prof parce que je pense en français. Ce qui me rassure, c'est que le mec, à côté de moi, lui non plus n'écrit rien et n'écoute rien, perdu dans ses nuages... de drogue... Ses pupilles sont tellement dilatées qu'il n'a plus qu'un regard fixe et vide, inexistant.

« Tu te cames à quoi ?

— Moi ? Oh, ça dépend, tu sais... Je prends ce que je trouve.

— C'est comment ?

— Oh, je ne peux pas t'expliquer. »

Il m'intrigue. Il a l'air de faire partie d'un autre monde. Je fais semblant de me détourner de lui mais en fait, je ne le quitte pas des yeux. A quoi rêve-t-il ? Est-ce qu'il a l'impression de ne plus exister ? Voit-il des cratères de feu, des soleils merveilleux, des danses des mille et une nuit, des flammes de paradis et des pays où la beauté est la seule loi, sent-il son corps se perdre, s'alléger, le quitter, n'est-il plus qu'une âme à la recherche de ses miroirs, un effluve de fumée s'enfuyant de la lumière ?

« Dis, tu pourrais pas m'en passer ? »

Pourquoi pas après tout ? Puisque je ne suis rien, puisque je ne vaux rien, puisque mon monde à moi est gris et laid et que je n'espère rien d'autre que des bribes d'oubli, puisque je ne fais rien et que le temps si douloureux de la vie ne me laisse rien qu'une nausée au creux du ventre, pourquoi pas ?

« T'as déjà essayé ? demande-t-il.

— Non...

— Ne commence pas : c'est l'enfer.

— L'enfer au paradis ?

— Si tu veux.

— Passe-m'en quand même.

— Viens, on se barre. C'est débile, ce cours. »

Il se lève, dérange les étudiants qui le regardent de haut. Moi, je ne dis rien, je suis le chemin qu'il me trace, sors devant le prof qui a un triste sourire d'ironie devant les deux dingues qui vont se camer pour oublier leur condition.

« C'est dommage, tu as de jolis yeux.

— Ça sert à quoi, de jolis yeux ? »

Décidément, j'aime le cynisme aujourd'hui. Je ne sais pas où il m'emmène, peu m'importe. Il se dirige vers le métro et je le suis. Il est grand et maigre mais je ne peux pas supporter ce regard qui à la fois me fascine et me terrifie.

On s'assoit en première. Il me raconte qu'il habite un atelier avec trois copains, à Montparnasse, qu'ils font des virées tous les soirs à Belleville pour trouver leur came et qu'ils sont déjà fichés par les flics.

Moi, j'écoute, je n'ai pas peur parce que j'ai eu trop peur de moi. Une seule phrase cogne et court dans ma tête : « Je vais disparaître. »

Le flot des passagers descend à Montparnasse. Entraînés, désincarnés, nous les suivons dans les couloirs gris qui n'en finissent plus de déverser leurs files d'insectes grouillants. Je lui ai pris la main par peur de le perdre, de me perdre et nous avançons vers la sortie comme si cette sortie n'existait même pas vraiment, n'était qu'un sursaut de notre course épuisante vers le rêve. Enfin, le boulevard, les cafés et une bribe d'angoisse qui s'en va.

Rue Vavin, dans une cour pavée où des chats affamés et sauvages s'enfuient en nous voyant, il ouvre la porte d'une petite maison en retrait. « Je vais disparaître. » Je le suis dans une grande pièce où des toiles sont plaquées contre les murs, à demi peintes, visions déliquescentes de tours qui s'effondrent, de corps qui se détruisent, de feux qui se propagent... Deux lits dans un coin de la pièce, sur l'un d'eux est allongé un homme d'une trentaine d'années, les yeux fixes, tellement fixes...

« C'est Romain, faut pas le déranger. Viens. »

Il m'entraîne dans une pièce dénudée, juste un lit, des cendriers et des tasses sur le sol. Il entre dans une petite salle de bains, en ressort avec quelque chose au creux de la main...

« Tu es toujours décidée ?

— Oui.

— Tiens. Prends-en quatre. Ça va peut-être te rendre malade. »

« Je vais disparaître. » Je regarde, fascinée, les cachets blancs au fond de sa main. Je m'en empare... Vais chercher un verre d'eau dans la salle de bains. J'hésite. Je ne sais pas. Qui vais-je devenir ? Je les avale, l'un après l'autre. Je regarde le camé aux pupilles dilatées. Un triste sourire se fige sur ses lèvres gercées.

« Tu ferais mieux de rester là jusqu'à ce soir. Tu

dîneras avec nous. Si quelqu'un s'est démerdé pour trouver du fric. O.K. ?

— Ça fait de l'effet tout de suite ? »

La peur tout d'un coup. Des sueurs froides sur ma peau...

« Oh, dans une demi-heure. »

J'attends qu'il m'en dise plus. Qu'il m'explique où je vais aller et si je vais délirer et parler sans m'en apercevoir... Mais il ne dit rien. Il avale lui aussi des cachets. Sans un cillement de paupières. Je vais me recroqueviller sur le lit, je suis malade de peur. Il referme la porte derrière lui.

Une cellule. Aux murs blancs. L'odeur de mégots refroidis. Je cherche une cigarette dans la poche de ma veste. Je l'allume. Ma main tremble. J'entends des bruits dans la pièce d'à côté. Où est-il parti, lui ? L'autre, aux yeux fixes, aux yeux fixes... Les sons de Vangelis s'élèvent. Je ne veux pas entendre, je ne veux pas entendre ! Pourquoi ces maudits cachets ne m'ont-ils déjà pas fait disparaître ? Je veux disparaître, disparaître !

Un building s'écroule, une silhouette maigre se profile, épuisée, le long d'une route sans fin, sans fin, un regard fixe, fixe et vide. Le visage de ma mère. Que vient-elle faire là-dedans, celle-là ? Une main qui court sur le papier, une fille qui court le long des couloirs d'un métropolitain crasseux, une chambre vide, vide, vide !

Une sensation de flottement, mon corps devient léger, léger, je ne le sens plus, mes bras ne sont plus là, ma main retombe auprès du cendrier, la cigarette brûle la moquette, je ne peux plus bouger, je ne peux plus bouger... Je sombre dans un sommeil comateux...

« Hé, debout là-dedans ! »

C'est la nuit, déjà. Pourquoi si tôt ? Le temps a passé par-delà moi, le temps ne m'a fait ni peur ni douleur. Mes membres sont gourds et ma tête lourde. Mon copain de tout à l'heure me regarde avec son sourire triste, un peu ironique cette fois.

« Alors ?

— Mais c'est comme si tu dors !

— Oh, pas extra alors ! » conclut-il.

J'essaie de me relever, il vient m'aider, il me soulève par les bras, me tient par la taille, me fait marcher, mes jambes tremblent, tremblent...

« Je vais tomber...

— Mais non ! Ne t'en fais pas, c'est toujours comme ça après. »

Je retrouve un semblant d'équilibre mais ne lâche pas son bras. Je m'accroche à lui comme si je n'avais plus que lui au monde. Il m'entraîne vers la grande pièce de tout à l'heure, où cinq compagnons de misère sont assis autour d'une table, occupés à fumer et à déballer des sacs pleins de nourriture.

Soudain, il me lâche, et je m'effondre en poussant un cri de stupeur. Ce n'est pas la douleur, car je ne sens plus mon corps.

« Je t'en ai peut-être donné un peu trop. »

Il m'aide à me relever, me fait asseoir entre ses copains qu'il me présente d'un signe de tête. Et toujours ce Vangelis que je n'ai même plus la force de détester ni de maudire. Apathique, apathique...

« L'Arabe du coin nous a fait crédit.

— Il m'a dit : "Allah est grand !", et il m'a filé tout ça ! »

Ils déballent des sachets de figues et de dattes, des boîtes d'œufs, des yaourts, des boîtes de conserve. Leurs mains tremblent à peine. On dirait qu'ils font l'inventaire d'un cambriolage. Mes yeux suivent machinalement leurs gestes. Je ne sais plus, je ne sais plus...

« Quelle heure est-il ?

— Onze heures. »

On m'a volé le temps, heureusement volé, ce temps dont je n'ai que faire et que je ne peux plus supporter. J'aimerais que tous les jours soient comme ça. J'aimerais mourir sans m'en apercevoir...

Ils se mettent à piocher dans les sachets de dattes, et à ouvrir les boîtes de conserve. Qu'est-ce que je fais là ? J'ai voulu me perdre. C'est encore plus angoissant de ne même plus savoir qui l'on est. J'ai voulu disparaître, mais au bout du chemin on réapparaît toujours. Je sens mon corps qui se penche, se penche...

« Hé, tiens-toi debout !

— Faut peut-être que tu ailles te recoucher... »

Oublier, encore oublier, toujours oublier. Une nausée, soudain, me plie en deux. Mon copain se précipite sur moi et m'emmène vers l'évier. Je vomis un liquide blanchâtre, nauséabond, rendu pour compte de l'oubli.

« Ça va aller mieux maintenant. »

Mes jambes tremblent toujours autant, et je suis obligée de m'accrocher à lui pour revenir m'asseoir. Ils mangent et se taisent, machinalement, mécaniquement, comme s'ils étaient ensemble par une sorte d'obligation tacite. Leurs regards ont tous cette même fixité effrayante, fascinante...

Pourquoi m'acceptent-ils comme ça ? Qui suis-je pour eux ? Je ne comprends pas. Je ne cherche même plus à comprendre.

« Tu ne veux pas manger un peu ?

— Oh non, je vais dégueuler. »

Je me sens mal à l'aise parmi eux, déplacée, néophyte, ignorante. Ils me font peur et pourtant, je voudrais être comme eux.

Je me lève et murmure à mon copain que je vais me recoucher. Les sons de Vangelis, lancinants, obsédants, m'accompagnent dans mon délire comateux jusqu'à la fin de la nuit.

Je suis dans une cellule dénudée aux murs blancs, je suis dans la lumière du jour mais hors des jours qui passent, je suis dans un labyrinthe dont je ne reconnais plus les innombrables couloirs. Je suis sur une falaise entourée de vide et dont le vide, impassible, m'attire et m'attire toujours un peu plus. Je suis sur un fil d'équilibre tendu au-dessus de ma vie. Je suis perdue dans une forêt dont les chemins s'entrecroisent et se mêlent. Mais non, je suis dans une cellule dénudée aux murs blancs et ma solitude me pèse.

Les autres à côté, vivent malgré tout. Les autres à côté gardent un semblant de vie malgré cette drogue qui les coupe de toute réalité. Moi, je n'ai plus rien qu'une imagination décousue et qui s'en va en bribes. Moi, je n'ai plus rien que l'illusion de vivre, et la certitude de cette illusion. Je suis blottie au pied du lit comme un animal malade, avec cette nausée et cette révolte étouffée au bord du cœur, mes jambes collées contre mon visage et le regard qui s'égare, mes mains qui tremblent et mon corps qui se perd. Le visage de ma mère, toujours, devant mes yeux. Et je rêve d'une jeune femme portant son enfant entre ses bras. Je rêve de cette jeune femme-là que sans doute je n'ai jamais connue, de cette jeune femme-là avec qui sans doute je n'ai jamais vécu. Ses cheveux brillent dans la claire lumière du soleil. Elle est belle d'amour pour cette enfant qui s'accroche comme si elle n'avait plus qu'elle au monde et toutes deux, mère et fille si complices, si intimes, rient ensemble, loin des hommes, loin des autres, trop riches de leur tendresse, trop riches de leur chaleur...

Mais cette femme-là n'a jamais existé pour moi, non, jamais. Et je suis aujourd'hui, maintenant, dans une cellule aux murs blancs, avec toute cette faim de tendresse refusée et ces mains à qui l'on a interdit de se tendre comme de prendre, et je suis aujourd'hui, maintenant, toujours, à la recherche de ce que personne ne m'a donné et que je n'ai pas su construire par moi-même...

Enfin, les sons étirés de Vangelis cèdent la place à la voix sensuelle de Joan Baez. Je les imagine de l'autre côté de ce mur, étendus sur les lits ou couchés à même le sol, perdus dans un autre monde que le nôtre pour ne plus savoir et ne pas voir. Je les imagine vivre de rien et sans cette angoisse obsédante, paralysant l'avenir. Je les imagine au chaud dans leur propre tendresse qui se blottit au creux de leurs bras et leur seul amour qu'ils entretiennent à coups d'oubli et de néant... Moi, je suis parmi eux, mais par hasard, simple coïncidence de la vie et des vies qui se croisent. Et j'ai froid au bord de ce lit, dans la peur et la haine de moi, j'ai froid et faim de caresses tout simplement, froid et faim avec cette angoisse perpétuelle de moi-même.

Pourquoi m'acceptent-ils ? Je ne suis pas comme eux, je ne parle pas le même langage et ne connais pas les mêmes gestes. Pourquoi m'acceptent-ils puisqu'ici invite n'égale pas coucher ? Mais sans doute adoptent-ils tout le monde ou personne, les errants et les mendiants comme les bourgeois déguisés en vagabonds. Oui, sans doute acceptent-ils tout le monde et personne. Vera personne...

Ils sont là, de l'autre côté de ce mur, et la certitude de leur présence me rend amère car je ne sais pas me mêler et ne faire qu'un avec eux, oublier à travers eux mes peurs et mes angoisses, vivre avec eux d'insouciance et d'occasion, vivre d'occasion en espérant ou en rêvant aux moments riches et privilégiés. Alors, je suis là, au bord d'un lit, comme une enfant qui boude parce qu'on vient de l'abandonner, et comme une fille qui a trop peur de son miroir. Je suis là, au bord d'un lit dans la prison du coma dont le souvenir s'étage avec la conscience de ma vie manquée, de ma solitude.

Et j'imagine qu'un jour, au hasard du désespoir, je vais croiser ce regard qui me retiendra et cette main qui s'offrira. J'imagine ce couple enlacé qui marchera à travers les rues de la ville, sans but mais aussi sans ennui. J'imagine ces nuits de sommeil où, l'un contre l'autre, nous dormirons comme des enfants qui s'abandonnent. J'imagine cette main toujours présente et ce regard qui saurait lire à travers moi, et ne jamais se tromper, et ne jamais me trahir...

Mais j'imagine, et cette conscience de rester dans l'amère réalité quotidienne souligne le contraste d'une manière plus cruelle encore. Une gifle qui vous surprend, un coup qui vous humilie et une insulte dont le mépris vous inonde. Et plus j'imagine, et plus le rêve tourne vers le cercle de l'impossible, et jamais plus je ne rencontrerai une amitié amoureuse au coin d'une rue...

Et la certitude qu'ils sont là, toujours là, derrière ce mur... Ils finissent les dattes en se passant des cigarettes, et ils ne se parlent pas. C'est à peine s'ils se regardent, chacun perdu dans ses illusions d'Eden, chacun reconstruisant le monde à sa manière...

Demain, il faut que je revoie Isabelle, que je lui parle, que je lui demande si elle aussi a ce dégoût et cette nausée lorsqu'on accepte un garçon par ennui, par désœuvrement ou pour ne pas se croire trop laide ni difforme, à jamais rayée du monde. Si « les siens » se tournent également vers le mur en s'enfermant dans le silence et pour la laisser pleurer et cauchemarder. Et, sinon, que je lui demande comment elle fait pour reconnaître les sincères des menteurs, les dragueurs des amis... que je lui demande, lui demande, lui demande...

Elle me prendra peut-être pour une petite fille ou une naïve ou une victime. Peut-être ira-t-elle jusqu'à rire de moi. Peut-être les insultera-t-elle avec moi. Non, elle est trop sûre d'elle et de son charme, et sait se servir de ses défauts même pour se faire aimer...

Et pourtant, je me surprends à regretter la présence de Michel, à me traiter d'idiote pour l'avoir chassé. Et déjà je me surprends à imaginer une fille qui, chaque jour, séduirait un inconnu, et séduirait toujours, infailliblement... Mais non, si je croisais une fois seulement ce regard qui m'attend et cette main qui se tend, je sortirais indemne de la roue de la fortune de mes incertitudes. Si seulement, une fois seulement...

Et pour ces ébats écœurants, humiliants, dégradants et sans plaisir, ils courent jusqu'au bout du monde et sont prêts à vous promettre tout l'or du monde. Ce sont ces étreintes indécentes et ces sexes qui se touchent qui dirigent le monde, comme des rois ou des déesses...

Mais alors, mais pourquoi ? Pourquoi ce pincement au cœur lorsqu'un couple trop beau me nargue dans la rue en s'enlaçant comme si c'était pour la vie et que la vie n'était plus que ces perpétuelles attentions portées à l'autre, cette perpétuelle tendresse ? Mais alors, pourquoi cette certitude que quelque chose d'autre existe encore, quelque chose que je croise sans cesse et que je rate sans cesse, que je vais même jusqu'à étouffer en espérant pouvoir, après, renaître ?

Si l'amour n'avait pas de sexe, on le rencontrerait à chaque instant de vie.

Joan Baez me fait pleurer de tristesse sur mon coin de lit. Cette nausée au creux du cœur me poursuit, et cette impuissance à vivre me pèse comme un carcan. Que font-ils, de l'autre côté de ce mur ?

Je ne sais pas. Ils rêvent peut-être. Ils partent vers des pays merveilleux. S'imaginent vedettes et stars, fiers et même purs.

Pourquoi voudrais-je les sonder ? Je ne les connais pas. Ils ne font qu'amplifier mon malaise. Aigrir ma souffrance. Egarer l'étincelle de courage qui me reste. Un mépris plus grand encore pour Vera, moi, rien, personne.

Mon corps toujours engourdi. Ces pensées confuses, en tous sens, qui ne cessent de courir. Ces regrets, ces amertumes et ces reflets d'injustice ou peut-être de malchance. C'est la même chose. Mes mains qui s'agitent, comme à la découverte d'un nouveau visage, d'un autre corps, d'une innombrable et dérisoire Vera. Mon dos contre le mur. Je m'étends. Je voudrais fermer les yeux et que le monde de nouveau disparaisse. Que l'oubli de nouveau m'enlace. Que le temps de nouveau se vole. Mais je suis dans un état de demi-sommeil, demi-conscience. Je suis toujours là. Dans cette cellule vide. Aux murs blancs.

Avec ma solitude. Ou mon abandon. Mon désarroi. Ou mon désespoir. Et mes amours déchirées qui s'envolent en morceaux dans le vent d'une nuit d'automne.

J'ai pensé, insulté, imaginé et rêvé toute la nuit. Au lieu de me soulager de ce trop-plein, je l'ai augmenté ; désormais, ma tête est si lourde que j'ai l'impression qu'elle va s'arracher de mes épaules et se fracasser sur le sol. La chambre dénudée est toujours vide. Peut-être dorment-ils encore ? Je n'entends aucun bruit. Ou peut-être sont-ils partis. Enfuis. Envolés.

Je me lève avec mille précautions. A chaque pas, j'ai l'impression que je vais m'écrouler. Pourtant non. Je trouve les cinq mecs allongés par terre, dans l'autre pièce. Endormis ou drogués ? Je pourrais faire du café mais je ne sais même pas où est la cuisine. Je pourrais tout simplement attendre qu'ils se réveillent, mais je n'en ai pas envie. J'ai envie-besoin d'aller me cacher, de me réfugier dans ma chambre et de ne plus en sortir. Envie-besoin de me retrouver et peut-être de découvrir un modèle plus parfait de l'image idéale de Vera.

Je prends mon sac posé contre des toiles retournées et, sur la pointe des pieds, je file.

Qu'est-ce que cela a changé ? Une journée d'oubli et d'inconscience, et puis alors ? Je reviens au point de départ d'un autre cercle, d'un autre jour. Rien n'a bougé. Je reviens avec ma tendresse inutile, mes amertumes qui se mêlent et mes rancunes étouffées. Je reviens avec le même visage, peut-être même un peu plus pâle, sans doute beaucoup plus désemparée. C'est seulement ça, la drogue ? Où sont leurs rêves de paillettes et leurs visions d'Au-delà, le paradis qu'ils décrivent et toutes ces sensations d'un autre univers, ces vies colorées en rose ? J'ai tout laissé derrière moi, tout laissé insaisi, comme la vie elle-même et, désormais, je dois continuer et continuer à marcher sur cette même route quand le soleil m'aveugle, quand l'obscurité m'enveloppe. Désormais, je dois survivre exactement comme avant... Ces cachets blancs de mon oubli ne ressemblent pas même à une issue de secours. Inutile, complètement inutile...

Et les passants sont trop pressés pour me regarder et comprendre mon étrangeté. Mais je saisis parfois dans le reflet des vitrines cette expression qui ne trompe pas, cette expression vide, vide... Dormir, c'était seulement pour dormir.

Enfin, le temps a passé sans que je m'en aperçoive. Mais de nouveau, il est là, et tout recommence. Tout recommence, exactement comme avant, il n'y a pas si longtemps.

La solitude qui déjà me guette du coin d'une rue, l'ennui qui passe et qui repasse, l'obsession de cette tendresse manquée, toujours refusée, la vision de cet ami que jamais je n'ai rencontré, les « A quoi bon ? » et les « Que vais-je faire ? » de ma vie, pour l'instant en sursis. Rien n'a bougé. Rien... J'ai les jambes qui tremblent un peu plus, et mes mains sont plus moites. Là est la seule différence. Ce serait plutôt risible si seulement j'avais le cœur à rire, mais je l'ai plutôt à pleurer. Et je marche sur le boulevard Montparnasse avec la nausée au bord des lèvres. La sensation de m'enfoncer un peu plus chaque jour, de faire tourner chaque jour un peu plus la vie dans le sens de la non-vie...

9 heures à la pendule de la gare Montparnasse. Non, je ne vais pas rentrer chez moi. Non, pour quoi faire ? Mais aller à la Fac retrouver Isabelle et lui demander, lui demander... Chercher sa présence et m'en nourrir, même si elle n'est pas une véritable amie mais seulement ma copine, lui dérober un peu de son calme, de sa vie, de son courage... Je n'ai plus de ressources. Je ne semble plus même exister...

Couloirs gris, interminables... J'ai l'impression qu'ils n'en finiront jamais de m'entraîner vers cet ailleurs sans espoir, cette médiocre issue de secours, ce seul lien qui encore me retient à la vie. Pourvu qu'elle soit là... Il faut absolument que je lui demande... Quoi, déjà ?

Si elle séduit les hommes par ennui ou parce qu'ils lui plaisent, s'ils l'entourent de tendresse ou l'ignorent d'un air de dire « N'envahis pas ma vie ! » s'ils se tournent vers le mur et s'endorment après, et si cet après est pour elle si terrible, si humiliant...

Enfin, me voici sur le quai, et de m'affaler sur un banc. Je sors machinalement mes feuilles de notes de mon sac. Pages que je tourne sans même lire, geste de contenance pour me donner l'illusion d'effacer mon malaise. Coupable. Moi, coupable de ces instants d'oubli. Pourquoi pas la mort dans ce cas-là, et s'il y avait la mort, ce serait seulement après la rencontre de cet ami-là... Celui que je n'ai jamais croisé, à qui je n'ai jamais parlé, qui jamais ne m'a tenue dans ses bras et consolée, réconfortée, cet ami-là qui connaît la tendresse et sait vous l'offrir sans demander la monnaie de la pièce, cet ami-là qui dirait « Viens, je t'emmène » et me prendrait par la main comme une petite fille qui n'a pas de corps, ou comme quelqu'un que l'on aime sans oser le toucher, comme quelqu'un que l'on aime vraiment...

Ma mort ne peut advenir qu'après cela. Avant ce serait une défaite trop humiliante, et même si mon orgueil s'en va en déroute, même si mon orgueil n'est plus qu'une arme que je tourne contre moi, il est encore là pour la mort, oui, il existe encore...

Le métro arrive dans un fracas de tôles. Je monte en première sans m'en apercevoir, parmi des grands-mères qui n'ont plus leur corps à vendre ni leur nausée à cacher et des hommes d'affaires pressés qui sortent leur dossier et déjà travaillent, travaillent...

Moi, je ne fais rien, ni de moi ni de ma vie. Si j'avalais chaque jour les cachets blancs d'un paradis imaginaire pour faire semblant, rien ne changerait. J'aurais encore moins de chances de sortir de l'ombre, c'est tout... Je me mépriserais un peu plus, c'est tout... Je me prostituerais pour de l'argent au lieu de me prostituer pour l'illusion d'être aimée, c'est tout... Je chercherais cet ami-là dans les délires et les comas au lieu de le guetter à chaque coin de rue, c'est tout... Stupide, absurde. Aussi absurde que ma vie figée en cet instant.

Et que lui demander encore ? S'ils ne viennent que pour ça et jamais ne l'invitent à venir prendre un café, ne prennent le temps de la séduire et de lui plaire, s'ils se croient des dieux éternels parce que leur corps est indécent sur son corps à elle. S'ils croient que pour les filles aussi, il n'y a que cela qui compte. S'ils parlent vulgairement lorsqu'on leur parle de tendresse et ne répondent qu'à coups de sexe à vos questions d'amour... S'ils trouvent votre chambre trop petite et votre café imbuvable « après ». S'ils vous regardent comme une vulgaire prostituée ou avec la vulgaire indifférence d'un désir satisfait « après ». S'ils vous disent à peine bonjour et ne vous parlent même plus « après »... Comme si la rencontre de deux sexes détruisait à jamais tout ce qui peut exister entre deux êtres, comme si la rencontre de deux sexes signait l'arrêt de mort de tout...

Et pourtant, si vous refusez, ils vous traitent de mijaurée ou d'allumeuse. Et pourtant, si vous refusez, ils s'en vont, tout simplement, vers un autre corps, un seul corps, plus compréhensif...

Isabelle, belle, belle. Trop belle pour qu'ils la voient simple prostituée, trop belle pour que l'émotion soit absente... Pourquoi faire la comparaison ? J'ai perdu d'avance, moi. Je ne suis qu'une simple fille. Elle, c'est une belle fille. Ça change tout pour leur orgueil de mâles virils. L'image de marque, l'apparence, l'étalage.

Mais je veux lui parler. Il faut que je lui parle. Je voudrais une amie.

Un café crème, deux francs trente à la cafétéria. Je surveille attentivement les allées et venues de chacun. Je ne veux pas la rater. Je suis sûre qu'elle viendra aujourd'hui, il y a ce cours de poésie qu'elle ne manque jamais, même en cas de coup de foudre inattendu.

Le brun boit son café d'un air pensif, les yeux perdus dans le vague. Je m'approche de lui, le secoue par l'épaule pour le tirer de ses rêves.

« Ça va ?

— Oui. Et toi ?

— Oh, comme ça.

— Tu as des yeux bizarres. Tu t'es maquillée, Vera ?

— Non, j'ai trop dormi. »

Silence. De nouveau, il s'absente. De nouveau, je suis seule. Et la peur, encore, la peur de moi.

« Vera ?

— Oui ?

— Tu viendras un jour chez moi ? Tu vois, parfois, je me sens... J'ai besoin d'une présence. Hier, j'aurais aimé que tu sois là. Mais tu sais, c'est sans ambiguïté.

— Oui, je sais. Mais le point délicat, vois-tu, c'est que je n'ai pas de téléphone en cas d'urgence.

— Oh, mais ce n'est pas grave... On peut s'arranger autrement... »

Et il sourit...

« Avec des mots sur la porte "Je t'attendais" ou "Je veux rester seul" ou encore "je travaille" et des rendez-vous prémédités...

— Tu sais, hier, j'ai... »

Non, non ! Ne rien dire ! J'en ai honte comme j'ai honte d'une nuit auprès de quelqu'un qui ne pense que sexe.

« Tu as pensé à moi aussi ?

— Non, ce n'est pas ce que je voulais dire. Mais c'est sans importance. »

Isabelle en train de discuter avec un étudiant au bas de l'escalier. Isabelle, enfin !

« J'accepte. Quand veux-tu que je vienne ? Ce soir ? Et en cas de contre-ordre, mets un mot sur la porte, okay ?

— Okay mon adresse, c'est 108, rue Pernety.

— Je note. Excuse-moi, mais il faut que je parle à une copine. A ce soir ! »

Je m'approche d'Isabelle, l'interrompt dans sa conversation, l'entraîne vers un coin plus tranquille.

« Mais... Vera...

— Ecoute, il faut absolument que je te parle. »

Comment vais-je lui parler ? Comment ne pas paraître ridicule ? On s'est toujours moqué de moi à cause de mon besoin d'affection. Comment faire, comment faire... ?

« Tu peux sécher tes cours ? C'est très important, je... »

Une ombre passe sur son visage. J'ai honte de moi. On ne peut pas forcer les gens à vous aimer. Et si on les force, alors cette amitié est factice. J'ai l'impression de jouer sans pudeur ni respect de moi-même et des autres la carte de la pauvre Vera paumée qui a besoin de réconfort. Je me méprise. Et pourtant, j'ai l'effrayante sensation que je ne pouvais pas faire autrement, que je ne peux faire autrement.

« Je n'ai qu'un seul cours, mais ça m'ennuie de le rater... C'est vraiment important ? »

Et je ne sais si elle s'inquiète pour elle ou pour moi. Son visage ne le trahit pas.

« Oui. C'est important.

— Bon. Où veux-tu que l'on aille ?

— Je t'invite à prendre un café. »

Je lui saisis le bras comme si je voulais briser cette distance que je sens soudain. Mais j'ai conscience de ses réticences. J'ai maintenant l'impression que jamais elle ne voudra devenir cette amie.

Je cherche vaguement un sujet de conversation. Je n'en trouve aucun. Nous marchons, bras dessus, bras dessous, mais sans complicité. Qu'avais-je de si important à lui dire ? Rien. Elle va m'en vouloir d'avoir prétexté une urgence alors que mes histoires ne sont rien d'autre que mon habituel lot d'interrogations quotidiennes.

Nous entrons dans un café. Nous nous asseyons en

silence. Je regarde son visage, d'une telle beauté. Je me sens mise à nu à côté d'elle, et presque ridicule.

Elle ne dit rien, et semble attendre. J'ai le trac. Je ne me souviens plus de mes répliques dignes d'un mauvais mélodrame. Ce silence me fait peur autant qu'il m'attendrit. Je ne sais plus.

« Je me suis droguée hier. »

Pas une ombre ne cille sur ce visage. Est-elle complètement indifférente ? Pense-t-elle à ce cours de poésie raté à cause d'une ratée et d'une paumée ? Je ne sais pas.

« Je... Pourquoi ne veux-tu pas être mon amie ?

— Mais je le suis.

— Non. Non, tu ne l'es pas.

— Qu'est-ce que c'est, pour toi, une amie ?

— Oh, ne fais pas semblant de comprendre, Isabelle. Tu le sais aussi bien que moi. Peut-être même mieux.

— Vera, tu veux toujours tout, tout de suite. Tu ne prends pas le temps d'apprivoiser les gens. C'est peut-être pour ça qu'au fond tu es si seule.

— Peut-être, mais ça fait bientôt un an que l'on se connaît. Tu ne crois pas que c'est assez pour être sûre d'une amitié ?

— Si. Mais tu es trop loin de moi, peut-être... Un peu trop différente... C'est pour ça que souvent je t'évite. J'ai peur que mon optimisme à tout crin te déprime. J'ai peur que tu t'ennuies avec moi. Peur... »

Elle sourit, soudain amusée, par notre malentendu. Isabelle, peur de me déprimer ou de m'ennuyer ! Elle que je n'imaginais pas tenaillée du moindre scrupule. Elle que je croyais simplement indifférente et simple copine.

« C'est vrai, Isabelle... Lorsque je ne travaille pas, je pense que toi, tu t'acharnes sur tes bouquins... Et ça me rend — comment dire ? — pas jalouse, mais exaspérée, oui. Exaspérée.

— C'est pour ça que tu m'as fait rater le cours ? demande-t-elle en riant.

— Tu es tout le contraire de moi, et c'est peut-être justement pour ça que j'aimerais qu'on soit amies.

— Mais, tu sais, Vera, l'amitié ça ne commence pas comme ça, en se disant « Oui, à partir de maintenant on est amies » et en se prenant alors par la main, en se racontant sa vie et en s'aidant quand on le peut...

— Alors, comment ça commence ?

— Oh, je ne sais pas ! »

Nouveau rire.

« Peut-être comme je viens de le dire, je ne sais pas », ajoute-t-elle.

Soudain un grand calme et une grande tristesse. Devant ce visage si beau, et ses sourires affectueux. Comme si je n'avais pas rencontré Isabelle mais son fantôme dans les couloirs de la Fac, comme si je la rencontrais pour la première fois maintenant.

« Tu sais, je voulais te poser des questions sur tes aventures... ou tes liaisons, comme tu préfères les appeler. Savoir si toi aussi tu ne rencontres que des mecs qui veulent coucher, des mecs qui se foutent de tout et surtout de toi, savoir si toi aussi tu as faim de tendresse alors qu'on ne t'offre que du sexe... Savoir si tu as honte de toi-même après et pourtant préfères encore « ça » à ta solitude, savoir si cet éternel scénario privé d'amour ne te donne pas la nausée au point que tu te lèves la nuit pour aller vomir... savoir...

— Vera, tu ne me connais vraiment pas... Je ne couche jamais « comme ça »... Les rencontres d'un soir suivies d'adieux pour toujours, merci, mais ce n'est pas pour moi. Et je préfère crever de solitude plutôt que d'accepter « ça », tu entends, je préfère crever de solitude plutôt que de coucher avec n'importe qui pour me retrouver encore plus seule au petit matin avec cette sorte de dégoût et de honte dont tu parles... »

Isabelle. Elle, que j'aurais voulu être. Elle que je n'ai pas le courage d'être. Elle que j'imagine intacte, insaisie, elle que j'imagine comme une enfant qu'il ne faut pas effaroucher, elle que je dirais pure...

« J'aimerais être comme toi... Mais je crois que je suis trop lâche pour ça...

— Tu as besoin d'être rassurée, plutôt, Vera. Ce n'est pas de la lâcheté, c'est autre chose. Mais croire que l'on est belle, intelligente, sensuelle et tout parce qu'ils veulent coucher, c'est faux, archi-faux. Ils veulent coucher, point. Après, ils choisissent plus ou moins au hasard ou au hasard de leurs possibilités.

— Et je ne dis jamais rien. Je ne les insulte pas, je ne les gifle pas, rien, rien, rien... Pourtant, tu ne peux pas savoir comme je les hais !

— Tu les hais peut-être, mais tu as besoin d'eux.

— Pour une illusion de tendresse, une simple illusion.

— Mais si tu le sais, pourquoi, pourquoi ?

— J'ai tellement peur de moi. Tu ne peux pas savoir.

— Vera, tu prends la vie à l'envers. Tu vas tout rater comme ça, en sortir amère, en sortir aigrie...

— Oh, je me demande si je ne le suis pas déjà.

— Non.

— Alors, j'ai encore mes chances. Ou plutôt mes malchances.

— Si ça te pose tant de problèmes de coucher avec des garçons que tu n'aimes pas et qui ne t'apportent rien, pourquoi continues-tu ?

— Je ne sais pas. Par lassitude peut-être. Par solitude. »

Je tourne toujours la petite cuiller dans ma tasse de chocolat chaud. J'en bois une gorgée. Sans goût. Les yeux d'Isabelle se sont de nouveau perdus dans une vision où je n'ai pas ma place, vers un paysage sans doute fabuleux mais qui n'est pas pour moi, vers un avenir ou la tendresse et l'amour existeront et seulement pour elle telle la lumière du jour et les ombres mêlées aux ténèbres de la nuit. Puis son regard revient vers moi et me caresse, peut-être par pitié.

« Ne me regarde pas comme ça !

— Excuse-moi, Isabelle. »

Elle sort un paquet de cigarettes, m'en offre une. Nous fumons sans dire un mot. A chaque bouffée qu'elle tire, je vois sa main si fine, si parfaite qui se pose sur son visage. Elle a l'air préoccupée par je ne sais quoi, ma vie inutile et qui déchoit sans cesse peut-être, ou son dernier ami qui l'a quittée pour une autre fille sans doute moins belle qu'elle mais plus portée sur le sexe. Ils confondent toujours l'amour et le sexe, comme s'il ne s'agissait pas de deux choses distinctes qui découlent l'une de l'autre.

« Tu vois, Vera, moi aussi ça m'arrive d'avoir envie, d'avoir rage de coucher avec n'importe qui... Mais je pense à l'après. L'après de mépris envers soi, l'après d'abandon, l'après où je n'aurai comme unique souvenir que la sensation d'un corps... Et ça me fait tellement peur que je préfère prendre mes bouquins et aller travailler... Ça vient comme ça, ces envies, par impatience, parce que, tu comprends, ce n'est pas tous les jours que l'on rencontre quelqu'un pour qui l'on sent son cœur battre... Et rester seule, éternellement, sans que jamais personne ne vous caresse l'épaule ou les cheveux, c'est... Enfin, tu me comprends... On a l'impression de rater sa vie, de perdre sa vie, de s'emprisonner à vie dans un tombeau... Alors je m'abrutis de travail comme une autre se goinfrerait de pâtisseries, et pendant ce temps, j'oublie... J'oublie ma faim de tendresse, de sourires échangés, de mains qui s'enlacent, j'oublie... »

Et si belle ! Si j'étais un garçon, je n'hésiterais pas à me répandre en attentions pendant trois mois, six mois, peu importe le temps, mais la toucher... ! Comme une de ces nombreuses minettes à la Fac ! Non, pour elle, j'aurais toute la patience du monde et toute la tendresse frère, pour elle, ni garce ni putain, j'offrirais tout ce qu'il me reste de tendresse.

« Tu sais, poursuit-elle, ce n'est pas parce qu'on est belle qu'ils vous draguent le plus. Ni vous respectent davantage. Pour eux, on est toutes dans le même panier — des filles qui attendent leur bon vouloir. Et si eux semblent avoir le droit légitime de refuser quand on les drague, le sens inverse ne marche pas. On est des allumeuses, des mijaurées, des névrosées, tout et n'importe quoi. Comme si l'on n'avait plus le droit de refuser. Ou alors, plus drôle encore, ils te demandent tout haut et d'un air très sérieux : « Tu ne prends pas la pilule ? » Ils ne supportent pas que l'on n'en veuille pas, de leur soi-disant toute puissante virilité. Ils ne supportent pas qu'on quitte leur lit à 1 heure du matin alors qu'eux ne se gênent pas pour le faire s'ils ont un rendez-vous important le lendemain. Ils ne supportent pas qu'on réponde à leurs tentatives de drague : « J'ai un fiancé. » A leurs yeux, nous sommes des putes, et évidemment, lorsqu'on ne l'est pas, ils nous insultent encore plus fort.

— Tu ne vois personne depuis Jean-Luc ?

— Non. »

Et un sourire résigné, ou un sourire amusé, je ne saurais le dire, éclaire un instant son visage si grave l'instant d'avant. Pourquoi aurait-elle peur de la solitude, elle qui sait travailler et se sait belle ? Elle n'a besoin de personne pour lui dire ce « Tu es belle », besoin de personne pour lui dire qu'elle existe... Sa main si fine et tellement belle se pose sur son verre, tout son corps est présent, vivant, éclatant.

« Moi, ils viennent lorsqu'ils s'emmerdent trop chez eux et que leur copine du moment est prise, ou qu'ils n'en ont pas. Ils ne me parlent de rien, mais immédiatement, c'est le lit, et puis "Bye, bye Vera !"

— Pourquoi les supportes-tu ?

— Je ne sais pas. Pour l'illusion. Parce que je ne sais pas dire non. Par peur de ma solitude. Et pourtant, ma solitude est plus intense encore auprès de quelqu'un qui dort, de quelqu'un qui m'a volée, violée, bafouée... Mais ce n'est pas eux que je devrais insulter... C'est moi... Moi.

— Pas entièrement, mais pour une bonne part, oui, Vera. »

C'est tout de même rassurant de penser juste. Mais en attendant, je souris jaune.

« Tu veux venir chez moi ? On se racontera nos vies en lambeaux et puis, avec un peu d'espoir, on en construira d'autres parce qu'entre nous, les remake... »

Elle sourit et je ris. J'accepte, bien sûr, j'aimerais aller chez elle et parler, parler de tout ce qui m'étouffe dans la nuit sans issue et le jour morose, de tout ce qui m'étouffe dans la soirée déprimante et la ronde inlassable des jours qui passent.

Elle habite dans un studio de l'avenue Emile-Zola, un studio si impeccable et si ordonné et où règne une telle atmosphère de travail qu'il me rend vaguement coupable, et je me sens presque déplacée. Une table où sont disposées les feuilles du cours à apprendre avec les livres appropriés, rangés dans un coin, des étagères jonchées de divers prospectus et de bouquins appartenant à la bibliothèque. Un univers qui n'est pas le mien, un univers qui ne sera jamais le mien. L'esthétique reflète bien la pudeur d'Isabelle, son éternel sourire et ses silences. Un décor sobre avec des affiches de danse sur une table basse en verre fumé mais où rien ne traîne si ce n'est un cendrier. Et sur l'une des étagères, une chaîne Hi-Fi.

Je m'assieds sur le canapé, en face du lit, allume une cigarette, geste de contenance, regarde son corps parfaitement moulé dans un jean rose, ce corps... Comment peut-on quitter une fille pareille, cela m'échappe, vraiment.

Parce que l'on a peur d'elle, peut-être, peur de ne pas être à sa hauteur... C'est vrai, elle est intimidante. A côté d'elle, je me sens simple figurante. A côté d'elle, mes yeux « jolis » n'ont plus que la valeur de l'ordinaire et ma démarche soi-disant « élégante » paraît ridicule. Et pourtant, à côté d'elle, qui éclipse tout ce qui peut exister en moi, à côté d'elle, je me sens bien.

Elle pose un cendrier près de moi et s'assied éga-

lement sur le divan, la tête rejetée en arrière. J'aperçois les veines violacées de son cou, et toujours ses
mains fines aux ongles parfaits, ses mains posées sur
ses cuisses sculptées, pareilles à celles d'une statue.
Je la regarde, ne parle pas. C'est ce silence qui nous
unit.

Je la connais depuis un an, et depuis un an nous
n'avons échangé que propos de dissertation et
colères volcaniques, quelques phrases et l'adieu de
peut-être toujours. Je pensais qu'elle avait d'autres
amies, que j'étais une simple copine de rechange, ou
je pensais qu'elle travaillait, ne cessait de travailler.
Pourquoi aujourd'hui m'a-t-elle préférée à son cours
de poésie, moi qui n'ai que l'ordinaire, le plus banal
à raconter, moi dans mon jean sans forme et avec
mes yeux de droguée, moi, Vera, rien, personne...

Elle m'offre une cigarette, en allume une pour elle
et commence à fumer de ce geste élégant que je ne
sais imiter, le visage toujours rejeté en arrière comme
si elle était perdue dans des pensées que je ne peux
pas deviner. Elle a peut-être des rêves qui ne s'ins-
crivent pas dans l'ordinaire. Ses mains longues et
fines se meuvent de ses jambes à sa bouche, comme
par caprice, comme par jeu et enjeu de séduction.

« Qu'avais-tu de si important à me dire, Vera ?
— Je ne sais plus.
— Tu veux du thé ?
— Oui, je veux bien. »

Elle se lève et disparaît dans la cuisine. Elle me
laisse seule dans cette pièce où je me sens terriblement déplacée, au milieu de tous ces livres étudiés,
de ces cours annotés, de tout ce travail que je ne fais
pas et qu'elle fait sans effort si ce n'est avec joie... Une
chambre-solitude, une chambre-refuge. Pas une
chambre comme la mienne où tout le monde et personne entre et dérange, viole puis s'en va, une
chambre intacte, intacte...

Elle revient avec un plateau chargé d'une théière,
de deux tasses et d'une assiette de biscuits secs
qu'elle pose sur la table basse. Elle semble attendre,

toujours attendre. Mais je n'ai plus rien à dire, ma tête soudain s'est vidée.

« C'est vraiment Jean-Luc qui t'a quittée ?

— Oui. Il est tombé amoureux d'une autre fille, et puis il disait qu'il ne supportait pas "la routine". Il voulait sortir tous les soirs alors que je devais travailler. Il faisait l'amour à contresens. Il amenait quatre copains à la fin du mois, alors qu'il savait que je n'avais plus d'argent, et si je protestais, il me disait en retour : "Tu n'as qu'à choisir quelqu'un d'autre, les prétendants ne doivent pas te manquer !" Je n'en pouvais plus de son cynisme. Il n'en pouvait plus de ce qu'il appelait mon "raisonnable". Mais que ce soit lui qui soit parti, ou moi qui l'ait viré, cela ne change rien à rien. »

Elle sourit tristement en servant le thé. Ses yeux semblent s'être perdus vers le passé à imaginer un avenir impossible. Ce n'est pas de l'amertume, non, plutôt une sorte de soulagement...

« Je n'existais pas pour lui. Absente. L'absente. Mieux vaut se quitter dans ces cas-là.

— Oui, tu as raison. Et maintenant ?

— Je travaille. Si quelqu'un m'aborde, je lui fais un grand sourire et je dis "Merci, mais je suis déjà prise." Ils s'en vont.

— Lorsqu'on te voit, on ne t'imagine pas comme ça...

— Oh, je sais ! Pour les gens, une belle fille ne cesse de draguer, de coucher, de se "corrompre", comme disait ma grand-mère. Mais moi, franchement, coucher avec "eux", ça ne m'excite pas, ça ne me fait pas plaisir, et parfois même ça me dégoûte. »

C'est tout ce que je pense mais je n'ose pas le dire. Je regarde Isabelle boire son thé à petites gorgées, elle, Vera que je n'ai pas le courage d'être, elle, Vera qui se révolte intérieurement... Elle, Vera, qui existe, elle, Vera l'inconnue, elle, Vera l'enfant, Vera qui n'a pas le droit de parler mais qui, inlassable, inlassablement, s'octroie la seule permission d'obéir, Vera vaincue par l'autre, moi, qui se plie aux lois de leur monde stupide...

Absurde...

J'aurais voulu lui tendre la main et lui dire : « Isabelle, tu veux être mon amie ? » Mais le mélo, j'en ai trop peur, trop peur d'être moquée, bafouée, encore une fois violée, mais cette fois-ci en plein cœur... Alors j'ai juste bu mon thé. Elle m'a souri à travers ses larmes, et à ce moment-là j'ai su... J'ai su que sa porte était désormais toujours ouverte pour moi. Moi, une ratée de la vie...

Dernier cours, que je n'ai pas écouté. Où j'ai passé mon temps à regarder le type aux pupilles dilatées. Mais il était deux rangs plus bas que moi, et je n'ai pas eu le courage de le rejoindre. Parfois, il tournait la tête vers moi. Souvent, il posait sa tête sur ses coudes et semblait voyager dans des contrées mystérieuses.

« Hé ! hé ! »

Je ne sais même pas son nom. Je cours vers lui pour le rejoindre. Il se retourne d'un air affable.

« Salut ! Pourquoi es-tu partie la dernière fois ?

— Je ne sais pas. On va se balader ?

— Si tu veux », acquiesce-t-il.

Nous marchons côte à côte, et soudain jaillit l'image de deux automates réglés à la même allure. J'ai peur de lui, et pourtant il m'attire. Je ne sais pas, ne comprends rien.

« Qu'est-ce que ça te fait, à toi ? Tu dors, tout simplement ?

— Non. Je vois des choses. J'oublie la réalité. Je ne supporte pas la réalité.

— Tu n'as jamais connu personne qui s'est tué comme ça ?

— Si. Mon meilleur ami. »

Le boulevard, toujours aussi sinistre. Des marchands ambulants de jeans, des clochards qui ricanent sur votre passage, des profs qui feignent d'être pressés afin de ne pas être abordés par les élèves. Comme si on avait envie de leur raconter nos vies. Son meilleur ami. Demain, peut-être lui.

« Et... et tu as continué ?

— Il suffit de calculer.

— Mais si tu oublies tout, autant te tuer ! Pourquoi ne pas choisir le suicide, à la place ? »

Je me suis arrêtée, je l'ai pris par le bras et accrochée à lui je le secoue, je le secoue comme si enfin ma révolte, ici, maintenant, pouvait éclater. Je le secoue comme je secouerais cette Vera sans énergie ni courage qui laisse aller la vie et la suit pas à pas sans jamais en dévier. Je secoue ce long corps maigre au regard hébété qui n'existerait plus sans ses multiples inexistences et sa mort.

« La mort, c'est différent. Mon ami, il ne voulait pas se tuer. C'était une erreur, une simple erreur.

— Mais toi aussi, tu pourrais en être victime, de cette erreur...

— Et toi, une voiture pourrait te renverser n'importe où.

— Oh, ne parlons plus de ça ! »

Je baisse les yeux vers mes pieds, vers mes tennis blanc sale. J'aurais dû les nettoyer. Oui, j'aurais dû... Pourquoi l'ai-je appelé, celui-là ? Pourquoi ne suis-je pas partie, tout simplement ? Il ne me regarde pas. Il regarde droit devant lui, de ce regard vide et fixe qui me dit qu'il en a pris ce matin avant de venir au cours. Ses mains dans son duffle-coat, ses longues jambes maigres vacillant à peine. L'habitude... Et pourtant je le suis, moi, droguée aussi, mais la drogue que je veux, tendresse, n'existe pas. On ne trouve que des produits de remplacement. Et encore effroyables.

« Au fait, je m'appelle Vera.

— Jean-Lou.

— Tu sais, si je t'ai appelé, ce n'est pas parce que... parce que j'en veux... Ça me rend malade, ça me déprime encore plus, en fait. Je ne comprends pas pourquoi tu en prends... Je t'ai appelé parce que j'aimerais bien te parler...

— En général, quand les filles disent ça, "J'aimerais bien te parler", c'est qu'elles veulent coucher.

— Oh, tu es vraiment con ! Si tu savais comme j'en ai marre de leurs histoires, et comme je m'en fous ! Tout ce que je demande de ce côté-là, c'est qu'on me foute la paix ! Toi, c'est sans risque, je suppose ?

— Absolument.

— Alors, si je te propose de venir chez moi, tu acceptes ou tu me traites de tous les noms ?

— J'attends un coup de fil. Viens chez moi si tu te sens si seule. »

Une voix neutre. Sans timbre. Une voix impersonnelle. Je le suis. Je ne sais plus où j'en suis, je ne sais plus ce que je fais. Est-ce que je me rappelle encore ce que veut dire « être amoureuse » ? Il ne me regarde pas. Il regarde droit devant lui.

Dans le métro, il passe sous les barres, et j'en fais autant même si j'ai un carnet entier dans ma poche. Prise au piège. Est-ce que, déjà, il peut me faire faire n'importe quoi ?

Première classe. Silence. Ses mains osseuses posées sur ses genoux. Je ne dis rien. J'ai trop peur de moi, trop peur que mes paroles tombent à plat, trop peur d'être la petite fille pénible qu'il faut traîner partout mais dont on se débarrasserait avec joie. Je me fais toute petite, toute petite fille. Et je me sens enfant.

« On t'a cherchée partout, la dernière fois. Tu aurais pu laisser un mot, Vera.

— Mon écriture est illisible.

— Tu sais, tu peux venir quand tu veux. Tu n'as pas besoin de ma permission.

— Vous acceptez tout le monde comme ça ?

— Non.

— Alors, pourquoi moi ?

— Tu es différente.

— Comment peux-tu savoir ?

— Ça se lit dans tes yeux, Vera. D'ailleurs, on peut tout lire dans les yeux.

— Pas dans les tiens, en tout cas. »

Il sourit, amusé. Je n'ai pas peur avec lui. Je ne me demande pas « Et quand est-ce qu'il voudra, et où, et comment et que va-t-il dire qui va me rester sur le cœur quand il se sera barré ? » Je ne me demande rien parce que je sais que le sexe ne l'intéresse pas et que tout ce qu'il recherche, c'est la tendresse, la tendresse d'un soir, d'une nuit, peut-être d'un instant.

On descend à Montparnasse, et plus je regarde ses mains, plus je les trouve belles. Je le lui dis. Il sourit, mais comme s'il les avait déjà perdues... On reprend les mêmes petites rues, que je connais déjà mais que je n'aurais pu retrouver seule. Et l'on débouche sur la cour pavée. On croise les chats qui s'enfuient en miaulant. Il ouvre la porte dérobée et me fait entrer avec un sourire.

Il n'y a personne dans l'atelier, et à la lumière du jour il me paraît encore plus sordide que la dernière fois. De toute façon, je ne regarde que Jean-Lou qui donne à manger à son chat.

Le téléphone sonne. Je me sens absurde d'obéir et me plier. Je suis toujours la petite fille « aimable », « sociable », « gentille », affublée de ces autres adjectifs à jeter à la poubelle.

Jean-Lou revient, sombre, mais continue à s'occuper des chats sauvages.

« Je n'ai pas dormi cette nuit, et je ne veux pas dormir seul. Tu veux dormir avec moi, simplement dormir ?

— Si tu veux.

— Si tu veux, toi.

— Okay.

— Viens ! »

Il m'entraîne dans la grande pièce et se déshabille. Je vois les os de son thorax, les traces de piqûres sur ses bras. Pourquoi ? Il est si beau !

Je m'allonge près de lui, il me prend dans ses bras et me serre très fort, comme s'il n'avait plus que moi au monde, et je me blottis contre lui comme un animal malade, malade de sa vie.

Et j'ai l'impression que c'est la première fois que quelqu'un me tient ainsi dans ses bras, sans désir, sans aucune envie ni arrière-pensée. Et j'ai l'impression que cette vie-là devrait durer toujours et je me sens prête à tout donner à Jean-Lou.

« C'est drôle, mais maintenant que je suis allongé près de toi, je n'ai plus envie de dormir.

— Reste-là, s'il te plaît. Tu sais... tu sais, c'est la première fois qu'un garçon me tient dans ses bras sans vouloir me faire l'amour... Et ça me fait tellement plaisir. A la longue, je me disais que la tendresse ne devait pas exister.

— Ecoute, Vera, ne te construis pas de rêves... Si je devais choisir entre la drogue et toi, je choisirais la drogue. Moi aussi, je ne veux que la tendresse, et lorsque parfois j'embrasse une fille sur le front ou la prends dans mes bras, j'entends : "Mais tu es impuissant ou quoi ?", quand je leur dis : "J'aimerais juste dormir dans tes bras et rien d'autre." Ce qui signifie que c'est un instant de tendresse, oui, mais peut-être que demain il ne se reproduira pas. Je ne peux pas être un ami pour toi, Vera. Il y a la drogue et puis c'est tout. Alors ne te fais pas d'illusions. Je ne veux pas te faire du mal.

— Tu as raison. Les rêves courent trop vite.

— Je sais. »

Jean-Lou s'endort, la tête posée contre mon bras, son corps collé au mien. Il aurait pu être cet ami que je recherche depuis toujours. Il aurait pu dormir des nuits entières et des milliers de nuits auprès de moi, mais il s'envole pour d'autres voyages. Alors je reste seule dans mon coin de lit, à regarder celui qui aurait pu être « mon » ami.

Je ne le touche pas, non, surtout pas. Je le regarde seulement les yeux fermés. Il pourrait être comme tous les gens qui passent dans la rue. Il pourrait être mon ami...

Un plafond blanc, une respiration lente, régulière... Je voudrais que le téléphone sonne enfin, le réveille. Je voudrais qu'il ne s'en aille pas vers des pays dont je ne devine rien et que je refuse d'apercevoir. Je voudrais qu'il se tourne vers moi et me raconte...

Mais il dort...

C'est l'absence...

Je voudrais qu'il me raconte sa vie puisque la vie tout court est moche. J'aimerais qu'il me livre son passé et délire sur son avenir. J'aimerais qu'il me prenne par la main et me dise : « Viens ! On s'en ira très loin... » Mais je rêve. Il m'a bien dit qu'entre lui et moi le rêve n'était que l'impossible. Alors j'oublie, je recommence en regardant le plafond...

Son corps bouge à côté du mien. Je reflue, toute petite, vers l'autre côté du lit. Nous sommes nus dans le grand lit d'espoir et de désespoir dans ce monde où l'espérance est bafouée, où la drogue à petit feu vous tue, où les étreintes sont sans plaisir, le sexe sans amour avec les sans-tendresse, les sans-amis, vers les petits matins de la détresse, à 20 ans, le bel âge où l'on n'a que sa gueule à vendre... et à acheter.

Et soudain, la colère monte. Lui, il s'en fout. La colère de le voir dormir si paisiblement alors que tout m'apparaît si dramatique. Je voudrais le gifler, le battre, le réveiller de ses mille et une nuits, le tirer de sa caverne à l'abri, si bien à l'abri du monde !

Et pourquoi ? Pourquoi ne veut-il pas m'aimer ? Pourquoi me refuse-t-il même sa tendresse ?

Mais je reste allongée, en apparence si calme et si paisible, et je me tourne vers lui comme un chien de garde veillerait sur son maître. Et je reste là, sans courage.

Lorsqu'il se réveillera, il me dira sans doute « Bye, bye, Vera ». Et je prendrai mon sac et partirai je ne sais où.

Des toiles sont empilées contre les murs, des fruits secs gisent sur la table au milieu de plusieurs cendriers... On dirait qu'une équipe de travailleurs va bientôt arriver et vider les lieux. Jean-Lou dort encore, comme si le monde n'avait pour lui aucune réalité. Tout ce qui compte, c'est sa drogue. Le reste...

Bye, bye. Pourquoi l'ai-je suivi ? Par caprice ? Je n'obéis plus à mes caprices, je les étouffe sous l'oreiller, comme les enfants qui désobéissent. Non, moi, j'obéis à la règle du siècle, et même si je l'ai en horreur, qu'importe, j'obéis sagement comme une fille que l'on a castrée de son âme. Les filles sans âme, ça n'a pas besoin d'amour ni de tendresse, ni de tous ces falbalas. Les filles sans âme, juste bonnes pour coucher et à jeter à la poubelle.

Et Jean-Lou ? C'est un camé.

On va aller loin tous les deux. Un camé et une paumée. On va aller loin comme ça, très loin, même, jusqu'au bout du monde ! Main dans la main, avec notre baluchon sur le dos et une multitude d'espoirs amarrés au corps et puis, lorsqu'on découvrira la lumière solaire, on s'arrêtera, éblouis. Enfin l'émerveillement. Puis on se dira que ce n'était rien, un faux semblant, une illusion... Alors, il y aura de nouveau, dans nos rêves, des voitures de sport et des weekends à la campagne et au bout du chemin, main dans la main, la came et la déprime, les larmes et la tendresse. Au bout du chemin, il n'y aura rien...

Il dort encore celui-là. Il dort toujours... Si je ne savais pas que les camés et les homos ne sont jamais amoureux des filles, je serais amoureuse de celui qui dort à mes côtés. J'aimerais bien qu'il me regarde, mais pas pour coucher. Simplement qu'il me regarde. Qu'il me voie comme une enfant qui s'amuse à jouer en riant de ses maladresses et de ses ruses... Mais les regards désintéressés, les regards sans arrière-pensées, les regards authentiques sont comme des miracles, de ceux que l'on raconte dans les contes de fées. Ici, on est plongé dans la vie, dans le monde, dans les rues où passent inlassablement des passants sans regards et sans âmes. Alors Vera, rêve ou relis tes livres d'enfant. Tu les lisais en t'endormant pour croire qu'une vie merveilleuse te tendait la main, main dans la main.

Et j'étends la main sur la moquette et je prends une cigarette et je l'allume... Sa respiration est lente et régulière. Mais si j'avais la force de le secouer, de l'insulter, de tout lui dire de ma rancœur et de ma détresse, alors qu'il dort et que moi, je suis une ombre qui se recroqueville dans son lit. Et je m'imagine déjà ridiculisée par cet affront que je ne vais pas provoquer. Au bord du lit, au beau milieu de ces toiles qui ne vont pas avec mon teint et ne conviennent pas à mon humeur, près de ce type qui pense déjà à son prochain shoot. Peut-être me trouve-t-il pénible ? Ridicule, je suis ridicule, je serais ridicule, autant camper sur mes positions. Je ne tente rien, il se lèverait alors, nu et impudique et téléphonerait pour avoir de la came. Je continuerais à pleurer sur ma vie et sur la sienne, ma vie qui n'appartient qu'à lui, sa vie que je ne peux pas changer.

Je pourrais repartir. Je vais repartir. Au fond de moi, je sais déjà que je vais rester. Par peur de la solitude. Par peur de moi. Et même si je suis seule auprès de lui qui dort, et même si j'ai toujours autant peur de moi dans ce lit, seule et seule avec moi, et même si dans ce lit je me demande toujours pourquoi en imaginant toutes les choses belles que je pourrais faire, je vais rester. Parce que je ne suis rien, parce que je ne suis personne.

Il bouge. Je me recroqueville vers le rebord du lit. Il cherche quelqu'un. Peut-être quelqu'un d'autre que moi. Sûrement quelqu'un d'autre que moi.

« Vera ! »

Ses yeux... Un peu moins dilatés, peut-être... Il me prend dans ses bras et me garde comme ça longtemps, comme pour toute la vie, mais c'est quoi, la vie ? Un instant qui dure un peu plus, une journée qui s'étire, un jeu de hasard ou de malchance ?...

« Je dors, dit-il, et pendant ce temps-là, tu t'emmerdes...

— J'ai pensé à toutes sortes de choses.

— Tu n'es pas fâchée que je ne couche pas avec toi, au moins ?

— Oh non ! Je dirais même "tant mieux" !

— Je n'ai jamais compris les filles. Je crois que je ne pourrai jamais.

— Si tu veux tout savoir, moi qui suis une fille, je ne les ai jamais comprises non plus.

— Je leur dis quelque chose, n'importe quoi, et elles imaginent le grand écran technicolor.

— Oui, mais finalement les mecs sont pareils. "Je t'offre un café", ça veut dire "Tu veux coucher avec moi ?", et si tu acceptes le café sans le reste, tu es une allumeuse, une putain, une n'importe quoi...

— Tu vas rester ?

— Je vais partir.

— Pour faire quoi ?

— Rien de particulier, mais je vais partir.

— J'aurais bien aimé que tu restes, mais tant pis...

— Non ! Je reste avec toi. Aujourd'hui en tout cas. »

Je me blottis dans ses bras. Je lui vole sa chaleur, son insouciance. Je ne sais plus qui je suis. Quelle importance ? Je ne l'ai jamais su.

Il se rendort. Je le regarde sommeiller comme s'il était un être précieux et rare pour moi. Peut-être l'est-il, en fait. Je ne sais pas. Ses mains contre son visage, ses rêves et ses images qui tournent autour de ses paupières fermées, sa tendresse toute entière donnée, oui, mais à quelqu'un d'autre que moi... J'aurais aimé qu'il me dise : « Je t'adopte. Paumés à deux, on fera peut-être quelque chose. » Mais il ne dit rien parce qu'il ne sait pas mentir. C'est peut-être mieux ainsi : les illusions qui retombent, ça fait trop mal, et aussi trop peur. Alors on continue son chemin seul, et l'on espère, parce que l'espoir, c'est tout ce qui reste...

J'entends la porte s'ouvrir et je me cache sous les draps, comme une petite fille peureuse, qui a trop peur de montrer sa jalousie.

« Salut, Jean-Lou ! Tu dors ? Pourtant, on a une belle surprise ! »

Jean-Lou émerge des draps en me prenant par l'épaule. C'est fini. Je n'aime que les dialogues, eux seuls sont vrais. Déjà trois mecs se sont installés sur la table et sortent de la drogue qu'ils partagent. Le regard de Jean-Lou ne les quitte pas une seconde. Plus rien n'existe autour de lui.

J'enfile aussitôt mon jean et mon pull. Jean-Lou va les rejoindre et se met à parler avec eux. Vera, c'était pour les instants où l'on n'avait rien à faire. Après, bye, bye... Je l'embrasse sur le front et dis que je reviendrai un de ces jours.

Et je m'en vais. Il fait déjà nuit noire, il fait déjà triste à en mourir, comme ces jours qui ne reviennent pas.

Je traîne sur le boulevard, je traîne ma vie et ma non-vie. Et je me sens paumée, dérisoire, lamentable.

Je vais rentrer chez moi, laver mon jean... Je ferais mieux de faire le ménage dans ma tête. Et puis attendre, attendre, attendre... Attendre quoi ? Que la vie passe, que les jours filent, que je n'existe plus ? Comme je l'aimerais. Pourquoi pas la mort, dans ce cas ? Pourquoi ne pas précipiter les choses au lieu d'attendre, toujours attendre et sans espoir que Vera ne soit plus que la mauvaise réplique d'une fille qui a déjà existé ? D'une fille qui a vécu, et mal, d'une fille qui a cru à l'amour parce que l'on veut toujours croire à ces choses-là. Pourquoi attendre...

Lâcheté et espoir ! Tout cela n'est pas pour la Vera idéale à qui je donnerais tout. Et puis, je n'ai pas d'arme pour me tuer...

J'arrive devant la porte de mon immeuble, prends la cage d'escalier et je trouve un mot sous ma porte : « Je suis au drugstore jusqu'à minuit. Si tu veux, je t'attends. Jean-Michel. » Non, je n'irai pas, j'en ai assez de ces rencontres d'un jour et de ces adieux de toujours. Je veux rester seule, à pleurer ou ne pas pleurer. Peu importe. Et penser si j'en ai encore la force... Rester seule et croire qu'il n'existe plus de gens aussi paumés que moi, rester seule et ne plus

« les » accepter par ennui, par peur panique de la solitude...

Jean-Michel trouvera sans doute une autre fille. Il a glissé un mot sous ma porte parce qu'il s'assommait. Comme toujours. Ils font toujours et tous comme ça. Eh bien, reste au drugstore. Les glaces sont très bonnes et tu y saouleras ta détresse si jamais tu sais ce qu'est la détresse. Et puis tu confondras Vera avec Véronique. D'ailleurs, entre nous, Vera, elle ne te plaît pas tellement. Mais lorsqu'on n'a qu'elle sous la main, il faut bien faire avec ce que l'on a. Et puis si aucune Véronique ne s'arrête parce que tu es trop saoul, tu n'auras qu'à rentrer chez toi et dormir. Dormir... Tu t'y connaissais aussi pas mal en barbituriques, si je me souviens bien. Non ?

Je m'allonge sur le lit. Le plafond tourne et se retourne. Demain dissertation à rendre, que je n'ai pas faite, bien sûr, devoir sur table comme au lycée lorsqu'on se passait les résultats sous la table, que je sauterai, évidemment, puisque maintenant, avec l'âge, plus personne ne glisse ses feuilles sous les tables. Demain... mais ce soir, cette nuit ? Moi, dormir ? J'ai déjà dormi toute la journée. Travailler. Vera, qui travaille ? Ça me ferait presque rire. Je souris simplement. Non, je vois plutôt Vera prendre un calmant ou n'importe quoi d'autre parce qu'elle pense que, même pour se réveiller abrutie, ça vaut une nuit d'oubli, et que l'oubli c'est tout ce qui reste lorsqu'on se hait.

Je vais prendre un calmant. Deux, même. Et laver mon jean. Un jean en velours bleu, trop usé, trop porté, délavé. J'imagine un instant Vera habillée comme les mannequins des magazines. Demain New York, dans trois jours Rio, retour à Cannes, pour les costumes ce n'est pas vous qui vous en occupez. Vous et votre corps superbe... Ça me ferait presque rire. Mais je souris simplement, parce que cette fois-ci il y a bien sûr le regret. Je ne suis même pas sûre de savoir comment est mon corps. Oh oui, ce que je sais, c'est que je n'aurais pas pu faire carrière au

Crazy Horse. Et si mon corps était celui d'un garçon, je le trouverais quelconque. Mais si j'étais un mec, je n'aimerais que les danseuses, les filles parfaites, les play-girls. Ainsi de suite.

De toute façon, eux, ils aiment en remplacement.

Alors, et mon anatomie ? Eh bien, c'est simple, regardez un squelette, ajouter un peu de muscle et de chair, et cela fera l'affaire. Pour le reste, je ne peux pas vous en dire plus.

J'ai horreur des tâches ménagères. Je rince. J'accroche le jean sur un cintre. Je pense que je n'ai rien fait aujourd'hui, que je ne fais rien de ma vie, que la vie ratée s'en va un peu plus à la dérive chaque jour, et qu'un de ces jours je ne pourrai plus la rattraper. Mais qu'est-ce que je voudrais ? Ne pas avoir en permanence sous les yeux le miroir où je me vois ratée et paumée. Les miroirs, ça se brise, et à 20 ans on peut tout recommencer. Mais je continue, comme si mon histoire personnelle était déjà tracée.

Quelqu'un frappe à la porte. Je ne vais pas ouvrir. Et si c'était Isabelle ? Bon, tant pis. Je crie : « Qui c'est ? » Si ça ne me convient pas, je n'ouvrirai pas.

« Jean-Michel ! répond une voix en retour.

— Mais qu'est-ce que tu fous là ? Retourne au drugstore !

— Ouvre !

— Non.

— Alors pourquoi m'as-tu appelé la dernière fois ?

— Ce soir, je n'ai pas envie de te voir. C'est clair ?

— Tu es une garce, comme toutes les filles !

— Dans ce cas-là, ne les fréquente pas. Salut ! »

Je retourne m'allonger. Ça ne me fait rien du tout, ces cachets. J'aurais dû avaler la boîte. Je ne vais tout de même pas retourner chez Jean-Lou lui demander le miracle blanc. D'ailleurs, il est sans doute en plein voyage. Il ne m'entendrait pas. Je n'ai plus qu'à attendre, toujours attendre, construire des rêves et détruire la réalité.

Mais maintenant je me souviens du chemin qui conduit chez lui. Je me souviens...

4 heures du matin. Je repose ma montre et me recouche. Tout est noir autour de moi. Comme ma vie, ou ma non-vie.

6 heures du matin. C'est encore trop tôt. Je me recouche, avec mes interrogations d'aujourd'hui et mes rancunes d'hier et d'avant-hier.

8 heures du matin. Je fais du café en me demandant ce que je vais faire. Aller à la Fac, et puis après ? Voir Isabelle qui n'aura pas forcément envie de me parler, et puis après ? Ne rien faire d'aujourd'hui et ne rien faire de ma vie, comme d'habitude.

Je suis une fille qui recherche des solutions immédiates et attend des miracles. Et si j'allais chez les salauds de parents bourgeois d'Hervé ? Et si j'allais au Luxembourg adopter des enfants ? Et si je mourrais ? Si je mourrais ?

Je bois mon café noir, sans sucre, au pied du lit, et je vois une fille en jean bleu qui se balade de couloir en couloir en regardant ses pieds et en imaginant sa vie. Elle est plutôt morose, cette fille. Elle ne vous donne envie de rien. Et surtout pas d'aller lui parler. Elle porte un sac à l'épaule, un sac qui semble très lourd, mais qui aussi ne semble rien contenir. Ratée, paumée, c'est Vera.

Et puis maintenant j'imagine Isabelle, toujours impeccable et soignée, qui travaille et n'hésite pas à vous filer ses tuyaux. J'imagine ses cheveux blonds qui tombent sur ses hanches, et son air de dire : « Si tu n'as pas de copains, viens toujours me voir. » J'imagine son regard qui vous dévisage, qui vous dit que vous existez. J'imagine son allure énergique et ses gestes qui connaissent la douceur comme ils savent aussi parfois la violence...

Mais ça ne m'avance pas à grand-chose de rêver de moi et de mon contraire. Je suis toujours au pied du lit en train de boire mon café sans sucre et de paniquer à l'idée de cette journée qui vient. Je suis toujours là, absurde comme on l'est lorsqu'on s'interroge au lieu d'agir, et absurde comme on l'est à 20 ans et qu'on ne veut plus de cette vie insupportable. Ai-je vraiment envie de mourir ?

Je ne le crois pas, parce que je connais des immeubles particulièrement hauts où les gardiens s'enivrent, alors pourquoi attendrais-je encore ?

Evidemment, c'est une mort sale, une mort dégueulasse, ce n'est pas une mort noble, comme dans les films ou les romans... Mais lorsqu'on a envie, on ne prend pas le temps de choisir...

Je prépare mon sac, mes stylos, mes blocs et mes livres inutiles, je prépare mes refus d'aujourd'hui, et j'imagine que bientôt ce sera la caisse de *Prisunic* à réparer, la distance qui me sépare de la voiture et la distance qui sépare du trottoir, et d'autres choses encore... Je regarde mes jambes. Comme je l'ai déjà dit, ce ne sont pas des jambes dignes d'une revue du *Crazy Horse*. Des jambes un peu maigres, et que je trouverais carrément laides si j'étais un garçon. C'est à croire qu'ils choisissent au hasard de la vie ou de la non-vie. Je regarde mes mains, mon seul atout, la seule chose que j'aime bien en moi, mais qu' « ils » ne remarquent jamais. Je regarde mon pull. Je m'habille comme une lycéenne trop vite grandie, mais quand j'essaie de mettre autre chose j'ai l'impression qu'on me caricature ou qu'on me dévisage...

Je pourrais passer chez Jean-Lou avant d'aller à la Fac, mais s'il est toujours dans ses vapes... Et puis peut-être que je l'ennuie à la longue... Vera, tu ne comprends rien. Personne n'ennuie personne, là-bas, alors vas-y si tu en as envie...

Vera, tu ne comprends rien à l'amour, et à l'amitié encore moins. Cela t'échappe. Tu as tout à réapprendre de la vie, à 20 ans, Vera...

Les chats s'enfuient. Je me glisse vers la porte comme une voleuse, une intruse. Je cherche la clé sous le pot de fleurs. Je la trouve et j'entre, mais c'est la peur qui m'a guidée. Sans elle, je serais repartie sans un mot, sans un geste...

Jean-Lou est allongé sur un matelas et fume une cigarette. Il me regarde. Il a l'air de s'amuser. Il sourit de ce sourire que je ne saisis pas, que je ne peux pas admettre parce que je ne le comprends pas.

« Salut, Jean-Lou !

— Salut. Pourquoi es-tu partie hier ?

— Je n'aime que les dialogues. A trois, ça foire, et plus de trois n'en parlons pas.

— J'aurais bien aimé que tu restes. »

Pourquoi dit-il ça puisqu'il préfère sa drogue à moi ? Il voudrait peut-être les deux maintenant ?

« Ecoute, pour toi, il y a la came, point à la ligne. Les secondes places, tu vois, ce n'est pas pour moi.

— Alors, pourquoi es-tu revenue ce matin, Vera ?

— Malgré mes maigres finances, je t'invite à boire un café. Allez, lève-toi ! »

Je le tire par le bras et il se met à rire, à moitié hystérique, à moitié fou. Mais pourquoi suis-je tombée amoureuse d'un mec pareil ?

Moi, amoureuse ?

« Mais tu ne peux pas me faire ça aujourd'hui ! Il y a une copine de Jean-Carl qui a fait un superbe gâteau aux pommes hier ! »

Suis-je amoureuse ? Je le regarde, sans rien dire, sans bouger, et je ne sais toujours pas.

« C'est moi qui t'invite ! »

Il écrase sa cigarette et passe dans la cuisine où il se met à moudre du café avec un bruit d'enfer qui éclipse mes interrogations. Deux tasses et deux soucoupes sur la table, la cafetière en marche, c'est vrai, pourquoi suis-je revenue ?

« Ah, mais j'oublie le plus important ! »

Il revient avec un superbe clafoutis et toujours ce sourire que je ne comprends pas, qui me rend folle, folle !

« C'est la drogue qui te rend si euphorique ? Tu n'arrêtes pas de sourire.

— Non, c'est toi. Tu es tellement... bizarre...

— Pourquoi ?

— Tu ne t'aperçois même pas de ce que tu veux. Tu ne voulais absolument pas qu'on se retrouve face à face dans un café du boulevard, non ? Pourquoi n'oses-tu pas dire que tu voulais me voir, tout simplement ? »

Il apporte le café. Je regarde mes mains et j'ai l'impression que je n'y arriverai jamais. Je veux dire que je n'arriverai jamais à savoir qui je suis, ce que je veux, sans crainte et sans panique. Il verse le café précautionneusement, comme si j'étais une personne très importante. Je ne sais plus où j'en suis.

« Tu as raison.

— Tu as de la chance, Vera, ils dorment tous. Sinon, pour le dialogue, tu n'aurais qu'à repasser. Deux sucres ?

— Trois.

— J'ai joué du piano toute la nuit. Evidemment, comme j'avais dormi avec toi toute la journée...

— Tu sais jouer du piano ? Je n'aurais pas cru cela de toi.

— Tu vois comme on se fait des idées fausses...

— Tu viendras un jour chez moi ? Ça ne te plaira pas, mais dans le genre dialogue... Il n'y a même pas de chat.

— Okay. Quand tu veux...

— Quand tu peux.

— On a fait nos réserves pour une semaine. Décide !

— Ce soir, vers 6 heures, Okay ?

— D'accord. Tiens, goûte ! Meilleur que chez Lenôtre. »

Il me passe une assiette de clafoutis. Lui, il dévore sa part. Moi, j'ai le cœur en charpie. Les médicaments ou l'amour, j'ai toujours confondu. Je le regarde encore une fois, véritablement, mais je ne peux rien lire sur son visage. Non, je ne dois pas être amoureuse de lui. D'ailleurs, je déteste les mecs, sauf les homos puisqu'avec eux c'est sans ambiguïté. Oui. Mais lui, c'est un drogué. Les drogués aussi, c'est sans ambiguïté.

« Comment vous faites pour gagner votre vie ?

— On fait de la musique dans le métro ou sur les places publiques. C'est peut-être plus "honorable" que de jouer la comédie à ses parents, tu ne crois pas ?

— Ça dépend. Mais insulte-moi, vas-y, Jean-Lou, qu'est-ce que tu attends ?

— Je n'ai pas à te juger, Vera. Ma vie non plus, elle n'est pas pure. »

Un paquet de cigarettes qu'il me tend. J'en prends une, je l'allume, je me sens bête et prostituée. Il me regarde et il sourit. Est-ce que je suis son amie, est-ce que je suis une fille qu'il a rencontrée, un jour, au hasard, et avec qui il joue l'indifférence parce que c'est l'arme la plus douloureuse et la plus tranchante ? Suis-je une simple figurante ou autre chose, quelqu'un d'autre ?

« Tu es mon ami ?

— Je ne sais pas encore, me répond-il. Ça demande du temps, une amitié.

— Mais je veux savoir !

— Tu veux tout, tout de suite, Vera. Tu te casseras toujours la gueule, comme ça. Mais hier, dormir dans tes bras, tu ne comprends donc pas ? C'était une preuve de confiance, un pacte d'amitié ! Faut-il t'expliquer que si pour moi tu étais seulement une rencontre de hasard, je t'aurais dit : "J'ai sommeil. Laisse-moi dormir." Tu ne comprends pas ça ? Qu'as-tu appris en vingt ans de vie ? Ou t'a-t-on fait si mal que tu aies toujours et tout le temps besoin de vérifier ?

— J'ai tout le temps peur, c'est tout. Et puis, tu aurais pu jouer avec moi comme tant d'autres, tu aurais pu me trahir... Et quand j'ai vu toute cette drogue, je me suis dit : "Je n'ai plus ma place ici, c'est fini pour moi." Et tu ne peux pas nier que j'avais raison. »

Il ne répond pas, il continue à fumer, à penser, peut-être à rêver.

« Tu m'aurais écrasée ou battue plutôt que de ne pas l'avoir... Et je le savais... J'étais le produit de remplacement... Comme je l'ai toujours été... J'ai eu trop peur... Que tu sois quelqu'un d'autre, quelqu'un que je ne connaissais pas, que je n'aurais pas reconnu. J'ai eu trop peur de te voir devenir "comme les autres", tu comprends...

— Oui, tu ne m'as plus vu en "camé" mais en "mec". Merci, Vera. »

Je souris au-dessus de ma cigarette et ça me fait tousser. Il me tape dans le dos et me prend par les épaules, m'entraîne vers le divan, tous deux paumés, tous deux camés de la vie...

Ses mains aussi sont belles. Des mains de musicien. Ses pupilles sont toujours dilatées. Son corps aussi maigre. Son silence toujours angoissant.

Je ne supporte pas le silence. Il me rend petite fille « aimable », « serviable », comme au temps de mon enfance. C'est comme la solitude. Un précipice qui semble se dérober sous mes pas, m'anéantir tout entière.

Pourtant, je ne dis rien. Maintenant, aujourd'hui et avec lui, je ne peux pas forcer les choses. Je franchirai le précipice et n'entendrai que le choc de mon corps sur les rochers.

Et puis, je ne sais pas parler ! Je ne suis pas comme ces intellectuels qui peuvent pendant des heures disserter sur la position de votre main. Et puis, d'ailleurs, quelle importance ? Décharger ma colère sur ceux qui savent apprendre, c'est tout. Mais s'il n'y avait pas la colère, il y aurait peut-être le désir. Ce n'est pas un championnat, à ce que je sache.

Mais quelle importance, tout cela ? Je voulais seulement savoir s'il était mon ami. Un ami. Mais je sais qu'il ne me le dira pas. Pas aujourd'hui. Pas demain. Pas dans une semaine. Pas d'ici très longtemps.

« Tu viens ce soir, n'est-ce pas ?

— Je te l'ai promis.

— Voici mon adresse. C'est le plus important. Et comme je n'ai pas de téléphone, tu ne peux pas te défiler. »

J'inscris mon adresse sur un morceau de papier. Il est triste. Ses yeux le disent. Il voudrait peut-être que je reste, mais lui, il a la drogue. Moi, je n'ai qu'une Vera qui n'est rien et personne, que je déteste et pour laquelle j'imagine des solutions irréversibles...

Depuis très longtemps, il y a des rails de train sous les rails de la ville, des rails étincelants et des rails tellement tranchants, et dans la ville étrangère, en ordre ou en désordre, et peu importe, des multitudes de carrés qu'on croit esthétiques et qui ne sont que meurtriers. Mesdames et Messieurs, entrez dans la foire à mourir. Mais on ne dit pas les mots, parce que si l'on a peur de sa mort ces mots doivent être rayés du dictionnaire. Et personne ne pourrait penser qu'aujourd'hui, ce matin, tous les enfants pourraient, au lieu d'aller à l'école, monter sur la tour la plus haute qu'ils connaissent et sauter pour, cette fois-ci, mourir vraiment plutôt que de vivre la petite mort quotidienne où, jour après jour, ils sont étouffés par les autres sans pouvoir rien dire parce qu'ils ne sont que « de sales gosses »... Mais les journalistes classeraient cela dans la rubrique des faits divers ou celle des accidents techniques, et l'on oublierait, comme toujours, les enfants morts...

21 ans. Je ne suis plus une enfant, je ne suis pas une adulte. Je ne suis rien et personne... Une fille qui a raté son enfance et s'efforce à tout prix de la revivre. Mais ça sonne toujours faux, les rôles de composition. Je ne suis rien et personne...

Je ne suis pas allée au cours, bien sûr. Je suis allée voir Isabelle. Et même si je me sens envahissante, ce que je suis, ça ne fait rien, je suis le trouble-joie de la vie. Mais quelle vie ?

Le bâtiment gris, les grilles vertes, la cafétéria... Le brun, silencieux au-dessus de son café... Je vais lui parler, parce que parler ça enlève toujours la peur et que j'ai peur de tout, de moi, d'Isabelle, de Jean-Lou, de cette nuit, de cette vie, de cette vérité.

« Tu as réussi ta préparation ?

— J'ai eu quinze.

— Mais c'est très bien ! »

Je le questionne comme si tout cela n'avait aucune importance. Lui a l'air de me répondre « Tu crois vraiment que c'est ça qui compte ? »

« Alors, puisque tu t'en fiches, qu'est-ce qui compte ?

— Tu n'as jamais remarqué ? dit-il.

— Quoi ?

— Trois semaines d'absence, puis un mois, suivi de deux semaines, et j'en passe... »

Je suis tellement douée que je me tais, que je demande, que j'interroge...

« Le suicide. »

Comme apaisé, il boit son café à lentes gorgées et me jette un coup d'œil parfois, comme s'il venait de me jouer un bon tour. Il porte toujours des pulls à manches longues, et des écharpes. Il boit son café sans s'en rendre compte. Il ne sourit jamais.

« Tu voudrais m'apprendre à vivre, Vera ?

— Tu sais, je ne suis pas sûre d'être un bon modèle.

— Alors, c'est okay. J'ai un cours maintenant. »

Je reste debout, devant cette table plastifiée, puis je me rue sur Isabelle comme si elle était ma dernière chance.

« Où étais-tu donc ? Qu'as-tu fabriqué ? Je t'ai cherchée partout !

— Tu deviens un peu possessive, Vera, non ?

— Pardonne-moi. J'ai quelque chose à te demander.

— Je t'écoute.

— Maintenant ?

— Oui. Pourquoi pas ?

— Mais... Non, non. Vraiment... Je ne peux pas. »

Je joue avec ma petite cuiller. Je songe que de toute

façon personne ne peut me conseiller de rester avec un drogué. Mais ils devraient simplement me répondre qu'on doit rester avec celui qu'on a dessiné enfant et imaginé plus tard, celui dont on a rêvé, même s'il se drogue...

« Bon, alors tu ne veux pas le dire, Vera ?

— Non, pas ici, pas comme ça !

— Alors, salut ! J'ai un cours.

— Combien il dure ? Une heure ?

— Oui.

— Je t'attends. »

Qu'est-ce que j'attends d'elle. Depuis si longtemps déjà, j'ai décidé. Sa présence. Son jean bleu sur son pull mohair. Je suis peut-être lesbienne, me dis-je. Je me mets à rire sur mon coin de banc.

Non, vraiment, je n'aurais pas dû lui proposer de venir. Ce n'est pas pour lui, cet endroit. J'ai fait exprès de tout fausser, mais ça se voit. Et pour tout dire, ce n'est pas convaincant. J'attends. Je me ronge les ongles — qui sont déjà laids. Et puis si la bourgeoise du quatrième voit passer Jean-Lou, demain, je n'ai plus qu'à éplucher les petites annonces. Décidément, pour les conneries, Vera et moi, nous formons un beau couple !

Il frappe. Enfin !

« Faut pas être claustrophobe ! annonce-t-il d'emblée.

— J'ai pris ce que j'ai trouvé.

— Non, ce n'est pas mal quand même. Mais je ne pourrais pas y vivre.

— Il te faut de grands espaces, à toi.

— E-xac-te-ment !

— Bon, j'en ai marre de la comédie. Enlève ta veste, pique-toi ! Les répliques soi-disant drôles, ça ne me fait pas rire du tout. Okay ?

— Okay. »

Il revient, les pupilles en tête d'épingle, et s'affale sur le lit comme s'il était vidé de toute énergie.

« Et si tu restes comme ça toute la nuit, tu peux regagner tes pénates, je n'ai pas envie de dormir par terre.

— Et à côté de moi ?

— Mais tu prends toute la place !

— Tu ne comprends pas qu'il n'y a pas que toi qui veut de la tendresse, Vera. Pour toi, les autres, c'est des murs en béton. Tu ne comprends pas que je pourrais avoir envie de dormir à côté de toi parce que je suis en mal de tendresse et que... et que... »

Je m'allonge auprès de lui et je lui prends la main, une main de musicien. A tout prévoir, on détruit tout. Puis, au bout de quelques minutes, il se relève, me prend par les bras, me donne son sourire.

« Dis-moi, qu'est-ce que ça fait ?

— Je ne te le dirai jamais, Vera.

— Pourquoi ?

— Je ne veux pas que tu en prennes. Que tu traînes tous les soirs à Belleville pour en avoir, ni que tu sois obligée de te prostituer. Je ne veux pas ça pour toi.

— Mais les mecs, comment ils font ?

— Je n'ai pas envie de parler de ça, Vera.

— Et toi, tu te prostitues ? Dis-moi, tu te prostitues ?

— C'est la seule chose que je ne ferai jamais, Vera. Maintenant, s'il te plaît, n'en parle plus.

— Pourquoi as-tu commencé ?

— Comme ça. Par caprice, peut-être. Avant, j'étais musicien.

— Pourquoi as-tu commencé ?

— J'étais amoureux d'une fille qui se droguait.

— Okay. Et elle ne t'a pas aimé plus pour ça ?

— Non.

— Evidemment, c'est une mauvaise solution. On n'en parle plus. »

Il s'adosse contre le mur et me regarde. C'est la première fois que je peux me dire « Un mec vient et il ne couchera pas. » Pourquoi l'ai-je fait avant ? Pourquoi ai-je accepté ? Il commence à parler :

« Avant, j'habitais en Lozère. Dans une grande maison, avec des tas d'enfants... Mais chacun voulait s'occuper de l'enfant de l'autre, et ça finissait par des bagarres... C'était simple, pourtant : chacun élevait son gosse comme il le voulait et on vivait ensemble parce que c'était tout de même plus facile... Mais ça n'a jamais fonctionné comme ça, et on s'est séparé...

— Moi, je n'ai rien à raconter... Je n'étudie pas, ou à moitié. J'ai cru que la tendresse c'était le sexe, et j'ai insulté tous les mecs de la terre. Et maintenant... je ne sais plus... je ne sais vraiment plus. »

Il allume une cigarette et m'en offre une.

« Ce n'est pas ce que je pense, au moins ?

— Non, juste une Camel. »

Et nous sommes si peu à l'aise, chez moi, et nous en sommes si conscients que nous décidons de retourner à l'atelier. Il me prend par la main. Il m'entraîne vers l'ascenseur, mais devant le grillage il recule et me fait descendre par l'escalier.

L'atelier est désert. Sur la table, des assiettes sales et des verres de vin, des mégots dans les cendriers, et un mot : « Jean-Lou, on a pensé que tu préférais être seul. D'ailleurs, on a des choses à faire. » Je ne pose pas de questions, mais ça m'intrigue. J'entreprends de faire la vaisselle, vide les cendriers. Je regarde Jean-Lou qui n'a pas l'air à son aise, mais je ne dis rien. Puis je reviens auprès de lui, je me blottis contre lui, et je communique avec lui sans prononcer un mot, comme un chat comprend tout même s'il ne parle pas.

« Tu as faim, Vera ?

— Non.

— Heureusement : je n'ai rien à te proposer.

— Je me demande... Je me demande si c'est une histoire d'un jour et que demain on va se quitter, ou si c'est vrai, véritablement vrai...

— Tu détiens la moitié de la réponse.

— Tiens, on va dormir. »

Je ne refuse jamais, je dis toujours oui. Je ne suis pas comme Isabelle qui s'en va quand elle en a marre. Je vais avec lui dans la chambre, et je me déshabille parce que je n'ai pas peur de lui. On ne dit rien, on ne dort pas. On reste toute la nuit enlacés...

Mais je sais... Je sais que je ne l'aime pas...

Les copains ne sont toujours pas revenus. Nous sommes seuls. On se lève pour faire du café. Il va se droguer, et je lui en veux. Je lui en veux.

Goutte à goutte, le café tombe. Je me mets à compter, à compter ces entretemps de la vie, le menton dans les mains, les coudes sur la table... Jean-Lou ne revient pas, et c'est comme s'il n'allait jamais revenir. Je me sens aussi seule que lorsqu'on m'enfermait dans ma chambre, dans le noir, avec tous ces cauchemars en moi, et que je collais mes mains sur ma bouche pour ne pas crier, surtout ne pas crier. Aussi seule que lorsque je refermais mon corps sur mon corps en tenant serrés mes genoux contre mon ventre. Aussi seule, aussi seule, aussi seule... Pourquoi du café ? Pourquoi moi, mes yeux fixes, mes pensées qui se traînent, ma solitude qui m'entraîne ? Pourquoi ? Pourquoi suis-je née, quel jour déjà, le 28 mars 61 ? Est-ce que je peux seulement dire moi, et que dis-je ? Je ne sais plus, je compte les gouttes : quarante-six, quarante-sept...

Je regarde la fenêtre. Le chat déambule dans la cour en miaulant. La toile psychédélique, elle aussi, semble m'observer, me juger, m'accuser... Et je sais que je ne reviendrai plus. Je le sais.

« Tu n'as pas une cigarette ?

— Dans la poche de ma veste. Passe-m'en une aussi ! »

Face à face, dans le silence, avec comme seul lien ces volutes bleues, devant nos tasses, soudain vidés, épuisés... Mais non, il est seulement parti. Moi, je suis restée là, quelque part, je ne sais où.

Je me lève sans même qu'il s'en aperçoive et ferme la porte derrière moi.

Mêmes trottoirs, mêmes visages d'indifférence, même Vera en mal de vivre qui ne sait pas où elle va et ne sait déjà plus ce qu'elle fait, même vie d'absence, même désir de s'endormir, là, soudain, pour ne jamais se réveiller... Mêmes couloirs où vous perdez toute identité, mêmes rails de train d'où jaillissent des visions de sang, mêmes trains qui arrivent sans que personne il se soit jeté sous ses roues tranchantes, tranchantes... Mêmes wagons aux odeurs de sueur, mêmes passagers que l'on envie parce que l'on se sent trop mal pour croire encore en sa vie, même nausée, nausée, nausée...

« La prochaine », « la prochaine ». Je ne pense qu'à cette prochaine, si bien que je la rate. Et le train repart, inlassable, exaspérant, dans des bruits qui montent jusqu'à moi, comme un flot qui m'étouffe, m'étouffe... Je descends, les mains moites, les yeux fixes, le cœur au bord des lèvres...

« Sortie » écrit en lettres de feu. Le monde n'existe plus autour de moi. Il n'est plus qu'un vague pressentiment, posé là, quelque part au fond de moi sans que je puisse l'atteindre pour le faire disparaître ou revivre. Je monte les marches. Je compte les marches. Surtout ne pas penser. Ne pas penser, ne pas penser...

Même trottoirs, mêmes visages, même Vera, infinie répétition de la vie. Jamais rien ne changera. Mais qu'attends-tu, le miracle au coin d'une rue ? C'est à toi de changer mais tu n'en as même pas le courage. Lamentable, dérisoire, paumée, paumée...

Les gens me regardent, je suis sûre que les gens me regardent et me jugent, elle, cette fille qui n'a pas la volonté de chercher la lumière, elle, cette fille, elle, elle... Je voudrais disparaître, que plus personne ne puisse me voir, que les miroirs des autres ne me renvoient plus cette image d'elle, elle, elle... Comme une image trouble, la photo figée de mon immeuble. Me cacher, me dérober, fuir et m'enfuir. Oh ! et ne plus jamais revenir, là, dans ce monde, dans cette vie...

Mon visage blême dans le miroir, l'eau froide coule sur mes mains, filet de vie, ou de non-vie... J'enlève mes vêtements, par habitude, par lassitude. Je ne regarde pas mon corps, non, surtout pas. La pluie tombe, mais je ne sais toujours pas qui je suis. Puis soudain l'eau devient glacée, la vie dérive.

Combien te faudra-t-il de temps pour comprendre que personne ne viendra chercher pour toi ta vie qui s'en va, combien te faudra-t-il de temps pour apprendre le courage de soi-même, combien te faudra-t-il de temps pour retrouver un seul instant d'orgueil ? Mais non, tu attends, là, avec des yeux de mendiante et des mains que je jurerais avides. Tu attends alors que tu sais que c'est déjà trop tard, que ce que l'on n'a pas fait pour toi, plus personne désormais ne le pourra, alors que tu sais, que tu sais... Mais avec ta lâcheté coutumière, que tu nommes désespoir pour ne pas trop te mépriser, avec ces habitudes dont tu n'as pas même la force de te défaire, tu te diriges vers le lit et t'écroules, pour pleurer.

Mais tu n'es plus une enfant que l'on vient consoler. « Personne ne viendra, personne ne viendra », crie une voix. Si tu as encore l'énergie de pleurer, pourquoi n'as-tu pas celle de te reprendre ? Non, oh, non ! Il ne faut plus être compréhensive et se trouver des excuses. Les excuses, c'est bon pour mourir, et non pour renaître. As-tu choisi, as-tu seulement choisi ? Mourir ou renaître ? Tu ne sais pas, bien sûr, et certains te traitent de « pauvre fille », et d'autres de « ratée ». Ils te regardent du haut de leur joie de vivre avec mépris ou, indifférents, ils te repoussent d'où tu viens. Ils ne veulent pas de toi. Pas comme ça, non, pas comme ça. N'as-tu aucune décence, aucune pudeur, aucun orgueil ?...

Oh, tais-toi ! Je ne veux plus t'entendre. Je ne veux

plus t'entendre parce que tu as raison, et parce que tu me méprises, parce que...

Oui, je te méprise. La pitié te ferait peut-être plus plaisir ? Je te méprise parce que tu peux être quelqu'un d'autre mais préfères te complaire là où tu es, et comme tu es...

Oh, tais-toi, tais-toi !

Dialogue coupé, dialogue repris. Que faire pour ne plus entendre ces deux voix, cette voix, cette voix, la mienne ! Oh, je sais, j'ai raison, je suis lâche, je préfère me cacher et pleurer que d'essayer de me battre. Mais cessez de m'accuser, de m'accuser !

Sanglots étouffés. Je me hais. Le désarroi aussi. Mais plus personne n'y croit. Le mépris, la honte, la haine, le mépris. Honte, haine, mépris, honte...

Le plafond tourne autour de moi, prise dans un cercle sans fin, sans espoir de pouvoir un jour le briser. Je me laisse entraîner comme un bateau ivre de ses naufrages...

Il me suffirait peut-être de dévier de voie, de changer de mots, d'oublier ce qui a été, de faire comme si, comme si... Mais repartir à zéro, c'est impossible. Illusion et leurre. Repartir à zéro, cela n'existe pas, ne peut pas être...

Enveloppée dans ma serviette, couchée en chien de fusil, je continue à regarder ce plafond qui tourne au-dessus de moi. La voix revient mais déjà, je ne peux plus l'entendre. Je perds conscience, sombre dans un sommeil où la vie n'est plus que délire...

8 heures du soir dans cette chambre sans vie, sans moi. Je suis pourtant là, comme pour faire semblant, comme dans un jeu de miroirs et d'illusions, un jeu déréglé et qui rend fou. Assise au bord du lit, les yeux perdus, naufragée ou plutôt à la dérive, que reste-t-il de moi ? J'attends, inlassable attente, inutile, absurde...

J'ai dormi, sommeillé. Je me suis haïe et méprisée. Je me suis traitée de tous les noms. Mais cela ne m'a pas donné l'énergie de changer, de vouloir ni de croire. Avec tous ces mots jetés sur mon visage, je me sens laide, encore plus malade de vivre et malade de ma vie. Je n'ai plus d'énergie, plus de force, plus de courage.

La solitude, et puis alors ? Je ne la sens plus désormais. Des milliers de mains pourraient se tendre vers moi, je me sentirais aussi seule, plus seule encore car je n'ai même plus assez de respect envers moi maintenant pour saisir une seule de ces mains tendues... De toute façon, il n'en existe aucune.

Les livres. Sur ces étagères. Devant moi. Juste devant moi. Y trouve-t-on la vie, la mort, l'amour ? Rien de tout cela n'existe.

Ma mère, mon père, mes frères, ça résonne comme de la tendresse, n'est-ce pas ? Ce n'est que de l'indifférence.

Je sais, tout s'éparpille. Plus j'attends, plus il y aura de morceaux à ramasser, recoller, reconstruire. Et pourtant, je ne suis plus qu'attente, seulement une attente.

Je ne pense pas. Une falaise. Au-dessous, sur la mer, une barque désolée et vide qui se heurte aux rochers... Et des mouettes qui, silencieuses, regardent le spectacle de la désolation...

La complaisance. La paresse. L'abandon. Et puis alors...

Je me lève. Vais dans la salle de bains. Le tube est vide. Je le jette contre le mur. Il retombe sur le sol. La colère est toujours là.

Je reviens m'asseoir. A la même place. Exactement la même. Je regarde le même mur vide, et blanc. La même détresse. Abandon. Défaite.

Isabelle. Elle doit travailler. De toute façon, j'ai trop honte de moi. Jean-Lou. Parti en voyage vers l'ailleurs.

Et qui encore. Mais cherche, cherche donc. Ne vois-tu pas que les autres ne peuvent rien pour toi tant que tu t'abandonnes ?

La voix. Elle revient. J'ai froid. Peur. Il fait noir, mais je ne tends pas la main vers la lumière. Je reste là, abandonnée et rejetée au plus loin de la vie. L'espoir comme la lumière qui ne vient pas...

La nuit. Elle est là maintenant. Je la sens sur moi. Elle n'est pas effrayante parce que déjà cruelle. La voix. Elle revient. Je serre mes mains contre ma tête.

Un long moment a passé. Peu importe le temps. J'ai toujours froid, mais la peur a disparu, ou alors peut-être que je confonds, je ne sais pas... Je voudrais l'oubli, cette absence. Qui ne vient pas. Joue avec les ombres de la nuit et disparaît dans des envols de rire et des tourbillons de soir. Je voudrais rentrer fatiguée, après une journée épuisante, et m'effondrer sur le lit, et m'endormir comme d'un dernier sommeil. Je voudrais... Je ne sais plus...

Je voudrais avoir 5 ans, et qu'un vieux monsieur aux tempes grises vienne me chercher dans la chambre vide où je suis seule, seule, assise sur un coin de lit et le regard perdu vers la fenêtre comme vers une ultime issue, ou je voudrais être très vieille dans un corps de jeune fille délicat et fragile, pour les tromper tous et avoir déjà appris comment reconnaître les amis des amants. Je voudrais n'avoir que des amis, aucun amant, et qu'aucun ne me regarde en tant que proie à saisir. Je voudrais les exaspérer de ma froideur et de mon indifférence, puis les renvoyer d'où ils viennent avec de belles insultes aux lèvres. Je voudrais les maudire aussi fort que parfois je me hais, oui, aussi fort que parfois je me hais...

Je voudrais que, dans le noir, quelqu'un s'avance et me dise de venir avec lui. Je voudrais que la nuit s'éclaire de mille lumières scintillantes chaudes comme une main qui vous prend par la main. Je voudrais... Je ne sais plus...

Et je sens la peur revenir comme la véritable nuit de cette nuit sans visage. Je serre mes tempes entre mes mains et crispe mes mains sur mes jambes. Tout tourne autour de moi. Que faut-il faire, et que vais-je faire...

Je tends la main vers la lumière. Soudain un

besoin frénétique de marcher, m'agiter, m'énerver. Un besoin sans doute né de mon impuissance et de ce que la voix refuse de nommer détresse, mais nomme faiblesse. Je vais et je viens du lit à la table, me sentant soudain trop immense pour ce lieu miniature, comme un enfant trop vite grandi qui se retrouverait avec des tas d'autres enfants en mal de grandir. Comme une petite fille qui, un matin, s'apercevrait qu'elle est comme cette mère haïe, mille fois haïe, et voudrait soudain disparaître du monde par peur de ne plus trouver aucun ami, que des amants. Je me sens comme un animal ivre de sa douleur, un mendiant saoul de malheur...

Que vais-je faire, à quelle porte cogner ? Aucune, me répond la voix dans un souffle de mépris et de haine. A quelle pensée s'accrocher ? A ta renaissance, répond-elle d'un ton dramatique. Mais ce serait trop beau de pouvoir renaître à 20 ans, vierge et fière comme on naît, par hasard, au hasard d'une mère qui n'est pas la vôtre. Ce serait trop beau...

Et la voix me répond que rien n'est impossible, et qu'il n'y a d'impossible que de dire que c'est impossible, par faiblesse, complaisance et paresse, ses mots préférés... Mais j'étouffe la voix sous des milliers de sons différents, des cris, des rires, des bruits de train, de frein et de mort. Je l'étouffe, je l'étouffe, je l'étouffe...

Vera. Tu étais si belle lorsque tu savais l'espoir...

La nuit se referme sur moi.

5 heures. Puis 6. 7. Je me lève. On peut renaître, a-t-elle dit. Rien n'est impossible. Pourquoi pas repartir à zéro ? Renaître.

Mais je ne la crois pas. Comme je voudrais la croire, pourtant ! L'eau bout. Je verse l'eau sur le Nescafé. Deux sucres. La chambre. Mal rangée, mal soignée, l'image de moi-même... Mes ongles sont trop longs. « Tu te négliges », a remarqué ma mère.

Que dirait-elle de ma vie ? Mais est-ce que je peux seulement parler de vie ? Elle me regarderait de haut comme un jour elle l'a fait pour cette femme dans le métro qui était malade, de malheur ou d'alcool, et passerait, fière d'elle-même, parce que cette image de détresse et de drame l'a tellement convaincue de sa vertu, de sa droiture. Elle que j'ai haïe. Elle que je hais à travers moi.

Le Nescafé est tiède. Jean-Lou doit se piquer. Isabelle se faire belle. Vera se morfondre. Vera se confondre.

Les jours défilent, je ne fais rien de ma vie, rien de moi-même. Comment le pourrais-je lorsque je ne sais même pas qui je suis ? Cesse de te plaindre, siffle la voix. La voix de ma mère, peut-être.

Machinalement, je vais rincer ma tasse. Reviens faire mon lit. Range mes notes, quelles notes, dans mon sac. Je n'ai pas envie de sortir, pas envie de montrer mon visage de vieille, si vieille femme, à la face du monde. Pas envie d'exhiber cette vie qui part à vau-l'eau, cette mort qui se cache. Je voudrais...

Quoi ? Qu'est-ce que je voudrais ? Quelle vie rêvée ? Quel idéal, quel but me suis-je fixé ? Aucun. Je n'ai rien, même pas la vision de la lumière. Je ne sais plus, avec mes yeux aveugles, ce qu'est la lumière, ni d'où elle naît et comment elle meurt. Je ne sais plus, avec mon corps sans âme, comment marcher, ni où aller, ni ce que « être » veut dire. Je ne sais plus... Je ne sais plus !...

Je vais ouvrir la fenêtre. Accident. Une mort accidentelle à défaut d'une mort choisie ce serait beau, oh, tellement dérisoire, beau et dérisoire. Quelle différence, après tout ? Les voitures passent, mille accidents pourraient se produire, là, juste sous mes yeux. La petite fille qui passe avec son cartable sur le dos pourrait se retrouver mutilée à vie, mutilée à mort. La petite fille qui passe, qui passe, qui passe pourrait mourir et renaître, mourir ou renaître...

MAGNIFICIA LOVE

Mon nom est Magnificia Love. Je suis une superbe, sensuelle, mystérieuse, féline et étrange créature : yeux en amande d'un vert où se noient dans d'indifférentes profondeurs tous les regards qui les effleurent, bouche en cœur, lèvres pleines ourlées d'un vermeil plus foncé sur les bords pour rehausser leur évidente sensualité, nez à la Parisienne, parfaitement moulé dans une cire pure et intacte, fine peau de porcelaine d'une pâleur extrême où se voient en transparence de fines veines violines affirmant de superbes recoins intimes nés de secrètes profondeurs, chevelure auburn luxuriante, tombant en longues mèches légères et floues sur mes reins superbement cambrés, et cela pour ne parler que de mon visage, beauté reine et souveraine. Mon corps, n'en parlons pas, ou plutôt parlons-en ; j'ai demandé à l'éditeur de mon livre de placer en première page une photographie de l'atroce et irrésistible créature dont je vous parle mais il m'a répondu que pour une fois, ce n'était plus mes jambes (ni rien d'autre d'ailleurs, sans les énumérer pour éviter le vulgaire) que je devais vendre mais « l'intéressant capital » que je possède sous cette apparence de « superficialité terrifiante ». Parlons de mon « intéressant capital » : il n'est autre que prétention et suffisance infâmes, vanterie et nonchalance obsédantes. Pour tout dire, la terrible beauté de mon corps dissimule l'atroce vanité, orgueil, présomption et outrecuidance de la futile et pourtant irrésistible créature que je suis.

20 ans et un avenir de rêve, un avenir de reine. Lequel, je n'en sais rien, donnez-moi le temps de me raconter, je viens seulement de commencer. Comment prévoir l'avenir ? Malgré mes innombrables talents, je ne suis pas devineresse. Ne soyons pas faussement modeste ni hypocritement courbée sous le poids d'un doute et d'une angoisse existentiels que je n'éprouve pas. Donc, un avenir de rêve, et un avenir de reine. Je danse tous les soirs au *Red Devil*, eh oui, comme vous l'auriez sans doute deviné si je n'avais eu la modeste prétention de le voiler sous d'autres talents intellectuels (néant, mais l'imagination remplace tout, n'est-ce pas). Je suis courtisée tous les soirs par des rois du pétrole, des caïds d'un autre monde mais ne réponds que par le mépris à leurs inlassables compliments et à leurs avances, honneur oblige. J'habite un superbe appartement de la place des Vosges dont le loyer, je l'avoue, est payé par un de mes déçus amoureux, béat d'admiration et d'espérance, et mène une vie partagée entre les dîners au *Ritz* et les invitations d'après minuit, la revue terminée mais plus que jamais présente au fond des mémoires et des regards. Bref, ma vie dépend de ma seule propriété (estimée à plus de vingt-cinq millions de dollars par d'imaginaires experts américains) mon nom : beauté, charme, sensualité, élégance, sex-appeal et tout ce que l'on voudra pour désigner les trois inestimables plus belles filles du monde : Ornella Mutti, Sydney Rome et Magnificia Love (en troisième position, position en opposition avec les critères de plus des trois quarts des membres du jury mais allez savoir où les magouilles des imprésarios se nichent).

Le reste de mon temps est bien sûr consacré à l'entretien de mon inestimable capital. Soins esthétiques, massages, saunas, cours de danse et de chant, natation et élongation, repos et régime. Et s'il me reste après cela une soirée libre, je la consacre, récompense oblige, à séduire une victime de mon choix. Exercice où je suis passée maître et qui ne manque jamais de s'achever sur des propositions sans ambiguïté, que je repousse bien sûr, mon seul plaisir résidant dans l'art de séduire et non dans les ébats bestiaux d'une vulgarité que ne peut supporter ma fragile et romantique réalité de rêve.

Je suis aussi comédienne, et malgré mon mètre soixante-dix, je sais très bien exprimer la fragilité touchante du romantisme pure tradition. Pâlir, simuler un trouble passager ou une émotion au-delà des forces de ma soudain si frêle carrure, battre des cils, feindre l'indifférence, paraître femme-enfant n'ont plus de secret pour moi ; j'en ai fait plusieurs fois le tour. Aussi, lorsque je repère une victime, visiblement émue par l'art romantique, je mets en branle tous mes talents. Je sais aussi, bien sûr, être robuste et ferme créature venue de la lune, danseuse futile et charmante d'enfantillages, frénétique et libido point obsessionnels ou enamourée et timide femmelette admirative. Bref, je connais tous les registres de la séduction dans leurs plus secrets méandres et leurs plus intimes recoins cachés au reste du monde.

Je parle, je parle, dans ma loge du *Red Devil*, devant mon miroir dis-moi-que-je-suis-la-plus-belle, et avec toutes ces vanités que je m'efforce d'étaler sous leur plus somptueuse parure à faire fuir, j'en oublie que l'heure avance et avance vers le lever du rideau de la première revue. Vite, maquiller ces merveilleux yeux d'un vert jamais atteint dans sa perfection par les plus estimés peintres de tous les temps ; vite, vite, poser en pluie d'argent sur mes pommettes saillantes les paillettes, amies du reflet infiniment profond de mon regard venu du plus profond des âges ; vite, vite, dévoiler ces sublimes épaules dorées, ces superbes fleurs fragiles et si émouvantes, ces reins cambrés, ces longues jambes de danseuse qui n'en finissent pas de se mouvoir en d'affriolants mouvements et charmes secrets, inestimés et inestimables de la « plus divine créature du *Red Devil*,

Magnificia Love, dans son numéro d'une classe et d'une élégance rares, si ce n'est pour dire, uniques au monde ! ».

Sur une musique d'une sensualité terrifiante apparaît le prodigieux et exceptionnel félin, divin de souplesse et de charme que je suis en costume de tigresse cruelle à souhait, ne grâciant aucune de ses chères et innombrables victimes, yeux exorbités à force d'extraordinaire, langue pendante à force de concupiscence. La chère, divine, douce et cruelle créature commence sa danse en un félin étirement de tous ses membres délicieusement moulés dans le tissu mordoré de l'irrésistible tigresse, danse, danse, tournoie et feule en de graves et simulacres râles de plaisir comblé. Allécher, sublime récompense, les chères victimes dont le cœur a depuis longtemps cessé de battre au risque de provoquer, merveilleuse douceur, une crise cardiaque ou une paralysie de leur si vantée et pourtant si dérisoire virilité. L'étoile scintillante, cible de tous les regards, s'étire et s'allonge dévoilant peu à peu en de suaves et exquises caresses les charmes divins de sa peau cuivrée, tel le plus beau des antiques vases d'Egypte découverts en l'an V avant Jésus-Christ. Ce détail pour attirer les pédants intellectuels, d'apparence mondaine, blindés contre la douce et évanescente sensualité de ce prodige de beauté qui finit le mouvement de sa danse par le présent de sa nudité si insupportablement insaisissable pour ces alléchés, entêtés et absurdes propriétaires de toutes les firmes possibles et imaginables, en plus de celles non dénombrées au monde et des contrées indécouvertes (l'avenir du siècle étant encore à prévoir, toutes les extravagances de langage sont permises.) Murmures et exclamations admiratives courent les rangs tandis que le félin, impitoyable, continue ses rites excitatoires jusqu'au final râle de jouissance libératrice. Alors, en d'étranges et mystérieuses arabesques, disparaît la superbe créature tant convoitée.

Amour Amour, cette banale, si ordinaire, fadasse

et blondasse danseuse qui ne vaut pas un clou comparée à mes trésors inexplorés, est en train de se maquiller avec MES paillettes. Malgré mes véhémentes protestations, j'ai été obligée de partager ma loge avec elle. MES paillettes ! Alors, là, vous ne me connaissez pas, j'explose :

« Méprisable, dérisoire mocheté avec tes cheveux graisseux tels d'immondes anguilles sous roche prêtes à sauter sur leur proie de basse qualité, tu vas tout de suite rendre au divin prodige que je suis ses instruments auxiliaires de beauté qui, soit dit entre nous, ne font qu'adorer ma superbe beauté, et non comme sur toi, la font naître, ô toi, horrible, commune et putasse, oui, j'ai bien dit putasse de bas étage, que tu es ! »

Sur ce, la pauvre Amour Amour, délicieuse de rougeur enlaidissante et de maladresse déformant un corps de bas rendement, avouons-le, n'a d'autre issue que de s'enfuir en pleurant, vexée par la rude et pure vérité. Bon débarras. Je la laisse aux bons soins de Rita Stromboli ou de Fara Moore qui useront de leur instinct maternel frustré pour consoler la pauvre fille qui ne priverait de rien le spectacle en ratant sa vulgaire entrée en scène jamais acclamée comparée à ma longue carrière en ce lieu et, au grand jamais, jamais citée dans les journaux mondains des grandes stars de notre temps telle le fut mille fois la sublime Magnificia Love. Bon débarras, donc, et prêtons tous nos soins à notre douce beauté reflétée dans les eaux secrètes et profondes de mon magique miroir tu-es-la-plus belle.

Vous avez bien compris, j'espère, que vous ne trouverez rien, autre que prétention et suffisance, dans les cellules grises de notre chère Magnificia Love qui passionne les plus grands noms de notre capitale et même, ne soyons pas mesquins, de toutes capitales du monde. Ce sont les attributs de tout dieu digne de ce nom, aussi, merci encore d'acclamer Magnificia Love pour l'instant en grande conspiration avec sa beauté dans la loge aux prodigieuses espérances.

« Tu as tout ton temps d'ici à la seconde revue, chère beauté. » « Je t'offrirai les plus belles soieries et les plus merveilleuses pierreries jamais portées en ce bas monde par aucune femme célébrée pour sa certainement modeste beauté comparée à la tienne. » « Je t'offrirai le Nil, les pyramides et les fresques d'Egypte, je t'inventerai des noms de platine et de lumière, je construirai pour toi de nouveaux temples sacrés et des chapelles inviolables. » « Les plus célèbres poètes n'auront plus que toi à contempler dans leur admirable langage et tous les grands de ce monde se prosterneront à tes pieds, chère ineffable beauté. »

Oh, mais assez. C'est exaspérant de vanité. Oui, vous avez raison, c'est vrai je suis un monstre de vanité.

« Je redeviens toute, toute petite. Je suis une enfant qui s'agite dans son berceau, réclamant par ses frêles supplices une nourriture maternelle. Mais personne n'est là. Personne n'entend. Alors, je me tais, et disparais dans l'anonyme silence... »

Le monstre de vanité, cependant, continue son lent cheminement vers le perfectionnisme divin de tous les temps. Une ombre de violet sur ses charmantes paupières, une touche de carmin au long de ses pommettes déjà rehaussées d'or et d'argent, et voilà : le prodige de beauté est parachevé et Magnificia Love a tout loisir de se contempler en son miroir. Mais des cris et des rires s'élèvent qui la dérangent en sa grave contemplation ! Rina Balistic et Ale Saphir jaillissent dans sa loge, harnachées de leur vulgaire ceinture de cuir sans doute symbolisant, dérisoire artifice, une ceinture de chasteté, et se figent près d'elle, lamentables en leur commun apanage de banale qualité. D'une seule et même voix (comme si elles avaient besoin d'être deux pour affronter cette diabolique femme qu'est Magnificia Love) elles crient d'une fausse voix stridente et stupide à souhait :

« Pourquoi as-tu chassé de tes appartements notre chère Amour Amour que tu sais pourtant si sensible à l'amitié féminine ? »

Magnificia Love arrange d'un geste charmant et provocateur une rebelle mèche de ses cheveux divinement exotiques et ne daigne pas répondre à ces communes créatures reléguées au dixième rang des girls et encore, au prix d'un adultère connu de toutes avec le maître de ballet, ce sénile homme de 50 ans au crâne dégarni et mains criblées de rhumatismes déformants. Devant ce silence les deux monstrueuses filles de bas rang restent tremblantes d'anxiété en face de cette si désinvolte beauté puis finissent par reprendre d'une voix chargée d'intimidation ;

« Réponds-nous, chère Magnificia. »

Mais Magnificia Love, imperturbable, continue à dérouler mèche après mèche, le charme de sa volumineuse crinière, cuivrée de mille reflets évanescents et troublants, ses agiles mains dorées jouant entre les longs fils mordorés, si fragiles, si émouvants. Les deux vulgaires filles échangent un regard désemparé avant de s'enfuir, dérisoire défaite, vers les coulisses du deuxième étage, rendez-vous de toutes les putains du *Red Devil*, c'est-à-dire toutes les danseuses à l'exception de notre divine Magnificia.

Celle-ci, dont le magnifique visage se reflète toujours en son miroir, saisit d'un geste élégant son sac en croco, en sort un paquet de cigarettes Dunhill et un briquet en or massif, cadeau d'un de ses multiples admirateurs. Un nuage de fumée opalescente l'enveloppe d'un voile qui rehausse encore le mystère de ses sombres yeux félins. Superbe. Divine, née d'un dieu. Le regard figé sur ce reflet d'elle-même, Magnificia savoure le sublime présent qu'offre sa beauté. Et la litanie pseudo-poético-sentimentale recommence... ; « je t'inventerai... », « je t'offrirai... » accompagnée d'une lente caresse de soie le long de ce magnifique corps cuivré donné à elle seule. Oui, elle seule. Mais qui est-elle, hormis une exceptionnelle, extravagante beauté, 1,70 m, 50 kg, 30 000 F cash par mois, qui est Magnificia Love...

Ils demandaient toujours comment je m'appelais. Je ne savais pas répondre. Ou ne voulais pas. Je restais immobile sur le banc de l'école, mes mains blotties au creux de mes cuisses et le regard ailleurs, au-delà de leurs visages avides de ma terreur. Je restais ainsi des heures, rêvant d'un nom jamais prononcé, jamais donné... Et l'image d'une autre petite fille jaillissait soudain devant mon regard, fascinante, si exaspérément insaisissable, que des larmes d'impuissance bientôt troublaient mes yeux... Et je disparaissais dans les anonymes rangs des élèves, moi, petite fille sans nom, nommée, impossible à nommer...

Moi, Magnificia, le plus faramineux monstre de beauté jamais offert aux concupiscents regards avides des spectateurs, imagés par ce sombre trou noir au-delà des feux de la rampe et où se côtoient les obsédés, les impuissants, les élégants, les obscènes, les gentlemen comme les machos pour ne citer que les plus communes catégories habituées de ce lieu. Je suis une créature féline, divine, dont les charmes sont irrésistibles même aux plus vantés ascètes de ce siècle. Je suis Magnificia Love, dont le nom, connu de tous, ne manque pas d'évoquer dans les secrètes matières grises de nos savants, artistes et richissimes pontifes une fille divine envoûtante et célébrée qui fait se plier toutes les convictions, vocations et préjugés.

Une magicienne, une sorcière, reine et souveraine, vierge et dotée de tous autres attributs susceptibles d'attirer les âmes des plus grands de ce temps comme de tous les autres. Magnificia Love, donc, fume son élégante cigarette avec des gestes de princesse tandis que les cris et les rires des putains du second étage se font sans cesse plus stridents. Elle voudrait les tuer, les massacrer une à une, ces communes créatures qui troublent sa divine contemplation ! Gloire à l'unique Magnificia Love ! Elle écrase sa cigarette dans le cendrier de cristal étincelant et décide d'aller voir de plus près de quel droit ces mochetés et fadasses compagnes se permettent de troubler la paix de ses délicates oreilles.

Les fadasses et blondasses filles-putains-soubrettes de bas étage sont réunies autour de la banale-ordinaire-et-commune Amour Amour qui s'efforce de faire encore jaillir quelques maigres larmes de ses yeux de crapaud aux reflets d'eau saumâtre de marais puants en décomposition. La sublime Magnificia Love fend la foule de ses basses rivales et s'avance souverainement jusqu'à Amour Amour, la toise de haut d'un air de mépris qui remplit d'intimidation et d'anxiété la foule soudain silencieuse des danseuses « bien gentilles », si terriblement ternes et ennuyeuses.

Elle, Amour Amour, s'est permis d'user de MES paillettes, affront intolérable. Arrête de chialer comme un chiot abandonné, MES paillettes vont couler le long de tes rondes joues idiotes de poupée gonflable, horrible jouet d'une obscénité au-delà du mot. D'ailleurs, tu es si génialement moche au naturel que les larmes ne font que rehausser ce caractère d'anonyme mocheté qui ne quitte jamais tes traits, excuse-toi, même si tu as eu l'outrecuidance d'essayer lamentablement de t'identifier à moi en prenant de MES paillettes. Aussi, cesse d'exciter ces pauvres chèvres, moutons ne demandant qu'à suivre le stupide chemin de révolte que tu leur traces. Belle révolte en vérité ! Vous êtes toutes devant moi comme deux ronds de flan, n'osant plus murmurer un mot ! Je vous ordonne donc de garder dans vos rangs ce respectueux et délicieux silence qui me permettra de continuer à admirer comme elle le mérite ma sublime beauté jusqu'au début de la revue. Bye, fadasses, blondasses mochetés jamais imaginées de tous les temps !

Et d'une allure de rêve, d'une allure de reine se retire la divine Magnificia Love suivie d'un uniforme regard d'admiration et de convoitise. Ma beauté mille et mille fois célébrée s'admire en son miroir. Et si j'avais été laide ? Si je portais, à la place de ce sublime visage, un masque de laideur et d'horreur inconcevable ? En quoi cela changerait-il ma vie ? Oh, mais assez, j'arrête de vouloir faire croire que la beauté n'est qu'un artifice bas, vil et inutilement convoité. Sans elle, je n'aurais pas cette assurance royale ni cette démarche souveraine, je ne serais que basse créature femelle recroquevillée dans son corps, n'osant bouger de peur que ses disproportionnées formes ne soient vues et n'osant pas même lever la tête de peur que son atroce visage ne blesse un regard croisé au hasard. La laideur est un danger public. Oui, elle blesse, meurtrit et va jusqu'à détruire le rêve dont tout regard est doué. Danger public ! Attention, au-delà de cette limite, votre entrée dans le monde n'est plus permise.

Mon seul bien, ma seule richesse, ô beauté, que serais-je sans toi...

Mais je parle, je parle et l'heure avance vers le second show. En scène, divine Magnificia Love.

Les invitations pleuvent. « Me ferez-vous l'honneur de venir prendre un verre, chambre 47, hôtel Saint-Georges. » « Votre beauté m'a tant fasciné que je ne peux m'empêcher de vous faire parvenir cette invitation, chambre 70, Hilton. » « Divine Magnificia Love, êtes-vous libre ce soir et me permettez-vous de vous inviter, chambre 94, Sofitel. »

Je ne me donne même pas la peine de lire le texte de la vingtaine qui suit mais me contente de parcourir les noms des plus grands de ce monde, un sourire d'intense satisfaction me parcourt toute entière. Ô, somptueuse reine qui fait pleuvoir sur toi-même les miracles ! Mais à quoi servent ces affriolantes propositions ? Car bien sûr, il n'est pas question que je me rende à aucun de ces rendez-vous, mon seul plaisir étant d'améliorer mon score qui augmente de soir en soir. Seul plaisir de séduire, irrésistiblement. Inexorablement. A quoi me sert d'attirer sur moi ces miracles de fascination ? A quoi... A quoi... répète une voix en écho. Mais assez de ce vague à l'âme. N'ai-je pas récolté vingt-sept propositions, et non des moindres, en une soirée et quarante minutes de scène ? N'est-ce pas exceptionnel, inouï, incroyable, prodigieux, magique ? Que demander de plus, tous sont à mes pieds et je n'ai même pas à lever le petit doigt pour que tous se précipitent pour satisfaire mes moindres désirs, des plus absurdes aux plus dégradants, les plus fous, les plus ruineux. Assez de ce triste vague à l'âme qui me susurre un « à quoi bon » en refrain, assez !

Et d'un geste léger plein de désinvolture, la superbe main de la superbe Magnificia Love se saisit d'un pot de crème démaquillante. Ah, retrouver mon visage intact, inconnu et parfait ! Retrouver ces divins yeux, plus beaux encore sans l'ombre d'un maquillage savamment construit et cette bouche en cœur aux lèvres pleines, pleines de sensualité ! Me retrouver, passante unique et rare de la rue qui attire tous les regards, fascine toute âme et décourage les autres. Me retrouver, moi, l'authentique Magnificia Love.

Quelle pure, somptueuse forme a ce visage une fois débarrassé de son maquillage de scène. Moi, Magnificia Love, authentique et unique, authentique et sublime.

Alors d'un mouvement souple et gracieux, la superbe créature à demi nue enfile un évanescent chemisier de voile transparent qui laisse deviner ses admirables formes et un jean noir moulant.

Un coup de brosse à ses magnifiques cheveux de cuivre et la voilà prête à aller quérir un taxi au coin de l'avenue George-V sous les applaudissements qui résonnent encore à ses oreilles, délicieux, innombrables.

Le chauffeur de taxi, toujours le même (encore un prétendant déçu) lui demande l'adresse où il doit la conduire. Place des Vosges, annonce prudemment

Magnificia Love qui ne tient pas à voir une nuée d'admirateurs béats venir sonner à sa porte. La voiture roule dans la nuit illuminée de mille flashs passionnés lancés en l'honneur de Magnificia Love qui se laisse docilement conduire à travers la ville noyée d'obscurité en ce mardi 12 juin. Maintenant mercredi 13, pense Magnificia Love après un coup d'œil sur sa montre Hermès, bracelet croco, s'il vous plaît. Elle pense au sublime appartement qu'elle va retrouver, pour enfin s'étendre sur un lit couvert de peaux de loup, étirer ses membres fins pour séduire le seul air pur de la nuit, seule à l'abri des manifestations bestiales et obscènes dont se vantent tant les hommes.

Les hommes ! N'en parlons pas : il n'en existe aucun dans la vie et le cœur de Magnificia Love bien que tous y soient présents. Cher paradoxe.

Magie des trajets de nuit, Magnificia Love se laisse entraîner dans un rêve fou, fou, fou. Un célèbre comédien l'emmènera au bout du monde, elle le traitera du bout des yeux, ne remerciant jamais, ne manifestant jamais aucune joie de sa présence mais séduisant devant lui tout autre homme mieux fait que lui, donc mieux susceptible d'exacerber sa jalousie d'homme trompé. Somptueux voyage, divine croisière où les charmes du magnifique corps de Magnificia Love n'en finissent pas d'être admirés, somptueux voyage, divine croisière... rêve doucement Magnificia Love... avant qu'un coup de frein ne l'arrache à sa rêverie : la vision d'une mer bleu sombre aux mystérieux reflets de verre.

Agacée par cette interruption, la divine Magnificia Love se rencogne sur le siège moelleux et reprend le film décousu de son extraordinaire aventure. Le comédien deviendra fou de jalousie et d'insatisfaction (la maligne Magnificia Love lui refusant habilement l'usage de son corps délicat réservé à sa seule admiration secrète) et il n'aura de cesse que de prendre en ses filets la divine Magnificia Love, (hélas pour lui, cela n'arrivera jamais). Magnificia Love profitera outrageusement de ce prétendant inquiet et avide jusqu'au jour où elle décidera tout, tout simplement : la divine croisière a assez duré, là doit s'arrêter cette liaison décousue. Elle s'en ira, souveraine, toujours vierge fière et danseuse de rêve, pour se replonger dans sa vie solitaire et mondaine, elle s'en ira, sous le regard cupide, avide, terrifié et terrifiant d'impuissance du comédien insatisfait et trompé, renvoyé en coulisses malgré tous les compliments dont il est l'objet et les louanges dont l'accablent les plus célèbres critiques de la capitale.

Le taxi freine brusquement, tirant Magnificia Love de son cauchemar. « Combien vous dois-je ? » « Vingt-sept francs cinquante » « Au revoir et merci » « Bonne nuit », cette dernière réplique soulignée d'une allusion sans ambiguïté que ne relève d'ailleurs pas notre chère Magnificia Love qui d'un souple et sensuel mouvement de reins sort de la voiture, sac sous le bras, évanescente chevelure de cuivre aux reflets accrochés aux étincelles de la nuit.

Notre chère Magnificia Love retrouve ses appartements. Alors, devant son miroir jaillit l'obsédant refrain : « à quoi bon, à quoi bon... »; elle veut le chasser d'un geste exaspéré mais ne parvient qu'à amplifier « à quoi bon, à quoi bon... ».

Je me dirige vers la rue des Francs-Bourgeois, toute suffisance et prétention recouvrées par le fait si naturel et qui pourtant m'apparaît si exceptionnel d'user de mon corps à ma guise, pas après pas, balancé au rythme d'une musique qui court dans ma tête accompagnée de si belles et somptueuses photographies de moi en pleine danse sensuelle et excitante. J'arrive devant mon immeuble, suprême et incontesté refuge à l'abri des hommes, ces animaux bestiaux et sans vergogne, concupiscents et avides et m'engage dans le hall d'une démarche naturellement féline, divinement satisfaite. Oh, comme je me sens protégée en ce lieu inconnu de tous, ouvert à quelques seules « bonnes copines » dont je me sers pour comparer mes extraor-

dinaires charmes aux leurs, si vains et si puérils. Oh, comme je vais m'offrir une belle nuit de sommeil réparateur, bien au chaud sous mes peaux de loup et mes draps en satin de star reine et divine ! L'ascenseur s'arrête, au troisième étage et Magnificia Love, plus éclatante que jamais dans la demi-pénombre si délicieusement romantique ouvre la porte de son appartement.

Double-tour de clé. Sombre. Comme un seau d'eau en plein visage, la solitude pure et nue. Le silence. Cette absence. Il suffit de ces deux minimes détails, le tour de clé et la lumière, pour me déprimer, me glacer des pieds à la tête, telle une anonyme et passive femme ordinaire. Oh, comme j'aurais dû penser en partant à laisser la lumière allumée et la porte entrouverte pour feindre la chaleur d'une présence qui m'aurait attendue, d'une attente passionnée, comme j'aurais dû penser à ces deux infimes détails absurdes et pourtant si défiants maintenant dans la terrible importance qu'ils ont gagnée !

Déprimée, Magnificia Love longe le couloir désert tournant interrupteur après interrupteur pour surgir enfin auréolée de lumière dans le salon où elle se jette sur le lit, en larmes. Ça prend à la gorge, j'ai beau chercher tous les réconforts possibles que veut m'apporter ma beauté, jamais je ne peux oublier la sensation pure et nue de ma terrible solitude. « Mais tu l'as choisie... Si tu voulais, en ce moment même, tu pourrais être dans les bras d'un homme, play-boy ou richissime Américain, une star célèbre ou un anonyme mais superbe animal, en ce moment même, tu pourrais goûter le plaisir de l'amour, passion, folie... » Oh, ce goût amer de regret qui mord ma gorge et fait soudain redoubler mes larmes au lieu de magiquement les tarir... !

Dès demain, je change de vie. Dès demain, je me choisis une victime. Je n'aurai de cesse que de m'amuser à cœur joie à la faire tourner en bourrique, caprice après caprice. Dès demain, je deviens suprême séductrice de la nuit.

Les larmes enfin se tarissent. Et la divine Magnificia Love bondit hors de son lit et passe dans l'immense et superbe salle de bains où après avoir vérifié et admiré les inaltérables charmes de sa beauté inflétrie, éternelle, se fait couler un bain aux senteurs marines irrésistibles. La baignoire circulaire, blanc d'ivoire si pur se remplit peu à peu du baume magique régénérateur des cellules encore ébranlées de notre Magnificia Love et leur redonne joie et jouissance, pure vanité et prétention désarmantes. La sublime créature se dévêt et se glisse dans l'eau aux effluves et senteurs enchanteresses qui l'enveloppent aussitôt et la noient dans le plaisir. Oh, attends demain, chère Magnificia Love et ta beauté te rend mille fois l'humiliation d'avoir traversé ce soir une déserte et déprimante solitude. Mille et mille fois si bien que tu en reviens ivre et toujours divine, ivre mais toujours divine créature irrésistible, joyau incontesté de tous les temps, de tout siècle, de tout âge et que ta victime, délibérément élue, elle aussi ivre, mais ivre de tes charmes étranges et fascinants obéit au moindre de tes désirs avec une promptitude exemplaire, perfectionniste et idéaliste philosophe chrétien emprisonné dans ses amertumes, préjugés, interdits d'adultères et de plaisirs d'un autre monde. Oui, même un érudit philosophe pétri de chrétienté et de morale absurde ne te résiste pas, divine Magnificia Love. Mais pensons un peu à notre propre plaisir et imaginons plutôt un acteur, star ou vedette dont le visage par sa beauté n'a d'égale que la tienne. Même scénario idem pour le scénario. Toute créature masculine doit devenir le plus humble et modeste des jouets entre tes mains et devant ton corps, suprême Magnificia Love. Oui, tout homme, si beau, si savant, si célèbre, si absurdement emprisonné dans une morale de bon aloi, si détaché des plaisirs de ce monde réagit de la même et béate attitude, merveilleuse friandise-douceur pour ta divine et enchanteresse beauté, divineenchanteresse Magnificia Love. Demain soir, oh, attendons demain soir que se répète la troisième plus considérable beauté au monde dont le corps magnifique se reflète en d'indiscrets miroirs plaqués sur les murs et le plafond de la somptueuse salle de bains, seule digne de la plus belle et incontestée reine de notre temps. Demain même, demain, sitôt après avoir déjeuné d'un simple café noir sans sucre accompagné d'une première et délicieuse cigarette, demain même, notre superbe beauté sera récompensée de cette éphémère mais humiliante déprime.

J'irai flâner dans un somptueux complet veston flanelle et soie sur les Champs-Elysées, m'installerai à une terrasse de café tel un magnifique oiseau sauvage guettant sa proie et ne ferai aucune concession à cet absurde dit-on préhistorico-romantique : « Admirez, ne touchez pas. » Non, j'irai jusqu'au bout de mon invétéré charme de femme irrésistible, et même si cela ne fait qu'ajouter à l'amer goût d'insatisfaction qui rôde le long de ma gorge, me pâmerai dans les bras de la chère victime choisie. Malgré l'insatisfaction, j'aurai du moins l'honneur sauf et la solitude effarée en fuite vers l'ailleurs.

Magnificia Love caresse son long corps délié tandis que ce film imperturbable dans sa fin fatale se déroule devant l'écran de ses magnifiques yeux sombres aux prunelles déjà dilatées en cette demi-pénombre estivale. Ô, comme je serai reine. Ô, comme ils regretteront de m'avoir défiée tout un instant de pure et cruelle solitude. Qui, ils ? Les imaginaires témoins, toujours présents, de la vie de Magnificia Love. Ils n'auront alors de cesse que d'implorer et de jurer devant la divine créature qu'ils n'ont rien vu ni surpris et que jamais, ô grands dieux, jamais ils ne se sont repus de l'étincelle de déprime de la vie de Magnificia Love en ce mercredi 10 juin de l'an 81. Mais Magnificia Love les fera expier jusqu'à la mort leur châtiment de témoins indiscrets et ne cédera à aucune conjuration, si pleine de louanges et de compliments soit-elle.

Réconfortée par ce divin présage, Magnificia Love se glisse câlinement hors de son bain pour s'envelopper dans son peignoir d'un blanc immaculé. Plus somptueuse que jamais, elle repasse dans le salon où à nouveau elle se dévêt pour allonger sa splendide nudité sur le lit, sur le si doux drap de satin qui semble accueillir le suprême présent de sa beauté par un feulement de plaisir repu et mille fois satisfait. Quelle nuit paisible, quelle nuit sublime chantonne doucement Magnificia Love en s'étirant sur le drap de satin telle une chatte toute souveraine et reine incontestée. Elle allume au chevet de son lit une lampe d'où s'échappe une subtile lumière tamisée qui donne à son teint un merveilleux éclat de pêche et fait jaillir d'un geste d'une grâce saisissante d'un paquet posé sur sa table de nuit une longue Dunhill d'où glissent bientôt de fines auréoles de fumée bleutée. A demain, se répète la divine créature, demain, demain... avant que le sommeil planant sur elle ne la contraigne à éteindre sa cigarette puis la lampe. Dans l'obscurité totale la divine Magnificia Love se voit alors jaillissant d'une mer aux embruns de lumière pailletée d'or et d'argent et sur cette vision grisante s'endort la douce, sensuelle et cruelle créature.

La lumière de midi se glisse, furtive, entre les rideaux de toile écrue pour caresser d'un élan timide le superbe profil de Magnificia Love qui peu à peu se sent arrachée à un sommeil qui l'enveloppe encore d'une douce chaleur de demi-rêve ébauché. La divine créature s'étire d'un mouvement paresseux de chatte mondaine et admirée, cible de tous les regards, et bâille aussi voluptueusement que Blanche-Neige réveillée par le baiser de son prince charmant. Puis d'un bond, elle saute hors du lit, sa magnifique crinière volant sur ses reins dénudés, si délicieusement cambrés.

Après avoir passé un long tee-shirt dévoilant ses divines jambes galbées, Magnificia Love passe dans la superbe cuisine attenante ; une longue pièce aux baies vitrées habillées de quelques plantes vertes et séparée en deux par un comptoir de bistrot le long duquel s'alignent trois hauts tabourets de bar. Elle met en marche la cafetière et au rythme d'un mouvement irrégulier prépare une orange pressée assaisonnée de trois gouttes de citron (pour la beauté du teint).

Nous voici donc à ce lendemain attendu et Magnificia Love envisage déjà les péripéties de la journée qui s'ouvre devant elle. D'abord, elle se vêtira avec un soin méticuleux et se maquillera avec la plus grande attention sur l'ouverture de l'*Adagio* d'Albinoni aux sons et envols d'une exquise sensualité à l'image de la chère et incontestée beauté.

Après avoir laissé un mot dans la cuisine à l'adresse de Marina, la femme de ménage, détaillant ses désirs culinaires, Magnificia Love part au hasard de l'instant sur les chemins divins de ses magnifiques dons en l'art de séduire.

C'est ainsi que vers 2 heures de l'après-midi, Magnificia Love vêtue d'un jean blanc moulant et d'un corsage aux mystères transparents se retrouve sur l'avenue des Champs-Elysées flânant du drug-store au *Fouquet's* de sa démarche lente et féline d'animal irrésistible. Devant la boutique Saint-Laurent, elle entre en jalousie avec le mannequin longiligne qui présente un divin tailleur. Elle pénètre d'une furieuse allure dans la boutique afin de faire tomber en disgrâce par ses charmes si pleinement sensuels et « vivants » l'atroce mannequin de plastique industriel. Elle y parvient bien entendu, avec une facilité déconcertante, et du même élan paie cash le divin tailleur si délicieusement romantique-et-sentimental. Ainsi parée, elle ressort de la boutique, plus fière et présomptueuse que jamais.

Après ce magnifique exploit, elle s'offre en récompense un thé-citron à la terrasse du *Longchamp*, lieu de rendez-vous et de flânerie des plus célèbres et célébrés cinéastes, vedettes et stars de la capitale. Elle voit Alain Delon, solitaire à une table en recoin mais il n'est pas du tout son style d'homme, elle s'installe loin de la star-vedette érotico-sentimentale-séduisante-et-soi-disant-insaisissable. Confortablement lovée sur sa chaise blanche, dans son somptueux tailleur, revers satin s'il vous plaît et fleur à la boutonnière, elle se met alors en devoir de saisir le plus bel homme qui passera et de le retenir, de le faire s'arrêter devant cette terrasse et demander l'honneur de passer un moment avec la divine créature que je suis. Magnificia Love repère bien quelques proies susceptibles de faire son affaire mais son ambition à leur vue restant insatisfaite, elle poursuit ses effrénées recherches. C'est alors qu'apparaît le cher et magnifique présent de cette journée promise à la satisfaction des inénarrables et vénérables orgueils, suffisance et prétention de Magnificia Love, alors apparaît un superbe animal d'une vingtaine d'années, en jean et blouson de cuir, démarche de danseur Carolyn Carlson (ce qu'il se révélera être en effet) regard comme magnifiquement souligné d'un trait de kohl (pure illusion d'optique au grand plaisir et soulagement de Magnificia Love) tout élégance, assurance, suffisance (serait-ce mon sosie, mon double, mon âme-sœur pense la divine Magnificia Love excitée). D'un regard, elle aguiche le sompteux danseur qui ne manque pas d'être freiné, cloué sur place par ce charme venu d'ailleurs. D'un signe de tête prosaïquement auréolé de sous-entendus elle l'invite à s'approcher de sa superbe personne, ordre auquel ne se dérobe pas le divin danseur. Et c'est ainsi qu'il se retrouve en face de l'aguichante Magnificia Love qui buvait son thé d'un charmant et désarmant air de pure sollicitude. Après quelques phrases banales échangées sur un ton quelque peu figé, le danseur se dégèle et engage une conversation négligente et heureusement sans équivoque qui ne manque pas de ravir notre Magnificia Love transportée aux anges. Celui-ci habite « un charmant studio » rue de Berry, « à peine à dix minutes d'ici » et y invite cette superbe créature qui imperturbablement buvait son thé avec des mines de chatte gourmande et se donne le temps, si cruellement long d'une sage et décisive réflexion.

« Eh bien, pourquoi pas ? » répond la nonchalante, subtile et cruelle Magnificia Love.

Bras dessus bras dessous, le divin couple descend l'avenue des Champs-Elysées sous les regards béats et envieux à l'infini des passants tous logés à la même enseigne ; « Oh, jamais je n'atteindrai cette perfection, cette assurance, ce charme, cette beauté si exceptionnels ! » Cruel sort, pourquoi m'avez-vous fait basse et vile, commune, banale et ordinaire créature humaine promise à la solitude et à la perpétuelle convoitise de cet ensemble divin, sublime !

Cependant, d'une allure chaloupée le couple continue sa somptueuse descente, s'arrêtant tantôt devant une vitrine, tantôt devant les affiches de cinéma. Ô communes stars, fadasses, sans charme, quelle honte auprès de ces magnifiques exemples de la création ! Durant tout ce trajet, la sublime Magnificia Love rêve à l'étreinte tendre et sensuelle de cet inespéré compagnon. Honte à toi, cruelle solitude qui a osé s'abattre un instant sur mon système affectif désemparé, adieu, déprime extravagante pure et nue qui inconsidérément eut l'outrecuidance de me torturer, ne serait-ce qu'un furtif instant ! Oh, l'imagination de cette étreinte surpasse sans doute tous les charmes de la sobre réalité, oh oui, sans doute, Magnificia Love ne se sent satisfaite que dans cet imaginaire projeté sur l'avenir vierge du temps. Cruelle certitude. Pourquoi ne pas renoncer en ce cas, puisque la belle étreinte promise se révélera cent fois au-dessous du charme possible. Mais non, renoncement égale défaite, orgueil bafoué, talent usé qui n'entraîne plus dans de secrètes et mystérieuses profondeurs. Renoncer égale double-tour de clé dans la serrure, implacable obscurité et douloureuse solitude, impitoyable déprime. Non et non, Magnificia Love ne renoncera pas.

Ainsi courent les pensées de Magnificia Love tandis que son superbe prétendant l'entraîne, si tendrement déjà, vers la rue de Berry. Dans les vitrines et miroirs croisés se reflète toute la magie de leur charme suprême, et ils se sourient, personnellement et mutuellement d'un irrésistible sourire, cosmopolite, universel et mondial séducteur. Enfin, le divin danseur s'arrête devant un immeuble bourgeois bon chic bon genre tout à fait en accord avec le tailleur de Magnificia Love (par ailleurs désaccordé avec le jean et le blouson de cuir de son bientôt véloce amant). Il l'invite à longer un couloir tapissé de velours carmin (comme pour une reine) qui les mène jusqu'à l'ascenseur.

Quatrième étage, porte gauche.

« Je te présente ma secrète tanière...

— En l'occurrence pas si secrète que ça ! répond avec une feinte jalousie notre charmante Magnificia Love.

— Oh si ! Tu es la première exception qui vient confirmer la règle. »

Peut-être un mensonge qui cependant ne manque pas de flatter l'orgueil de Magnificia Love pénétrant dans la pièce d'un air royal. En effet, charmante soupente donnant vue sur les toits des immeubles bourgeois du voisinage, à repère secret abrité de tout regard indiscret, est une confortable pièce aux murs couverts de photos de spectacles et autographes des plus célèbres étoiles scintillantes, confortable lit niché entre deux angles et divin parfum *Opium* de Saint-Laurent ajoutant la touche de sensualité manquant au programme. D'un bond souple et enchanteur, le danseur enlace Magnificia Love de deux bras durs et pourtant si pleins de tendresse vulnérable et notre nonchalante Magnificia Love décidant pour l'honneur de prendre les devants embrasse d'un baiser sans fin les lèvres de l'inexpiable et coupable beauté. Et bientôt leurs deux corps s'entremêlant dans une lutte d'inassouvissable désir passionné, tombent, étroitement enlacés, sur l'accueillant lit sans ressorts (ô quels vulgaires grincements heureusement épargnés). Leurs vêtements hâtivement arrachés, les voilà tous deux nus cherchant la douceur de leur corps s'étirant en de souples et somptueuses avances. Mais alors, impitoyable et banale répétition, recommencent les gestes et caresses, ordinaire de tout homme, et Magnificia Love, passive, divine, orgueilleuse se laisse aller à rêver au jamais inventé plaisir sensuel, jamais offert, jamais donné, jamais livré. Encore un de ces bestiaux ébats ! pense la chère créature sous l'assaut de son danseur qui n'a pas l'air de se douter de l'ennui qu'il provoque. « Quelle corvée ! » résume en fait parfait et indubitable la pensée de notre chère Magnificia Love.

Un vague à l'âme. 10 ans. Et tant de tours dans ma poche, tant d'exigences dans le regard et de désirs échangés par le biais d'un timide sourire se répondant de l'un à l'autre. Je le trouvais beau. Le plus beau des garçons de ma classe. Et il était séduit, oui, séduit par moi qui jamais n'avait excercé mes talents sur un admiré compagnon mais toujours sur des créatures plus ou moins méprisées, père, mère, frère et diverses connaissances rencontrées. Mais séduit et puis après ? J'étais contente mais il me manquait quelque chose pour le bonheur.

Coup de déprime. Il manque toujours quelque chose pour le bonheur. Traître descente démoralisante tandis que le compagnon s'acharne sur mon corps immobile et tendu. Il me manque toujours quelque chose pour le bonheur. La phrase court, va et revient, passe et repasse, implacable.

« Lâche-moi ! »

Et d'un mouvement rapide, Magnificia Love se défait de l'étreinte avilissante, bassement-virilement-abjectement dégradante. Mais non se reprend Magnificia Love et elle se répète : « divinement-

somptueusement-magiquement sensuelle » sans y
croire mais pour tenter d'y croire vraiment.

« Qu'est-ce que t'as ?

— Lâche-moi ! » lance Magnificia Love qui déjà
s'est glissée hors des griffes de l'homme. Puis elle
affirme d'un ton sans réplique :

« Je dois aller travailler. »

Et sous l'œil sidéré du danseur, désormais tellement inintéressant, elle réenfile son tailleur flanelle
et satin, arrange ses magnifiques cheveux en un
savant désordre et après un clin d'œil pour prouver
son caractère de créature insaisissable, s'éclipse.
Hautaine. Sensuelle. Cruelle.

Ah, marcher à l'air libre, libre, libérée de ces
extravagances puériles, remonter l'avenue sous les
regards de convoitise et de jalousie de tout autre
créature femelle certainement portée sur ces ébats
que méprise la divine Magnificia Love maintenant
remontée à pic dans son moral malgré l'usure inévitable du film vécu, marcher en balançant ses bras et
oscillant des hanches afin que la magnifique crinière
s'étale sur ses reins, ah, marcher à l'air libre, libre,
libérée !

Jamais Magnificia Love n'y prendra autant de sensuel plaisir.

5 heures. Dans l'appartement illuminé, Magnificia
Love se prépare un thé dans la somptueuse cuisine
accueillante. Comme cet appartement lui semble différent de la veille ! Serait-il possible que Magnificia
Love se soit trompée de porte en entrant ? La
bouilloire siffle. D'un geste précieux Magnificia Love
éteint le gaz et verse l'eau dans la théière. Ô charmes
de la solitude ! N'avoir personne à séduire, pouvoir
froncer les sourcils et fumer comme un pompier
sans aucun regard pour vous rappeler à l'ordre,
s'asseoir le dos rond et les coudes sur la table sans
aucune voix pour vous souffler que cela tasse la sil-

houette ! Les Dunhill se suivent au rythme des tasses de thé tandis que Magnificia Love savoure, bouchée après bouchée, les instants de sa solitude, redevenue choisie, chère solitude, pardon ! Toute à toi désormais, juste comme avant et juste comme toujours. Nous danserons et des valses à trois temps et des slows langoureux et notre étreinte durera autant que dure la nuit dans la plus pure des obscurités impénétrables, nous n'aurons de cesse que d'être corps à corps enlacés et ne regretterons aucun silence corps et cœurs embrasés, ô, ma chère solitude, nous redeviendrons fières, et frères, et amants, et amis, et maris copies conformes, non, copies imaginaires et rêvées, ce qui sans cela n'aurait pas d'intérêt. Ô oui, ma chère solitude, embrassons-nous.

Ce qui fut fait, promptement.

Après un souper léger composé de poisson froid, de salade verte et de lait, Magnificia Love appelle un taxi direction avenue George-V. Répondra-t-elle à l'une des multiples invitations d'après minuit ? Elle est en train d'y réfléchir pesant le pour : même scénario d'ébats bestiaux et le contre : la sensation pure et nue d'une cruelle solitude lorsque le taxi freine devant le porche du *Red Devil*. Elle paie et d'une démarche hésitante née de ses interrogations présentes, pénètre dans le hall et bifurque vers l'entrée des artistes. Et puis, il y a ce hasard qui peut faire pencher la balance vers le contre : elle tomberait peut-être sur un richissime mais obèse, homme d'affaires, écœurant de sueur et de graisse. C'est, en effet, plus probable que d'être magiquement projetée dans le lit d'un superbe étalon play-boy tendre et sensuel à souhait. Il y a bien sûr une chance mais si minime... Et puis, ne serait-ce pas plus excitant d'attendre le lendemain afin de choisir sa proie en pleine et impitoyable lumière estivale où les défauts ne trouvent pas refuge et les vérités point de cache, choisir sa victime et à son gré la mener vers les chemins qu'elle lui tracera ? Les loges du premier étage sont déjà occupées par les studieuses et « nouvelles » fadasses, blondasses créatures. Magnificia Love croise Rina Balistic et avec un pincement au cœur ne peut s'empêcher de remarquer que malgré son nez camus et ses yeux vairons, celle-ci a un pouvoir excitant sur les sens. Prise d'une panique soudaine, Magnificia Love s'aperçut même qu'une fraction de temps elle a désespérément voulu être dans la peau de Rina Balistic. Celle-ci ne cache ses aventures homosexuelles à personne et soudain projetée hors d'elle-même, Magnificia Love se met à imaginer la douceur et la tendresse d'un corps de femme lové contre le sien, au grand désarroi de sa véritable personnalité qui crie son pouvoir exceptionnel et la trop facile conquête d'une victime féminine, espèce qu'elle a d'ailleurs en horreur, mise à part sa propre reproduction unique et suprême (à classer dans la race des reines et non dans celle des vulgaires créatures féminines).

Ecoulé ce moment de faiblesse passagère mais terriblement inquiétant pour la divine Magnificia Love. Elle reprend tous ses pouvoirs sur elle-même et ne manque pas de fusiller d'insultes et de qualificatifs humiliants, dégradants et vulgaires l'atroce Rina Balistic, qui actuellement se dévêt devant son miroir-je-suis-la-plus-laide. Revigorée par cette certitude, je regagne ma loge.

Répondrai-je ou non à une de ces invitations qui pleuvent chaque soir ? Obsédante, la question ne cesse de revenir dans mes pensées confuses. Mais pourquoi cette solitude abhorrée reviendrait-elle me surprendre alors que j'ai encore le souvenir (si écœurant) de ma conquête de cet après-midi ? Non, je ne répondrai pas et m'offrirai une douce nuit de sommeil avec un masque antirides et teint de pêche sur le visage. Ô délices de ma chère solitude !

Après cette sage décision longuement mûrie, la divine Magnificia Love se met en frais de maquillage pour son superbe visage. Ce soir, des yeux de chat et des pommettes hautes, des lèvres presque noires et paupières violacées où miroiteront des fins et subtils traits de paillettes argentées. Deux touches de parfum *Magie noire* derrière les oreilles, cent coups de brosse dans la magnifique crinière mordorée, et le corps dénudé de Magnificia Love s'offre à son divin miroir.

A vous, Magnificia Love.

Aujourd'hui, vendredi 12 juin de l'an 1981, notre divine Magnificia Love après un cours de danse dans le Marais, rue Vieille-du-Temple, a promis l'honneur de sa présence à un richissime Américain logé au *Sofitel* qui après un verre au bar de l'hôtel l'emmènera chez *Drouant* pour un déjeuner de fruits de mer. Le réveil, exceptionnellement réglé pour sonner à 9 heures tire Magnificia Love d'un rêve tout de tendresse et de chaleur par elle refusées dans sa vie présente. Elle s'éveille avec un goût amer de remords et cherche de nouveau à rattraper la douceur de ce rêve enfui mais, impitoyable, le réveil sonne une seconde fois dans le silence de l'appartement. Se rappelant son cours de danse classique, elle saute du lit, chassant d'un geste faussement exaspéré les visions ultimes de son sommeil désormais brisé. Après avoir enfilé une chemise d'homme blanche légèrement trop large pour son corps de nymphe, elle passe dans la cuisine où elle se prépare son habituel cocktail de vitamines en fumant sa première et délicieuse cigarette du jour.

Tous les danseurs du cours ont été victimes de mon charme pense Magnificia Love avec une énorme satisfaction. Il ne me reste que le prof à séduire. Mais non, il est bien trop laid pour mon sublime corps de reine se reprend-elle avec suffisance. Il faudra bientôt que je change de cours, tout simplement, pour afficher d'autres victimes à mon tableau de chasse.

Sur ce, la cafetière s'étant arrêtée de ronronner, elle se sert une tasse de café d'un geste précieux de princesse. Une joie stimulante l'envahit tout entière à la pensée de son superbe corps en collants et maillot blancs, discrètement admiré par tous les garçons du cours et jalousement convoité par toutes les filles, au corps déformé ou (mais si méchamment au côté de celui de Magnificia Love) sculpté par la danse.

Magnificia Love, donc, sirote son café sans sucre en imaginant à l'avance le déroulement de cette journée qui s'annonce riche en excitants événements.

Elle repense à son aventure de la veille, un superbe play-boy de magazine, bien qu'un peu stéréotypé mais qui habitait en célibataire donjuanesque un magnifique appartement du sixième arrondissement, boulevard Saint-Germain dont les immenses pièces et le mobilier avaient tôt fait de satisfaire l'avide imagination de notre chère Magnificia Love. Bien sûr, il aurait fallu en passer par les indignes et dégradants ébats si Magnificia Love n'avait posé une condition à l'honneur de sa présence :

« Je veux juste rester nue à côté de toi, tes mains sur mon corps et rien d'autre. »

Le play-boy (que d'ailleurs Magnificia Love soupçonnait d'homosexualité et cela amplifiait le plaisir de sa conquête) ne fit pas de difficultés pour accepter cette condition. Magnificia Love dormit donc dans ses bras jusqu'à 4 heures du matin, heure à laquelle elle appela un taxi pour rentrer chez elle sous le prétexte (d'ailleurs vrai) de passer prendre ses affaires de danse.

Un rayon de soleil miroite dans ses cheveux de cuivre encore tout emmêlés d'une courte nuit de sommeil et ses longues mains dorées jouent nerveusement sur le comptoir de bois. Elle finit sa tasse de café et passe hâtivement dans la salle de bains où elle prend une douche et se pare pour la circonstance : un somptueux tailleur (les tailleurs, comme on l'a vu, ont la préférence de Magnificia Love) vert émeraude assorti heureusement à la teinte changeante de ses yeux mystérieux et en accord parfait avec sa magnifique chevelure auburn. Elle met encore deux boucles d'oreilles d'argent serties d'émeraudes pour réhausser l'éclat des deux merveilleuses perles de son sublime visage, et prenant son sac à main et le sac de cuir où sont rangées ses affaires de danse sort de l'appartement après avoir allumé toutes les lumières, se contentant de claquer la porte derrière elle, sans tourner la clé dans la serrure (précaution contre notre humiliée déprime, pense perfidement notre cruelle Magnificia Love à titre de revanche).

Un air frais et humide l'enveloppe d'une caresse de soie tandis qu'elle prend les petites et désertes rues adjacentes afin de rejoindre la rue Vieille-du-Temple. Danser. Oh, bien sûr, elle n'égale pas en cet art l'horrible et mièvre Véronique, une habituée des cours de danse de professionnels et qui espère encore, malgré son physique éloigné des critères de cet art, excercer le métier de danseuse. Ses jambes lourdes de muscles, résultat d'un travail tout en force et non en souplesse comme il se doit, ses hanches récusant ses infinies dissertations à propos de ses régimes faméliques, son visage criblé d'acné purulente (sans doute à cause du chocolat dont Magnificia Love a surpris la présence par plaques entières dans son sac de danseuse). Un sourire satisfait effleure les lèvres de Magnificia Love, comme heureux résultat de cette comparaison. Elle marche d'un pas énergique, son sac de cuir se balançant contre sa hanche toute en muscle. Oh, danser se répète-t-elle doucement tandis que passe devant ses yeux le film merveilleux de ses charmes délétères, excitants et sensuels. Enfin, après un quart d'heure de cette marche énergique, Magnificia Love pénètre dans la cour pavée où résonnent déjà les sons d'un piano accompagnés par une voix qui rythme le tempo. Elle monte le vieil et poussiéreux escalier de pierre et avec un soupir de soulagement entre dans le vestiaire où pêle-mêle garçons et filles se déshabillent sans pudeur. Pourtant, si j'étais elle pense Magnificia Love en visant une soi-disant danseuse professionnelle au corps alourdi, je n'oserais même pas enfiler un pantalon avec ces cuisses de camionneur et ces fesses de matrone. Bref, consciente d'être discrètement admirée de tous et de toutes, Magnificia Love se dévêt avec des gestes précautionneux et subtils.

J'aimais tout particulièrement, peut-être même plus que le cours en lui-même, l'avant et l'après où je pouvais à cœur joie comparer et commenter les banals charmes des autres filles du cours. Je mettais tout mon orgueil à ce qu'aucune ne me surpasse et je tins en effet ce pari. Pari qui fut couronné lorsque j'eus 18 ans par la proposition du maître de ballet du Red Devil qui me demanda d'honorer de ma présence la troupe de ses danseuses.

J'eus peur. Oui, ma première réaction fut la peur. Mes mesquines comparaisons me disais-je, ne seront plus à mon avantage...

Mais, me regardant dans le miroir de la salle de danse, regardant ce sublime corps et ce visage de reine, je souris, et promis de venir passer une audition devant le sénile maître de ballet qui s'en fut, enthousiasmé, tout content...

« Magnificia !
— Georges ! »
Ils s'enlacent sous les yeux béants de jalousie des divers élèves du cours tandis que résonnent, toujours rythmés par la voix, les sons rigides du piano. Georges, encore un de mes prétendants d'un soir et amants d'une nuit. Georges, une bribe de passé, d'un passé révolu.

A 10 heures juste, les élèves s'engouffrent dans le studio et se placent aux barres. Magnificia Love, bien entendu, entre les deux plus superbes danseurs du cours, tous deux amants de ce passé révolu et désormais simples marionnettes affichées au score exceptionnel de ses talents en art de séduire.

Elle arrête un taxi pour se faire conduire à l'hôtel *Sofitel* où elle arrive avec plusieurs minutes de retard, dûment et coquettement préméditées. Le richissime Américain l'attend au bar devant un volumineux cocktail orné de divers fruits exotiques, riche Américain visiblement abonné au sauna et salle de gymnastique vu sa minceur et son énergie d'homme à la quarantaine bien sonnée. Magnificia Love s'installe à côté de lui et commande le même cocktail. La ronde des banals compliments alors commence, rythmée par les sons d'un piano (encore pense Magnificia Love) niché dans un coin de la salle.

« Mon invitation est totalement désintéressée savez-vous. J'avais juste besoin d'une compagnie aussi charmante que la vôtre... »

Encore un impuissant pense la divine Magnificia Love en sirotant son cocktail. Une corvée de moins. Bon débarras. Et un délicieux déjeuner chez *Drouant*. Que demander de mieux ?

« J'ai une femme et deux enfants, tous deux magnifiques, il faut l'avouer... mais souvent je ressens le besoin d'un changement... Je désire le charme de la jeunesse, son énergie... »

Impuissant ou obsédé se reprend Magnificia Love. En tout cas, il n'y a rien à craindre de ce côté-là. Cela n'est pas pour déplaire à la chère Magnificia Love.

Ils prennent un taxi pour rejoindre la place Gaillon. Les compliments pleuvent sur Magnificia Love cruellement indifférente (la meilleure façon de récolter plus que ce que l'on vous a promis en secret). Aussi, lorsqu'ils arrivent chez *Drouant*, le richissime Américain a déjà épuisé toutes les louanges possibles

146

et imaginables du langage et tous les superlatifs agréables à entendre de son si splendide vocabulaire. Magnificia Love, toujours indifférente, descend du taxi d'une allure de reine et sans attendre le richissime qui se débat avec sa monnaie, pénètre dans le hall. Elle surprend le regard de convoitise du garçon de vestiaire et celui, tout aussi passionné, d'un client qui vient d'entrer en compagnie d'une fadasse créature que Magnificia Love reconnaît pour un squelette peu appétissant des *Folies*. Elle répond à ces avances d'un sourire aguichant de lionne tandis que le richissime Américain, essoufflé (en dépit de son abonnement) la rejoint. Il passe son bras sous le sien d'un air suffisant et vaniteux de propriétaire (trait commun de tout homme marié et impuissant) et la conduit vers un box séparé où une table réservée est dressée pour deux. Magnificia Love, toujours silencieuse s'assied près de la baie vitrée en face du visage rayonnant de fierté de ce richissime Américain qui commence sérieusement à l'ennuyer. Oh, pourquoi n'ai-je pas refusé cette invitation, pourquoi ne suis-je pas rentrée chez moi pour un déjeuner léger et une voluptueuse sieste accompagnée par *Tangerine Dream* qui m'aurait certainement entraînée dans de secrets paysages inviolés ! Oui, pourquoi ?

Vantant ses possessions terrestres et autres, le richissime Américain lui tend la carte. Magnificia Love la lit attentivement, seule distraction en ce lieu, et choisit des huîtres suivies d'une brochette de Saint-Jacques sauce tartare. L'Américain, conventionnel à souhait opte pour la même chose tout en continuant l'exposé de ses universelles richesses. Magnificia Love se retient de bâiller.

« Qu'est-ce que je fais ici », pense-t-elle, exaspérée. Elle voudrait se lever et s'excuser, prétextant n'importe quoi pour s'enfuir. Retrouver des heures entières et riches de pure et amoureuse solitude. Se mettre des masques sur le visage et du henné dans les cheveux, s'étirer pour son seul plaisir et danser sous le seul regard de convoitise de son magnifique chartreux de Cyprio. Danser au rythme lancinant et envoûtant de *Tangerine Dream*. Elle aurait voulu, après une voluptueuse sieste et cette danse sensuelle, se rendre à la piscine où elle aurait refusé toute invitation et ne se serait satisfaite que du seul plaisir physique de se baigner, enfin seule, enfin à elle seule tout entière livrée. Elle aurait voulu être forte de sa conscience d'exister, et d'exister pour elle seule.

Cependant, le richissime Américain continue son ennuyeux exposé tandis que le serveur apporte un magnifique plateau d'huîtres. Magnificia Love n'écoute plus.

Et le richissime Américain, inlassable, continue ses tirades tandis qu'elle, toujours divine, se concentre sur la morphologie de ses huîtres. Oh, non, surtout ne pas penser que ces bêtes sont vivantes, cela enlèverait toute leur délicieuse saveur d'eau de mer, couleur locale et envoûtante à souhait. Le richissime parle, et parle tant et si bien que les divines huîtres passent du plateau aux longues mains dorées de Magnificia Love et que l'assiette de notre splendide héroïne se remplit de coquilles à l'inverse de celle de son prétendant, honteusement vide.

« Vous ne vous servez pas ? l'interrompt Magnificia Love entre les mines de charbon de l'U.R.S.S. et les exceptionnelles richesses encore non découvertes du Québec.

— Oh, mais si, mais si... »

Et enfin, il daigne prendre une huître. « Enfin » car je ne peux tout de même pas passer pour un ogre pense Magnificia Love en coquette créature romantique. Et puis, comment danserais-je ce soir avec un estomac gonflé de ces merveilleux coquillages. Notre chère Magnificia Love s'applique donc à nettoyer ses mains avec l'eau de rose mise à sa disposition pour cet usage et feint d'écouter les ennuyeux développements de l'Américain. En fait, son regard est fixé sur un homme d'une trentaine d'années qui déjeune en face d'une femme décrépie et affreusement maquillée. Un gig pense Magnificia Love pour tenter d'oublier son cruel ennui. Mais il la tient à la gorge, ne montrant aucun signe d'affaiblissement.

Elle change donc de distraction et se met à observer par la baie vitrée les coques multicolores de la parisienne circulation. Elle suit durant plusieurs minutes un carré de ciel bleu, qui se déplace lentement dans le quadrillage invisible de la ville. Mais cette observation finit également par ennuyer notre divine créature et avec un soupir déçu, elle se tourne à nouveau vers l'Américain qui a profité de cet intermède pour engloutir les dernières huîtres du plateau.

« Mais je vous ennuie peut-être avec...

— Mais non, mais non, c'est passionnant, dit Magnificia Love avec un sourire de circonstance en cruelle contradiction avec sa pensée.

— Je vous disais donc que les plus grandes firmes des Etats-Unis travaillent pour moi et que... »

Encore une demi-heure ? Une heure ? Au moins une heure pense avec ressentiment et colère envers elle-même notre chère Magnificia Love. Mais pourquoi donc ai-je accepté cette absurde invitation qui ne satisfait ni mon orgueil ni ma vanité ni d'ailleurs mon estomac car j'aurais de loin préféré déjeuner d'un œuf dur et d'une salade de tomates accompagnés d'un verre de lait. Bon, patientons, patientons se répète Magnificia Love de plus en plus exaspérée par l'absurde situation.

Pour ne pas lasser le lecteur, passons en hâte furtive (au contraire de Magnificia Love indécemment enchaînée par la cruelle lenteur du temps réel) les longues minutes pendant lesquelles ils dégustèrent leurs brochettes de coquilles Saint-Jacques et leur aérienne île flottante. Magnificia Love s'ennuie ferme, autant que l'Américain parlait ferme.

Après un express serré, Magnificia Love s'excuse donc en prétextant une imaginaire répétition, et s'éclipse, sublimement.

Magnificia Love profite du long après-midi qui s'ouvre devant elle pour s'offrir une séance de cinéma, ostentation, avenue des Champs-Elysées, avenue prisée par le côté mondain de Magnificia Love. Arrivée à 3 heures devant le cinéma et la séance ne débutant qu'à 4 heures, elle s'offre une halte au *Fouquet's* pour attendre la projection de *L'Amant de Lady Chatterley*, film qu'elle a choisi, comme vous vous en doutez, pour critiquer la morphologie de la soi-disant divine Mélanie Crotale, interprète du premier rôle, et se hausser encore un peu plus à ses propres yeux dans la grandiose idée qu'elle a de son propre charme. Confortablement installée devant un café dans un large fauteuil de cuir du *Fouquet's* avec à sa gauche un miroir, elle regarde de ses yeux de chat changeants et mystérieux les passants défilant sur l'avenue, collets montés ou nonchalants, exibitionnistes ou exagérés timides. Cette continuelle série de visages et de corps la grise d'un infini plaisir narcissique. Jamais elle n'a admiré plus belle créature que la divine, enchanteresse et fascinante Magnificia Love dont le sublime visage se reflète dans la vitre.

Elle savoure ces précieuses minutes de solitude lorsque, à son grand déplaisir, s'avance vers elle un célèbre cinéaste rencontré il y a des lustres au hasard de ses multiples aventures. Elle fait semblant de ne pas le reconnaître mais il est déjà trop tard, celui-ci a pris place à son côté.

« Magnificia Love ! Quelle heureuse surprise !

— N'est-ce pas ?

— J'ose espérer que malgré votre vie riche en rencontres, vous ne m'avez pas oublié.

— Bien sûr que non, voyons. »

Pourquoi, pense-t-elle, ne pas lui répliquer carrément que je veux rester seule et tranquille devant mon express ? Pourquoi, malgré moi, ce besoin de séduire, de tromper, de flatter ? Pourquoi ?

J'avais tellement peur de ne pas être à la hauteur. Tellement et tellement peur que je restais plusieurs minutes paralysée devant lui, n'osant dire un mot, n'osant pas même bouger de peur de lui déplaire mais me contentant de sourire, sourire, sourire... Lorsqu'il s'approcha de moi et passa son bras autour de mes reins, je ne pus réprimer un sursaut intimidé de vierge pure.... Il sourit et m'embrassa sur les lèvres... Alors, arrivée à mes fins malgré ma maladresse et ma timidité, je m'enfuyais, secrète et mystérieuse comme je voulais le rester à ses yeux...

« Je prépare un film en ce moment, nous sommes en pleine révolution aux studios. Figurez-vous que j'avais bien pensé à vous pour le rôle principal mais vous connaissez les producteurs, ils m'ont imposé leur vedette chérie, Adjani. »

Je ne suis donc pas la seule à mentir pense Magnificia Love sans relever les ruses infiniment maladroites de ce numéro de charme qui la laisse étrangement froide et indifférente. Le cinéaste, ce sénile homme de 50 ans bien sonnés, continue ses tirades. Mais qu'est-ce qu'ils ont tous aujourd'hui, pense Magnificia Love et d'un mouvement de colère, elle interrompt le célèbre cinéaste et sans autre explication déclare qu'elle est au regret de devoir le quitter, et part.

Libérée de ce pot de colle masculin, Magnificia Love marche avenue des Champs-Elysées, ne prenant plus garde aux regards sans ambiguïté des multiples passants. Elle veut un temps de repos, un temps de répit, à l'abri des avances et des déjeuners d'ennui, des tirades et des numéros de charme, inlassablement, imperturbablement semblables. Elle veut l'étreinte soyeuse de son amoureuse solitude.

Quelle atroce créature que cette Mélanie Crotale, un Rembrandt plein de bourrelets et de cellulite, un air splendide de bêtise sur le visage et tous les apparats les plus vulgaires de la basse créature féminine pense Magnificia Love nichée dans son siège et savourant un délicieux esquimau chocolat-pistache. Quelle vulgarité, quelle obscénité, pourquoi la trouvent-ils si belle et désirable, cette commune et hippopotamesque Mélanie Crotale. Mais les hommes sont si absurdes, pense Magnificia Love, ils se pâment toujours devant les plus esthétiquement parlant, imparfaites créatures, tellement que c'est à désespérer d'être reine toute souveraine de beauté.

Elle était rousse, d'un roux carotte, horrible. Son visage criblé de taches de rousseur portait le plus inexpressif regard du monde. La première fois que je la vis, je la classais bien entendu dans les rivales impossibles. Mais lorsqu'un des garçons de la classe dont j'avais cruellement déçu l'amour, se vengea sur elle de sa défaite, ma haine n'eut plus de bornes...

Puis, je me dis : « Mais regarde-les donc, tous les deux, ils sont moches et ridicules, tu n'as rien à leur envier, tu fais partie d'un autre monde, laisse-les donc croupir dans le leur et concentre-toi à te construire de toutes pièces ton monde idéal, idyllique... »

Laisse donc cette ordinaire-banale Mélanie Crotale croupir dans sa graisse et se noyer dans les faux compliments des hommes, je lui suis tellement supérieure que je n'ai véritablement aucun motif d'en être jalouse ni de nourrir à son égard cette pointe de haine qui s'enfonce dans mon cœur se dit Magnificia Love en dégustant les dernières bouchées de son esquimau chocolat-pistache telle une enfant, l'enfant qu'un instant elle avait rêvé être redevenue...

Toutes lumières allumées, Magnificia Love pénètre dans son splendide appartement, régénérée par cette séance de cinéma, vantant si magnifiquement sa beauté de reine souveraine car la comparaison, il va sans dire, était largement à son avantage. Elle retire son somptueux tailleur émeraude et passe, pour les deux heures qu'il lui reste avant de partir au *Red Devil*, un tee-shirt lui arrivant aux fesses. Elle salue le cher Cyprio en position de sphinx tout-puissant et qui la contemple d'un air délicieusement complice. Elle pose *Tangerine Dream* sur la platine et s'allonge sur le divan et part dans un rêve aussi somptueux que décousu.

Princesse féline et divine, elle traversait d'une allure de reine les pièces désertées et immenses d'un luxueux château paré pour le bal donné en l'honneur de ses charmes. Tous les princes et les hommes encore passables selon le jugement de Magnificia Love étaient invités à cette somptueuse réception organisée par elle seule (avec l'aide, bien sûr, des douze domestiques du château). Tout était prêt ; le buffet où voisinaient champagne et assiettes de petits fours, les tables ornées de roses blanches et où s'éparpillaient les coupes et les verres, l'orchestre enfin, accordant déjà ses instruments dans un coin de la salle. Magnificia Love continuait minutieusement son inspection lorsqu'une musique enchanteresse se fit entendre et que magiquement, divinement, elle se mit à danser.

Elle dansait, dansait sous le seul regard et pour le seul plaisir de Cyprio, magnifique chartreux, sphinx, égalant dans sa race la divine beauté de sa maîtresse. Une arabesque et une attitude, un pas de valse et un pas de trois, tournoyons, encore une fois, environnons-nous de cette musique magique qui court, vient et revient telle une caresse de soie le long du corps. Magnificia Love, somptueuse, dansait et dansait, ivre de son plaisir et de sa chère solitude, son seul et véritable amour.

Oh, mon seul et véritable amour chantonnait-elle sur les notes aériennes et féeriques de *Tangerine Dream*, oh, mon seul et véritable amour, chère solitude, que tu es belle et douce lorsque tu sais te faire toute tendresse ! Toute tendresse et complice, sa solitude l'enlaçait de deux immenses bras de serpent, serpent de soie, soie éternelle, éternel de l'amour. Ô, belle solitude, comme je suis heureuse que par ton amour tu répondes à mon amour, et comme je te demande pardon de t'avoir haïe et trompée avec ce banal danseur Carolyn Carlson, et ce stupide playboy de magazine, et ce diabolique-ennuyeux-à-mourir Américain richissime, et ce gig entraperçu, et enfin ce cinéaste miteux même pas capable de m'engager pour son film ! Oh pardon, pardon, chère solitude.

Magnificia Love finit sa danse superbe et sensuelle par un saut de chat en l'honneur du chat Cyprio et de ses magnifiques yeux verts irisés d'or et d'argent. Epuisée, elle retombe sur la moelleuse peau de loup recouvrant le divan et étire dans un voluptueux mouvement ses longs membres fatigués. Le divin chat vient se blottir contre sa hanche et Magnificia Love lui gratte le cou, caresse à laquelle Cyprio se montre particulièrement sensible. Elle sourit doucement tandis que le chat monte sur son ventre et s'y allonge, cherchant une caresse encore plus voluptueuse que celle qui lui est donnée. Mais la main de Magnificia Love, poignet fatigué, se contente de se poser sur la nuque du chat, au grand déplaisir de celui-ci qui se met à piétiner rageusement le ventre de Magnificia Love. Magnificia Love le chasse en se retournant sur le côté en position fœtale, position préférée de sa petite enfance, de son adolescence, de sa pure et déjà lointaine jeunesse. Elle a gardé longtemps l'habitude de s'endormir ainsi, le pouce dans la bouche, entre ses lèvres pulpeuses, son merveilleux corps recroquevillé dans cette position toute tendre et câline. Elle s'y sent à l'abri, si merveilleusement à l'abri, et protégée. Comme dans un refuge inconnu et étrange, comme dans une tanière secrète, comme dans un antre magique. Et c'est ainsi que ce soir-là, elle s'endort pour une petite heure de sommeil satisfait, toute tendresse et caresses abandonnées, oh, si merveilleusement abandonnées.

Devilish Show, comme tous les soirs, commence à 9 h 30. A 8 heures sonnantes, Magnificia Love fait son apparition dans les loges du *Red Devil*, comme toujours divine et plus sensuelle que jamais, suivie de près par la voix obsédante de l'« à quoi bon » en refrain de lassitude. Et, en effet, à quoi bon être la troisième plus belle fille du monde si ce n'est pour récolter des invitations toutes plus ennuyeuses les unes que les autres et feindre d'écouter d'une oreille attentive les honteusement banals numéros de charme de ces énergumènes que sont les hommes. A quoi bon avoir un corps magnifiquement sculpté et un visage de reine si ce n'est pour être la femme que l'on admire, à la fois prise et délaissée.
Ainsi courent les tristes pensées de Magnificia Love tandis qu'elle entre dans sa loge où déjà se prépare la fadasse et blondasse Amour Amour. Notre chère Magnificia Love la salue d'un signe de tête et s'installe devant sa coiffeuse débordante de pots de maquillage et de tubes de rouge à lèvres. « A quoi bon, à quoi bon... » n'en finit plus de courir dans sa tête et d'un geste exaspéré, Magnificia Love frappe du poing la tablette de sa coiffeuse. Amour Amour sursaute et se tournant vers elle lui demande le plus gentiment du monde quels ennuis la troublent à ce point.
« Occupe-toi de tes affaires », réplique sèchement Magnificia Love comme pour se venger sur quelqu'un de ses tristes états d'âme.
La pauvre Amour Amour, à cette réponse, sursaute, puis en esclave soumise et docile reprend son

travail de maquillage. Cependant, elle observe du coin de l'œil Magnificia Love courbée sous les doutes existentiels de sa vie et choisit le moment opportun pour annoncer :

« Demain, Ocean Slip invite toutes les filles du *Devil* dans sa propriété, piscine, terrain de tennis et english breakfast... »

Magnificia Love, à cette appétissante perspective ne peut se retenir de tourner la tête vers la fadasse-ordinaire Amour Amour et de l'interroger avidement du regard.

« Bien sûr, la divine Magnificia est aussi invitée... »

Magnificia Love meurt d'envie d'accepter mais son orgueil l'empêche cruellement de montrer combien cette compagnie égaiera sa triste vie de solitaire et elle reste bouche bée, incertaine un long moment avant qu'Amour Amour câlinement s'approche d'elle et caressant ses divines épaules ambrées lui demande :

« Tu viendras ? »

Alors, le « oui » tant différé sort magiquement des lèvres de la divine Magnificia qui sitôt ce « oui » prononcé reprend son attitude de souveraine indifférente.

Cependant, Ocean Slip pénètre dans la loge, déjà harnachée de sa vulgaire ceinture de chasteté et se tournant vers Magnificia Love demande :

« Tu viens demain ?

— Oui répond fièrement la sublime se maquillant avec un soin infini.

— Oh, laisse-moi t'offrir cette danse en l'honneur de ce terrific oui ! » déclame l'émotionnée Ocean Slip.

Magnificia Love, sous l'œil jaloux d'Amour Amour (et dans le seul but d'exacerber cette jalousie) accepte et bientôt les deux filles enlacées tournoient sur un pas de valse tandis que les autres danseuses, attirées pas des cris inhabituels, entrent bientôt à leur tour dans la loge.

« Magnificia Love vient avec nous demain », annonce Ocean Slip.

Magnificia Love se défait de l'étreinte d'Ocean Slip et se tournant avec un sourire de triomphante ironie vers Amour Amour lance :

« Eh bien, ne fais pas cette tête-là ! Tu sais bien que toi seule compte à mes yeux ! »

La pauvre Amour Amour, n'en revenant pas de cet inexplicable compliment reste paralysée devant son miroir. Magnificia Love l'observe, lui trouvant un air de tendre enfance qui ne cesse de l'émerveiller.

« Je... tu... balbutie Amour Amour. »

Et Magnificia Love s'approchant d'elle embrasse longuement, sensuellement les lèvres offertes, ne sachant pas si elle s'amuse ou si, véritablement, il peut lui arriver, à elle, divine-insaisissable-et-nébuleuse Magnificia Love, de tomber amoureuse d'une quelconque, féminine ou masculine, créature de ce bas monde.

La Porsche bleu azur, de terre et de mer d'Amour Amour file à cent quatre-vingts kilomètres/heure sur la RN 10 en direction de Chartres, « lestée » du banal poids d'Amour Amour et des quelques divines livres de Magnificia Love, cette dernière confortablement installée sur son siège, une cigarette entre ses lèvres merveilleusement ourlées d'un trait de carmin légèrement violacé et ses longues mains aux ongles de nacre voltigeant de ses genoux magnifiquement sculptés à son sublime visage pour l'instant et les autres à venir en pleine joie de séduire un être largement au-dessous de ses charmes inexplorés et pourtant si unanimement reconnus et adulés.

En effet, depuis la veille, Magnificia Love se joue du pouvoir que sa divine beauté et ses douces paroles ont acquis sur la faible créature, banale et blondasse (mais par éclairs, telle reine d'une complicité féminine jamais vécue aux étranges et mystérieux yeux de chat, de mer et de nuit pleine d'étoiles de Magnificia Love). Après la revue de minuit quarante-cinq, elles se sont enlacées d'une longue étreinte sensuelle, et Magnificia Love promit à sa compagne une bientôt et prochaine nuit de plaisir et de jouissance jamais offerte à l'un de ces quelconques animaux masculins, outrageusement pressé et avide de décharger la preuve de sa supposée étonnante virilité. Sur ces belles paroles pleines d'une promesse inespérée, Magnificia Love s'est éclipsée, comme sa divine habitude de charme et de solitude le lui murmure, le lui ordonne.

Aujourd'hui, samedi 13 juin de l'an 81, la Porsche bleu azur d'Amour Amour file sur la RN 10 en direction de Chartres. Et Magnificia Love qui jamais n'a exercé ses talents sur une féminine créature se berce du charme de la nouveauté et de l'inconnu. Elle essaie bien d'imaginer quel plaisir pourra lui apporter cette insouciante et légère-futile victime qu'est Amour Amour mais dès qu'elle s'aventure sur ces voies interrogatives et abandonnées à l'incertitude de l'avenir, elle ne trouve au bout du chemin que ces obsédant-lancinant-et-exaspérant « à quoi bon » de refrain. Aussi cesse-t-elle bientôt d'imaginer, de supputer et de se questionner pour s'abandonner pleine d'ivresse et de joie au sublime plaisir de la vitesse.

La Ferrari d'Ale Saphir les suit de près sous l'œil attentif d'Amour Amour qui se fait une fierté des excès de vitesse de son seul et unique amour, sa Porsche bleu azur de terre et de mer... Magnificia Love, dès qu'un quelconque engin menace de les doubler encourage énergiquement Amour Amour et, ô si médiocrement obéissante, celle-ci appuie aussitôt et d'un air décidé sur la pédale de l'accélérateur. Magnificia Love prend un secret plaisir à imposer ainsi ses moindres caprices, dans tout ce qu'ils peuvent avoir de plus fou et insensé, de plus cruel et assassin. Je lui demanderais de se tuer qu'elle n'aurait pas un seul réflexe d'hésitation pour empoigner l'anonyme et décisif revolver, si doux contre la peau, ô si magiquement envoûtant et doué de fascination, transposée par le seul pouvoir de ma divine et irrésistible voix de reine et incontestée souveraine. Ô miracle que cet impitoyable pouvoir de persuasion résonnant comme parole venue des cieux aux pensées de tous ceux que j'ai choisis pour victimes ! Je pourrais commander au monde entier si je le désirais, oui, au monde entier !

Sur ces réconfortantes pensées, notre chère Magnificia Love s'étire dans son siège de cuir, ses longues jambes laissent percevoir le jeu de leurs muscles longs et souples, ce que ne manque pas d'observer l'ordinaire et pauvrette Amour Amour prisonnière de son volant, de son accélérateur et de son point d'honneur à ne pas laisser des voitures doubler son seul et unique amour. Magnificia Love, il va sans dire, s'amuse terriblement des rougeurs et pâleurs de sa chère, si somptueusement laide et banale Amour Amour, qu'inexplicablement, pense-t-elle, elle a choisi pour victime de son irrésistible pouvoir de séduction. Pourquoi une proie si facile ? Et si moche ? Qui ne pourra en aucun cas m'apporter le moindre plaisir ? Pourquoi ? Mais sur ce point d'interrogation revient l'obsédant-lancinant-exaspérant « à quoi bon », éternel refrain qui ne manque pas de transporter aussitôt les pensées de notre chère Magnificia Love sur la beauté du paysage ou la dernière Dunhill de son paquet divinement recouvert d'un étui pur croco.

Ainsi roule la magnifique Porsche azur d'Amour Amour vers la sublime propriété d'Ocean Slip (celle-ci vingt kilomètres derrière la Porsche dans une Dauphine noir de Bandit 1900 chrome et argent avec Fara Moore, Rita Stromboli et Whisky Grenadine accompagnée de son somptueux lévrier afghan, Vigor ; vingt kilomètres de retard en raison du sommeil sacré d'Ocean Slip dont l'organisme (de bas étage pense aussitôt Magnificia Love) réclame ses dix heures de rêves ou de cauchemars.

Notre douce, sensuelle et cruelle créature douée de ce charme surhumain et divinement irrésistible auquel vous ne manqueriez pas de succomber si vous vous trouviez, même pour un furtif instant, en présence de ce prodige exceptionnel et suprême, notre douce, sensuelle et cruelle créature, donc, se laissait câlinement emporter par de multiples souvenirs soudain rejaillis en la circonstance par l'inépuisable défilé d'arbres et de plaines, de plaines et collines, collines et petits ruisseaux, petits ruisseaux et grands fleuves...

Chaque week-end, mes parents nous emmenaient, mon frère et moi, à la campagne, dans la maison de Normandie qu'ils avaient achetée pour une bouchée de pain et dont ils s'acharnaient à réparer au fil des semaines les innombrables défaillances. J'adorais surtout le trajet en voiture, une bruyante 204 blanche, pendant lequel je me laissais aller à rêver à de multiples amoureux béats d'admiration et de convoitise pour mon déjà sublime corps de nymphe dont la fragilité adolescente avait quelque chose de plus touchant, de plus émouvant encore que la plus parfaite et extrême beauté de la maturité. Pourtant, malgré la certitude de mon apparence divine, une timidité et un manque d'assurance outrageusement perceptibles m'emprisonnaient dans mes rêves au lieu de me les faire vivre (comme c'était ou, plus probablement, n'était pas mon désir). Et je rêvais, ne faisais que rêver durant ces rapides trajets en voiture d'une vie de star et de reine, de reine et de rêve, me laissant emporter par le magique ronronnement, si régulier et réconfortant, de la chère 204 blanche qui m'emmenait vers les régions inexplorées du monde, un monde de silence...

La voix d'Amour Amour demandant une cigarette tire Magnificia Love de ses ronronnantes réminiscences. Exaspérée, Magnificia Love soupire de colère, et d'un geste hâtif et maladroit tend le paquet de Dunhill à cette fadasse et blondasse créature qui a l'outrecuidance, ô outrage dont Magnificia Love se vengera pleinement et majestueusement, de la déranger en ses divines visions d'un récent passé si chèrement aimé. Pourtant Magnificia Love, sans vouloir se l'avouer, aurait donné tout qu'elle possède au monde pour ne jamais, au grand jamais, le revivre en sa défectueuse assurance, atroce et paralysante maladresse.

« Et le feu ?

— Tiens ! »

Magnificia Love lui jette une vulgaire boîte d'allumettes sur les genoux (si laids, si divinement moches à côté des miens se répète en grande liesse malgré sa colère d'avoir été dérangée notre chère Magnificia Love). Amour Amour fait une légère grimace d'anxiété, et paralysée, se concentre de nouveau sur les dangers éventuels menaçant son honneur et l'honneur de son seul et unique amour, ayant compris que la prodigieuse créature qui lui a confié l'exceptionnel scoop de sa présence s'est retirée en un monde ou règne la loi du silence.

Sitôt arrivée devant le cottage au toit de chaume et murs crépis de blanc, je me précipitais sur l'échelle montant au grenier pour aller vérifier que les oiseaux nichant sous les poutres n'avaient pas déserté leur refuge. Jamais, en mes dix années de passion pour ces chères et fragiles créatures, je n'ai trouvé leur place vide et cruellement solitaire. Après ma joie de les avoir si chèrement retrouvés, je m'élançais aussitôt vers le grand bois, où, dans une clairière secrète, inconnue de tous, croyais-je, je me laissais de nouveau porter par les divins songes, les miens, ou peut-être à d'autres, mais en tout cas je les faisais inlassablement miens et souverains... Les plus beaux princes charmants défilaient devant mon regard méprisant et défiant, et je me donnais tout temps et toute richesse de choisir, critiquant l'un pour mieux dévaluer l'autre, n'en finissant pas de comptabiliser les pour et les contre de leur charme et potentiel pouvoir séducteur. Mais jamais,

jamais aucun ne reçut l'honneur de mon choix. Car tous avaient au moins un défaut et je n'en désirais aucun, préférant mon enveloppe de noble et pure solitude que j'avais seule choisie, elle me permettait de croire à mon exceptionnelle, sublime et suprême suprématie...

Les arbres l'un après l'autre et tous ensemble frappent le regard noyé de souvenirs de Magnificia Love. Amour Amour fume nerveusement cette Dunhill qui n'en finit pas d'empuantir l'air confiné de la Porsche. De nouveau, inlassablement, Magnificia Love se demande quel caprice insensé, l'a conduite à miser son plaisir du jour sur la victime Amour Amour. Et en regardant plus attentivement cette fadasse-blondasse créature, Magnificia Love s'aperçoit que ce n'est pas vraiment elle qu'elle veut séduire, mais à travers elle, la renommée et divine Magnificia Love. Cette pensée fait naître un irrésistible sourire amusé sur ses lèvres magnifiquement ourlées d'un trait de carmin légèrement violacé...

Je haïssais les femmes, toutes les femmes. J'aurais voulu les tuer à coups de couteau ou plutôt les défigurer à vie, les défigurer à mort afin qu'elles ne soient plus que pauvres animaux infirmes se cachant de crainte d'être moqués, lapidés et brûlés vifs sur un bûcher des Jeanne d'Arc de l'an 2000. Afin que jamais, au grand jamais, elles ne puissent avoir ces moues horriblement vulgaires de séductrices et de putains, afin que jamais, au grand jamais, elles ne puissent passer devant moi, moi, sublime créature incontestablement née des dieux et de tout Dieu, chrétien, orthodoxe, protestant, hébraïque ou musulman, afin que jamais, au grand jamais, l'une de ces prostituées futiles, volages et obscènes ne représente à mes yeux la menace dont je me voulais à jamais protégée...

Détournant les yeux de son passé, la divine Magnificia Love se sent une rage inextinguible et terrifiante de faire faire à cette ordinaire-ennuyeuse-banale mais si intensément « voulue » Amour Amour tout ce qu'elle jugerait de plus dégradant et honteux, humiliant et gênant, déshumanisant et bestial. Elle imagine des épreuves éliminatoires et des tests à grande échelle des passages au fil d'un fil d'équilibre et des traversées de mers glacées et révoltées, elle imagine... imagine... lorsque ses pensées soudain vaporeuses se portent sur les majestueuses promesses de la journée à venir. Le film s'en déroule alors devant ses yeux en sa magnifique splendeur ; Ocean Slip, Rita Stromboli, Fara Moore, Whisky Grenadine, Ale Saphir, Rina Balistic, Amour Amour et la plus divine des reines, elle-même, Magnificia Love, attablées en plein air dans le sublime jardin de la luxueuse propriété, échangeant, pour rire et pour pleurer, pour se séduire puis se battre de jalousie, regards et sourires, baisers et caresses ; toutes les filles du *Red Devil* plongent, nues et sensuelles (mais jamais autant que leur reine, la divine Magnificia Love) dans l'eau transparente puis par moments subtils et interdits telles les parties érotiques (quelle comparaison ! pense Magnificia Love en souriant d'un ironique et large sourire qui l'amuse elle-même pour ses étonnantes trouvailles de langage).

L'eau est admirablement opalescente ; Amour Amour tente désespérément de bronzer et sous ce prétexte, visiblement-outrageusement-indécemment nue et pur prétexte, demande à la reine Magnificia Love de lui masser le corps d'une crème pénétrante.

« Masser mon corps divin ! ricane cette stupide et enamourachée-impudique-obscène Amour Amour.

— Ton corps d'ordinaire putain, oui ! rétorque cruellement et avec un sourire divinement ironique et blessant la maîtresse Magnificia Love.

— Quoi ? Mon corps admiré de tous et jalousé de toutes, mon corps sublime et choisi parmi cent mille autres pour danser tous les soirs, deux fois par soir, et trois fois les vendredis et samedis, pour danser au *Red Devil*, tu appelles mon corps, oui, mon corps...

163

tu le traites de... de... de... bégaie la charmante et maladroite Amour Amour intimidée, désemparée par ce charme si mûr et assuré de la reine Magnificia Love.

— Oui, ton corps d'ordinaire putain, parfaitement ! dit la divine Magnificia Love (qui ne mâche pas ses mots), afin de venir en aide bénévole et gracieuse à la pauvre Amour Amour tremblante d'émotion et de peur incontrôlée.

— Mais... mais... c'est... » continue la pauvre Amour Amour. Et Magnificia Love de rire comme après une longue et bonne plaisanterie, genre les croissants de Fernand Raynaud et de se mettre à masser ce corps d'ordinaire putain (terme mérite-récompense du triomphe incontestable de notre chère Magnificia Love) masse ce corps d'ordinaire putain, de la pauvre Amour Amour à moitié en larmes, attendant la répudiation par la divine bouche de son second amour (mais seconde, Magnificia Love ne supporte jamais de l'être et surpasse instantanément, par un sublime sourire, la vulgaire-honteuse-atroce Porsche d'Amour Amour) répudiation divine, donc, de ces blessantes paroles. Bien sûr, la subtile, divine et reine Magnificia Love ne se prêtera pas à ce caprice de putain mais continuera à sourire d'un air mitigé allusif devant la pauvre-désemparée-intimidée-et-enamourachée, et pauvre créature Amour Amour aux cheveux graisseux et yeux de myope, yeux de taupe, dont les verres de contact, outrageusement visibles, n'échappent bien évidemment pas à l'observation minutieuse et impitoyable de la cruelle, exempte de toute faiblesse Magnificia Love. Magnificia Love, insouciante, oui, charmante femme née de l'insouciance si séduisante et pourtant si cruelle reine de l'enfance ; Magnificia Love, magnifiquement femme-enfant insouciante, le jeu de ses mille et mille pouvoirs et charmes séducteurs, Cléopâtre jamais reine mais reine de tous les temps.

Et les scènes de cette promise journée, magiquement courent sur l'écran désormais délivré du passé du regard de la reine et cléopâtresque Magnificia Love ; les courses dans les champs, les embrassades voluptueuses, les longues siestes sous le soleil estival et divin de cette sublime journée d'été, le thé de 5 heures luxueusement servi, thé de Chine avec un brin de Ceylan et une touche de menthe importée du Maroc, cakes aux fruits confits, pancakes et scones préparés par l'exceptionnelle cuisinière anglo-saxonne d'Ocean Slip et troublés d'un léger-délicieux nuage de crème fouettée, petits fours de toutes les couleurs comme autant de cases d'enfer menant au paradis et d'autres innombrables douceurs-gourmandises. Puis re-sieste dans les sublimes et confortables chaises longues entre les lumières filtrées d'un demi-soir qui se répand, quelques divines cigarettes fumées en rêvant les multiples songes d'une vie insaisie, cette vie impalpable s'approchant, s'approchant toujours encore davantage, à portée de la main... ô, quelle joie de pouvoir imaginer, prévoir et savoir à l'avance les charmes de cette divine journée s'ouvrant devant notre chère-exceptionnelle-irrésistible séductrice et reine de tous les temps, Magnificia Love !

« Amour Amour, je sens que la journée va être magnifique ! laisse échapper Magnificia Love d'un ton de tendresse vulnérable qu'elle regrette aussitôt car il la met bien évidemment en position de fragilité aux yeux fadasses de myope blondasse d'Amour Amour.

— Tu le sauras bientôt, très bientôt, dans un petit quart d'heure, à peine, nous arrivons... », chantonne en guise de réponse cette ordinaire créature que Magnificia Love désire en secret majestueusement et magistralement écraser.

Appuyant sur l'accélérateur, Amour Amour voit avec une griserie et ivresse intenses l'aiguille du compteur monter à deux cents kilomètres/heure. Oh, chère Porsche pense-t-elle avec une reconnaissance éternelle.

Cependant, Magnificia Love allume sa quatrième Dunhill de la journée d'un air soucieux. L' « à quoi bon, à quoi bon » ne cesse de courir dans ses pensées, terriblement obsédant. Elle revoit en un flash son divin visage dans le miroir de sa loge du *Red Devil*, son magnifique corps exalté et les multiples invitations d'après minuit entassées sur la tablette de sa coiffeuse. A quoi bon, à quoi bon. Elle ressent de nouveau la froideur de la pure et nue solitude s'abattant sur elle puis le dégoût que fait jaillir en elle une haleine d'homme, une main d'homme, un corps d'homme approchant de son corps de reine...

Il avait 15 ans, j'en avais 12. Je l'avais choisi au hasard, par hasard, pour être plus vite victorieuse du défi que je m'étais imposé à moi-même et que je voulais gagner pour faire taire les voix imaginées de ces compagnes que je voyais déjà me crier en hurlant d'un rire sauvage et blessant d'ironie ce « à quoi bon » obsédant et accusateur. Il s'était approché de moi, m'avait prise par la taille et avait posé ses lèvres moites sur les miennes, m'imposant ainsi une haleine chargée de bière et de tabac. J'avais eu un haut-le-cœur. Mais je m'étais maîtrisée. Et adolescente soucieuse d'un qu'en-dira-t-on de hasard et encore curieuse, si naïvement curieuse des mystérieux ébats du sexe (qu'elle n'imaginait que sous forme de tendres caresses et doux baisers) la stupide Magnificia Love se laissa déshabiller et...

Oh, quel atroce souvenir hurle la déesse se penchant en avant pour vomir son dégoût, et Amour Amour de ralentir et de s'arrêter sur le premier sentier venu, criant désespérément :

« Mais qu'as-tu, Magnificia Love ? Qu'est-ce qui se passe ? C'est grave ? Qu'as-tu mangé ce matin ? Rien, j'espère ! C'est que je ne voudrais pas, avec ma toute nouvelle et somptueuse moquette mise sur le plancher de ma Porsche il y a à peine huit jours, tu comprends, c'est que je ne voudrais pas...

— Oh, tais-toi, fadasse et blondasse créature. Reprends la route ! Je veux arriver au plus vite, au plus vite descendre de TA Porsche aussi fadasse, blondasse et insensible, tel du bois, de la pierre ou du béton, aussi insensible dis-je donc, que toi ! Ô, toi, adorable gagnante du championnat de mocheté jamais vue en ce monde !

— Magnificia Love, tu es injuste ! Moi, insensible ! N'est-ce pas moi qui t'ai gracieusement proposé cette sublime journée à la campagne et n'est-ce pas moi encore qui ce matin est venue te chercher aux aurores, pour ton seul bon plaisir, juste au bas de ton immeuble ?

— Tais-toi, tais-toi et obéis ! C'est tout ce dont tu es capable », répond froidement la divine Magnificia Love en sa suprême-suprématie.

Et la Porsche, mise au silence telle une fadasse Amour Amour par les insultes proférées de la voix de la délicieuse Magnificia Love, se remet à filer sur la route de campagne, cent vingt kilomètres/heure — s'il vous plaît — et cela sans aucun coup de frein, même aux plus dangereux carrefours. Aussi, en un quart d'heure à peine, les deux danseuses du *Red Devil* (leur seul point commun étant bien et uniquement d'être toutes deux danseuses au *Red Devil*) arrivent-elles devant la grille de fer forgée annonçant « Aux quatre cents coups » nom de la luxueuse propriété d'Ocean Slip. La grille étant fermée, elles descendent toutes deux de la Porsche et après s'être cachées derrière de volumineux buissons pour faire leurs discrets besoins, escaladent en chœur l'obstacle mis sur la route de leur insouciante joie. Courant à travers le parc, elles arrivent bientôt devant la piscine située à quelques mètres de la maison toute de blanc crépie et aux volets ouverts laissant filtrer une alléchante odeur de pâtisserie. Jane (la cuisinière anglo-saxonne d'Ocean Slip) doit être prévenue de notre arrivée pense Magnificia Love en courant sur le bord de la piscine. Elle s'approche d'Amour Amour, qui, assise sur le rebord enlève sa seconde chaussure, celle du pied droit étant déjà enlevée et le pied trempant déjà dans l'eau transparente de la merveilleuse piscine, de vingt-cinq mètres sur vingt-cinq. Magnificia Love s'approche de plus en plus près et d'une brusque et vigoureuse bourrade pousse en riant Amour Amour dans l'eau. Un cri s'échappe des lèvres de la victime, suivi de multiples gifles à la surface, et Amour Amour, un instant disparue, fait sa réapparition, les cheveux dégoulinants et les yeux encore ébahis de stupide étonnement. Magnificia Love, devant cette réapparition aussi maladroite que cocasse ne peut s'empêcher de laisser échapper un rire plus moqueur et insouciant que le premier. Et Amour Amour, honteuse, replonge dans l'eau pour piquer un cent mètres dos crawlé à l'abri des moqueries et des rires.

Bientôt, la Ferrari d'Ale Saphir et la Dauphine d'Ocean Slip arrivent dans le parc et la joyeuse bande des filles du *Red Devil* saute des voitures, piaillant et criant telles des biches enamourées, capricieuses et timides. Elles embrassent dans le plus grand exhibitionnisme la somptueuse Magnificia Love et la piteuse Amour Amour sortant juste, dégoulinante d'eau, de la piscine, puis d'un commun accord tacitement conclu, toutes enlèvent prestement leurs vêtements dans une valse de jeans, de chemisiers et de divines chaussures à talons hauts, Hermès, Cardin ou Saint-Laurent, les magnifiques corps de cuivre jaillissent et plongent dans l'eau transparente qui laisse indemnes leurs charmes d'outre-monde. Entre les cris, les rires et les exclamations, ces somptueuses créatures (Magnificia Love se sent décidément, à les appeler ainsi, d'une générosité étonnante et même stupéfiante de Vierge Marie, mais ce n'est en fait qu'un habile subterfuge afin de ne plus se sentir à l'écart, drapée dans son exceptionnel don des dieux, solitaire, noble et pure peut-être, mais toujours solitaire), les somptueuses créatures se lient et se délient, s'enlaçant dans de douces et sensuelles caresses, pour de doux et tendres baisers, pour une complicité jamais vue, jamais offerte, jamais livrée. Et Magnificia Love, à les décrire ainsi, ne décrit que ses multiples personnages. Voici d'où vient sa joie, et voici d'où vient ce ton de générosité rare et même unique « en ce divin, exceptionnel et suprême récit ».

Cependant, au cœur des ébats des multiples filles du *Red Devil*, seule et même pour les besoins de la cause, démultipliée Magnificia Love continue, se languissant les uns après les autres en de voluptueux appels exigeant une encore plus subtile réponse à leur insatiable demande. Le ton monte, les embrassades et caresses se multiplient, sous l'œil indulgent de la seule sage créature en ce jour et en ce lieu, Vigor, le magnifique lévrier afghan de Whisky Grenadine.

Magnificia Love, pour une fois, ne se dérobait pas à la règle de solidarité et se mêlait aux subtils jeux de ses doubles multiples et indifférenciés. Rita Stromboli, Whisky Grenadine, Ale Saphir, Rina Balistic, Fara Moore, toutes, exceptée Amour Amour pour le moment hors course, lui apparaissaient sous la forme de la divine et suprême Magnificia Love. Elle était mille et une, oh, cette somptueuse créature du *Red Devil* née des dieux et des dieux seuls, d'un au-delà des descriptions et imaginations des plus habiles poètes des temps contemporains (et même en remontant cahin-caha, de déception en déception, jusqu'aux temps moyenâgeux, les plus érudits historiens n'en auraient trouvé aucun digne de la décrire). Oh, oui, elle était mille et une, seule et unique, divine créature, Magnifique d'Amour, Magnificia Love !

Ainsi s'admire sous mille différentes facettes la toujours, éternelle belle de ce temps et de tous les temps passés et à venir, Magnificia Love, belle reine souveraine, vierge pure. Elle se prélasse dans la délicieuse eau fraîche, buvant de cette source magique qui glisse sur ses lèvres, rafraîchit sa bouche puis s'écoule en fin ruisseau d'eau pure le long de son ventre pour se nicher, délicieusement, au creux de son estomac. Elle étire ses longs membres déliés et finement musclés, sentant sur sa peau la caresse de soie de cette sublime source des dieux. Elle nage, se tournant sur le dos puis sur le ventre tel un chien ivre de bonheur, ivre de jouissance.

Mais tandis que Magnificia Love joue ainsi avec son corps, ses yeux se posent malheureusement sur la seule fausse note en ce lieu : la blondasse Amour Amour qui, déshabillée, offre son divin corps (sale voleuse d'adjectifs pense, littéralement en rage Magnificia Love) aux caresses du soleil. Elle ose ! Elle ! Elle ose usurper le privilège d'avoir un corps et un corps parfait, elle voudrait prendre sa place, la piétiner, la meurtrir et la tuer, ah, non, c'en est trop, trop, vraiment et vraiment trop hurle une voix rageuse au cœur des pensées noires de colère de Magnificia Love. Trop et vraiment trop répète la voix en un sursaut d'extrême et pur courroux qui secoue Magnificia Love d'une ire passant en une brève seconde par toutes les couleurs d'un arc-en-ciel divin et divinement repoussé par sa divine apparence et profondeur. Je vais sauter sur elle, la lacérer de coups de couteau, la défigurer à vie, la défigurer à mort, l'enlaidir à vie et à mort et l'emprisonner dans des souffrances dignes d'un Dieu qu'elle supportera en silence car je l'aurai faite également muette et dans un soupir d'atroce souffrance et de délicieux pardon, elle rendra son âme jadis mégère à la toute-puissance d'une reine, moi, Magnificia Love, épouse de Dieu, elle rendra son âme et me donnera son corps afin de se métamorphoser en fille boudin et pute aux cheveux raides et aux yeux de crapaud à faire fuir toutes les créatures humaines dignes de ce nom ! Ô, délicieuse victoire ! Et un énième double de mon éternelle beauté naîtra, sublime et magnifique comme il se doit, et je l'admirerai, et je le chérirai, et je l'encenserai de mille couronnes de gui divin afin qu'il oublie l'esprit malsain qui jadis l'habitait ! Oh, pauvre Amour Amour désormais fille boudin et putain, comme je t'imagine bien, et comme je me moque, en riant secrètement, de tes fesses rebondies en peau d'orange et de ta culotte de cheval cellulitique, de tes épaules boudinées et de ton visage double-menton et poches sous les yeux ! Oh, atroce créature remisée au rang des ordinaires bonniches, oh, joie sublime pour moi, désormais seule reine et souveraine de la beauté !

Et sous les brûlants rayons du soleil estival, brille le corps magnifique de Magnificia Love à la crinière mordorée et aux yeux d'un vert étrange, pur reflet d'eau de mer, brille le corps de Magnificia Love, reine Cléopâtre de tout temps contemporain et moyenâgeux au dire des plus érudits historiens de ce siècle et des siècles moyenâgeux. Magnificia Love se tourne et se retourne dans la divine eau de source de la piscine, au milieu de ses magnifiques et suprêmes sœurs jumelles, prenant un plaisir magique et sensuel à laisser couler l'eau divine le long de son corps, aussi bien intérieurement qu'extérieurement, et un plaisir identique à admirer ces chères doubles, sœurs jumelles, un seul et même reflet pour la reine subtile, douce et cruelle, insouciante et enfantine qu'elle est en ses suprêmes grandeur et splendeur. Une Magnificia Love se bronze au soleil estival étirant ses longs membres déliés dans les purs rayons de lumière fascinante, une autre crawle un deux cents mètres sous la merveilleuse eau d'opale transparente et de nacre brillante, une autre encore s'occupe à nouer ses longs cheveux de cuivre en un savant chignon digne, incontestablement, d'une reine Cléopâtre, une autre exerce divinement son art de séduire sur une autre créature égalant son extrême et parfaite beauté. La dernière dans le champ de vision de la première et unique reine Magnificia Love, enduit son magnifique corps hâlé d'une crème blanche qui fait étinceler d'un reflet d'or et d'argent sa divine peau câline.

Magnificia Love, d'un mouvement souple et grâcieux, sort de l'eau et s'allonge en ses magnifiques grandeur et splendeur sur le rebord de la piscine dans la lumière de la rampe de cette scène imaginaire et splendide. En un instant, fatal, fatalement une dizaine de créatures jalouses et rouges de convoitise l'entourent. Les divines doubles sœurs jumelles de Magnificia Love reprennent la forme, le corps et le visage de Fara Moore, Rita Stromboli, Whisky Grenadine, Ale Saphir, Rina Balistic, Ocean Slip et Amour Amour, et cela, paradoxalement, ravit Magnificia Love qui se retrouve (et presque un enfin lui échappe-t-il à cet instant) unique, exceptionnelle, suprême et noble créature rare et jamais vue en ce monde de filles moches, boudins et putains de bas étage ou de grenier, au choix (et un sourire ironique s'inscrit sur ses lèvres magnifiquement ourlées d'un trait de carmin légèrement violacé, un sourire, un !)

On l'apostrophe.

« Divine Magnificia Love, nous feras-tu l'honneur de venir partager avec nous le sublime petit déjeuner anglais, œufs au plat et bacon, que nous a préparé la douce et gentille Jane ? récite d'une voix anxieuse la charmante Fara Moore tremblante d'émotion et de crainte insurmontables.

— Oh, accepte, chère Magnificia Love, sinon jamais nous ne te pardonnerons d'être la plus belle et divine des créatures de notre troupe ! », la flatte et l'encourage habilement la subtile Ale Saphir.

Magnificia Love, dont l'estomac vide depuis la veille crie famine, se donne malgré tout (subtilité de séductrice invétérée pour mieux se faire désirer) le temps d'une sage réflexion.

« Eh bien, puisque vous me le demandez si ardemment, je ne saurai refuser daigne enfin répondre la divine Magnificia Love en sa beauté extrême et toute reine.

— Magnifique, magnifique ! », crient toutes ensemble les fadasses créatures du *Red Devil* qui sautent de joie en s'embrassant et s'enlaçant autour du splendide corps divinement alangui de Magnificia Love en contemplation devant son Dieu, lui offrant la magie de toute création et l'étincelant-fascinant anneau d'or (qui, tel la chaussure de vair de Cendrillon ne peut passer qu'au seul doigt divinement fin et étroit de Magnificia Love) le fascinant anneau d'or d'un mariage de sang frère et fier, et la reine Magnificia Love toute vierge admirée et louée remercie d'un pur sourire de roi nu en sa splendide et éternelle beauté.

« Viens, allez viens, tout est prêt et le sublime petit déjeuner anglo-saxon n'attend que toi, chère et divine Magnificia Love ! », s'écrie en grande liesse Rina Balistic.

Docilement obéissante (pour ne pas faire de vulgaires allusions aux cris insistants de son cher estomac) la belle Magnificia Love se lève et après avoir passé un long tee-shirt dévoilant ses longues jambes sculptées et musclées de divine danseuse se dirige vers la table blanche somptueusement dressée de huit couverts et tasses. Elle s'assied le plus nonchalamment du monde à la meilleure place toute illuminée des lumières du divin soleil de ce jour et sans attendre que ses compagnes se soient placées, se sert aussitôt une généreuse tasse de café (sans sucre s'il vous plaît) qu'elle commence à laper avec des mines de chatte gourmande privilégiée. Bientôt, les sept autres créatures du *Red Devil* l'entourent de leurs soins attentifs et admiratifs et Magnificia Love, excitée de plaisir narcissique ne sait plus où donner de la tête entre les merveilleux œufs coque, le bacon doré à point, les cakes encore tout chauds, juste sortis du four, le divin clafoutis aux pommes (une des secrètes gourmandises préférées de Magnificia Love) et la somptueuse galette fourrée aux amandes. Enfin, après de longues et inlassables questions éliminatoires, la chère créature soucieuse de sa ligne finit par choisir un simple œuf coque (à la grande déception de ses sœurs jumelles, toutes animées d'un solide et vigoureux appétit de lionnes) qu'elle déguste savoureusement en s'imaginant (subterfuge oblige) qu'elle mange une part pantagruélique de clafoutis aux divines pommes tendres et sucrées à sou-

hait. Les insouciantes et magnifiquement imprudentes (magnifiquement pour le seul plaisir de
Magnificia Love qui les voit déjà en formes d'obèses
créatures déchues) filles du *Red Devil* se ruent pêle-
mêle sur les multiples douceurs offertes et bientôt ce
n'est plus qu'exclamations exaltant la saveur des
cakes et rires de plaisir sur le goût incontestablement
« Lenôtre » de la galette des rois (hors saison mais
seuls importent le plaisir et le goût du jour, n'est-ce
pas). Magnificia Love, superbe de conscience parfaite et de beauté longiligne intouchable les observe
de son œil impitoyable, approbateur à souhait pour
ces élans de boulimie et écarts de régime qui la
placent bien évidemment au premier rang des
concurrentes de beauté du concours de ce jour. Elle
finit de déguster en toute diététique consciencieuse
son œuf coque et se ressert une généreuse tasse de
café qu'elle accompagne d'une succulente Dunhill
filtre allumée avec son Dupont or massif. Il faut bien
sûr, pour les besoins du régime, trouver des mots
succédanés, ersatzs divers et multiples afin de rem-
placer le regretté clafoutis léger aux pommes
tendres, savoureuses et enrobées de divin caramel
fait maison par un goût idem de plaisir interdit et
fautif. Pour Magnificia Love, c'est la succulente Dunhill et le délicat et recherché, exquis et friand arôme
du café Arabica dont le goût enivrant vous fait
oublier toutes les frustrations possibles et imaginables d'un régime quasi monacal. Rita Stromboli
se goinfre sans pudeur des crêpes que la charmante, mignonnette passable (selon l'appréciation
de Magnificia Love) Jane vient d'apporter tandis que
Whisky Grenadine se gorge de bacon et d'œufs sur
le plat accompagnés de l'engraissant pain de mie
beurré, ennemi avoué de la divine et si fine, si fragile et si frêle (mais uniquement lorsqu'elle se veut
romantique femme-enfant demandant une tendresse
de reine) Magnificia Love. Celle-ci admire donc en
toute tranquillité les dangereux écarts de régime de
ses redevenues chères compagnes.

« Et la revue du *Rialto*, qui l'a vue ? demande soudain Ale Saphir en engouffrant un cake tout raisins et cerises confites, plein de sucre, six cents calories aux cent grammes pense la consciencieuse et ascète Magnificia Love.

— Moi ! s'écrie Fara Moore toute fière de son scoop. C'est une atroce revue, avec des filles maigres comme des fils de fer, on voit les os de leurs hanches et les muscles saillants de leurs cuisses, c'est quasiment indécent et nullement excitant, tout juste un défilé de mannequins étiques après cure en camp de concentration pour couturiers morbides qui rêvent avec un regard rayons X !

— Et celle du *Pachiderme vert*, répond Whisky Grenadine, très intéressée et flattée mais voulant s'assurer qu'elle est bien absolument et indéniablement parmi les huit plus belles filles du monde et de la capitale, la revue du *Pachiderme vert*, qui l'a vue ?

— Moi ! s'écrie Rina Balistic qui avalait la dernière bouchée de sa part du regretté clafoutis dont Magnificia Love a déjà imaginé toutes les saveurs d'outre-enfance (car c'est bien la seule période où elle s'était jamais permis de telles douceurs sans comptabiliser telle une balance de précision calories et hydrates de carbone). Moi ! répète la déjà imaginée obèse créature. C'est tout le contraire des filles du *Rialto*, des baleines thaïlandaises de 20 ans qui sans maquillage en paraîtraient soit 40 soit 12, avec bien sûr toute la maladresse inhérente à cette précoce adolescence, des balaises, donc, qui se déplacent lourdement et n'ont de charme que celui, trompeur et superficiel, apparent, d'évoluer sur une scène de music-hall ! Atroce ! Carrément écœurant. On se demande même comment un tel spectacle a été autorisé et permis par les suprêmes lois de la toute décence beauté et plaisir esthétique ! »

Et toutes les filles du *Red Devil* de rire et de s'esclaffer, toutes fières et assurées d'être en effet les huit plus belles filles de la capitale et du monde (biffons les banales stars de cinéma O... M... et S... R...

qui en vérité, de par leurs proportions extravagantes, n'entrent pas dans la liste des critères de beauté exigés pour les divines et mondialement sensuelles filles du *Red Devil*). Magnificia Love rit aussi, bien sûr, et bien sûr plus bruyamment et intensément que toutes autres, consciente d'être elle-même en vérité la première, la seule et universelle, cosmopolite et mondiale beauté de tous les temps, toutes les richesses, or et argent, pierreries et émeraudes, de tous les siècles des siècles devant tout jury de cette année 81 aussi bien que des années passées et à venir.

Les rires, cris et exclamations vont bon train autour de la table désormais délestée du poids alléchant des gourmandises et douceurs déjà citées qu'ont eu vite fait d'engloutir les sept imprudentes, promises à une monstrueuse obésité. Après ces dangereux écarts, l'estomac lourd et les pensées confuses, comme il se doit après la goinfrerie exagérée de nourritures riches et grasses, les déjà moins divines filles et bientôt obèses créatures, pour l'œil habitué de Magnificia Love, s'allongent en chœur sur les chaises longues placées au bord de la piscine en continuant à rire des monstrueuses créatures du *Rialto* et du *Pachiderme vert*.

« Et le *Friqué*, qui a vu ? s'écrie Fara Moore reprenant le jeu interrompu qui menaçait de tomber à plat pour un tendre et calme sommeil sous les rayons directs du soleil de midi.

— Moi ! répond aussitôt dans un cri de fierté indécente la banale-ordinaire-et-blondasse Amour Amour. D'une vulgarité ! D'une obscénité ! On se croirait dans un bordel universel, pour Chintoks et Japoneeses, Amerloches et Deutschmarks de toutes les contrées les plus rudimentaires et bestiales, préhistoriques et sauvages du monde ! Des filles en cuir, des filles disproportionnées les unes par rapport aux autres et personnellement et qui ont cela d'indécent qu'elles se considèrent visiblement comme les plus divines et exquises créatures du Tout-Paris ! Beurk !

Et des danses ! Des musiques ! Des costumes ! Tout cela à vomir ! Sans aucune sub-ti-li-té ! Sans aucun é-ro-tis-me ! Tout en vul-ga-ri-té et sans aucun é-ro-tis-me ! Quasiment, indéniablement et honteusement dégradant ! »

Les huit plus belles filles de Paris et du monde en son entier éclatent en chœur d'un même rire réconfortant et libérateur de la discrète et furtive anxiété qui a précédé la description de la fadasse-blondasse Amour Amour. Magnificia Love, la seule reine de ce jour encore assise vu son estomac léger seulement rempli d'un unique œuf coque, continue inlassablement à se servir généreuse tasse de café après généreuse tasse de café pour les siroter avec toute la gourmandise possible et imaginable en sa frustrée envie de clafoutis aux divines pommes (oh, ce restant de divin clafoutis aux divines pommes qui la nargue insidieusement du bout de la table !) tasses de café accompagnées de Dunhill aux senteurs toutes plus subtiles les unes que les autres. Moi, Magnificia Love, première et unique beauté éternelle ! Moi, Magnificia Love qui d'un seul regard peut faire plier le plus ascète des hommes, le plus pétri d'absurde morale et chrétienté des philosophes savants, moi, Magnificia Love, toute reine et souveraine, Cléopâtre incontestée de tous les temps en tout siècle, moi, Magnificia Love, ce magnifique amour se récitait le magnifique amour Magnificia Love afin de faire taire ses véhémentes pupilles gustatives rêvant de la pantagruélique part de clafoutis aux pommes. Pour échapper à l'irrésistible tentation, Magnificia Love se lève-t-elle de table pour aller s'installer en toute suprématie de beauté divine-incontestée-et-souveraine au bord de la piscine où elle retire son tee-shirt et offre son superbe corps cuivré aux aimés et tendres amoureux rayons du soleil. Les autres filles somnolent en se chuchotant les laideurs et mochetés caricaturales des banales créatures *Rialto-Pachiderme vert-Friqué* et Amour Amour, la si volontairement voulue victime de Magnificia Love, s'amuse naïvement, si ridiculement naïve, avec le lévrier afghan de Whisky Grenadine qui repousse d'ailleurs avec mépris ses multiples avances (Barva Vigor ! s'écrie en elle-même la divine Magnificia Love). Le temps en est aux confidences échangées à voix basse dans le calme paisible de cet immense parc inviolé, aux aventures multiples et indifférenciées racontées entre de petits rires câlins de petites filles capricieuses et de femmes déjà garces, aux désirs sensuels exprimés sans décence ni pudeur à la première oreille qui se veut bien attentive, aux diverses prostitutions vécues afin de s'offrir la plus somptueuse robe de Cardin, Dior, Saint-Lou ou Salomé reconnues du Tout-Paris et même des sauvages et autres pays de la Communauté européenne et autres continents qui pourtant ne connaissent bien évidemment rien à l'élégance subtile et au charme altier des reines et princesses françaises. Les murmures de confidences secrètes vont bon train en ce jour de relâche (pour cause exceptionnelle et miraculeuse de travaux dans les sous-sols du *Red Devil*).

Cependant, Magnificia Love rêve. Je suis la belle de jour et de nuit, vaniteuse et prétentieuse, incontestée jamais accusée, je suis le prodige vivant jamais vu, né d'un Dieu invisible et transcendental, existentiel, ô divin, divin Dieu. Je suis Magnificia Love, qui fait en cet instant jouer les muscles de ses cuisses sublimes en levant légèrement ses magnifiques jambes de nymphe pour mieux les offrir au soleil divin environnant. Oh, je suis la divine et sensuelle Magnificia Love qui hier encore a récolté trente invitations d'après minuit, signées et annotées par les plus célèbres et richissimes pontes, stars, vedettes, comédiens, médecins, hommes d'affaires et même professeurs d'université de ce monde, oh, moi, Magnificia Love célébrée reine Cléopâtre de tout temps contemporain, moyennâgeux comme préhistorique. Et je ferai des miracles de séduction, j'afficherai au nombre de mes victimes tout homme qui égalera par sa beauté cette mienne beauté, et je renverserai les ciels d'étoiles afin de leur dérober ces étincelantes paillettes d'or, d'argent et de magie, et je t'inventerai à toi, oui, et j'inventerai pour toi, ô, chère et intolérable beauté, et des temples de Dieu et des temples de reine, je t'offrirai tout cela au lendemain de tes noces et tu n'auras plus de cesse que de parfaire en moi le prodige de séduction que déjà tu as enfanté et créé.

Mais soudain, éclatante, triomphante, jaillit la voix de Whisky Grenadine, cette inorthodoxe, atroce créature qui s'écrie et s'écrie en refrain :

« Qui vient jouer avec moi au tennis, qui vient jouer avec moi au tennis, qui vient jouer avec moi au tennis ? Allez, un peu d'énergie, voyons ! Qui vient perdre cinq cents grammes avec moi au tennis, qui, qui ? Ale Saphir ? Ocean Slip ? Oh, toi, Magnificia Love, divine et sensuelle Magnificia Love, accepteras-tu ma généreuse invitation qui sculptera encore davantage tes sublimes cuisses et musclera divinement ta miraculeuse poitrine venue d'un Dieu toutpuissant, esthétiquement parlant. Oh, Magnificia Love, accepte, s'il te plaît, je te le demande à genoux et t'implore en baisant tes chers et tendres pieds objets de mon amour, accepte cette généreuse invitation ! »

Magnificia Love, excitée par un « mieux » de ses déjà divins charmes comme les décrivait magnifiquement et justement Whisky Grenadine, ne réfléchit qu'une seconde à peine avant de lancer un joyeux et enthousiaste « oui » pour récompense de reine toute reine et divine. Elle bondit souplement sur ses pieds et en un instant rejoint Whisky Grenadine qui déjà court vers le terrain de tennis après avoir pudiquement et décemment enfilé une chemise blanche sous laquelle elle a passé un soutien-gorge, sport oblige. Magnificia Love, en tee-shirt et sans soutien-gorge, muscles permettent, est bientôt sur le terrain, pieds nus et raquette à la main, cheveux évanescents voltigeant sur ses divines hanches étroites.

Et de tenir une raquette sur ce terrain de sport, à moitié nue, lui rappelle, lui rappelle...

Une plage. Beaucoup de monde. Et la chaleur. Je jouais au volley-ball avec mon frère. Un filet tendu à plus de deux mètres du sol nous séparait. J'étais en maillot de bain, mes pieds nus s'enfonçaient dans le sable brûlant de cet après-midi orageux. Chaque fois que la balle venait de mon côté, j'avais un instinctif recul. Je ne m'habituais pas à ce jeu. Il me paraissait trop froid, trop rigide. Je regardais en les enviant les enfants qui se baignaient. Mais par orgueil, je ne voulais pas faire montre de faiblesse devant mon frère qui de toutes ses forces me renvoyait la balle. Je l'admirais. Moi qui sursautais à chaque retour du ballon. Moi qui avais peur.

Le ballon me heurta puis glissa lâchement sur le sol.

— Quinze à zéro ! hurla triomphalement Whisky Grenadine.

Mais Magnificia Love, coléreuse et exaspérée par le souvenir de la contradiction où elle avait été et risquait encore d'être impuissante à briser envoya sa raquette en l'air d'un geste divinement courroucé et d'une démarche altière pleine de grâce élégance et princière rejoint ses compagnes au bord de la piscine.

Celles-ci ont miraculeusement trouvé dans les appartements d'Ocean Slip un jeu de *Monopoly* et sont en grande concentration sur « achetons-nous ou n'achetons-nous pas cette maison à vingt mille francs en plein Belleville ? »

« Belleville ! Pouah ! Quel bas quartier populaire ! s'écrie la mondaine Ale Saphir.

— Je préférerais de loin la rue de Courcelles ! renchérit Rita Stromboli.

— Attendons donc de tomber sur la rue Saint-Honoré », conclut Fara Moore qui mène le jeu.

Magnificia Love que ce jeu n'intéresse guère commence sérieusement à entrevoir l'ennui se profiler

180

sur la divine journée. Elle s'approche de la table encore dressée, où cette obsédante et pantagruélique part rêvée de divin clafoutis aux divines pommes à l'ardeur de lui faire encore une fois de l'œil, et s'aperçoit avec une infinie tristesse et véhémente colère que le reste de café est froid. Elle entre donc d'une allure volontaire et quasi invincible dans la maison où elle appelle Jane d'une voix rageuse. La gentille et mignonnette « bonniche » (de bas étage et condition selon la toujours injuste ou impartiale, comme l'on voudra, appréciation de Magnificia Love) apparaît en courant, petit tablier de dentelle et sévère robe noire.

« Du café très chaud et très fort !

— Oui, tout de suite, madame, veuillez aller vous asseoir dans le jardin et je vous l'apporte dans une toute petite minute. »

Et la petite, bien gentille et mignonnette bonniche se met à courir dare-dare vers ses cuisines tandis que la satisfaite Magnificia Love regagne sa place sous le divin soleil de ce somptueux après-midi.

Elle allume une Dunhill filtre pour faire passer le temps mais le temps de l'ennui, infaillible, se profile sur l'écran vierge de son avenir proche... Elle le chasse d'un coup de reins. Mais il revient immédiatement se nicher au creux de ses seins. Elle secoue alors sa poitrine une bonne dizaine de fois. Mais l'ennui, désormais, se fait une place dans les paumes de ses mains. Elle applaudit donc une imaginaire star de music-hall. L'ennui, désormais, au bord des yeux...

Jadis je m'ennuyais régulièrement. Dès qu'un peu ou beaucoup de temps libre m'était échu, je m'ennuyais. Je ne faisais alors rien d'autre que m'ennuyer à en pleurer, à en mourir. J'imaginais mes mille morts, morts pour cause d'ennui. C'était à la fois doux et calme et d'une telle violence que je m'éveillais de ces songeries toute secouée de spasmes et de convulsions effrayées. Cela brisait pour un instant furtif la fatalité diabolique de mon ennui. Mais bientôt, il reprenait le dessus. Et de nouveau, après l'attente de mes mille morts d'ennui, c'était la mort douce et calme, mais violente, la mort de moi. Alors je renaissais pour un fugitif instant. Et j'appelais ce jeu de mort, la vie à l'envers.

Ma vie à l'envers se tourne et se détourne de moi. Où suis-je, qui suis-je et à quoi bon, ai-je envie de crier. Ma vie s'enfuit, ma vie m'échappe, je ne sais plus qui je suis car sans doute ne suis-je plus personne, je ne sais plus où je suis car sans doute ne suis-je plus nulle part. A quoi bon ma beauté et mon charme puisque rien de tout cela ne m'appartient en propre, à quoi bon, à quoi bon, refrain lancinant et obsédant de mes mille vies décousues et cent mille vies insaisies...

Je me tourne et me détourne au centre de ces vies insaisies et insaisissables, alors où est la vraie vie, la vraie vie, la vraie vie répète une voix en écho...

Oh, mais assez de ces morbides réminiscences s'exclame en elle-même l'exaspérée car impuissante Magnificia Love, reine pour l'instant déchue de son trône et injustement lésée de ses divins privilèges. Assez, assez de ces morbides pensées et à quoi bon ce refrain qui ne me mène à rien ni nulle part si ce n'est au pied d'un mur tout-puissant, si fier de me voir impuissante, devant un labyrinthe chinois me vouant à la mort par folie contagieuse envahissant pas à pas, impasse après impasse les secrètes régions successivement violées de mon âme ! Assez, assez ! Ah ! Divine Jane s'avance pour briser mon obsession, divine Jane apporte un pot fumant de délicat et recherché, exquis et friand café Arabica ! Et notre Magnificia Love revenue de se servir aussitôt une généreuse tasse de café tout en allumant, divine récompense de son ascétique régime d'ascète, une Dunhill filtre aux parfums subtils.

L'après-midi s'avançait dans les conciliabules des filles du *Red Devil* sur Belleville, Courcelles, Saint-Honoré ou Madeleine et les demandes désespérées de partenaire au tennis d'Ocean Slip, un après-midi doux et calme, en apparence promis au repos et à la paresse divine des divines filles du *Red Devil*. Mais au bout d'une heure de cet emploi du temps fainéant, Rina Balistic mit en révolution le calme si paisible de ce lent après-midi en lançant l'alléchante proposition d'une course d'obstacles dont la gagnante se verrait récompensée d'un cocktail au champagne le lendemain soir après minuit, après la dernière revue du *Red Devil*. Aussitôt, toutes les filles installent dans l'immense parc des bassines d'eau et foulards blancs, des bacs de farine et échelles d'un mètre pour impossibles ou en tout cas difficiles obstacles à franchir. Magnificia Love regarde ces préparatifs d'un œil amusé et blasé de déjà victorieuse gagnante. En effet, avec son estomac si divinement allégé de toute lourde nourriture sucrée et grasse, comment n'aurait-elle pas l'avantage sur ses compagnes au ventre repu, rempli de toutes ces nourritures engraissantes et alourdissantes ?

Son ennui peu à peu s'est effacé et c'est avec une joie divine qu'elle se retrouve une et entière, avec sa beauté à elle seule offerte, à elle seule livrée, son corps magnifiquement cuivré à elle seule donné, sa poitrine miraculeusement musclée à elle seule dédiée. Moi, Magnificia Love, reine et souveraine d'incontestée beauté, je vais gagner la course d'obstacles et aurai pour récompense, demain soir, un cocktail champagne dans les appartements divins de l'une de ces fadasses créatures en tout point inférieures à mes charmes nés des dieux ! Ainsi rêvasse la divine Magnificia Love en sirotant son délicat et exquis café Arabica si délicieusement assaisonné des senteurs subtiles d'une Dunhill filtre allumée avec son Dupont or. Les sept autres filles restantes du *Red Devil* se démènent pour fixer les obstacles solidement afin qu'ils ne soient pas malencontreusement et par triche arrachés et sautés, Ale Saphir remplit un bac de farine en s'en saupoudrant généreusement les cheveux, Rita Stromboli verse de l'eau dans une bassine en s'en éclaboussant généreusement, Fara Moore accroche un foulard blanc à une branche d'arbre afin qu'il soit saisi par la première arrivée, gagnante de la course.

L'agitation règne entre les cris et les exclamations d'enthousiasme, et on a le plus grand mal à entendre courir les pensées de la chère et divine Magnificia Love.

Mais toute extravagance étant permise au génial créateur du chef-d'œuvre, entre insidieusement dans les merveilleuses et divines cellules grises du seul et unique amour, ce magnifique amour incarné de Magnificia Love...

Je ne jouais pas avec les autres. Je restais des heures assise dans un coin du parc à rêver de tout et de rien. Je rêvais de parents qui ne m'auraient pas lâchement abandonnée dans une sordide colonie de vacances, je rêvais de demeures luxueuses où l'on aurait organisé des bals et des repas dignes de rois, je rêvais de multiples frères et sœurs que j'aurais pu au choix frapper et gifler pour exercer mes furies et diverses exaspérations ou enlacer et embrasser dans de sublimes étreintes et divines caresses. Les monitrices étaient toujours derrière moi à me demander inlassablement, inextinguiblement et stupidement-absurdement pourquoi. Pourquoi je ne jouais pas avec les autres, pourquoi je semblais toujours triste, enfermée dans mes pensées, pourquoi je ne participais pas à l'idiot-absurde-atroce amusement général. Je ne répondais pas. Je tournais mes pouces et index dans mes déjà merveilleux-magnifiques-miraculeux cheveux d'ambre et de cuivre, et les narguais de ma déjà divine beauté. On renonçait bientôt à s'occuper de moi, elles étaient toutes bafouées dans leur cher narcissisme féminin. Et moi, divine et reine, je continuais à rêver et rêvasser en regardant ces absurdes petites filles qui se couvraient des pieds à la tête de farine afin de décrocher une laide poupée de foire, récompense diabolique de ces jeux pour animaux préhistoriques et bestiaux...

Les obstacles étaient prêts. Ocean Slip va chercher dans son grenier une dizaine de shorts en satin, chères reliques chèrement révérées du spectacle de l'année précédente. Magnificia Love, qui n'avait pas participé à ce spectacle, prend cela pour un affront personnel, insulte et lance l'anathème sur la mochetée Ocean Slip qui a l'outrecuidance d'attenter à son orgueil de danseuse étoile incontestée, adulée et célébrée de tous et par tous. Toutes les filles passent en grande hâte les shorts de satin, Magnificia Love en fait autant, se promettant et se convainquant qu'elle sera de haut et de loin la victorieuse gagnante de cette asburde course. En ligne pour le départ, Cheetan Magnetic, Ocean Slip, Fara Moore, Rina Balistic, Ale Saphir, Whisky Grenadine, Amour Amour, Rita Stromboli et divine Magnificia Love ! En ligne, les huit plus belles filles de la capitale et du monde en son entier, en ligne !

Elles comptent de dix à zéro et sur zéro, toutes de piquer un sprint digne des sprinteuses les plus invétérées des jeux olympiques.

Magnificia Love, il va sans dire, avec son estomac léger, léger, léger et son ambition démesurée, est en tête du troupeau. Haut la main, elle saute les barrières de plus d'un mètre, les bacs de farine et les bassines d'eau, faisant de grandes enjambées comme le lui permettent ses divines démesurément mais magnifiquement longues jambes de danseuse étoile adulée et célébrée par tous. Sans effort, sans souffler comme une locomotive telles les sept autres et obèses créatures en reste, elle s'achemine comme un éclair vers le fatal foulard blanc voletant calmement à la légère, légère légère brise de ce mois de juin. Whisky Grenadine menace bien un moment sa suprême place de première et victorieuse gagnante mais Magnificia Love alors se force une toute petite seconde à courir vraiment et la pauvre et humiliée Whisky Grenadine reprend rang au sein des lignes du troupeau loin derrière. Piquant enfin, un sprint de pure compétition, Magnificia Love décroche le fatal et divin foulard blanc et franchit la ligne d'arrivée, toute souriante et pas le moins du monde essoufflée.

Bientôt, (le temps que le reste du médiocre troupeau franchisse également la ligne d'arrivée) elle est entourée et embrassée avec enthousiasme par toutes les filles du *Red Devil* qui s'exclament dans un seul et même chœur qu'elles savaient bien que Magnificia Love était la plus exceptionnelle et divine fille-femme-garce-reine de leur troupe. Le cocktail champagne est fixé au lendemain soir après minuit dans les appartements, avenue Gabriel, de Fara Moore qui accueille cette nouvelle comme une preuve de supériorité, ce qui ne manque pas de faire rire en secret la sublime et divine Magnificia Love.

Après ces épuisants ébats, toutes les filles, short satin et souffle court, reprennent leur place au bord de la piscine. Et l'ennui de Magnificia Love refait aussitôt surface sur l'écran vierge de son avenir. Pour le chasser, elle se met à chercher des yeux la si intensément voulue Amour Amour avec une secrète idée derrière la tête, secrète idée que vous allez bientôt découvrir, tout choqués et bouleversés que vous serez, je vous préviens tout de suite. Elle la découvre sur l'herbe courte de l'immense parc inviolé, offrant son dos aux rayons divins du divin soleil du jour. Magnificia Love, ayant sagement et soigneusement pesé le pour et le contre de sa décision, se lève et va s'allonger près de la chère Amour Amour, objet de désir, allez donc savoir pourquoi, de la sublime libido imaginaire et imaginée (car libido, la chère Magnificia Love n'en a-t-elle qu'en transposant le réel dans ses rêves), la sublime libido de Magnificia Love.

« Hello, Amour Amour !

— Hello, chère Magnificia Love ! répond sans se retourner la fadasse-blondasse.

— J'ai un splendide présent à t'offrir murmure d'un air mystérieux la soudaine très étrange Magnificia Love.

186

— Oh ? Vrai ! ça alors ! Et qu'est-ce que c'est ? s'écrie en grande liesse euphorique la naïve possédée.

— Tout d'abord, assieds-toi lui ordonne Magnificia Love, ce qui est fait promptement, par l'obéissante fadasse-blondasse Amour Amour.

— Maintenant, approche ton visage du mien, ce qui est fait, idem.

— Encore un peu. »

Amour Amour obéit de la même et docile manière.

« Maintenant, pose tes lèvres sur mes lèvres... »

Et un éclair de stupéfaction parcourt les yeux de la pauvre toute étonnée et incrédule Amour Amour.

« Allons, j'ai dit tes lèvres sur mes lèvres », reprend d'un ton divinement ironique la reine toute reine et belle Magnificia Love.

Alors, l'étonnement d'Amour Amour se change en brusque désir avide de ces chères lèvres tendres et pleines, sensuelles, excitantes à souhait, et d'un seul mouvement de désir impatient non voilé, les lèvres fines, oh, vraiment trop fines, d'Amour Amour sont sur les lèvres de reine de Magnificia Love.

« Et maintenant, fais tourner ta langue autour de ma langue... » continue, imperturbable, Magnificia Love dont les lèvres bougent, oh, si légèrement, sur les lèvres d'Amour Amour.

Et l'autre obéit sans discuter, précision inutile mais que nous précisons là par souci exhaustif d'absolu.

« Très bien ! Parfait ! s'écrie en riant ironiquement Magnificia Love lorsque le baiser est échangé.

— Et après ? demande l'allumée-excitée-désormais insatiable Amour Amour.

— Après ? Après... réfléchit la divine Magnificia Love. Après, tu tends ta main vers mon corps divin et sublime... »

Ce que fait prestement l'excitée-insatiable Amour Amour.

« Tu la poses sur ce sein digne d'une reine et d'une vierge... »

Le mouvement suit habilement et promptement la parole.

« Et tu le caresses lentement en tournant dans le sens des aiguilles d'une montre... »

Oh, à voir le visage extasié d'Amour Amour, vous jureriez sur la tête de vos père et mère, frères et sœurs, premiers et seconds puis innombrables amours, que le sein divin de Magnificia Love recèle de supernaturels et extraterrestres pouvoirs.

« Maintenant, suffit ! Tu enlèves ta main et te tiens coite, et te tiens sage, et te recouches en silence tel le docile et obéissant chien que tu es ! »

Et Magnificia Love bondit sur ses pieds, laissant là, haletante et frustrée, l'excitée-allumée-insatiable, pauvre, pauvre Amour Amour qui déjà imaginait l'acte suprême en sa toute naïve et absurde foi de croyante en la chère et divine Magnificia Love.

Magnificia Love reprend, toute satisfaite et stimulée par cette énième preuve de ses extraordinaires pouvoirs sur les sens des autres banales créatures de sa race, sa place dans les rayons régénérateurs du divin soleil de l'après-midi. Inlassable, elle se sert une énième et délicieuse-généreuse tasse de café, comme il va de soi, accompagnée de l'exquis et friand succédané du divin clafoutis aux divines pommes, Dunhill filtre aux senteurs et parfums paradisiaques. Ceci tout en jetant furtivement et discrètement des coups d'œil sur cette pauvre, pauvre, pauvre Amour Amour dont le visage laisse lire, à livre ouvert, toute sa déception et atroce frustration de femelle en chaleur. Victorieuse gagnante de son défi à elle-même imposé par elle-même, Magnificia Love se juge (encore une fois, eh, oui, la prétention-suffisance-vanité-et-outrecuidance de la chère et divine créature n'a pas de bornes) eh, oui donc, première et suprême reine Cléopâtre de tout temps contemporain et moyennâgeux incontestée. Et voyant alors la chienne en chaleur Amour Amour s'approcher et tournicoter telle une mouche affamée autour d'elle, Magnificia Love monte de trois tons le registre admiratif et louangeur des adjectifs de son monologue intérieur. Douce sensuelle et cruelle reine, épouse de Dieu qui en ta suprême et éternelle beauté nous fait l'honneur d'être de ce monde, tu détrônes, de par ta sublime et encore une fois suprême sensualité toutes les filles boudins-putains de bas étage ou grenier qui ont l'injustifiée prétention ou outrecuidance de se croire reines de ce royaume ! Oh, divine Magnificia Love, magnifique amour, premier et inextinguible amour de toute âme en ce monde, toi seul est reine et épouse de Dieu, vierge et souveraine, reine de toute reine belle et puissante !

Cependant, la fadasse-blondasse Amour Amour ne cesse de décrire autour de notre sublime créature des cercles concentriques interrogateurs et anxieux. Magnificia Love, d'une voix sévère et sans réplique, éclate :

« Oh, loin de moi, fadasse et blondasse créature ! Le baiser échangé, la caresse offerte et livrée n'étaient qu'épreuves afin de tester la pureté de ton amour ! Le résultat a été que tu n'as point d'amour en ton cœur, mais seul un bestial désir concupiscent et avide ! Oh, loin de moi, vulgaire-obscène créature que tu es !

— Magnificia Love, Magnificia Love, mon premier et unique, magnifique amour, bredouille médiocrement la pauvre, pauvre Amour Amour. Oh, Magnificia Love, Magnificia Love, mon premier, unique et merveilleux amour », reprend encore la pauvre, pauvre Amour Amour désemparée à l'infini de ses sensuels désirs si cruellement bafoués.

Mais Magnificia Love ne daigne prêter qu'une oreille distraite et méprisante à ces basses et vulgaires supplications. Elle écarte d'un geste altier et toute défiance, les approches véhémentement maladroites de la si naïve et absurde Amour Amour et finit, en toute reine souveraine par lui donner le fatal coup de grâce.

« Ce n'est pas que je ne t'aime pas, ni d'ailleurs que je te déteste. Non, seul le mépris mêlé d'indifférence m'habite à ton dérisoire et médiocre égard. Aussi ferais-tu mieux de te retirer de ma sublime vue qui ne supporte pas l'étalage grossier de tes juste-passables formes qui, d'un chouilla ont d'ailleurs manqué être rejetées dans l'innommable de tout regard humain ! »

La pauvre, pauvre Amour Amour, sur ces tristes et méprisantes paroles, docile et soumise fille boudin-putain, ne trouve rien de mieux à faire que d'obéir à la toute reine et toute reine divine Magnificia Love. Exit Amour Amour.

A 5 heures précises, Jane apporte plusieurs plateaux consécutivement, généreux, où se côtoient théières et tasses, cakes et pancakes, scones rehaussés de crème fouettée, crêpes chaudes et moelleuses et oh, (incurie impardonnable de la part de cette gentille-mignonnette-passable Jane) un second et divin clafoutis aux divines pommes. Magnificia Love, encore et toujours mais de plus en plus difficilement ascète, se contente amèrement d'un thé citron sans sucre, rêvant (succédané divers et indifférenciés ersatzs obligent) rêvant donc à l'avance du léger, léger, léger dîner salade verte, poulet ou œufs durs, accompagnés de lait écrémé, qu'elle se préparera ce soir en toute tranquillité et dégustera devant son cher poste de télévision qui repassera ce soir en l'honneur de l'anniversaire de la mort de Marilyn *Les hommes préfèrent les blondes*. Film que Magnificia Love regardera, comme vous vous en doutez, pour critiquer en toute tranquillité téléspectatrice, les obèses et dégradants charmes bassement femelles de Marilyn.

Cependant, tandis que ces agréables pensées ersatzs courent dans les cellules grises de notre chère Magnificia Love, les sept restantes, déjà imaginées obèses filles du *Red Devil* se ruent pour la seconde fois sur les douceurs-gourmandises. La conversation, du music-hall, est passée au *Casse-Noisette* de Roland Petit.

« Qui l'a vu, qui l'a vu ? hurle Fara Moore.

— Moi, moi ! s'écrie Ale Saphir. »

Vous devinez sans nul doute la suite, liste des défauts des banales, moches et atroces danseuses classiques. On enchaîne sur la *Belle au bois dormant* et le *Sacre du Printemps*, faisant un pari de cinq cents francs sur la divine fille du *Red Devil* qui trouvera le plus grand nombre d'adjectifs dévalorisant pour critiquer la soi-disant parfaite interprète du rôle principal de la Belle Dormante. Mais les calculs s'entremêlent de cris, de rires et de chers et chaleureux qualificatifs louangeurs sur les mérites des pancakes moelleux à souhait et des crêpes fines comme dentelle, et la potentielle victorieuse gagnante qu'est Whisky Grenadine (évidemment, sa principale et passion de nuit et d'après-minuit étant de potasser les petit et grand Larousse illustrés) voit, sans rancune d'ailleurs, filer les cinq cents francs promis. Magnificia Love, enveloppée de son superbe mépris, ne se mêle pas à ces enchères qu'elle juge dégradantes. Ocean Slip et Fara Moore tentent bien de l'entraîner mais ne reçoivent en guise de réponse qu'un hautain regard de défiance. A l'autre bout de la table, Amour Amour se laisse idéalement (comme elle imagine qu'un pur amour de cœur l'ordonne) dépérir, buvant son thé, sans citron et sans sucre, jeûne d'amour oblige, à petites et effarouchées gorgées, tout en jetant de langoureux et suppliants regards sur les formes divines du visage et du corps de Magnificia Love, magnifiquement perchée sur les hauts sommets de sa noble et pure solitude toute indifférence et froideur. Les autres filles ne semblent s'apercevoir de rien, toutes concentrées qu'elles sont dans la dégustation des secondes douceurs-gourmandises que Magnificia Love regarde filer des assiettes aux estomacs avec une évidente satisfaction. Moi, Magnificia Love, seule femme de ce lieu et de ce jour à la conscience parfaite d'ascète et à la beauté longiligne intouchable, moi, Magnificia Love, magnifique amour incontesté de toute âme de ce monde en son entier ! Et inlassablement, elle reprend avec un soin méticuleux de philosophe absolu écrivant une thèse exhaustive, la litanie de louanges se rapportant à sa chère beauté, ne perdant pas d'un seul regard malencontreusement distrait les divines bouchées pleines de calories et hydrates de carbone qu'engloutissent ses inférieures et bafouées par sa suprême suprématie, compagnes de tous les soirs et de toutes les nuits.

Au bout d'une heure de ces conversations à bâtons rompus, conversations sur les médiocres ballets classiques (affreux tutu cachant malhabilement et grossièrement les fesses peau d'orange et culottes de cheval cellulitique des danseuses soi-disant étoiles de tous les temps), de supplications secrètes d'Amour Amour et de divin mépris de Magnificia Love, Ocean Slip donne le signal du départ.

En effet, le sénile maître de ballet du *Red Devil*, exige de toutes ses divines créatures qu'elles soient, les jours de relâche, couchées à 9 heures sonnantes (pour la beauté du teint, les cernes sous les yeux, la régénération des cellules, et le désir besoin naturel du corps), et, précaution nécessaire pense-t-il, non sans raison d'ailleurs, leur donne un coup de fil à leurs appartements afin de s'assurer qu'elles n'ont pas failli au règlement. Aussi, en toute bonne élève obéissante et studieuse, Ocean Slip presse les unes et les autres, leur intimant de se rhabiller, prestement, et de choisir, idem, leurs places dans les voitures.

Bien sûr, Magnificia Love choisit la Porsche bleu azur, de terre et de mer d'Amour Amour et interdit à toute autre créature de venir, par une présence impromptue, briser le charmant tête-à-tête si divinement excitant, car absolument et indéniablement valorisant pour ses charmes suprêmes. Magnificia Love a, en effet, décidé de faire durer son plaisir en titillant adroitement et subtilement les désirs avidement exacerbés de la pauvre, fadasse et blondasse Amour Amour. Elle s'installe donc en toute grâce séduisante et altière dans la Porsche bleu azur et attend en fumant une Dunhill filtre, l'arrivée de sa chère et pauvre, pauvre victime.

J'avais été passionnément amoureuse de lui. Mais à ce moment-là, il n'avait pas même daigné m'adresser un regard. De déception en déception, mon amour passionné avait cessé. Et presque aussitôt, c'est lui qui fut pris par cet amour passionné. Alors, pour me venger, je le faisais languir. Le repoussais. Mais le repoussais en lui laissant l'espoir. Et lui laissais l'espoir tout en piétinant allègrement « ses » espoirs. J'exultais. De son malheur. De sa visible tristesse. De sa mine cernée. De ses perpétuelles maladresses. Et perpétuelles rougeurs. Et j'enfonçais le couteau dans la plaie, le repoussant et lui donnant espoir, tour à tour, cruellement, jusqu'à ce que, à mon grand désarroi, son amour passionné lui aussi mourut.
Alors, furieuse, je me jetais sur une autre proie...

Amour Amour s'installe, entourée d'innombrables regards intimidés et toujours bassement suppliants au volant de son second (enfin) et non plus unique (enfin !) amour : sa Porsche bleu azur, de terre et de mer. Magnificia Love feint de n'avoir rien remarqué et s'enfonce câlinement dans les contemplations multiples et indifférenciées des ronds de fumée que laisse échapper sa Dunhill filtre. Le moteur bientôt ronronne et dans un bruyant éclatement de bruits divers, la Porsche bleu azur file sur la petite route de campagne.

« Enfin, je vais retrouver mes divins appartements après cette exténuante journée ! s'exclame Magnificia Love. Me coucher, m'étendre et m'étirer dans mes divins draps de satin et n'avoir plus à séduire que mon amour de chat, le merveilleux et superbe Cyprio ! »

Amour Amour appuie rageusement, de toute cette

jalousie qu'elle est littéralement et visiblement en train d'étouffer, sur la pédale de l'accélérateur tandis que la Porsche bleu azur, de terre et de mer, bifurque sur la RN 13 en direction de Paris. Son visage est congestionné de rage rentrée et colères. Magnificia Love, cruelle à souhait, sur ces satisfaisantes observations, continue, imperturbable et sadique, son numéro d'excitation et stimulation sensorielle.

« Alors, mes seins sur le doux tissu de satin, ce divin satin tel un voile de soie effleurant la toute sublime partie de mon corps, et mes jambes enroulées pareillement de cette douce et sensuelle caresse, je me blottirai tout entière au fond de cette mienne propre tendresse qui m'habitera divinement et magiquement tout entière et m'offrira les présents merveilleux et magiques dont on l'a de tout temps vantée et louée ! Oh, ce corps, mon corps tout enveloppé de soie évanescente, tellement excitante et sensuelle que pas un, et pas une au monde ne saurait résister ! »

Et Amour Amour d'appuyer de toute sa rage aveuglante, étouffante et paralysante, sur l'accélérateur, ce qui fait bondir la Porsche bleu azur et la projette à deux cents kilomètres/heure dans un virage particulièrement excitant pour les téméraires victimes. Heureusement (pour Magnificia Love) et malheureusement (pour Amour Amour) aucun véhicule, camion, caravane, remorque de plus de dix tonnes n'est en vue et la Porsche, divine, divinement file sur la route.

Ainsi dure le trajet en voiture, stimulation-excitation de libido de Magnificia Love suivi de désir frustré et rage étouffante-aveuglante-paralysante d'Amour Amour, ainsi dure, dis-je donc, le trajet jusqu'à l'entrée de Paris, où, comme on va le voir, les choses vont changer peu ou prou.

Dans un clair-obscur digne du merveilleux teint de pêche de Magnificia Love, la Porsche s'engage sur la bretelle de la porte d'Orléans. Amour Amour, qui jusque-là n'avait pas dit un seul et timide mot, tente sa chance :

« Je te dépose où ? »

Prenant un temps, pesant (si pesant et lourd d'incertitude pour la pauvre Amour Amour en transes paralysantes) Magnificia Love finit par répondre telle une victime d'amour primitif et bestial :

« Tu ne me déposes pas. Tu m'emmènes avec toi, chez toi, dans ton sublime appartement de l'avenue George-V où tu m'offriras le plaisir de faire l'amour avec toi. »

La pauvre Amour Amour en passe par toutes les couleurs de l'arc-en-ciel, du rose au violet en passant par le vert et le pourpre. Elle accélère, accélère, toute impatiente qu'elle est de sentir disparaître son frustré instinct naturel (ou immoral et innommable comme dit Freud dans je ne sais plus quel médiocre bouquin de vulgarisation, de foire et de pacotille). Magnificia Love, satisfaite de sa si facile victoire (car c'en était une comme on va le voir plus loin) s'étire dans son confortable siège et allume (décidément, elle fume trop aujourd'hui) une dernière Dunhill filtre.

Amour Amour gare en hâte la Porsche sur un bateau (vite, vite) au bas de son immeuble, bondit de son siège, arpente rageusement le trottoir en attendant que cette garce de Magnificia Love daigne s'extirper de la voiture, et quand cela est fait, se rue dans le corridor de son immeuble et se précipite dans l'ascenseur, piétinant d'impatience en trouvant la porte ouverte pour cette décidément garce de Magnificia Love qui fait durer le plaisir en flânant de-ci de-là comme s'il n'y avait pas le feu.

Dans la cabine étroite de l'ascenseur (étroite cabine divinement allusive) Amour Amour déjà, saute sur Magnificia Love qui se laisse (mais juste un peu) peloter, puis d'un geste sec frappe sévèrement les cochonnes mains d'Amour Amour qui se rue hors de la cabine dès que l'ascenseur s'arrête, ouvre en tremblant la porte de son appartement et saisissant le bras de la divine Magnificia Love, l'entraîne en courant jusque dans sa chambre à coucher (de putain ajoute en elle-même Magnificia Love en voyant les miroirs muraux, où elle se déshabille et déshabille son premier et unique amour.

« Répète que je suis ton premier et unique amour ! exige la câline Magnificia Love.

— Tu es et seras jusqu'à la fin des temps mon premier et unique, magnifique amour, Magnificia Love !

— Encore...

— Oh, tu es et seras jusqu'à la fin des temps mon premier et unique, magnifique amour, Magnificia Love. Mais laisse-moi prendre dans ma bouche ces lèvres secrètes au bas de ton ventre et...

— Oh ! Avant de t'accorder ce privilège, je veux t'entendre promettre que tu m'offriras en retour ton plus cher et expérimenté amant.

— Je te le jure !

— Je te prends au mot, chère Amour Amour. File chercher tout de suite son adresse et numéro de téléphone ! »

Et Amour Amour d'obéir en hâte jamais vue, jamais connue, jamais vécue par aucun de nous tous, chers lecteurs, toute excitée-stimulée-aveuglée-insatiable libidineusement qu'elle est du divin corps de Magnificia Love.

« Et maintenant, maintenant ? demande la pauvre Amour Amour. Puis ne percevant aucune réponse, elle décide : Maintenant, maintenant, chère Magnificia Love, laisse-moi prendre entre mes lèvres ces lèvres secrètes au bas de ton ventre...

— Non ! donne-moi d'abord un chèque de cinquante mille francs rédigé à mon ordre ! », exige la cruelle Magnificia Love.

Amour Amour se rue sur son sac, sort précipitamment carnet de chèques et stylo, remplit le chèque, le signe et l'offre à la divine Magnificia Love.

« Maintenant, chère et divine Magnificia Love, laisse-moi prendre entre mes lèvres ces secrètes lèvres au bas de ton ventre !

« Non ! Pas encore, belle Amour Amour ! Avant tout, va me chercher une lame de rasoir afin que nous échangions le serment des frères de sang ! »

Amour Amour se précipite dans sa salle de bains et revient avec la fatale lame de rasoir.

« Donne-moi ta main ! ordonne Magnificia Love. »

Et la cruelle-cruelle créature Magnificia Love fait une entaille profonde dans la main d'Amour Amour afin de défigurer celle-ci pour quinze jours. Et même un mois reprend Magnificia Love en fouillant de nouveau avec la lame de rasoir la première blessure.

« Oh, et maintenant, et maintenant ? frétille la pauvre Amour Amour.

— Maintenant ? réplique d'un air divinement et cruellement méprisant la cruelle Magnificia Love. Maintenant c'est simple. Je te quitte afin d'être à l'heure exacte pour recevoir mon amant qui ce soir vient dans mes divins appartements afin de me faire l'amour dans les divins draps de satin dont je t'ai déjà longuement parlé. Une nuit nouvelle s'ouvre devant moi ! »

Et Magnificia Love attrapant ses vêtements épars sur le sol commence à les enfiler tandis que la pauvre Amour Amour se pend à ses bras de toutes ses forces la suppliant et l'implorant à genoux. Mais Magnificia Love, hautaine et altière, ignore cette présence animale et bestiale comme si elle n'existait pas et rhabillée, se dirige d'une démarche toute reine et toute fière de puissance, vers la porte d'entrée qu'elle ouvre, et referme sur la pauvre Amour Amour en transes paralysantes, bredouillements de folie et autres symptômes d'hystérie.

Ainsi finit la triste histoire d'amour d'Amour Amour. Amour Amour s'écroule, en larmes derrière la porte close tandis que la divine et sublime Magnificia Love se perd dans la nuit toute étoilée et parsemée de fils d'or et d'argent, un chœur de reines divines, chantant en chœur en l'honneur de cette suprême beauté, elle, moi, Magnificia Love, ce magnifique amour.

Cyprio, divin-fatal-merveilleux félin, d'un bond souple et câlin saute sur la couverture peau de loup sous laquelle dort paisiblement sa magnifique maîtresse adorée et chérie. Magnificia Love, dérangée dans ses superbes rêves où son corps somptueux baigné d'une pluie de paillettes dignes des dieux danse la plus merveilleuse, fatale et divine danse de tous les temps et siècles, se tourne sur le côté, cherchant désespérément la douce chaleur du rêve qui s'enfuit. Mais le véhément et impatient Cyprio (car son estomac vide crie famine, sa maîtresse adorée a impardonnablement oublié son dîner de foie de veau exclusif du samedi soir) piétine rageusement mais câlinement la hanche de sa maîtresse, pétrissant de ses pattes l'épaisseur sensuelle de la peau de loup, pétrissant et pétrissant comme pour un concours de pâtisserie Lenôtre ou Dalloyau. Magnificia Love, gentiment coléreuse, se retourne enfin et gratte le cou de son animal réveil-matin chéri qui accepte ces honneurs avec le flegme impassible et placide de sa supérieure et suprême race de pur sang et pur rang. Magnificia Love s'étire en d'exquis et sublimes mouvements avant de planter là le désespéré Cyprio. Elle saute d'un bond hors du lit et enchaîne petits pliés, grands pliés et autres divers exercices musculaires à titre de petit déjeuner esthétique. Le magnifique Cyprio, spectateur outré de ces ébats, oublie finalement l'outrage en supputant que sa maîtresse s'est levée si prestement pour le seul plaisir de son affamé estomac et se rue vers la cuisine en feulant tel un féroce et sauvage lion de la jungle. Cependant, Magnificia Love enchaîne ronds de jambes et petits battus, toute concentrée qu'elle est sur la pensée d'une musculature parfaite de danseuse reine et toute reine. Puis, réalisant soudain son impardonnable oubli (non, comme on pourrait le penser, l'estomac du cher et seul aimé Cyprio mais de divine et stimulante musique) d'un bond elle saute vers sa chaîne Hi-Fi et met un disque de Klaus sur lequel elle poursuit fébrilement avec conscience ses devoirs de danseuse reine de toutes reines, fondu, plié, port de bras, petits et grands battements. Après cette consciencieuse gymnastique, elle passe enfin dans la cuisine où son regard tombe sur l'affamé Cyprio devenu quasiment fou d'impatience. En s'excusant mille et mille fois de son impardonnable oubli, elle sort le foie de veau déjà coupé par les soins de la chère Marina, et l'offre morceau après morceau au merveilleux-sublime-fatal et divin, cher et chéri, seul aimé Cyprio, qui s'en régale enfin.

Après avoir accompli ces devoirs matinaux (ou plus exactement de midi) la divine Magnificia Love met en marche le bien-aimé (mais second amour, après Cyprio) cafetière Rowenta qui aussitôt ronronne de plaisir altruiste. Sur un superbe arpège électronique, notre superbe créature dont j'essaie en vain de vous décrire par le menu les charmes divins depuis quatre-vingts pages, allume sa première Dunhill filtre du jour en même temps qu'elle presse deux oranges et son quart de citron journaliers. Sur une gamme voluptueusement ascendante et tandis que Cyprio, désormais repu fait sa toilette de chat, la toujours superbe créature unique mixe son cocktail vitamines, teint de pêche et brillance de la chevelure tout en souriant amoureusement à cette Magnificia Love de la veille qui a lancé un subtil et habile jeu de vengeance sur la fadasse, blondasse, crédule et naïve Amour Amour, jeu de vengeance où l'amour se mêle à la haine et la haine à la mort (ce dernier mot étant pour Magnificia Love naturellement synonyme d'amour). Magnificia Love revoit dans un flash le visage crispé et anxieux, impatient et avide de cette ridicule Amour Amour qui déjà, sans doute s'imaginait qu'elle, divine reine incontestée, allait se pâmer entre ses bras avec volupté. Mais Magnificia Love, perchée dans ses hautes visions idéales n'a jamais, au grand jamais eu l'intention de se livrer avec cette boudin-putain Amour Amour à ces vils ébats dont se vantent tant les hommes et plus encore les femmes (mais pour les femmes, c'est du moins compréhensible, le mensonge étant inhérent à leur nature soutient la misogyne que je suis). Ces mains d'Amour Amour tendues vers son corps dans un silencieux et implorant appel, ses yeux pitoyables quémandant une quelconque gifle ou caresse, oh, en revoyant ces images, Magnificia Love ressent de féroces et insatiables appétits de vengeance qu'elle s'empresse d'ailleurs pour son immédiat plaisir de transposer au présent rêvé pour sentir plus proche la divine vengeance qui va être la sienne.

La chère et bien-aimée cafetière Rowenta s'arrête, Magnificia Love est tirée de ses féroces pensées. D'une main adroite, merveilleuse main aux doigts longs et étroits, aux ongles de nacre et peau de soie, se sert une généreuse tasse de café Arabica venant des lointaines contrées indécouvertes de cet inconnu Brésil.

Euphorie. La divine, sensuelle et cruelle Magnificia Love se trouve dans un état d'euphorie in-di-ci-ble, in-des-crip-ti-ble, i-ni-ma-gi-nable à la pensée de parfaire ce soir son inextinguible vengeance sur l'impudente Amour Amour qui a eu l'outrecuidance de lui dérober SES paillettes, de vouloir lui dérober et son cœur et son corps (propriétés toutes deux privées de ces insensés désirs et besoins humains, vulgaires) et, décisif argument, d'avoir eu et d'avoir encore de multiples amants, généreux richissimes l'entretenant. Aucune femme, sinon elle, n'est digne de séduire. Et les hommes qui se laissent prendre par ces garces-putains ne valent tout simplement pas la peine qu'on s'attache à eux. Point à la ligne.

Magnificia Love, ainsi enfantine, extrême et vaniteuse-prétentieuse, sirote son café tout en jouant avec les poils de Cyprio, ce cher Cyprio qui s'est installé en sphinx sur le comptoir où Magnificia Love a posé et sa tasse et ses coudes. Le menton au creux des mains, elle rêve à d'inconnus sévices et tortures morales pour sa déjà victime qui, en cet instant même est sans doute dans l'atroce souffrance de l'attente, l'attente de ce soir où elle pourra enfin revoir son unique et merveilleux amour. Cyprio, repu de caresses, finit par se lever d'un air royal pour rejoindre sa douce place sur le couvre-lit peau de loup. Magnificia Love le suit pour lancer un nouveau disque sur la platine, Albinoni, c'est cruel à souhait, cruel de tendre tristesse et donc, infiniment susceptible de lui donner de géniales idées à mettre en pratique dès ce soir.

Mais Magnificia Love en a vite assez de se laisser tout entière accaparer par la fadasse, blondasse Amour Amour. Elle décide de l'oublier, du moins jusqu'au soir où elle pourra en toute tranquillité et supériorité d'admirée et d'aimée exercer ses divers et expérimentés talents sadiques. Elle se ressert une divine et succulente tasse de café qu'elle boit en allumant une toujours divine et succulente Dunhill filtre. Elle décide de réfléchir à son emploi du temps de ce jour. Mais ses pensées, ses rêves, ses cauchemars, ses désirs, tout est englouti par cette faim d'insatiable vengeance, gouffre avide qui toujours demande plus, plus d'intensité-profondeur-extrémité-inspiration. Magnificia Love tente de chasser cette idée d'un soupir exaspéré et d'un geste de femme romantique en proie à d'inexplicables vertiges, mais le visage d'Amour Amour semble gravé à son regard, irrémédiablement gravé... Elle frappe de son poing sur le comptoir et ce fadasse-ordinaire et banal visage enfin disparaît.

Victorieuse satisfaite, Magnificia Love, laisse délibérément sa tasse de café refroidir, pénètre dans la salle de bains afin d'admirer en ses divins et magiques miroirs l'éternelle aurore de sa beauté (soudain, elle se sent une âme de poète), beauté reine et divine. Elle s'examine et se trouve (avec effroi) légèrement plus pâle qu'à l'ordinaire et se précipite in petto sur un tube de crème et une boîte de poudre qu'elle applique d'une main tremblante sur son sublime visage. Furieuse, elle est furieuse contre cette Amour Amour qui l'a obligée à se coucher à une heure impossible après avoir subi ses épuisants assauts. Amour Amour ! Oh, comme je me vengerai de toi, Amour Amour.

Mais encore elle ! Assez !

Magnificia Love se replonge en sa contemplation et s'aperçoit (avec une éternelle reconnaissance pour Elena Rubinstein) que sa pâleur a disparu. D'un geste excité d'euphorie et d'amour, elle se saisit d'une balayette à cils et lentement, avec des attentions de philosophe absolutiste-extrêmiste-exhaustif et perfectionniste, entreprend de se maquiller comme pour une fête ou un bal, comme après un premier baiser enfin dérobé. Son premier baiser ! Quelle joie-renouveau-liesse lui avait-il apporté ! Et quelle vie avait-elle après lui perdue, quelle vie avait-elle après lui reprise ?

Mais suffit l'attendrissement absurde et béat pour cette enfance que l'on croit toute innocence et pureté pense Magnificia Love en chassant l'odieux souvenir. Odieux car aujourd'hui, elle voudrait tout simplement pas avoir été enfant, elle ne veut tout simplement pas que cette image vienne la troubler dans sa toute nouvelle et sublime euphorie.

Que vais-je donc pouvoir m'offrir avec ce chèque

de cinquante mille francs ? se demande pour changer de registre Magnificia Love qui brosse ses évanescents-merveilleux-sublimes cheveux d'ambre. Un renard bleu ? Une robe de Saint-Laurent ? Une émeraude ? Aucune de ces perspectives ne la satisfait. De quoi ai-je envie, de quoi ai-je donc envie ? s'interroge-t-elle, agacée par cette elle-même, si blasée. C'est, à son véritable avis, tout simplement impossible d'être blasé. Alors, qui est cette étrangère réagissant en elle comme elle ?

Pourquoi pas une robe lamée de Cardin pour le cocktail de ce soir ? Non, les robes lamées ne sont décidément pas son genre. Un tailleur ? Non, elle en a déjà plein ses armoires. De toute façon, je n'aurais pas le temps de m'occuper de ça aujourd'hui conclut la divine Magnificia Love qui en vérité n'a absolument rien de particulier à faire. D'un geste sans réplique, elle referme d'un seul coup tous les tiroirs de sa coiffeuse.

Je le mettrai à la Caisse d'Epargne. Pour ma future propriété. Dix mille fois plus luxueuse-somptueuse que ces vulgaires « quatre cents coups » de cette ordinaire Ocean Slip. Oui, je vais m'en débarrasser en le mettant à la Caisse d'Epargne, tout simplement.

Sur cette sage décision, Magnificia Love se coule dans son bain, divinement parfumé aux effluves romantiques d'héliotrope et de patchouli, et là, nichée au plus profond d'une sensuelle tendresse toute reine et souveraine, ferme les yeux, ferme les yeux...

Je me glissais dans l'eau, toute chaleur et tendresse. Je me fondais dans cette tendresse, me coulais dans son être, redevenais toute, toute petite afin d'être mieux enlacée par elle. Je voulais qu'elle s'approche encore, qu'elle s'approche toujours et me garde à jamais cette joie toute nouvelle blottie au creux de mon corps, je voulais qu'elle m'habille tout entière, qu'elle me promette sur la tête de sa mère, l'amitié toute tendresse,

sa présence éternelle et jamais ne m'abandonne mais
toujours me donne son amour d'éternel...

Lorsqu'elle rouvre les yeux, Cyprio est sur le rebord de la baignoire, fier comme le véritable sphinx qu'il est réellement-indéniablement aux yeux indulgents (indulgence réservée en toute exclusivité à Cyprio) de la divine et cruelle Magnificia Love. Elle a soudain envie de l'attraper et de le jeter dans l'eau, pour rire ou pour pleurer, envie de le voir se débattre dans la douce chaleur et de fouetter la mousse blanche et parfumée de ses adorables pattes toutes trempées. Mais elle ne le fait pas. Elle a bien trop de respect et d'estime pour cet incomparable félin, double d'elle-même.

Après une demi-heure de rêveries décousues où apparaissent, déguisées en elle-même toutes les filles du *Red Devil* luttant corps à corps avec une violence indécente afin de se tuer l'une et l'autre, chacune et toutes rêvant d'être l'unique Magnificia, après une demi-heure donc de cette lutte où l'authentique Magnificia est victorieuse, Magnificia Love sort de son bain et s'enveloppant d'un peignoir lie-de-vin qui rehausse merveilleusement l'éclat d'eau de mer de ses sombres yeux verts, passe dans le salon où elle remet encore le disque d'Albinoni, par toute simple paresse de se creuser la tête et la mémoire à la recherche d'une indivisible et idéale musique enivrante comme l'opium.

Sentant sa peau brûler après la chaleur peut-être exagérée du bain, elle pense soudain avec délice à la piscine d'Ocean Slip, s'imaginant portée par les calmes vaguelettes fraîches, par cette eau de source enveloppant son corps tout entier... Mais l'imaginer lui en fait ressentir plus cruellement encore l'absence. Elle va prendre une douche et décide de concilier le plaisir sans autrui et le plaisir de séduire en se rendant à la piscine Deligny.

Vêtue d'un sublime maillot noir deux-pièces (elle réserve les une-pièce pour les piscines interdisant les seins nus) d'ailleurs allégé de sa « haute » pièce et vêtue d'un simple slip noir, donc, qui allonge encore ses merveilleuses-sublimes, oh, tellement superbes jambes, Magnificia Love (que tout le monde dans la piscine a sans ambiguïté, concupiscence pour les hommes, jalousie et convoitise pour les femmes, détaillée de la tête au dernier ongle de doigt de pied) Magnificia Love longe le bord de la piscine, installe son grand sac de cuir où elle a pêle-mêle entassé livre, serviette de bain, brosse à cheveux et autres articles plus intimes, et, courant vers le bassin prend un magnifique élan pour un sublime et admiré plongeon.

Oh, cette merveilleuse eau de la Seine coulant le long de son corps tel un inépuisable trésor, l'envahissant toute entière pour d'indicibles douceurs et d'indicibles tendresses... Elle voudrait se fondre dans ses bras, couler dans son être, et redevenir toute, toute petite...

Moi en face de ce garçon, moi dans mon beau jean blanc tout tâché de sang, et ce sang sur la blancheur immaculée de l'enfant que j'avais été et déjà n'étais plus... L'image d'elle revenait et sans cesse revenait et moi, je me suis mise à murmurer tout doucement et tout bas, comme si j'avais également honte de vouloir refuser, je me suis mise à murmurer : « Je veux redevenir toute, toute petite, oh, mon Dieu, faites-moi redevenir toute, toute petite...

Assez du passé, assez ! explose Magnificia Love en sortant de l'eau avec une prestance de reine qui ne manque bien évidemment pas d'attirer tous les regards des richissimes hommes délaissés, célibataires éhontés comme pédérastes et pédophiles enragés venus admirer là les charmes de la (soi-disant ajoute Magnificia Love) toute pure jeunesse. Elle détaille d'un œil perspicace les diverses morphologies des adolescentes et naturellement, les juge toutes pimbêches et moches, mais moches d'une mocheté qui aurait humainement dû les retenir éloignées à jamais dans des pièces sans miroir et des vies sans prince charmant. L'une d'elles, toute en fesses de matrone et déjà une horrible culotte de cheval cellulitique et peau d'orange, s'évertue en vain à charmer un bel et indifférent éphèbe blond ; une autre, au visage défiguré par l'acné se prélasse au soleil ; quelques-unes, pêle-mêle boudins-putains nagent avec l'inutile espoir de retrouver une ligne digne de ce nom et la dernière... Oh, la dernière est jolie pense Magnificia Love avec étonnement tant elle est tout simplement effarée d'être capable de trouver une potentielle rivale « jolie » ; mais après tout, « joli » fait partie de ces euphémismes polis.) Oui la dernière avec ses seins à peine formés, ses hanches étroites garçonnières et son visage délicieusement hâlé tourné vers la pâle lumière du soleil. A-t-elle déjà charmé, séduit, couché, a-t-elle ressenti ce besoin de se blottir en chien de fusil, en position de fœtus, se blottir au creux de son enfance...

J'avais refermé mon corps en position de fœtus. Après l'atroce humiliation. L'atroce obscénité. Honte. J'avais mille et mille fois honte pour lui qui, sauvagement, avidement, bestialement, s'était rué sur mon corps de reine et de vierge. J'avais refermé mon corps sur ma honte. Tuant toute sensation. Tuant tout à l'intérieur de lui et rêvant même de le voir disparaître à jamais dans les eaux profondes de l'oubli...

Oh, pour chasser ces affreux souvenirs, imaginons, vite, vite, imaginons se dit Magnificia, que je viens de rêver d'un rêve tout tendresse et sensualité. J'étais avec le prince des nuits habitant une contrée des nocturnes régions boréales, et nous dansions, et dansions toute l'éternelle nuit de l'an mille, avant de nous donner, l'un à l'autre, dans un pur et véritable amour, sans sexe, miracle inespéré d'un dieu qui enfin a appris la tendresse...

J'étais restée des semaines sans parler. Avec la terreur toujours présente et cruelle, oh, si cruelle, que mon visage ne trahisse ma si récente humiliation. Humiliation que j'avais l'impression de revivre chaque maudit jour que Dieu faisait. Je ne souriais pas. Ne riais plus. J'avais trop peur que mes rires et sourires ne fassent paraître sur le livre ouvert de mes lèvres l'obscène image qui en secret me hantait. En passant dans la rue, j'aurais voulu arrêter toutes les femmes, les aborder et leur demander comment cela s'était passé pour elles, et si elles en avaient eu autant de dégoût et récolté autant de honte mêlée d'humiliation que moi. J'aurais voulu sonder les pensées de toutes les élèves de ma classe, découvrir cette humiliation, cette colère et cette haine dans les plus intimes recoins de leur corps, aussi intensément gravés qu'elles l'étaient en moi. J'aurais voulu dévisager et châtrer, assassiner et tuer, tout garçon, homme et vieillard qu'en croisant je ne pouvais m'empêcher d'imaginer bestialement agrippé au corps d'une femme, moi...

L'adolescente est allongée à quelques mètres de Magnificia, comme soudain abandonnée à des rêves secrets (oh, combien aurait-elle donné pour percer cette jolie tête penchée dans la lumière du soleil !). Magnificia Love détourne les yeux avec regret ou peut-être colère et vite, vite, pour ne pas penser, surtout ne pas penser, se met à observer les baigneurs afin de repérer une victime si toutefois victime il y a.

Mais cette fille lui gâche littéralement son plaisir. C'est impossible, elle ne peut se préoccuper d'autre chose que de cette pimbêche. Le même et insatiable appétit de vengeance lui revient comme un goût de victoire ou déjà, la certitude de sa force. En deux secondes, la divine et cruelle a déjà prémédité son meurtre par toute reine et suprême séduction et d'un bond se lève pour s'installer, sans explication (elle ne va tout de même rien m'apprendre, cette petite garce !) auprès de la soupçonnée rivale.

« Hello !

— Hello », répond la jeune adolescente en tournant un visage rayonnant vers Magnificia Love qui est exaspérée par cette joie spontanée. Mais elle se reprend et demande d'une voix de miel :

« Comment t'appelles-tu ?

— Mira. Et toi ?

— Magnificia.

— Un nom qui te va bien ! »

Et l'adolescente, d'un souple et gracieux mouvement se lève et court vers un jeune éphèbe blond aux merveilleux cheveux d'or qui vient s'ébattre dans la piscine et tous deux, criant, riant, miment une lutte pour se faire l'un et l'autre et tous deux tomber dans l'eau tandis que Magnificia Love, immobile et raidie, observe avec jalousie cette jeunesse qui n'est pas la sienne, cette pureté qu'elle n'a jamais connue.

Oh, mais ce n'était qu'une apparence ! se réconforte Magnificia Love. Ce n'est qu'un fugitif instant d'entente et de tendresse mais demain ils seront séparés, demain, ils ne se connaîtront même plus. Non, ils ne s'aiment pas, ce n'est pas possible qu'ils s'aiment.

Il faut qu'elle le séduise. Elle doit le séduire. Les séparer. Les briser. Briser leur apparence toute pureté et amour, c'est insultant pour elle, cette apparence, non, elle ne la supportera pas.

L'adolescent est sorti de l'eau et épuisé, va s'allonger au soleil. Magnificia Love n'est pas sûre (pour la première fois, oui, la toute première fois) d'une absolue et toute-puissante certitude, de charmer cet adolescent, jeune éphèbe plein de grâce. Mais elle doit le faire.

Malgré ces doutes cruels, Magnificia Love s'avance en ses sublimes attraits vers le bord de la piscine où le bel adolescent s'est allongé (oh merveilleuse peau de soie pense Magnificia Love).

« Hello ! »

Il relève la tête, la regarde de haut en bas, étonné par cette soudaine apparition et a un sourire mitigé que Magnificia Love (furieuse d'être en ce crucial instant délaissée par son intuition) ne peut interpréter. Elle s'allonge près de lui, tout près de lui...

« Hé, là ! Je peux pas me bronzer deux minutes tranquille au soleil, non ! C'est incroyable dans cette piscine ! »

Et l'adolescent, se levant brusquement, prend sa serviette et va s'allonger quelques mètres plus loin.

Magnificia Love, éberluée, dépitée, incrédule, non, non, elle ne veut pas y croire, non et non, elle n'a pas été repoussée par ce morveux blondin, oh, comme je me vengerai de toi, parole de Magnificia Love reine et souveraine ! Magnificia Love donc, suppute l'ampleur de sa vengeance, mais oh ! (décidément, quelque chose ne va pas aujourd'hui) même ses cruels instincts de vengeance ne lui soufflent plus rien, absolument plus rien, aucune arme efficace, aucune arme infaillible pour frapper ces deux monstrueuses victimes qui lui gâchent la vie et veulent lui prouver, oui, lui prouver à elle, Magnificia Love, que sa divine, merveilleuse, suprême beauté n'est pas totalement-absolument irrésistible.

Il faut que je me reprenne, je dois vieillir, déjà cette pâleur tout à l'heure et maintenant... Oh ! quelque chose cloche, je dois avoir mauvaise haleine, oui, oui, c'est ça, je n'ai rien mangé ce matin et j'ai mauvaise haleine, et je suis certainement toute pâle, l'eau aura enlevé ma crème et oh !...

Suffit. Je suis une divine créature de rêve, première beauté sublime et incontestée du *Red Devil* et ce n'est vraisemblablement pas ce puéril adolescent qui va me résister.

« Comment t'appelles-tu ? murmure d'une tendre voix maternelle l'habile Magnificia Love (qui a conclu que ce morveux voulait être séduit par sa mère).

— Andréas.

— Magnificia.

— Joli nom ! »

Mais le visage de l'adolescent (au grand désarroi, non à la grande colère de Magnificia Love) reste tourné vers les rayons du soleil, c'est-à-dire que sa seule nuque a les yeux fixés sur ses divins, divinement irrésistibles charmes.

« Mira est ta petite amie, non ?

— Elle te l'a dit ?

— Où l'aurais-je appris ? Mais pourquoi n'es-tu pas allé t'allonger près d'elle ?

— Je suis pas un pot de colle, moi, raille l'adolescent.

— Alors tu l'aimes vraiment ? Tu lui a promis un amour pur et éternel », reprend avec ironie Magnificia Love.

L'adolescent, la regardant de haut, lui lance d'une voix profondément méprisante :

« Et alors ? Tu n'y crois pas, hein ? Tu trouves cela absurde, voire choquant ? Evidemment, l'amour pour toi, ça ne doit pas exister. Tu n'es qu'une fille née pour le sexe et je suppose que ces choses-là, ça t'échappe. Va draguer quelqu'un d'autre, ne perds pas ton temps. »

Et sur ce, il coule un long regard vers Mira qui a suivi la scène de l'autre côté de la piscine et le regarde également, avec un radieux sourire plein d'amour. Tous deux sautent en même temps dans l'eau comme pour se rejoindre plus vite et s'enlacent dans une longue et pure étreinte sous les yeux, pour un instant émus, de Magnificia Love.

Aussitôt après, allongée sur le dos, elle refoule des larmes de colère et d'impuissance et sent monter en elle une haine farouche. Elle voit de biais les deux adolescents enlacés au soleil, s'échangeant avec des rires et des murmures des baisers furtifs et des caresses toutes douceur et amour. Oh, je donnerais tout au monde pour les piétiner, et les tuer, oui, les tuer, les faire disparaître à jamais, et faire mourir, faire crever cet amour que moi, divine Magnificia, je n'ai jamais vécu ! Mais quelle idiotie, quel leurre après tout que ce soi-disant pur amour dont les soi-disant âmes élevées des poètes, musiciens et sculpteurs se targuent, quel prodigieux mensonge en vérité !

L'amour n'existe pas pour Magnificia Love. Elle coule cependant un énième regard vers les adolescents et sentant ses convictions toujours à propos de l'amour s'ébranler et sa déchirante mais impuissante colère revenir, se lève précipitamment, écourtant son après-midi désormais gâché pour rentrer en ses divins et solitaires appartements.

Devant le miroir, elle détaille son visage sans omettre un seul millimètre carré de peau. Le regarde de loin. Puis de plus près. Aucune imperfection. Rien. Pas une seule trace de cicatrice, pas une ombre de point noir, pas un seul espace qui ne reflète sous ses doigts la touchante sensualité de la soie. Elle s'admire. Amoureuse d'elle-même. Revoyant cette banale-fadasse adolescente que, par une insensée déformation de son regard, elle avait trouvée « jolie » ! Elle, Magnificia Love est des cent et des mille fois plus belle, désirable, fascinante, oui, fascinante est bien le mot juste s'exclame Magnificia Love. Quant à ce morveux d'adolescent, il est courant que cette précoce jeunesse, inexpérimentée et le sachant, adopte une attitude de pur défi envers une femme mûre, récite en mauvais démago-soi-disant-sociologue Magnificia Love.

Et elle repasse dans sa tête l'inexorable, l'inépuisable film de ses conquêtes. Les plus riches, les plus célèbres, les plus sentimentaux, les plus coriaces, les amoureux fous d'espoir comme les cyniques-pessimistes, tous, elle les a tous séduits. Pourquoi se soucie-t-elle des idioties de la jeunesse ? Tous, je les ai tous séduits se répète-t-elle comme pour s'en convaincre, et à patienter encore seulement deux ans, on verra si leur amour pur n'est pas mort et si ce morveux d'adolescent me résiste encore !

Se saisissant d'un crayon, elle se peint les lèvres en violet, les rehausse d'un trait plus foncé sur les bords et de nouveau s'admire en son magique miroir tu-es-la-plus-belle. Elle est indéniablement-éternellement la plus belle, plus divine, plus déesse des femmes, selon d'ailleurs l'avis unanime des membres d'un jury d'experts en l'art de reconnaître et d'évaluer (à vingt-cinq millions de dollars soit redit en passant) la suprême beauté.

Non, vraiment, je m'en moque. Totalement. Absolument. Bien sûr, sur le moment, j'ai ressenti un choc mais maintenant, vraiment, je m'en moque. Loin de mes divins yeux, ils n'existent plus pour moi. Et ce soi-disant amour pur dont ils se targuent, le temps aura vite fait de le balayer !

Et ce cocktail ! Magnificia l'a presque oublié dans toutes ses diverses et multiples pérégrinations de reine qui n'a pas manqué d'être courtisée en ce jour par un (imaginaire mais n'appuyons pas sur la mégalomanie de notre chère Magnificia) comédien des plus célèbres et adulés dont nous tairons le nom car nous ne sommes pas *France-Dimanche* ni *Paris-Match*, un écrivain idem célèbre et adulé, reconnu dans le Tout-Paris pour être l'un des plus « philosophiquement » contre cet art naturel qu'est la drague et d'autres encore que nous ne citerons pas car les livres de dix mille pages n'intéressent personne.

Notre chère créature donc, qui en ce jour a eu tellement d'intimidés et maladroits admirateurs comme d'expérimentées et stimulantes conquêtes de cœur (plus exactement de corps mais passons) a oublié le cocktail de ce soir donné en son honneur ! Qu'allait-elle mettre ? Quels subtils apparats, quels étincelants reflets, quel costume qui ne ternira pas par trop les magnificences de sa naturelle beauté ?

212

Beauté sans fard, beauté pure et intacte... Et si elle ne s'habillait pas, tout simplement ? Non. Non. De mauvais goût ! Et conventionnel ! Et puis, Magnificia Love se sert bien trop souvent de ce costume pour ne pas avoir envie d'être admirée, par exemple, dans son divin tailleur noir soie et flanelle de Saint-Laurent qu'elle égaiera d'un foulard de soie blanche et d'une orchidée à la boutonnière. Parfait, parfait se répète la divine en ses paresseux états d'âme.

Mais avant de s'habiller pour le bal magnificient donné en son seul bonheur, Magnificia Love dîne (ou entre-dîne étant donné qu'il est 6 heures du soir) d'une tasse de thé accompagnée d'aériennes, divines et succulentes tranches de pain grillé qu'elle recouvre d'un film de fromage blanc avec des mines de chatte gourmande et comblée. C'est un écart dans le parfait aménagement de son régime (elle se met toujours au régime, lorsqu'elle est seule, pour contrebalancer les trop riches nourritures de Lasserre, Ledoyen et Taillevent qu'elle dévore volontiers avec appétit, l'appétit étant comme on le sait l'un des multiples attributs du sex-appeal) mais une naturelle récompense après la terrible frustration dont elle a été victime. Frustration qu'elle a d'ailleurs, en sa seule conscience oubliée.

Après ce frugal dîner, elle décide de partir en son divin tailleur noir soie et flanelle égayé de cet idem merveille et divin foulard de soie blanche (pour l'orchidée, un de ses amoureux béat de stupide espérance lui en offrira certainement une) afin d'aller s'offrir un même divin cocktail aux fruits exotiques à l'*Alexandre Bar* avant la première revue de 21 heures.

La divine fait une entrée fracassante bouleversante-émouvante à l'*Alexandre Bar*, lieu de rendez-vous des grands pontes esseulés où ces célibataires en peine sirotent leur verre de gin en cherchant le corps sœur d'une nuit. Il ne fallut pas plus de dix minutes après que Magnificia Love soit installée en allumant une voluptueuse cigarette, pour qu'un de ces vulgaires énergumènes s'approchât d'elle lui demandant humblement :

« Puis-je vous tenir compagnie quelques instants ? »

La divine, détaillant (discrètement) de haut en bas ce prétendu prétendant répond froidement (devant l'horreur de ce crâne dégarni, de ces mains noueuses de rhumatismes et de cet estomac rebondi d'invétéré sédentaire :

« J'attends quelqu'un. »

Dépité, le célibataire (pas endurci du tout en l'occurrence) lâche un pitoyable « ah... » de déception, et courbé sur son malheur rejoint bien sagement sa table. Magnificia Love, étire ses longues jambes divines et fumant sa toujours voluptueuse cigarette, guette d'un regard de lynx l'entrée de l'*Alexandre Bar*. Elle guette non pas l'entrée d'une potentielle victime (comme vous l'auriez sans doute juré) mais celle de Fara Moore, habituée de ce lieu, pour qui elle se sent soudain des attentions et une amitié toutes féminines et complices. Amitié intéressée, il va de soi, toute fouettée d'impatience qu'elle est en vue de ce promis et attendu cocktail sur lequel Fara Moore dont les divins appartements sont l'âme prochaine de cette promise-magnificiente fête donnée en son honneur pourrait lui donner de plus amples et sans doute excitants renseignements. S'ennuyant délicieusement, Magnificia Love se met à rêver doucement-tendrement-sensuellement, d'un rêve sans suite, débridé, un peu fou, d'un rêve qu'elle veut tout plaisir et toute joie, d'un rêve merveilleux et unique car indéfini, indescriptible, enveloppé d'un doux voile de brouillard tout opaque qui le protège des cellules grises de ces vicieux psys avides de transformer l'eau en utérus et le vide en orgasme.

« Vous désirez ?... »

Dérangée en ses délicieuses paresse-tendresse,

Magnificia Love lance d'un ton prodigieusement exaspéré accompagné d'un geste sans ambiguïté de silencieuse colère :

« Un cocktail Richissimo ! »

Le garçon, tout retourné qu'il est par cette foudroyante créature, s'enfuit à regret et laisse la toute divine et toute reine Magnificia reprendre ses contemplations. Mais il n'y a pas deux minutes que Magnificia Love rêvasse tendrement-câlinement que la voix de Fara Moore la dérange brusquement.

« Eh bien, tu rêves ? ça fait deux fois que je te dis bonjour !

— Hello, chère Fara. »

Magnificia Love regrette bien ses merveilleuses, rarissimes et uniques contemplations mais elle se console en pensant à l'attendu et promis cocktail à propos duquel, en toute femme du monde qu'elle est, elle tait ses multiples interrogations et curiosités. Fara Moore y viendra à coup sûr d'elle-même pense la perspicace Magnificia Love.

« J'ai couru toute la journée, je suis épuisée !

— Et qu'as-tu acheté, dépensé, liquidé en l'honneur de cette apparemment toute particulière journée demande habilement-subtilement Magnificia Love.

— Oh, des tas de choses ! » répond évasivement Fara Moore.

Magnificia Love se garde bien de l'interroger, pariant en pensée qu'elle brûle de lui en dévoiler plus mais se tait encore un instant par simple souci mondain.

« J'ai d'abord été chez Fauchon acheter de méritées douceurs pour la gagnante de la course d'obstacles d'hier... »

Encore une de ces hypocrites ruses féminines ! pense Magnificia Love. Me materner, moi, comme une mère son affreux bébé, me faire chanter, me donner sa prétendue et fausse amitié à la seule condition que je me goinfre de pâtisseries, sucreries et autres, six cents calories aux cent grammes !

« ... et des cadeaux. Je suis tombée sur d'atroces vendeuses moches et grasses comme des vaches, jalouses comme des teignes, il va de soi, et que j'ai fini par les menacer de mes puissants appuis afin qu'elles obéissent enfin. Et puis, j'ai... »

Mais Magnificia Love n'écoute déjà plus, n'entend déjà plus, toute habituée de ce seul et unique mot : « cadeau », qui éveille en elle de magiques images jaillies d'une cruelle, comme une éternelle revanche du passé...

Je voulais être la première à découvrir les cadeaux aux papiers d'or et d'argent, la première à les admirer, les toucher, les embrasser, les enlacer. J'avais en secret kidnappé le réveil de mes parents, et juste avant de le placer sous mon oreiller afin que mon frère n'entende rien, l'avais réglé pour sonner à quatre heures du matin. Je voulais être la première, toute première éveillée de ce jour, et me régaler les yeux de toutes ces douceurs offertes, si vulnérablement livrées. Regarder était encore mieux que posséder. Mieux pour un instant. Furtif instant. Car ce jour-là, en voyant mes parents offrir, sans exception, tous les cadeaux à mon frère, je réalisais combien mon regard était impuissant à me rendre cette joie promise, mais dérobée...

« Eh, tu rêves, chère Magnificia Love ? Décidément, tu n'es pas dans ton état normal aujourd'hui ! Qu'est-ce qui trouble ainsi ta merveilleuse-exceptionnelle et sublime tête de toute reine ?

— Mais ton cocktail, voyons ! Je suis tellement impatiente d'y être ! (elle se retient évidemment d'avouer la véritable cause de son impatience : les inconnus et déjà imaginés somptueux cadeaux.)

— Amour Amour m'a téléphoné, elle avait l'air toute aussi bizarre que toi », reprend Fara Moore d'une voix d'entremetteuse. Puis elle rejette la tête en arrière et cherche à percer les sublimes yeux de sa reine et toute reine, divine compagne en allumant une Winston (vulgaire note Magnificia Love).

Cet entêtement à la trouver « bizarre » décidément l'exaspère. Magnificia Love, supputant qu'elle n'en saura pas davantage sur le cocktail de ce soir, finit donc par laisser là Fara Moore, en lui disant d'une voix d'idem entremetteuse que pour draguer, mieux ne vaut pas être avec la première reine de beauté de ce monde, la divine, féline et sublime Magnificia Love.

Cette fadasse, blondasse, ordinaire et putain Amour Amour était déjà dans SA loge. Magnificia Love entre, hautaine-cruelle-indifférente et s'installe devant sa coiffeuse, devant son miroir où son suprême et magnifique visage sourit d'un sourire de féroce ironie. Elle enlève la veste de son tailleur, se brosse les cheveux, commence à se maquiller et à travers le moindre de ces gestes, elle sent fixé sur elle l'ordinaire regard de myope de sa pitoyable victime, qui ne s'attend certainement pas à cruelle vengeance de Magnificia Love en ce soir de fête (car l'appétit féroce de Magnificia Love n'est sur ce point pas complètement assouvi).

« Oh, Magnificia Love, pourquoi ne daignes-tu pas m'adresser un regard ! Tu ne m'as même pas dit bonjour ! Tu...

— Je suis ter-ri-ble-ment occupée, et par de plus intéressants personnages que toi, vulgaire créature, répond froidement l'altière Magnificia Love toute entière drapée dans sa dignité.

— Tu... je... bredouille la pitoyable Amour Amour toute intimidée devant l'assurance toute reine de la divine. Tu...

— Parle donc ! Dis-moi, chère Amour Amour ce que tu as sur ton sensible petit cœur, reprend d'une voix soudain étrangement câline et toute doucereuse Magnificia Love qui entrevoit déjà la sublime-exceptionnelle cruauté de sa toute divine vengeance.

— Oh, tu sais bien ce que j'ai sur le cœur ! Je

t'aime ! Et toi, tu ne m'aimes pas ! sanglote Amour Amour qui profite du prétexte des larmes pour se blottir telle une enfant (je hais les enfants pense Magnificia Love) dans le doux creux de satin de l'épaule de la reine et sublime créature qui la fait en cet instant cruellement souffrir, de ces mille et cent expertes tortures de l'âme.

— Mais ton amant, pourtant, m'a dit...

— Tu lui as téléphoné ? Tu l'as vu ? », demande Amour Amour en cessant in petto de pleurer et se redressant de toute son angoisse pour défier la suprême Magnificia.

Magnificia Love a un mystérieux sourire et ne répond rien mais se saisissant d'un miroir grossissant examine soigneusement chaque millimètre carré de sa toute divine peau de reine. Puis, d'un geste coquet arrange ses évanescents-volumineux-magnifiques cheveux d'ambre et après ces divertissants intermèdes reprend son fastidieux travail de maquillage.

« Oh, réponds ! Tu entends, réponds ! » hurle la pitoyable Amour Amour, pleurant mais désormais de rage, sur sa conquête perdue et ses amours déçus. « Réponds ! » hurle-t-elle encore une fois.

Et devant l'impassible silence de Magnificia Love, elle fond de détresse, et ne pouvant plus supporter de voir son amour si proche mais si insaisissable s'enfuit de la loge (oh, merveilleuse contradiction de l'amour chantonne gaiement, égayée par sa toute divine et suprême cruauté la sublime et toute reine Magnificia Love).

Elle réserve le second acte de sa vengeance pour la promise et tant attendue réception de ce soir.

Après la seconde et dernière revue de la soirée, toutes les filles du *Red Devil* se précipitent pêle-mêle dans leur loge, s'empressant de se démaquiller et de se (r)habiller, toutes impatientes de rejoindre les

218

divins appartements de Fara Moore et pour savourer une délicieuse et fruitée, pétillante coupe de champagne. Magnificia Love ne se rallie pas à la majorité, et premier volet de sa vengeance, montre de délicates attentions envers Amour Amour qui n'en revient pas et est vite transportée aux anges devant ce soudain et inespéré retournement.

« Attends, je vais t'aider à passer ta robe », dit d'une voix toute tendresse et complicité l'habile-subtile Magnificia Love. Et remontant la fermeture Eclair de la robe d'Amour Amour, elle en profite pour caresser d'une lente caresse de reine le dos nu de cette vulgaire créature qui, n'oubliant décidément pas ses avances repoussées de la veille, subit en silence et toute immobilité de sage apprentie.

« Retourne-toi pour voir... »

Et faisant mine d'ajuster la robe, Magnificia Love passe ses fines et sensuelles, excitantes mains sur les seins de la pauvre Amour Amour, littéralement au supplice d'avoir à retenir ses violents instincts naturels.

« Il faut bien l'ajuster sur la poitrine, très, très important, la poitrine... chantonne ironiquement la divine Magnificia tandis que sa caresse se fait plus précise.

— Oh, Magnificia !

— C'est doux, non ? Tu aimes ça ? ça te plaît ? questionne Magnificia Love prenant par ces questions un secret plaisir à humilier sa victime.

— Oh, Magnificia, je ne te demande qu'une chose, une seule chose ! implore la pitoyable-dérisoire Amour Amour qui tombe à genoux échappant ainsi aux cruelles et sublimes mains de Magnificia Love. Je ne demande qu'une seule chose, promets-moi, ne serait-ce qu'une nuit ! Une nuit dans toute une vie, qu'est-ce que c'est pour toi ?

— Eh bien... feint de réfléchir Magnificia Love. Eh bien... je vais y penser.

— Quand me donneras-tu ta réponse, quand ? Quand ?

— Ce soir, pendant le cocktail dit mystérieusement la divine et superbe créature.

— Oh, merci, merci, chère Magnificia », s'écrie Amour Amour qui apparemment a confondu sa première question avec la seconde et se croit déjà en droit d'imaginer les plus sensuelles délices, les plus intimes caresses et les plus merveilleuses jouissances. Puis revenant soudain à la réalité, elle lance à la divine Magnificia :

« Dépêchons-nous d'y aller ! Je t'emmène en voiture, bien sûr ! Viens, divine reine, oh, ma toute divine reine Magnificia ! »

Et Amour Amour rajuste sa robe puis prend son sac telle une tornade, de basse-puissance ajoute en elle-même son incontesté et suprême bourreau drapé dans toute la dignité que lui confère son élégant tailleur noir soie et flanelle.

Magnificia Love, reine et divine suit cette ordinaire-banale-fadasse créature vers la sortie des artistes en apparence docile amoureuse comblée, mais ce n'est là, vous vous en doutez, qu'une des subtiles armes de sa vengeance.

La Porsche bleu azur de terre et de mer, second amour de cette crédule-naïve, décidément tarte Amour Amour est garée juste en face du *Red Devil*. Magnificia Love monte dans la voiture et attend que sa toute-confiante victime en fasse de même. La voiture remonte l'avenue éclairée par les flashs de lumière tandis que la divine et sensuelle, excitante main de Magnificia Love se glisse vers les cuisses de la toute première mocheté Amour Amour. Elles s'y arrêtent en de subtiles et douces caresses venues du fond des âges, remontent vers les hanches et s'arrêtent de nouveau, mais cette fois-ci au plus secret des intimes recoins du corps, à la grande stupeur de Amour Amour qui en blêmit d'émotion et manque même en lâcher son volant. Le trajet est trop court et la Porsche s'engage déjà dans l'avenue Gabriel, Magnificia Love n'a pas le loisir de continuer ses cruelles et douces caresses. Dès que la

Porsche est garée, elle jaillit de la voiture, et oubliant avec une sublime désinvolture l'existence de la pauvre Amour Amour toute frustrée dans son désir bafoué, se dirige vers le bourgeois immeuble bon chic, bon genre de Fara Moore.

Un étroit couloir tapissé de velours bordeaux conduit la divine et sensuelle créature dans une immense pièce aux larges baies vitrées où Fara Moore s'empresse autour de la table dressée, plaçant les toasts au caviar, arrangeant les assiettes de petits fours, perfectionnant un bouquet de fleurs, avec un soin méticuleux de maître d'hôtel du XIXe siècle. Magnificia Love coule un long regard d'ascète frustré sur les sandwichs au saumon, les divins toasts au caviar, les tranches de pain noir tartinées de fromage blanc russe, les sublimes petits fours multicolores de diverses tailles et formes. Ocean Slip et Ale Saphir sont déjà là, Amour Amour arrive en courant (avec l'angoisse d'avoir perdu son cher et aimé bourreau) et Fara Moore, sans attendre les autres, commence à servir des coupes de champagne. Magnificia Love, plus fière et hautaine que jamais s'éloigne d'Amour Amour qui apparemment a décidé de lui coller aux fesses toute la soirée et fait le tour de la pièce afin de découvrir le divin-magique et sublime amoncellement de cadeaux promis à ses seules et merveilleuses mains de reine. Amoncellement grandiose qu'en effet elle découvre malhabilement caché derrière un canapé, pyramide magnificiente construite de paquets aux couleurs d'or et d'argent...

« A Magnificia Love ! A Magnificia Love ! », crient les filles rassemblées autour de ma table et portant un chaleureux toast à la divine.

« A moi ! », est l'ironique-orgueilleuse-vaniteuse réplique de Magnificia Love qui trempe ses merveilleuses lèvres dans le délicieux champagne Fauchon ou Hédiard père & fils pour lequel la désormais radieuse Fara Moore a sacrifié sa sainte grasse matinée.

Rina Balistic, Rita Stromboli et Whisky Grenadine

jaillissent soudain dans la pièce, les bras chargés de paquets cadeaux et Magnificia Love devant cette éhontée générosité ne peut s'empêcher de pousser une exclamation de joie. Quelle revanche sur son passé !

Alors, dans un débordement soudain d'idem générosité, elle embrasse Fara Moore (sous l'œil implorant d'Amour Amour bien entendu) d'un long et tendre baiser d'amante puis se tournant vers les autres, leur offre à toutes (excepté la fadasse-blondasse victime Amour Amour) un plus simple baiser sur la joue, ou le front, ou le bout du nez, selon l'inspiration.

Fara Moore, encore bouleversée par ce sensuel baiser, trouve néanmoins le courage d'aller chercher les cadeaux derrière le canapé et tous l'un après l'autre, les dispose en cercle devant la superbe-sublime et suprême reine du jour. Dans une explosion de rires et de cris, Magnificia Love entreprend de défaire les divins cadeaux, et, telle l'enfant qu'elle n'a jamais été, s'accroupit par terre avec une moue d'émerveillement rendant son visage plus beau encore, déchire avec une fébrile impatience le premier paquet sous le regard curieux de toutes les filles du *Red Devil* et en sort...

« Un stylo plaqué or gravé à mon nom ! Oh, Fara Moore ! Oh, c'est plus fort que moi, je t'embrasse encore une fois ! »

Et l'insouciante cruelle, sous le nez d'Amour Amour (qu'elle n'a d'ailleurs pas remarquée, oubliant désormais ses appétits de vengeance, toute à la joie de déballer ses divins cadeaux) embrasse d'un idem mais encore plus intense baiser foudroyant de sensualité la toute tremblante Fara Moore littéralement portée aux anges par cette suprême attention. Et toutes les filles contemplent ce rêve qui s'offre, toutes les filles pèsent le pour et le contre de leur chance et déjà, oh, préméditent les différents actes et scènes de leur pièce de théâtre intitulée séduction. Rita Stromboli chuchote de secrètes confidences à l'oreille inattentive et distraite de Whisky Grenadine plongée en intense contemplation de la sublime et suprême créature de rêve à l'honneur de ce cocktail, Ale Saphir et Rina Balistic restent figées devant l'exceptionnel et merveilleux spectacle, Fara Moore reprend ses esprits, et la pauvre Amour Amour se meurt d'une faim inassouvie...

Cependant, Magnificia Love a sorti, tel un magicien des lapins blancs de son haut-de-forme, une extraordinaire petite statue de marbre représentant le corps longiligne et gracieux d'une reine d'Egypte de l'an 4 avant Jésus-Christ, une chaînette d'or qu'elle met aussitôt à son cou, un merveilleux bibelot de cristal représentant une sculpture de Rodin, et des disques, des livres de photos, des douceurs-gourmandises... (Cyprio sera outrageusement gâté pense Magnificia Love en toute conscience d'ascète).

Tous les cadeaux étalés autour d'elle, noyée sous les papiers d'or et d'argent, Magnificia Love ressemble à l'enfant émerveillée qu'elle n'a jamais pu être, et dans un soudain excès de joie, elle éclate d'un rire de cristal, pour la première fois pur, oh, si merveilleusement pur.

Je marchais sur une plage de sable blanc où se concentraient telles de fascinantes lumières les rayons d'un soleil roi. La plage était déserte. La mer calme, sans remous, comme endormie d'un éternel sommeil. Je marchais. Et soudain, jaillissant de la mer, sont apparus deux adolescents enlacés d'une pure et vierge étreinte, rayonnant de leur amour...

Je me maquillais dans ma loge. Fière, très fière, et prétentieuse et vaniteuse. C'était cet invincible orgueil qui me tenait debout. Je dansais sous les regards des hommes. Lorsque je terminais ma danse, au lieu d'applaudissements, une voix criait :

« Tu n'es qu'une fille née pour le sexe !

Magnificia Love sort de sa torpeur. « Tu n'es qu'une fille née pour le sexe ». La phrase revient et revient sans cesse, obsédante. Elle a un bâillement exaspéré, un geste de colère. L'image des deux adolescents de son rêve, enlacés dans une pure et vierge étreinte rayonnante d'amour revient sans cesse, obsédante. D'un bond, Magnificia Love saute du lit et va se passer le visage sous l'eau froide avec l'espoir d'oublier, d'effacer à jamais le souvenir de ce cauchemar. Les cadeaux qu'elle a reçus la veille s'entassent dans le salon et leur vue la réconforte, l'aide à chasser les maudites images de la nuit. Elle prend un livre intitulé *Le Music Hall* et passe dans la cuisine où elle le feuillette en attendant que son café soit passé.

J... B..., se dit-elle, ces bras boudinés et ces cuisses idem, non, mais vraiment, on se demande comment elle a pu faire une carrière de danseuse. Et Z... J... maintenant. Cette frêle créature qui semble à chaque instant que Dieu fait, prête à se briser au moindre souffle de vent, ah non, vraiment, quelle horreur. R... H..., trop dodue, fille commune-banale qui se croit tellement belle et douée qu'un indécent sourire tout vanité et fierté illumine son visage rondouillet et sans charme. S... R... dont le corps difforme a besoin de mille tutus et falbalas pour sembler à peu près correct, à peu près passable et dont le regard étincelant de l'injustifiée certitude de son talent et de sa beauté vous donne envie d'éclater de rire tellement il semble absurde. L... D... minuscule enfant préformée, un mètre quarante à peine, et pourtant rayonnante de tant d'invétérée vulgarité que le contraste en donne la nausée.

Non décidément, non, vraiment, Magnificia Love les surpasse toutes en sa divine-exceptionnelle et suprême incontestée beauté. Sur cette juste et véridique conclusion, la chère aimée cafetière Rowenta cesse de ronronner et Magnificia Love, d'un geste de reine, se sert une délicieuse et succulente tasse de café Arabica brésilien.

Elle n'a aucun projet particulier pour ce jour. Sûre, désormais, de son charme incontesté et de sa divine-exceptionnelle beauté, elle a pourtant un secret projet derrière la tête. Mais celui-ci trouble d'un voile d'incertitude la magnifique paix de cette journée qui s'ouvre.

Non, elle ne s'abaissera pas à retourner à Deligny. Elle attendra tout simplement que le temps fasse son œuvre et que l'adolescent de lui-même vienne à elle, détrônant ainsi la banale-fadasse adolescente de son siège de rivale, tuant ainsi ce soi-disant « amour pur » dont ils se vantent du haut de toute leur absurde et inexpérimentée jeunesse.

Non, décidément, elle ne retournerait pas à Deligny.
Lorsqu'ils me demandaient si j'étais amoureuse, je hochais la tête d'un air navré. Je ne savais pas ce que c'était, être amoureuse. Toutes les autres filles me parlaient de cet état euphorique, plein d'attente et d'espoir, de langueur et de rêves. Mais moi, cela ne m'arrivait jamais. Cela ne m'arriverait jamais semblait-il. Pourquoi ? Qu'était-ce en moi qui me faisait si différente des autres ? Avait-on oublié de me donner un cœur, ne m'avait-on donné qu'un corps ?

Magnificia Love sirote son café, les yeux perdus dans le vague du rêve ébauché qui s'offre à elle en de purs et nus apparats, mais elle ne peut qu'imaginer, sans jamais être sûre que « c »'est vraiment cela, cet amour pur qu'elle n'a jamais vécu...

Assez, assez ! Tu sais bien que l'amour pur n'existe pas ! Tous, tous sans exception, que désirent-ils sinon une nuit de plaisir et de jouissance, tous, tous sans exception, qu'ont-ils à t'offrir sinon leur absurde et dérisoire virilité et plus quelques bijoux, dîners, tous ces vulgaires objets de commerce ? Où est l'amour dans tout cela ? Nulle part. Si je ne le connais pas, moi, divine et première reine de beauté, il ne peut pas « être », il ne peut pas exister.

Telle une alarme résonne la sonnerie du téléphone. Magnificia Love, en toute coquetterie-mondanité, compte dix sonneries avant de daigner décrocher l'appareil. C'est Georges, l'amoureux béat et plein d'absurde espérance qui paie le loyer de son appartement. Il revient d'un voyage aux Etats-Unis où l'avait appelé une affaire urgente de ses diverses multinationales de sa firme *Esseco*. Magnificia Love écoute d'une oreille distraite les fastidieux et innombrables détails qu'il donne de son voyage, parlant d'une voix saccadée et hâtive, comme si le temps le pressait ou comme s'il avait peur de ne jamais venir à bout de toutes les images qui couraient dans sa tête. Enfin, il finit par inviter à déjeuner sa divine Magnificia Love qui bien sûr accepte, supputant qu'il y a de multiples et innombrables cadeaux dans l'air en l'honneur de sa chère et estimée personne. Georges, le pauvre Georges, viendra la prendre à une heure. Elle a donc à peine le temps de se pomponner et de rêver, car il est déjà plus de 11 heures.

Elle revient dans la cuisine et paresse longuement entre sa divine tasse de café et sa Dunhill laissant échapper d'évanescentes volutes de fumée mauve qui se perdent ensuite en allusives arabesques, vers le plafond tout blanc. Tu n'es qu'une fille née pour le sexe. Tu n'es qu'une fille née pour le sexe. La phrase revient et sans cesse revient, obsédante...

Ils me disaient toujours : « Plus tard, tu seras belle, mais belle... » Et les trois petits points de suspension me laissaient prévoir la pire des fatalités. Quelle était cette inévitable, et, d'après leur mine, malsaine, vulgaire fatalité ? Qu'est-ce qui m'attendait donc dans ce plus tard qu'ils laissaient à mes yeux dans un effrayant brouillard d'incertitude ? Qu'est-ce que ça voulait dire, être belle ? Est-ce que ça vous livrait la vie au creux des mains ?

Le café est froid. La cigarette irritante. Quand l'image de ces deux morveux d'adolescents va-t-elle enfin disparaître ? Elle ne peut plus la supporter. Ces deux-là, elle ne veut plus les (re)voir en peinture. Sa soif de vengeance revient, plus intense que jamais. Oh, comme elle se vengera ! Elle détruira leur amour, violera, saccagera leur pureté. Elle construira des prodiges de trahisons et de mensonges afin de les induire en vérité ; l'amour n'existe pas. Mes deux pauvres chéris, vous ne vivez qu'un leurre. Vous n'êtes pas les deux anges que vous croyez être mais de vulgaires humains qui, comme tous les autres, ne rêvent que sexe, vils et vulgaires ébats bestiaux. Rentrez donc vos prétentions à toute pureté-dignité et noblesse d'âme. Rejoignez les rangs des créatures qu'avec mépris vous traitez d'êtres « nés pour le sexe ».

Comment faire pour les oublier. Détruire à jamais cet image de beauté qui sans cesse revient devant ses yeux, si amère. Magnificia Love ne trouve pas d'autre solution que séduire l'adolescent. Elle retournera à Deligny cet après-midi. Elle en aura le cœur net. Elle se vengera. Oh, comme elle se vengera !

Magnificia Love finit sa tasse de café. 11 h 30. Elle a juste le temps de prendre un bain avant l'arrivée de Georges.

A une heure sonnante, le cher et pauvre Georges, quasi septuagénaire au crâne dégarni et à l'estomac rondelet, sonne à la porte. Magnificia Love, vêtue d'une minijupe de daim et d'une veste à l'avenant, vient lui ouvrir avec un rayonnant sourire de joie ; Georges croule sous les paquets.

Elle le fait entrer dans le salon, pleine d'attentions, lui offrant un whisky, disposant à portée de sa main une assiette de ses biscuits apéritifs préférés, le questionnant avec une curiosité passionnée sur son voyage, tout cela sans paraître le moins du monde se soucier des divins et convoités présents. Georges, installé dans un large fauteuil, son verre dans une main et de l'autre dessinant de grands cercles pour imager ses paroles est lancé dans la description de New York, description qui laisse Magnificia Love prodigieusement indifférente. La chère et divine créature a les voyages en pure et carcérale horreur. Tandis qu'il raconte, la superbe-nonchalante créature s'occupe à deviner quelles merveilles recèlent les paquets. Enfin, après un interminable discours, Georges semble se réveiller et s'écrie :

« Mais je parle, je parle et dans tout ça, j'oublie de t'offrir tes cadeaux ! »

Et d'un air fier de propriétaire, il passe un à un les cadeaux entassés sur le tapis près de lui, à la divine créature qui, sans trahir la moindre impatience, commence à déballer avec des airs de reine, pêle-mêle un mini-poste de télé avec radio-lecteur de cassettes, trois albums de disques exclusivement vendus en Amérique, et oh, merveille un manteau de renard bleu aux somptueux reflets argentés.

Elle remercie du bout des lèvres, ceci reste dans les règles de l'art (de séduire), et à peine le dernier cadeau déballé, lance :

« J'ai une faim de loup ! »

Georges, aussitôt l'emmène chez Ledoyen.

Magnificia Love, attablée devant une divine sole soufflée à l'armoricaine, n'écoute bien évidemment pas les interminables discours de Georges à propos des gratte-ciel et des obèses Américains mais se perd en imaginaire dans les diaboliques machinations qu'elle déploiera pour séduire l'adolescent, détrôner sa rivale, détruire leur amour. Plus elle imagine et plus sa soif de vengeance s'amplifie, la laissant tremblante de colère et de haine. Elle les aura. Elle ne veut aucun regret dans sa vie. Et celui, éveillé par l'image obsédante des deux adolescents enlacés dans une pure et vierge étreinte, la ronge jusqu'à l'empêcher de jeter un seul coup d'œil sur le monde extérieur, jusqu'à l'emprisonner dans cet assoiffant besoin de vengeance qui lui paraît inextinguible. Elle ne sait même plus ce qu'elle mange. La sole pourrait bien être du filet de merlan qu'elle ne s'en apercevrait pas, tout entière accaparée par la recherche d'un infaillible plan de séduction. Obsédée par l'image, obsédée par l'image obsédante...

Je me promenais au Luxembourg dans le clair soleil de juin, courant et sautant le long des allées bordées d'ombres que projetait la lumière à travers les branches d'arbres. Tout était si chaud, si doux, le soleil sur ma peau, l'air frais dans ma poitrine, la souplesse de mon corps, les enfants qui jouaient, les mères attentives et aimantes... J'avais l'impression d'entrer dans un autre monde, tout de tendresse et d'amour, de gaieté et de joie. Je m'étais arrêtée dans une petite clairière déserte lorsque deux jeunes gens, qui ne m'avaient pas vue, vinrent s'asseoir sur le banc juste en face de moi. Ils s'embrassèrent. Et le monde nouveau autour de moi soudain s'écroula. Je m'enfuis en courant, pensant amèrement : « Oh, jamais cela ne m'arrivera, jamais cela ne m'arrivera... »

« Eh bien, chère Magnificia, vous ne mangez pas ? »

Georges emploie indifféremment le tu et le vous, ne sachant jamais sur quel pied danser en face de la divine et subtile Magnificia Love. Il pioche dans son foie de canard aux quatre épices tandis que Magnificia Love chipote (pour une fois) sa sole avec des mines rêveuses d'enfant distraite. Georges, ne s'en soucie pas (il a tellement l'habitude de ses absences que depuis longtemps, il ne s'en choque plus) enchaîne sur le métro de New York et les sordides quartiers de Boston. Tandis que Magnificia Love, elle, se balade à Deligny...

Je ferai une sublime apparition, juste vêtue de ce bas de maillot de bain qui met si bien en valeur mes divines et merveilleuses, longues, longues, longues jambes de danseuse puis j'irai m'installer en plein soleil, et l'adolescent m'ayant remarquée ne pourra faire autrement, devant ma suprême indifférence à son égard, que de venir m'aborder. Habilement, je le mènerai sous quelque prétexte dans les douches où je lui déroberai sa promesse et sa virginité et lorsque nous reviendrons vers la piscine, l'adolescente, blême de colère et d'impuissance, deviendra si laide que l'adolescent à jamais la répudiera comme l'on répudiait, au temps des Evangiles, les femmes adultères...

« Que prendrez-vous comme dessert ? », demande Georges.

Elle ne s'est même pas aperçue qu'elle tient la carte entre ses mains depuis plusieurs minutes, mais sans pouvoir en lire le moindre mot. Elle chasse d'un geste exaspéré ses obsessions de meurtre et lit la liste des desserts : mousse au chocolat, mille-feuilles aux amandes, crêpes flambées, sorbet aux fruits de la passion, tarte au citron... Elle s'arrête là, optant pour la tarte puis avec un sourire rayonnant demande à Georges de continuer son « passionnant récit ». Lorsqu'ils en sont au café, Magnificia Love, elle, en est toujours à rechercher l'arme infaillible d'une suprême vengeance de reine.

Il est près de 3 heures lorsqu'elle s'excuse auprès de Georges, prétextant une répétition au *Red Devil*. Elle a un mal fou à le convaincre de ne pas l'accompagner. Mais plutôt, de juste la raccompagner chez elle où elle pourra prendre ses affaires.

« Ensuite, je prends un taxi pour aller au *Red Devil*.

— Mais c'est idiot, Magnificia ! Puisque j'ai ma voiture et que je vous jure que cela ne m'ennuie nullement, au contraire...

— Je prendrai un taxi, répète Magnificia Love, butée.

— Oh, vous me cachez quelque chose, Magnificia. Magnificia, oh, chère Magnificia, vous savez bien que vous pouvez tout me dire... je suis votre confident autant que votre ami, n'est-ce pas... Avez-vous un rendez-vous de...

— Ma vie privée ne vous regarde toujours pas », le coupe Magnificia Love, furieuse.

Et, docile amoureux béat, Georges se tait et obéit aux ordres de Magnificia.

Le chauffeur de taxi sur lequel elle tombe est prodigue de multiples et étonnantes aventures qu'il semble d'ailleurs se raconter plus à lui-même qu'à sa divine-exceptionnelle cliente (sur laquelle il n'a pas même jeté un coup d'œil ce qui ne manque pas de plonger la belle Magnificia Love dans des gouffres d'angoisse pour le futur proche à venir). Un miraculeux (pour le chauffeur) embouteillage sur les quais lui permet de broder longuement entre les voyous qui l'avaient dévalisé, un de ses clients qui exigeait de lui qu'il ne roule jamais à moins de cent vingt kilomètres/heure, « ça m'excite » disait-il, et les femmes qui montaient dans son taxi avec un chien-loup et bavassaient tout le trajet à propos de la monstrueuse montée en flèche des viols. Magnificia Love n'écoute pas. Encore toute retournée de n'avoir pas même été l'objet d'un coup d'œil. Est-ce que je vieillirais par hasard ? Ai-je un bouton sur le nez ? Que se passe-t-il ? Mais que se passe-t-il donc à la fin ?

Rageant, jurant, insultant le monde entier, la belle Magnificia se débat dans les affres de sa terrible incertitude lorsqu'enfin le taxi s'arrête et que le chauffeur annonce, la tirant ainsi de son angoisse, mais juste pour un furtif-fugitif instant :

« Vingt-sept francs cinquante, madame. »

Elle lui en laisse trente malgré l'outrage qu'il a eu la monstrueuse outrecuidance de lui faire mais elle a, toute préoccupée qu'elle est par son proche avenir, déjà oublié. Elle se dirige vers l'entrée de la piscine, paie, entre dans les vestiaires. Et à peine dix minutes plus tard, elle est languissamment allongée sur le bord de la piscine, détaillant d'un œil de lynx tous les habitués comme les clients passagers. Mais les deux adolescents ne sont pas là. Elle ne peut s'empêcher de soupirer de soulagement. Mais, émettant ce lâche soupir, elle s'écrie en elle-même : « Oh, lâche que tu es, pitoyable femme que tu es devenue, as-tu donc peur de ne pas arriver à tes fins, préfères-tu fuir que détruire l'objet de ta haine et de ce malaise qui ne te quitte pas d'une seconde durant cette maudite journée que Dieu crée, as-tu donc peur, as-tu donc peur... ?»

Non, elle n'a pas peur. La preuve, elle est venue. Et ce n'est tout de même pas sa faute si les deux adolescents ne sont pas là.

Peut-être vont-ils venir plus tard, se dit-elle avec anxiété.

Pour oublier cette angoisse et retrouver sa sereine tranquillité de femme irrésistible, elle s'occupe à chercher une victime idéale. Entre les sédentaires peu ragoûtants et les séniles pédérastes (qu'elle a en horreur) à la recherche de jeunes et vierges garçons, il n'y a pas grand choix. La superbe créature ne tient bien évidemment pas à jeter son dévolu sur les petits garçons de 10 et 12 ans ni, bien sûr, sur les fillettes de la même tranche d'âge. Il y a bien quelques adolescents, mais tous, sans exception, sont pétris et de timidité et d'atroce acné. Magnificia Love, déçue, s'allonge donc sur sa serviette de bain, imaginant encore, toujours, inlassablement, les différents actes de sa suprême et toute divine vengeance.

Ils arriveront ensemble, se tenant par la taille d'un magnifique air de niaiserie, lorsque, l'adolescent m'apercevra blêmissant de désir pour la superbe et sublime créature que je suis il lâchera la taille de sa compagne, oubliant d'ailleurs totalement et irrémédiablement celle-ci, viendra s'allonger près de moi, tout près de moi. Il tentera alors de vains et inutiles assauts que je repousserai longuement, inlassablement, jusqu'à le voir littéralement mourir de désir inassouvi. Alors, sous les yeux de son abandonnée et meurtrie compagne, je l'entraînerai dans les douches. Où, bien sûr, je ne lui permettrai que de baiser ma bouche et de caresser mes seins ; car ensuite, vengeance oblige, je m'éclipserai, le laissant dans sa pauvre cabine, obligé de se masturber en rêvant à mes divins charmes refusés.

Magnificia Love se redressant pour changer de position aperçoit un magnifique jeune homme de 25 ans environ. Et un autre, brun celui-ci mais dans son genre tout aussi magnifique que le premier. Lequel va-t-elle choisir ? Le brun est légèrement plus petit que l'autre mais a une élégance plus altière. Magnificia Love hésite. Et pourquoi pas les deux, l'un après l'autre ? Mais par lequel commencer ?

Et puis non, ce ne sera pas elle qui les abordera. Elle les laissera venir à elle, en toute femme irrésistible qu'elle est. Mais s'ils ne venaient pas ? chuchote une voix en elle-même. « Oh, doutes-tu de ta divine-sublime-suprême-exceptionnelle beauté, toi, Magnificia Love, première et mondiale créature adulée-convoitée-jalousée ? As-tu peur ? Aurais-tu donc peur ? », rage l'authentique Magnificia Love qui ne supporte pas la médiocrité.

S'ils ne viennent pas, c'est bien simple, je me jette à l'eau. Au figuré, bien sûr. Je lui glisse, bien sûr, au creux de l'oreille que je danse tous les soirs au *Red Devil* sous le titre de « rare sinon unique beauté, Magnificia Love » au cas où ils ne souffriraient pas les femmes anonymes. Ils m'offriront un verre, bavarderont un peu, m'inviteront chez eux...

Elle s'interrompt, soudain choquée par l'atroce banalité du scénario. Les deux jeunes hommes nagent, elle a encore le temps de réfléchir.

En vérité, Magnificia Love n'a aucune envie de se retrouver dans le lit de l'un ou l'autre de ces deux hommes. Mais une voix en elle inlassablement la défie dès qu'elle rêve bain de soleil. Elle aurait pourtant aimé se suffire à elle-même, étirant ses longs membres au soleil, délivrée de toute préoccupation de séduire ou de n'être pas assez séduisante (oh, maudit, morveux adolescent qui l'oblige à ajouter ce membre de phrase !) délivrée, libre, libre, divinement libre. Mais la voix en elle-même aussitôt revient et la torture jusqu'au plus profond de son orgueil, la poussant encore, toujours, vers le bord du précipice de ses contradictions ; séduire mais non coucher, séduire et pourtant sans plaisir sinon celui de lui apporter une véritable solitude si seulement elle peut encore se suffire à elle-même, tuer en elle cette voix qui inlassablement la défie. Prisonnière de ce labyrinthe sans fin, Magnificia Love tourne et retourne ses pensées dans sa tête, ne trouvant qu'une seule manière de tuer cette voix ; séduire de multiples et innombrables victimes jusqu'à l'étouffer de certitude, la combler de nourriture, la faire éclater, crever. Il lui faut accumuler les conquêtes jusqu'à ce que cette voix en elle s'éteigne. Il lui faut séduire, encore séduire. Après, la vie lui sera peut-être enfin donnée, sans condition.

L'un des deux jeunes hommes, le brun est sorti de l'eau et s'est allongé au soleil. Visiblement il n'a pas remarqué Magnificia Love. Celle-ci se lève donc et entreprend de faire le tour de la piscine d'une démarche désinvolte, offrant ainsi son merveilleux corps de reine aux avides regards de tous les spectateurs présents. Lorsqu'elle passe devant le jeune homme brun, celui-ci lève la tête vers elle, et a (à sa grande colère, désarroi, angoisse et désespoir) le même sourire mitigé que la veille celui de l'adolescent. Magnificia Love, piquée par ce défi, s'installe aussitôt, sans aucune explication, près du jeune homme brun.

« Vous cherchez... ?», demande celui-ci d'une telle voix ironique qu'elle le foudroie du regard. Puis se reprenant, elle lui coule un sourire qu'elle aurait certifié contre les vingt-cinq millions de dollars dont elle est propriétaire, irrésistible en disant franchement :

« Vous séduire. »

Le jeune homme a un rire étouffé et réplique :

« Alors, vous vous trompez de personne. Mon séducteur est en train de nager.

— Votre séducteur ? », répète Magnificia Love, incrédule.

Mais qu'importe s'écrie la voix en elle-même, tu es

irrésistible, indéniablement irrésistible et tous, tous tu dois les avoir. Homosexuels compris !

« Vous auriez préféré séductrice ?

— Oh, non ! s'écrie Magnificia Love sans pouvoir retenir cette exclamation qui trahit son indéniable et parfaitement odieux caractère de femme.

— Je m'en doute », dit le jeune homme d'une voix assurée qui laisse Magnificia Love emprisonnée dans son silence.

Elle en reste toute bête, hébétée, ne sachant plus que dire, ne sachant plus que faire. Le regard froid et totalement neutre de sa soi-disant victime la désarme. Elle croit retrouver ses 12 ans de timide et maladroite adolescente...

Je me cachais derrière les arbres de la cour, ayant trop peur d'affronter une réalité que je ne savais pas encore maîtriser. Je me mettais toujours derrière lui en classe afin qu'il ne me voie pas, et lorsque malgré tout, il m'adressait la parole, je restais muette, oh, si terriblement muette...

« Eh bien, cela vous empêche-t-il de venir prendre un verre avec moi ? demande Magnificia Love d'une voix ironique.

— Non. Mais je préfère les rayons du soleil aux fumées de cigarettes du bar.

— Votre séducteur est donc jaloux ?

— Ecoutez, vous commencez sérieusement à me taper sur le système avec vos verres à boire, et vos seins nus qui se baladent...

— Sale pédé ! éclate Magnificia Love qui ne supporte pas qu'on nomme aucune des parties de son corps sans l'accompagner d'un des adjectifs : divin, sublime, superbe, exceptionnel, etc.

— Pédé, c'est un mot qui ne veut rien dire. J'aime, c'est tout. Qu'il soit homme ou femme, peu importe, l'amour n'a pas de sexe », réplique d'une voix froide le jeune homme en se détournant carrément de son sublime visage.

235

Elle retient l'exclamation qui jaillit dans sa tête, « l'amour n'est que sexe » et voyant que le jeune homme l'ignore ostensiblement, elle regagne sa place avec toute la dignité possible en ces cruelles et humiliantes circonstances.

Le blond, cependant, sort de l'eau et vient s'allonger auprès de son ami. Ils se parlent un moment. Le brun raconte comment cette superbe créature s'est fait repousser, piétiner, bafouer. Magnificia Love rage de toutes les forces qui lui restent. « L'amour n'a pas de sexe. » « L'amour n'est que sexe », répète une voix en elle-même. « Tu es une fille née pour le sexe. » Elle voudrait étouffer ces phrases, les démonter, briser leur absolue certitude.

Une complicité qu'elle n'a jamais vécue s'installe entre les deux jeunes hommes. Et pour son grand malheur, sa plus outrancière jalousie, ils sont beaux. Beaux, divinement beaux, tendres et complices. De nouveau, elle sent ses convictions à propos de l'amour s'ébranler. Au plus profond d'elle-même, elle sait qu'elle est passée à côté de quelque chose, qu'il y a autre chose, quelque chose de différent, et qu'elle n'a jamais connu, jamais vécu. Son regard se fait plus insistant mais ne surprend aucun de ces gestes déplacés qu'elle a tant en horreur et dont elle se serait empressée de répandre la vulgarité en couple raté. Non, il n'y a entre ces deux hommes qu'un lien de tendresse, un amour.

Dépitée-exaspérée-furieuse-jalouse, la toute moins divine créature (le moins étant accordé aux déplorables-regrettables circonstances) Magnificia Love cache son visage maudit derrière *La Femme fardée* de Sagan, livre qu'elle feint de lire depuis plus de trois mois. Les signes se brouillent devant son regard embué de larmes de colère et d'impuissance. Malgré elle, elle jette par-dessus Sagan un œil perspicace sur le couple. Ils rient. Certainement d'elle ! Honte. Mille et mille fois honte. Elle voudrait disparaître sous terre. Etre engloutie par le ciel. Se briser en mille éclats de verre tels ces mille éclats de sa honte rejaillissant sur la perfection de son image.

Sagan, de nouveau à la place d'un visage. « Visage qui m'a trahi, tu ne mérites plus la lumière du soleil, tu ne mérites plus l'attention des regards qui coulent sur ta peau, tu ne mérites que des gouffres de ténèbres et des nuits éternelles ! », rage Magnificia Love dont les yeux pleurent une pluie de défaites. Au pluriel. Déjà, la veille, ce morveux d'adolescent, aujourd'hui, ce sale pédé et demain ? Demain, sans doute renvoyée du *Red Devil*, au rebut la belle Magnificia Love ! Oh, Dieu, épargnez-moi cette épreuve ! Mais elle ne croit pas en Dieu. Les deux hommes maintenant de nouveau plongent dans l'eau fraîche de la piscine. Elle coule sur leurs corps longilignes un long regard de désarroi.

Mais Magnificia Love n'a ni le temps ni le loisir de s'apitoyer sur son triste sort car déjà, les deux adolescents enlacés s'avancent vers elle.

« Hello, Magnificia ! » crient-ils ensemble.

Et courant vers le bassin, ils rejoignent l'interdite propriété des deux hommes.

Ce coup-ci, elle l'aura. Elle « doit » l'avoir. Ce serait carrément insultant, dégradant, médiocre d'échouer une seconde fois. Elle n'a plus qu'une seule idée, qu'une seule pensée, qu'une seule vie, l'avoir.

L'adolescent remonte sur le bord de la piscine. Sa beauté la choque. La désarme. La fait fondre en larmes de cruelle impuissance. Jamais elle ne sera en harmonie avec ce corps de jeune éphèbe blond. Il est trop tard. La vraie vie, l'amour, tendresse, tout, elle a tout raté. Elle se déteste. Elle aurait voulu se tuer pour n'être pas digne de recevoir cette vraie vie, cet amour, cette tendresse.

Oh, laide et lâche créature que tu es, vite, vite, cachons ta maudite face dans l'ombre du silence, oh, toi qui ne peux même plus séduire un morveux d'adolescent ni un sale pédé, vite, vite, consolons-nous en pleurant de grosses larmes de détresse sur l'*Adagio* d'Albinoni, oh, non, toi, laide, lâche et sinistre créature que tu es, tu ne mérites rien d'autre que de dormir d'un éternel sommeil de morte, de repoussant cadavre que tu es en vérité, tu ne mérites rien d'autre que de finir emprisonnée derrière les murs d'un monastère, à vie et à mort derrière des murs de monastère.

Cependant, les grosses larmes de détresse et d'impuissance inondent le visage de Magnificia Love. Elle se blottit au creux d'elle-même, son pouce entre ses dents, un secret plaisir au fond d'elle-même...

A chaque fois qu'ils me faisaient du mal, j'allais me lover, vite, vite, car déjà il n'existait plus rien au monde que ma douleur, me lover en chien de fusil au creux de mon lit, je prenais mes genoux entre mes bras et comme à jamais protégée de ce détesté monde qui ne savait que me repousser, je pleurais et pleurais de chaudes et douces larmes de souffrance, elles étaient tendres sur mes joues, elles au moins, elles m'aimaient...

Oh, lâche que tu es, pourquoi n'es-tu pas allée vers ce morveux d'adolescent, as-tu peur, as-tu donc déjà peur d'être une ancienne, vieillie et grossie fille du *Red Devil* tout juste capable de pleurer sur son passé chéri, est-ce que cette morveuse d'adolescente te paraît décidément d'un charme supérieurement tout divin auprès du tien, est-ce que tu vas accepter de te faire détrôner par cette pimbêche de 15 ans à peine ?

Oh, oublions-les, oublions-les, vite, vite, vite, elle ne veut plus des images idéales de ce couple tout pureté et amour, assez, assez, elle n'en veut plus ! Mais que faire pour les effacer à jamais de sa mémoire, faire qu'elle ne les ait jamais rencontrés, et jamais n'ait été repoussée et jamais n'ait subi cette torture lente de l'âme, oh, mon Dieu, que faire ?

Te venger. Prendre ta revanche lui murmure une impitoyable voix.

Mais jamais je n'y arriverai ! s'exclame la encore toute belle Magnificia outrée par tant d'invétérée cruauté, oh, jamais je n'y arriverai geint-elle en se recroquevillant, toute, toute petite fille qu'elle redevient...

Elle m'avait grondée puis envoyée au lit sans dîner. Je ne l'avais pas séduite, elle, ma mère. Elle restait de marbre devant mon divin charme. Elle ne parlait jamais de ma beauté. Un jour que je rentrais à la maison, les genoux écorchés et ma robe toute déchirée, elle alla même jusqu'à me traiter de sale petite fille, laide. Laideron ajouta-t-elle, ce qui était encore plus insultant. Je me dégageais de ses bras tandis qu'elle essayait en vain de me déshabiller pour me laver et m'enfuis dans la maison en démolition du terrain vague en face de notre maison pour pleurer des larmes de colère et de rage.

De rage envers elle. Elle voulait se croire plus belle que moi. Elle, elle était une femme et avait le droit de me mentir, de me trahir sans que personne ne la traite de sale petite fille teigneuse. Je la haïssais. Oh, comme je la haïssais !

Cachée entre les échafaudages de la maison en démolition, recroquevillée contre un mur noirci de suie, mon menton sur les blessures de mes genoux écorchés, je la haïssais, je la haïssais, et j'aurais donné ma vie pour la tuer.

Je ne veux plus pleurer. Je ne veux plus gémir. C'est outrageant. Dégradant. Indigne de la toute reine que je suis encore, malgré les regrettables-déplorables événements qui s'acharnent sur moi aujourd'hui. Un mauvais coup du sort, voilà tout. Un malencontreux hasard. Cela ne signifie rien. Ne prouve rien. Moi, première reine de beauté incontestée du *Red Devil*, je...

Et Magnificia Love de réciter sa liste d'adjectifs et celle de ses innombrables conquêtes. Mais le ton sonne faux. L'âme n'y est pas. Oh, pauvre, pauvre Magnificia, comment va-t-elle terminer cette exécrable journée où tout s'acharne contre elle jusqu'à lui en donner le désir fou, fou de disparaître à jamais, de s'enterrer, de se cloîtrer derrière des murs de monastère... Tout, elle aurait tout donné pour que cette journée n'ait pas existé ; tout, elle donnerait tout pour se retrouver intacte, sans tâche, en sa divine et toute reine, exceptionnelle beauté !

La lumière tamisée au pied de son lit porte des ombres, qu'elle imagine grotesques, sur son visage. Oh, comment faire pour de nouveau se sentir toute entière baignée par sa belle et tranquille sérénité, comment faire pour se regarder dans le miroir sans voir jaillir entre ce reflet d'elle et sa mémoire la vision trop parfaite de ce couple d'adolescents et entendre rejaillir la réplique de ce trop bel homme brun ; « et tes seins qui se baladent... » « et tes seins qui se baladent... » « et tes seins qui se baladent... » Comment faire pour les tuer à jamais, les tuer à jamais !

Elle frappe de ses poings l'oreiller dans une folle débâcle de rage incontrôlée, frappe et frappe jusqu'à n'en avoir plus la force. Ça va mieux. Rien de tel que de se venger sur un traversin songe avec ironie Magnificia Love. Puis prenant son « éternelle-sublime-suprême » beauté à deux mains, un air de défi sur le visage, elle se dirige vers la salle de bains en préméditant un plan de revanche cuisiné. Elle se vengera en allant draguer sur les Champs-Elysées (elle n'a pas le temps de batifoler dans un autre quartier, il est déjà 6 heures et demie). Draguer le plus beau play-boy de Paris. La plus célèbre vedette. Le plus distingué. Le plus superlatif.

Oui, mais tu auras beau faire, jamais tu n'auras ce bel éphèbe blond ni ne surpasseras à ses yeux sa dulcinée et jamais non plus tu n'auras ce magnifique homme brun, toute virilité et...

Ah, non, elle déteste la virilité ! Et puis, d'où vient cette maudite voix, elle n'en veut pas, elle l'égorgera, l'assassinera, oui, l'assassinera de trente mille coups de couteau s'il le faut ! Ah, elle se tait. Tu vois, je t'ai bien eue. A nous, divine-sublime-suprême beauté !

Magnificia Love voit son visage reflété dans ce miroir, oh, la délicate pureté de ses traits, et ce teint hâlé, ambre ou cuivre au pouvoir maléfique, ces yeux en amande magnifiquement entourés de longs cils dorés, qui au monde pourrait bien lui résister, qui, qui ? Un morveux d'adolescent et un sale pédé et puis après ? Elle les jette par la fenêtre ces deux-là, tout simplement. Elle ne veut plus en entendre parler, ne veut pas même savoir qu'ils existent quelque part au monde, loin de mes divins yeux, loin de mon divin cœur se convainc à contresens la suprême (pas tout à fait entre parenthèses, les preuves sont là) Magnificia Love. Elle se met à chantonner : « loin de mes divins yeux, loin de mon divin cœur » lorsque soudain, oh, terrible malheur, elle aperçoit un point noir sur l'aile de son nez. Vite, vite, kleenex et alcool à 90°, ah enfin voilà le point noir de mes vaines tentatives de séduction, évidemment, qui voudrait d'une superbe créature avec un point noir sur le nez, quelle horreur, c'est affreux, mais hop et voilà le point noir enlevé et demain, j'aurai ma toute fière vengeance de reine, ma divine et sadique, maléfique et cruelle revanche de souveraine.

Magnificia Love, infiniment satisfaite d'avoir trouvé une raison valable (et réparable) à ses échecs, s'admire en son miroir redevenu divin et magique miroir « tu es la plus belle ». Elle sourit, envoûtée elle-même par son irrésistible et fatidique charme, ne sachant plus quel adjectif murmurer en l'honneur de sa suprême et incontestée beauté, se perdant en litanies de compliments et de louanges que nous ne prenons pas le temps de réciter afin d'éviter inutiles répétitions, général ennui (et démagogue avec ça). Enfin, après d'interminables et nombreux illimités regards à son cher, chéri, tant aimé (premier amour avant Cyprio) reflet, Magnificia Love regarde sa montre avec horreur (7 heures), se hâte de donner cinquante (cent pour les jours de loisir) coups de brosse à ses magnifiques-évanescents-sublimes cheveux d'ambre et prenant son sac d'une main, sa veste soie et flanelle de l'autre, sort de l'appartement.

Magnificia Love, drapée dans toute sa dignité recouvrée, remonte l'avenue des Champs-Elysées sous d'innombrables et admiratifs regards de concupiscence ou de convoitise (ceci selon le sexe des spectateurs) guettant avec une toute fière certitude la rencontre espérée-attendue qui lui offrira sur un plateau d'or ciselé avec diamants et émeraudes la reconnaissance universelle de sa suprême beauté. Elle marche du haut de son orgueil-vanité-prétention-suffisance-et-outrecuidance retrouvés, elle ressemble divinement à la plus mythologique déesse de tous les temps (du *Red Devil*, ne soyons pas trop immodestes). La seule chose qui pour le moment l'ennuie à mourir est qu'il ne semble pas y avoir sur cette maudite avenue une seule victime correcte-passable-potable entre les vieux bedonnants, les boutonneux adolescents (et puis ras-le-bol de cette race) les louches vicieux qui vous regardent par-dessous (depuis le temps, elle les repère à cent mètres à la ronde) et les hippies miteux. Les terrasses de café sont particulièrement à l'honneur sous le regard de Magnificia Love qui ne manque pas de les cribler de perspicaces coups d'œil. Depuis un quart d'heure qu'elle marche (décidément, ce mardi 16 juin est une journée maudite) elle n'a pas repéré une seule victime susceptible de satisfaire sa très haute et estimée vanité. En désespoir de cause, légèrement furieuse, insultant les mardis et la pitoyable race dégénérée des humains dont elle ne fait bien évidemment pas partie, Magnificia Love s'installe à la terrasse du *Colisée*, entre une décrépie-délabrée, vieille, vieille, vieille deux fois centenaire Russe qui raconte ses aventures migratoires de 14-18 à un jeune, jeune (elle les prend au berceau pense Magnificia Love) gigolo de luxe, version alpage s'il vous plaît et un certainement vicieux, voyeur, violeur qui, s'efforçant d'être discret se rince l'œil à l'abri derrière son journal (*Le Monde*, bien sûr, ça fait plus intello-crasse). Elle commande un thé-citron et avec un ennui affiché de plus en plus mortel se met à détailler tous les hommes qui passent. Oh, évidemment, il y en a bien quelques-uns de passables mais aujourd'hui, Magnificia Love désire une foudroyante vengeance, comme on peut s'en douter. Furieusement insatisfaite, elle ne cesse de regarder, entre chaque victime éliminée, le cadran or et argent de sa montre Cartier dont les aiguilles avancent à une terrifiante et dangereuse vitesse (dangereuse pour la revanche de Magnificia Love). Il ne lui reste plus qu'une demi-heure avant d'aller au *Red Devil*. Trois quarts d'heure au plus, si elle presse séances de maquillage et d'habillage. Elle se brûle la langue avec son thé. Oh, maudite journée !

« Je peux... ?»

Oh, merveille, un magnifique jeune homme brun aux foudroyants yeux bleus tire une chaise tout, tout près d'elle, et avec un irrésistible sourire, s'installe à côté d'elle. Magnificia Love en est tellement sidérée, interloquée, transportée aux anges comme au paradis, à la Sainte Vierge comme au Christ qu'elle ne pense même pas à répondre. Ou plutôt, sa réponse est un éclatant sourire de vaniteuse satisfaction.

Enfin, elle tient sa proie ! Comme elle va se venger ! Elle lui fera subir toutes ces subtiles tortures de l'âme, ne lui offrant qu'insultes et refus, jalousie et angoisse, elle...

« Magnificia, dit-elle à titre de présentation car le silence (dont ils profitent tous deux pour admirer la beauté de l'autre) devient un peu trop pesant.

— Romain. »

Et de nouveau, ce sourire, oh, quel merveilleux sourire, pense Magnificia Love. Et quelle revanche !

« Je n'ai pas beaucoup de temps à vous accorder, j'entre en scène dans une heure, dit la divine d'une voix suprêmement élégante-mystérieuse.

— Ah, vous êtes comédienne ?

— Non, danseuse.

— C'est dommage que vous partiez. J'aurais aimé parler avec vous. »

Magnificia Love, prise d'un soudain accès de panique à l'idée que ce dieu vivant va lui filer entre les mains s'exclame :

« Oh, on peut arranger ça !

— Vraiment ?

— Oui, bien sûr. Vous venez avec moi au *Red Devil*, je vous donne un laissez-passer pour la soirée et l'on se retrouve après le spectacle. »

Après coup, ses paroles lui semblent décidément trop racoleuses et elle a malgré elle un geste presque d'excuse de la main tandis que le jeune homme, silencieux, ne montre aucune joie mais semble plongé dans d'entremêlées, interminables pensées.

Et quel corps ! s'exclame en elle-même Magnificia Love reprise par sa toute vaniteuse satisfaction. De longues jambes, peut-être un peu trop maigres mais la maigreur des hommes a un charme selon elle, des hanches étroites, des épaules larges et des mains de musicien... Après cette réconfortante contemplation, Magnificia Love s'enhardit à demander :

« Alors, vous êtes d'accord ? »

Il lève sur elle un regard d'infinie tristesse qui se fige dans le sien, longuement, intensément. Il semble dire : « Vous vous trompez. Ce n'est pas cela que j'attends de vous. »

« Eh bien... oui », répond-il comme à contrecœur.

Magnificia Love pousse un intérieur soupir de soulagement et, avalant le reste de sa tasse de thé prémédite les multiples et différentes étapes de sa vengeance. Le jeune homme lui paraît une victime parfaite. Sensible à l'extrême. Elle n'aura aucun mal à défigurer de souffrance son beau visage rêveur.

« Allons-y », finit-elle par dire, et prenant le jeune homme par le bras, elle l'entraîne. Il commençait à l'exaspérer avec son silence. Et comme Magnificia

Love n'aime pas relancer indéfiniment la conversation, ils restent tous deux fermés sur leurs pensées.

Sans s'être dit un mot, ils arrivent devant le *Red Devil*. Magnificia Love aurait aimé se pavaner devant Amour Amour et ses autres rivales jalouses au bras de ce merveilleux jeune homme, mais préférant l'esprit de secrète propriété, elle s'abstient et dit au jeune homme d'attendre dans le hall tandis qu'elle ira chercher un laissez-passer dans sa loge.

Lorsqu'elle revient, il la remercie d'un simple signe de tête et d'un imperceptible « merci » et Magnificia Love, confusément pense qu'elle ne le reverra plus.

Amour Amour, toute tremblante, se maquille d'une main maladroite, attendant visiblement l'entrée de sa chère et chérie Magnificia Love qui ne daigne, pas même lui dire bonjour. Son besoin de vengeance, non assouvi sur la parfaite victime qui par ailleurs pense Magnificia Love avec colère lui a peut-être déjà filé entre les mains se rejette bien entendu sur la chère et chérie victime de remplacement, Amour Amour.

« Devine ce que je me suis acheté avec le généreux chèque que tu m'as donné ? »

Amour Amour a un irréprimable sursaut et un regard blême au souvenir de ses cinquante mille francs envolés, dépensés par une autre qu'elle et pour on ne sait quel caprice. Elle a un mouvement de recul devant l'air triomphant de la divine Magnificia et feignant de n'éprouver aucune curiosité, se replonge dans ses fards et paillettes.

« Un manteau de renard bleu aux divins reflets argentés ! », lance Magnificia Love d'une voix pleine de défi.

Puis elle se détourne de la fadasse-insignifiante Amour Amour et en chantonnant, entreprend de se faire des divins-sublimes et magnifiques yeux de chat.

Elle pense à ce jeune homme brun, Romain. Pourquoi ne viendrait-il pas après tout ? Il a été séduit, non ? Mais il n'aime peut-être pas l'exhibitionnisme du *Red Devil*, lui si timide, en apparence si secret. C'est dommage, pense Magnificia Love, j'aurais pu sur lui assouvir mes naturels instincts de vengeance avec une rare efficacité. Mais peut-être viendra-t-il tout de même.

Non, non et non ! Maintenant, l'image des deux adolescents repasse devant son regard, et aussi ce couple d'hommes enlacés, non et non, elle n'en veut pas !

Elle se jette, à court de recours sur le sublime reflet de son divin-subtil et magnifique visage, l'admire, le pare des adjectifs les plus fous comme les plus recherchés, se répète, se convainc que personne au monde ne peut résister à cet irrésistible charme qui est le sien et finit derechef par oublier les obsédantes visions. Désormais livrée à sa seule, unique et rare contemplation, Magnificia Love retrouve sa divine assurance de toute reine et jetant un regard vers Amour Amour qui maquille ses mains à cause de l'entaille que Magnificia Love lui a faite, lui lance :

« Si tu mets du fond de teint et de la poudre sur cette magnifique blessure, elle ne risque pas de guérir. Tu devrais, ajoute-t-elle d'un ton de tout sérieux médecin (quoique amateur), la badigeonner de mercurochrome et la protéger d'un bandage.

— Mais tu es folle ! Je ne pourrais pas entrer en scène !

— Comme tu veux ! Si tu tiens à traîner cette purulente plaie et d'innommables microbes, ça te regarde.

— Magnificia Love... murmure Amour Amour en s'approchant d'elle, les yeux suppliants, Magnificia Love, laisse-moi embrasser tes divines lèvres...

— Ah non ! C'est trop tard maintenant que je suis maquillée ! Il fallait demander avant, ma belle ! »

La toute divine et toute reine Magnificia Love sait bien sûr, que faire entrevoir à cette fadasse-insignifiante créature la possibilité ratée de ce baiser offert est bien plus cruel que de l'interdire carrément. Aussi, toute vaniteusement satisfaite des yeux implorants de bête affamée d'Amour Amour, continue-t-elle à chantonner avec désinvolture en se déshabillant devant le regard fasciné de la pauvre, pauvre Amour Amour. Bien sûr, Magnificia Love pourrait lui demander de l'aider, l'exciter, la rendre folle, mais elle n'en a plus envie. Amour Amour est une trop facile victime. Cela démoralise son orgueil. Qui choisira-t-elle pour ce soir ? A-t-elle seulement l'envie de choisir ?

« Tu es une fille née pour le sexe. »

« Et tes seins qui se baladent... »

Elle entre en scène, les yeux embués de larmes, une nausée au creux du corps. Elle se sent séparée d'elle-même, la divine Magnificia Love, elle se sent laide, seule et garce-putain, et elle n'a qu'une seule envie : retrouver son lit et s'y blottir en chien de fusil pour pleurer de douces et chaudes larmes d'impuissance.

Comme elle s'y attendait, le jeune homme brun ne vient pas la rejoindre après le spectacle. Elle en est vexée. Furieuse. Et triste.

Le nombre d'invitations récoltées est de dix. Mon score baisse, pense Magnificia Love avec une nuance de fatalité résignée. Je deviens vieille, laide, personne ne veut de moi, oh, mon Dieu, pourquoi, pourquoi ? Elle se hâte de se démaquiller et de s'habiller sans daigner répondre à la répétitive lancinante et insistante question d'Amour Amour.

« Veux-tu venir prendre un verre chez moi ? Veux-tu venir prendre un verre chez moi ? Veux-tu venir prendre un verre chez moi ? »

Elle prend un taxi avenue George-V en refoulant encore, toujours, pour sa toute prochaine solitude, ses larmes d'impuissance.

Je suis dans une galerie de miroirs. Je marche lentement, régulièrement, les yeux fixés devant moi, des yeux immobiles et des yeux glacés. Je croise un long

cortège de femmes tandis qu'une voix s'élève : « Entrez,
entrez dans notre magasin, on y vend de tout, vous
pourrez choisir selon vos préférences, entrez, entrez,
messieurs, les messieurs surtout. » Je me joins au cor-
tège. Une femme à demi nue descend un escalier. Sou-
dain, je me retrouve dans une rue éclatante de soleil
avec Amour Amour et Fara Moore. Amour Amour est
attaquée par deux ouvriers en bleu de chauffe. Ils la
plaquent sur le sol, lui blessent les mains avec une
lame de rasoir. Fascinée, je regarde le sang qui coule.

Magnificia Love rouvre les yeux sur la lumière
tamisée éclairant son visage et ses cheveux d'ambre
d'insaisissables reflets. Elle ne pense pas. Elle a la
tête vide soudain. Vide, désespérément vide. Elle
revoit le merveilleux visage du jeune homme brun,
regrette de n'être pas en cet instant tendrement blottie dans ses bras, puis elle ferme les yeux, et s'endort
sur ses défaites.

Ils me disaient toujours de me taire. Tais-toi. Tais-
toi. Ils n'en finissaient jamais de me répéter cela
comme si je devais être tout silence et obéissance. Je
finissais par me raconter à moi-même des histoires
pour peupler l'interminable silence. Il y en avait une
que je préférais. C'était l'histoire d'une petite fille qui
voyageait. Elle allait d'abord en Amérique, voir New
York où tout était trop grand pour elle, les hommes,
les gratte-ciel, les bus, les voitures, les avenues. Elle s'y
perdait un peu, dans toute cette immensité. Mais ce
n'était pas grave car elle était maligne et finissait tou-
jours par se débrouiller. Elle allait ensuite au Japon, à
Tokyo, où cette fois-ci, tout était trop petit pour elle.
Avait-elle trop grandi ou entrait-elle dans un monde de

nains ? Elle ne savait jamais la réponse, en se promenant dans les temples et les rues de Tokyo, s'égarant en d'extraordinaires et extravagants détours inventés par elle seule.

J'aurais bien aimé être cette petite fille car il ne lui arrivait jamais rien de malheureux, bien qu'elle se promenât et voyageât toujours seule, elle, n'était jamais abandonnée.

Viens, mon cher, mon doux Cyprio, viens te blottir contre moi. Tu veux que je te raconte des histoires ? Non ? Tu veux que je te fasse pleurer de tristesse, alors ? En te racontant mes dérisoires échecs ? Oui ? Tu sais, je viens de rêver dans cette nuit qui n'en finit pas...

J'étais sur le bord de la piscine. J'étais laide, très laide. J'avais des boutons plein le visage et même sur le corps. Mais à l'intérieur, je me croyais belle, très belle. Le couple d'adolescents s'ébattait en riant dans l'eau. Cette jeune fille toute grâce et tendresse était si belle à côté de moi, mais il me semblait ne pas la voir véritablement, dans le rêve. Ce cauchemar. Je m'avançais, toute fierté-orgueil-vanité-suffisance vers l'adolescent, et lui demandais de venir avec moi. Alors, il éclatait d'un rire trop dur, un rire qui soudain dévoilait à mes propres yeux mes laideurs intérieures, et extérieures.

Temps de vide.

J'étais toujours dans cette piscine. Laide. Me croyant belle. Le couple d'adolescents allongé au soleil ne m'agressait plus : ils m'avaient repoussée. Mais je me croyais toujours belle, irrésistible même. J'apercevais un couple de jeunes hommes. Je m'avançais vers eux. Je demandais au brun de venir avec moi. Il éclatait d'un rire d'amour trop pur, qui dévoilait à mes yeux mes laideurs intérieures, et extérieures.

Temps de vide.

Les murs d'un monastère. J'étais derrière les murs et les grilles d'un monastère. Belle, si belle. Je me pro-

menais dans le jardin, laissant aller au vent mon voile
de novice, et mon regard était changé, un regard d'infi-
nie tristesse. Hier, j'étais laide et l'amour impossible,
aujourd'hui belle, et l'amour interdit.

Elles te plaisent mes histoires, cher Cyprio ? Oh,
oui, je sais, elles ne sont pas gaies. Et puis, elles sont
banales. Mais que veux-tu, je n'ai pas d'imagination
cette nuit. Ma nuit blanche. Et je n'ai pas envie de
rire. Je me sens laide, tu ne peux pas savoir. J'ai beau
savoir que ce n'est pas vrai, dans ma tête je ne peux
pas m'empêcher d'être laide...

Jusqu'à 7 ans, ils me disaient que j'étais laide. Je
n'osais pas me regarder dans les miroirs. Je les fuyais
comme un danger qui pouvait me détruire et me tuer.
Lorsqu'on me parlait, je baissais la tête de peur que
l'on surprenne mon disgracieux visage. Je haïssais le
monde entier parce que l'on m'avait faite laide.
J'aurais voulu être reine de beauté pour me venger de
toutes leurs remarques, et de toutes leurs injustices.

C'est vrai, Cyprio, j'ai été une petite fille laide, ça
te fait rire, non ? A toi, je peux le dire, tu ne me tra-
hiras pas. Je me demande qui j'aime au monde. Moi,
depuis hier, j'ai l'impression de ne plus m'aimer.
Alors, voilà, mon cher Cyprio, tu deviens mon premier amour. Mon premier et unique amour.
Ainsi soliloque la belle Magnificia Love, blottie
sous la couverture en peau de loup, le corps au
chaud, et l'âme glacée. Les larmes ne sont même plus
là pour la réconforter. Elles aussi l'abandonnent. La
nuit rayonne de sa belle éternité. Magnificia Love ne
dort plus. Elle s'était endormie une heure, et désormais, le sommeil lui aussi l'abandonne.

Après 7 ans, ils ne m'ont plus rien dit. Ni laide ni
belle. J'étais belle pourtant, je le voyais dans le regard
des autres. J'ai pris l'habitude de ne plus fuir les
miroirs. L'habitude de rester des heures entières devant

eux, à m'admirer, me contempler. Il n'y avait pour moi aucune joie plus intense.

Oh, jamais je ne retrouverai cette pure beauté d'enfant, je le sais, c'est inévitable, je ne peux rien y faire...

Mais tu es belle ! Pourquoi te tortures-tu l'esprit avec ces souvenirs à deux sous ? Magnificia Love se lève et dans la demi-pénombre de la pièce se dirige à tâtons. Elle allume la lumière dans la cuisine, s'installe au bar pour boire un verre de lait. Le silence est palpable. Ses fines mains hâlées posées sur le comptoir. Ses mains inutiles. Son corps inutile. Sa tête trop pleine des bribes d'un passé perdu...

Souvent, je ne dormais pas la nuit. J'aurais bien aimé me lever et aller me promener dans la nuit mais j'avais peur de réveiller toute la maison. Et peur de me perdre dans les rues toutes noires de la nuit. Peur d'être emmenée par un agent de police et emprisonnée derrière des grilles. Alors, je restais bien au chaud dans mon lit, et je m'inventais des histoires, pour rire, et souvent pour pleurer.

J'aimais bien pleurer. C'était doux. C'était tendre.

La seconde histoire que je préférais, juste après celle de la petite fille, c'était celle de la danseuse. Je voyais une danseuse gracieuse aux bras de porcelaine et jambes de cristal, j'étais elle, oh, oui, je voulais être elle, et elle dansait, magiquement, dans la nuit maintenant toute étoilée, toute illuminée de feux, et les larmes de feu dansaient avec cette fine forme blanche qui jamais n'en finissait de tourner, de sauter, de valser, d'être toute divine et toute reine...

Magnificia Love avale une gorgée de lait, allume une cigarette. Elle aime bien s'offrir une nuit blanche. De temps en temps. Aujourd'hui, c'est une nuit triste, elle a perdu trop souvent, trois amours en deux jours. Sa colère est devenue tristesse. Doucement, elle recouvre sa beauté, son charme, sa chance, et il n'y a plus que cette infinie tristesse au fond d'elle-même.

Mon rêve, c'était de devenir une vraie danseuse. Mais ils ne voulaient pas me payer plus de deux cours par semaine. Je les suppliais. Je disais que je me passerais de cadeaux d'anniversaire et de Noël, de vêtements neufs, tout, je préférais à tout mes cours de danse. Mais ils ne voulaient pas. Ma mère avait aussi voulu être danseuse, et elle me haïssait tellement, elle était tellement jalouse qu'elle aurait tout fait pour que je ne devienne pas tout ce qu'elle avait toujours rêvé d'être. A 15 ans, je rendais de petits services aux commerçants et aux vieilles femmes de l'immeuble pour me payer un cours de danse en plus chaque semaine. Mais il était déjà trop tard. Tous les professeurs me disaient que c'était trop tard. Et puis aussi que j'étais trop grande pour être danseuse.

Le lait a laissé de grandes traînées le long du verre. Magnificia Love les observe d'un regard attentif. Il lui faut fixer son regard sur une chose réelle, une chose concrète afin de l'empêcher de se perdre dans son passé.

C'est vrai, je voulais être une danseuse classique. J'aurais aimé habiter des théâtres grandioses et faire le tour du monde en avion, même si les artistes n'ont jamais le temps de visiter les villes, j'aurais aimé travailler tous les matins, répéter tous les après-midi et danser tous les soirs, j'aurais aimé cette vie dépouillée, cette vie monacale, et puis finir ma vie en enseignant aux enfants.

Elle haïssait les enfants.

J'aurais aimé...

Mais elle se rend compte qu'elle se murmure à elle-même tout le contraire de ce qu'elle aime réellement. C'est parce que j'ai envie de changer. Je ne veux plus être moi. Mais je n'ai que moi comme modèle. Je divague. Ça ne m'est jamais arrivé avant, ces étranges états d'âme. Ces suites trop longues de souvenirs. Cette envie d'être bercée par les longs bras de la tendresse. Peut-être vais-je retrouver demain une Magnificia Love que je n'ai jamais connue. Ça me plairait. Elle sera danseuse, elle sera enfant, elle sera pure, elle sera adolescente, elle sera...

Qui aurait-elle aimé être véritablement. Elle ne sait pas. C'est trop important de changer toute une vie pour se prononcer au hasard d'une insomnie. C'est l'incertain. L'inconnu. Une falaise à longer pas à pas. Cela lui fait peur. Elle a le vertige.

D'où elle est assise, elle voit une large bande de ciel où brille la lune. Son regard fait le tour de la cuisine, comme perdu. Eperdu.

Mes après-midi libres, je les passais chez mes amis-amants. Ils changeaient toutes les semaines. Quelquefois tous les jours. Je voulais séduire. Seulement séduire. Mais il me fallait toujours l'absolue certitude d'avoir séduit. Et c'était coucher.

Oh, adolescente et déjà prisonnière de ce cercle vicieux. Elle se hait d'en être encore prisonnière. Elle se hait.

L'image des deux adolescents revient devant son regard. Elle ne connaîtra jamais cela, cet amour. Elle est trop laide d'avoir été désirée par tant d'hommes, trop laide d'avoir cédé à leurs mille désirs vulgaires et honteux. Mais non, je n'ai pas honte. C'est comme ça. Je n'ai pas de cœur. Pas d'amour. Je n'ai qu'un corps à donner, un corps à offrir, et je donne, et j'offre ce que je hais le plus au monde ; ce corps qui me garde prisonnière.

Aujourd'hui, elle le hait. Elle se hait d'être celle qu'elle a été. Dans la nuit. La nuit noire.

Elle se hait dans la nuit.

Magnificia Love se recouche à 4 heures du matin, s'éveille à 7. Troublée par un rêve. Un rêve qui sans cesse revient.

J'étais dans une cathédrale. Je m'avançais dans l'allée centrale, à pas lents, mesurés, respectueux. Devant l'autel, je m'agenouillais, baisais le sol. Lorsque je me relevais, j'étais derrière des grilles.

Elle chasse d'un geste cette vision obsédante. Elle n'a plus sommeil. Elle se lève.

La cafetière chantonne un murmure irrégulier de notes désaccordées tandis que Magnificia Love, trop préoccupée, et par tant d'insaisissables mystères, oublie de préparer son cocktail vitamines mais allume une Dunhill dont elle regarde avec cette rare préoccupation qui ce matin est la sienne, les fils gris de fumée s'élevant vers le ciel, plus prosaïquement vers le plafond de la cuisine. Pourquoi ne l'a-t-elle pas séduit. Oui, maintenant seulement, elle est consciente qu'elle ne l'a pas séduit. Il n'est pas venu la rejoindre. Il était beau pourtant.

Alors, bien sûr, devant ses grossières tentatives de racolage, il a compris. Et fui. Elle n'aurait pas dû se dévoiler. Elle n'aurait pas dû dire qu'elle était danseuse au *Red Devil*. Elle n'aurait pas dû, tout simplement, vouloir séduire.

Ces pensées l'exaspèrent. Sa tristesse l'exaspère. Elle veut redevenir la divine-exceptionnelle et sublime Magnificia Love. Mais elle ne le peut pas. Quelque chose, une voix au fond d'elle-même le lui interdit. Elle veut la chasser en allumant le poste de radio portatif de Georges. Informations sur *France Inter*. Qu'elle n'arrive pas à écouter. Que se passe-t-il ? Elle a fait fuir trois victimes. Mais trois victimes dans toute une vie, qu'est-ce que c'est ? se répète-t-elle, en vain. Elle se sent laide. Laide de l'intérieur.

Magnificia Love se verse une tasse de café. Elle a envie d'aller se cacher dans la maison en démolition de son enfance, d'aller se blottir contre un mur tâché de suie et de rester là, des heures, à pleurer des larmes de défaite et d'impuissance envers la vie. Elle a envie de s'abandonner, d'abandonner son personnage, Magnificia Love qui pourtant se dresse devant elle comme un défi.

« Alors, tu n'es plus la divine-exceptionnelle et sublime Magnificia Love », répète-t-elle dans un rire de cruelle ironie.

Le café est trop fort. Elle le vide dans l'évier. Et revient se coucher sous sa couverture peau de loup, à l'abri, en chien de fusil.

J'ai toujours vécu ainsi. Pourquoi tout changer maintenant. Oh, vite, vite, oublier la mondaine capitale et aller rejoindre dans une campagne désertée une très vieille maison abandonnée. Se cacher là. Se terrer là. Ensuite, tout redeviendra clair dans ma tête. Je saurai qu'elle route choisir. Aujourd'hui, je ne sais pas.

Aujourd'hui, je ne sais rien. Je voudrais redevenir la divine Magnificia Love, qui ne pense pas, ne souffre pas, et n'a d'autres préoccupations que beauté et victimes. Pourtant, elle m'exaspère. Je la déteste. Pire, je la méprise. Alors, je ne veux plus être elle. Vous voyez, je ne sais rien.

Pourtant, je la sens revenir. Je pense que mon corps est beau. Elle revient. Pas à pas, elle revient. Mais un jour, je saurai la tuer.

Magnificia Love remonte la rue Vieille-du-Temple, son grand sac de cuir à l'épaule, un sourire éclairant son sublime visage dont les yeux divinement maquillés attirent tous les regards de la capitale. Elle va à son cours de danse et déjà, fait défiler dans sa tête toutes ses connaissances masculines afin de se prononcer sur une potentielle victime. Elle choisit Yves, un grand blond qui danse à l'Opéra mais vient tous les mercredis prendre un cours pour se défouler. Oui, il n'est pas mal. Et puis de toute façon, cela n'a plus grande importance désormais.

La divine-exceptionnelle et sublime Magnificia Love flanchait en moi. Avec panique, je la sentais se dérober, s'enfuir, avec panique je sentais cette carapace contre la vie et ses douleurs m'abandonner. Puis, par un insensé caprice, elle revint m'habiter.

Magnificia Love entre dans la cour pavée d'une allure de reine toute divine qui en fait se retourner plus d'un.

Dédaigneuse-méprisante, elle ne daigne pas rendre les regards et s'engage dans l'escalier poussiéreux, imaginant à l'avance les différentes étapes de son numéro de séduction. Oh, ce sera facile. Un mot lui suffira.

Les hommes et les femmes se déshabillent pêle-mêle dans le même vestiaire. Aujourd'hui, Magnificia Love ne reconnaît aucune victime qui ait eu l'honneur de son divin charme mais ne remarque que des visages déjà croisés, puis oubliés. Dans un coin du vestiaire, elle aperçoit le danseur visé aujourd'hui : Yves. D'un air désinvolte, elle vient s'installer près de lui, posant son énorme sac à ses pieds, lui jetant presque sa veste au visage.

« Eh, là ! se révolte le danseur. Faites attention !

— Oh, excusez-moi, ce n'était vraiment pas volontaire », répond Magnificia Love d'une voix de miel.

Puis elle se déshabille permettant au danseur d'admirer ses admirables formes, tout tremblant d'émotion selon la perspicace observation de Magnificia Love. Elle se retourne vers lui avec un sourire hypocrite de petite fille surprise et tout aussi hypocritement, feint de cacher en grande hâte sa sublime nudité.

« Pardon mademoiselle, je peux vous offrir un café après le cours ? demande le danseur en penchant la tête pensivement.

— Oh... je ne sais pas... feint d'hésiter Magnificia Love. Je...

— S'il vous plaît...

— Entendu », répond Magnificia Love feignant le contrecœur.

Après le cours donc, où elle a nombre d'intimidés admirateurs, elle se retrouve dans un café de la rue Vieille-du-Temple en face de ce merveilleux garçon au sourire pensif et aux gestes mesurés. Pourtant se répète-t-elle, il paraît que les danseurs sont particulièrement coriaces lorsqu'il s'agit de leur sacerdoce. Enfin, je l'ai séduit.

Mais ce n'est pas assez amusant au goût de la divine-sublime et suprême beauté Magnificia Love. Le danseur, depuis un quart d'heure observe avec une intense réflexion semble-t-il, sa tasse de café tandis que Magnificia Love, pressée d'en finir et de retrouver ses divins appartements et son magique miroir attend impatiemment la fatidique question-proposition.

Lorsqu'enfin, elle sort des lèvres du danseur, il était temps car une seconde de plus et elle le plaquait là, comme un impuissant qu'il est. Mais non, il est seulement intimidé par mes divins, sublimes, exceptionnels charmes. Et puis, il est un peu jeune. Peut-être n'a-t-il pas l'habitude, pense Magnificia Love.

Elle fait bien sûr semblant d'hésiter longuement avant de lâcher son « oui ». Oui, elle veut bien aller prendre un verre chez lui.

« Mais vous habitez seul ? demande Magnificia Love qui ne tient pas à se retrouver avec des parents sur le dos l'accusant de détournement de mineur.

— Oui, j'ai 22 ans. »

Tiens, quelle surprise. Elle lui en aurait donné 15. Elle n'a aucune notion des âges ; elle qui a déjà oublié son adolescence.

Elle le laisse payer les deux cafés et, soudain, inexplicablement, elle a un recul. La vision de son corps enlacé à celui de cet adolescent jaillit devant ses yeux, cruelle et obsédante. Accusatrice. Non, elle ne veut plus de ces bas ébats bestiaux, non, elle n'en veut plus !

« Excusez-moi, mais j'ai oublié que j'ai une répétition dans une demie-heure. Je ne peux pas venir », dit Magnificia Love avec toute la froideur dont elle est capable.

Et elle-même dépitée par ce brusque retournement, elle prend son sac et s'enfuit.

Magnificia Love décide de passer l'après-midi au cinéma. Voir *Le Voyage en douce*. Il n'est que midi lorsqu'elle arrive devant le cinéma, à Odéon, et elle entre au pub *Relax* pour attendre 2 heures. Elle se sent vidée. Epuisée de l'intérieur. Comme après une longue absence débouchant sur un monde nouveau et inconnu. Elle commande un express, détaille les femmes, ignore les hommes. Elle ne veut plus de victimes. Non, elle n'a même plus le courage de séduire.

J'étais là, devant ma tasse de café, une cigarette à la main et les yeux perdus dans un vide immense. Je ne savais pas. Je ne savais rien. J'aurais voulu qu'une lumière éclaire ce puits noir dans lequel j'étais tombée, j'aurais voulu une seule étincelle de lumière, oui, ne serait-ce qu'une seule étincelle de lumière...

Une femme brune, maigre, au visage pâle et aux yeux cernés entre dans le café. Magnificia Love ne peut s'empêcher de la suivre des yeux, de l'observer, la détailler, trouver ce qui lui donne tant de charme malgré un physique anonyme. Ses yeux cernés peut-être. Ou sa démarche... Mais non, désormais elle est assise et son charme rayonne tout de même, irrésistiblement. Magnificia Love ne peut plus la quitter des yeux. Elle est à la fois exaspérée et séduite. Elle voudrait aller s'asseoir auprès de cette femme, l'interroger, découvrir son secret, dévoiler ses malchances, ses rancœurs, ses malheurs. Elle en a certainement. Elle doit en avoir. C'est impossible autrement se répète Magnificia Love.

Mais elle n'ose pas. Ou n'a pas le courage. Elle reste devant sa tasse de café, avec sa cigarette et ses rancœurs les yeux perdus dans un vide immense. Et elle attend, rêvant et cauchemardant que le temps s'avance et la libère de ses pensées, de ses passés.

J'étais quelquefois triste. Et maussade. Les jours gris. Jours de pluie. Je m'enveloppais dans un grand imperméable et sortais me promener. J'aimais sentir les larmes de pluie pleurer sur son visage et le vent me pousser en avant puis me repousser en arrière comme une grande main qui m'aurait guidée. Je suivais toujours le même trajet. La rue de Grenelle, la rue du Commerce, les rails du métro aérien. A chaque fois, je découvrais quelque chose de différent. Une publicité, une affiche de spectacle, une vitrine de magasin. Les rues changeaient lorsque je n'étais pas là. Ça m'ennuyait. Je ne voulais pas que le monde vive sans moi. Non, je ne le voulais pas.

La femme brune écrit des mots inconnus sur un bloc-notes. Le monde vit sans elle. Magnificia Love n'est plus reine, ni divine ni suprême, non, elle n'est plus désormais qu'une passante anonyme, sans pouvoir.

J'étais sans pouvoir sur le monde. Sans pouvoir sur moi-même. Le temps passait par-delà moi. Je dessinais de grandes formes abstraites sur des feuilles de papier Canson. Je les peignais de couleurs criardes pour défouler ma secrète violence. Je restais des après-midi entiers allongée sur le tapis, devant mes feuilles et mes tubes de couleur à réinventer le monde et reconstruire la terre.

Mais dès que je retrouvais les rues, les gens, je mesurais mes défaites, mon impuissance.

Elle laisse cinq francs sur la table du café, sort dans la rue et se mêle à la foule anonyme qui entre dans le cinéma.

Non, vraiment, elle ne comprend pas pourquoi cette sadique D... S... est l'idole incontestée des hommes et cette G... C..., squelette ambulant, pourquoi est-elle star de cinéma, tout cela lui échappe, non, rien ne lui échappe et elle aussi a été charmée mais la divine-exceptionnelle et suprême Magnificia Love revient et veut triompher sur toutes, aussi les insultes continuent-elles à pleuvoir des pensées de la toute divine et toute reine Magnificia tandis qu'elle marche sur le boulevard Saint-Germain à la recherche d'un taxi.

Nombre d'intimidés admirateurs se retournent sur sa superbe personne, quelques-uns osent même l'aborder mais Magnificia Love, drapée dans sa toute dignité feint l'indifférence la plus profonde. Ses tristes états d'âme de tout à l'heure l'ont quittée, elle se retrouve enfin, elle, toute divine-exceptionnelle et sublime créature de rêve et peu importe ses récents échecs, elle se vengera, oh, oui, comme elle se vengera !

Elle trouve enfin un taxi, hésite un moment sur l'adresse à donner (retournera-t-elle chez elle poser ses affaires de danse ou ira-t-elle prendre avant le spectacle un divin cocktail aux divins fruits exotiques à l'*Alexandre Bar* ?) Elle opte pour cette dernière solution, et soulagée par cette excitante décision s'étire dans le siège confortable du taxi, se laisse entraîner et conduire dans les rues de la ville.

L'*Alexandre Bar*, comme tous les soirs vers 7 heures est encore désert lorsque Magnificia Love y entre, hautaine-méprisante, toute drapée dans sa majestueuse dignité de reine. Elle commande un Richissimo au garçon qui, décidément, ne s'habitue pas à la vue de cette renversante beauté et encore une voix blêmit d'émotion mêlée d'admiration. Cependant, Magnificia Love rêve au spectacle de ce soir. Elle se sent toute différente de la veille et a hâte de se le prouver, de dévoiler ses charmes dans tout leur irrésistible attrait. Et les filles ? Toutes les filles du *Red Devil* ont dû remarquer son malaise de la veille (car Magnificia Love, toute accaparée par lui n'a rien vu ni remarqué de ce qui se passait autour d'elle) et s'en réjouit honteusement. Oh, comme elle va se venger de cette trahison !

Elle avale une gorgée de son divin cocktail et repense sans désolation à sa victime enfuie. Bien sûr, elle peut en trouver des milliers d'autres aussi beaux que lui, mais c'était justement lui qu'elle voulait. Peut-être viendra-t-il ce soir après tout, qui sait pense la divine Magnificia avec une secrète lueur d'espoir.

Et brusquement, derechef, elle retombe dans ses tristes états d'âme. Elle sent un trou noir l'engloutir, un brouillard se poser devant son regard, une main la saisir et l'emporter vers son passé...

J'avais une seule amie. Elle s'appelait Virginia. Elle m'invitait presque tous les jours chez elle. Sa mère nous ouvrait, toujours avec un accueillant sourire et tandis que nous jouions dans la chambre, elle surveillait le gâteau qui cuisait. Ma mère à moi ne souriait jamais, ne préparait jamais de gâteau et m'interdisait d'amener quiconque à la maison.

Fara Moore fait son apparition dans le bar. Magnificia Love, toute plongée dans ses souvenirs, ne la remarque pas.

« Hé, Magnificia ! Décidément, tu n'es pas dans ton assiette ces jours-ci !

— Ah, hello, Fara.

— Dis-moi ce qui te tracasse... Tu sais bien que je suis une amie pour toi...

J'étais dans une cathédrale. Je m'avançais dans l'allée centrale, à pas lents, mesurés, respectueux. Devant l'autel, je m'agenouillais et baisais le sol. Lorsque je me relevais, j'étais derrière des grilles.

« J'ai pris une décision, dit Magnificia Love d'un air pensif.

— Laquelle ?

— Ah, c'est un secret. Et puis je n'ai pas encore réfléchi sur la date...

— Tu es bien mystérieuse. Pourquoi ne te confies-tu pas à moi, tu sais bien que je ne te trahirai pas.

— Non. C'est encore trop tôt. Je dois réfléchir. »

Et après cette conclusion qui laisse Fara Moore sans réplique, Magnificia Love lui adresse un sourire angélique.

« Oh, c'est la première fois que je te vois sourire ainsi ! s'exclame Fara Moore au comble de la surprise.

— Eh, oui, je change dit Magnificia Love rayonnante d'une tranquille sérénité.

— Qu'est-ce que tu mijotes, vraiment, je me demande...

— Bah, tu le sauras bientôt, chère Fara. »

Et sur ce, Magnificia Love l'entraîne vers la sortie et toutes deux rejoignent leurs loges du *Red Devil*.

Je rêvais souvent de théâtres fabuleux aux greniers inexplorés... J'aurais monté un escalier poussiéreux, traversant des loges illuminées de lumières d'or et de paillettes d'argent, je me serais déguisée en princesse avec des robes de lamé et des voiles transparents, j'aurais dansé sur une scène désertée, devant une salle vide pour mon seul plaisir, j'aurais été pour deux heures de spectacle imaginé la danseuse étoile acclamée...

« Magnificia Love... dit timidement Amour Amour. Magnificia Love !

— Quoi, qu'est-ce qu'il y a ? On ne peut pas réfléchir deux minutes tranquille ici ?

— Magnificia Love, qu'est-ce qui pèse sur ta conscience. Je sais bien que tu as un secret. Tout le monde a remarqué que tu n'étais plus dans ton état normal...

— Eh bien, oui, j'ai un secret. Mais il est secret. »

Et Magnificia Love, se retournant vers son miroir, se replonge dans ses réflexions, laissant la pauvre Amour Amour irritée et déçue.

Oh, oui, bientôt, très bientôt... Dans une semaine. Oui, dans une semaine jour pour jour, elle abandonnera ce monde de sexe et de vulgarité, elle se retirera de ses cercles vicieux, les brisera et le rejettera à jamais dans un oubli d'éternel, enfin, elle ne sera plus la divine-exceptionnelle et suprême mais méprisée Magnificia Love ; enfin, elle pourra choisir, et se choisir...

Sa décision (encore secrète, et ceci même pour vous, lecteurs de la vie de la chère Magnificia Love) la remplit d'une tranquille euphorie, d'un sentiment de devoir accompli, d'une conscience irréprochable. Elle se sent légère, tellement légère qu'elle serait prête à danser de joie, toute sereine et transparente, danser et danser jusqu'à épuisement. Amour Amour la regarde en coin, anxieuse-curieuse, cherchant par ses mines implorantes à faire avouer à la belle dulcinée son secret. Mais Magnificia Love ne se soucie pas de l'existence de l'insignifiante Amour Amour, toute préoccupée par son maquillage et son tout proche avenir rayonnant. Oh, comme elle l'imagine bien, cet avenir ! Non, il n'y aura aucune pointe de regret, de remord ou d'amertume en elle tandis que sa nouvelle vie, toute dépouillée, s'ouvre devant elle. Pas un regret mais seule une joie souveraine.

« Magnificia Love reprend la pauvre et abandonnée Amour Amour, je t'en prie, confie-toi à moi...

— Non. Dans trois jours, j'annoncerai la nouvelle à tout le monde. Va prévenir toutes les filles que dans trois jours, elles sont invitées chez moi après le spectacle pour être mises au courant de ma décision.

— Trois jours ! Oh, jamais je ne pourrai attendre jusque-là ! s'écrie la pauvre Amour Amour.

— Il le faudra pourtant bien », répond distraitement Magnificia Love en dessinant soigneusement le contour de ses superbes lèvres de reine.

Amour Amour s'éclipse en courant et peu après des cris et des exclamations s'élèvent des loges du premier et second étage. Magnificia Love est soulagée de se retrouver seule. Elle examine son reflet dans le miroir, semble s'interroger un instant, et se satisfaire de la réponse obtenue.

Une semaine encore. Une semaine et elle sera délivrée.

Elle enfile son costume de tigresse et patiemment, attend l'heure de la première revue.

Elle décide de s'offrir une nouvelle nuit blanche en l'honneur de sa toute récente décision. Oh, savourer cet avenir qui bientôt sera le sien oh, se repaître de cette sublime espérance, de cette lumière toute-puissante !

Magnificia Love, divinement parée de sa seule nudité, se glisse toutes lumières allumées dans la douce chaleur des draps. Mais elle ne veut pas dormir. Non, seulement se souvenir...

C'était un grand bâtiment de pierre entouré d'un haut mur qui délimitait le cloître des fermes avoisinantes.

L'heure des vêpres sonna, et tous les visiteurs

entrèrent dans l'église. Au bout d'un long moment de silence, les religieuses, tout de noir vêtues se placèrent sur les bancs de prière et commencèrent à chanter. Il y avait quelque chose de magique dans ces voix s'élevant le long des voûtes et des vitraux, quelque chose d'envoûtant...

Magnificia Love se lève. Soudain, un regret monte en elle. Elle voit son sublime visage derrière des grilles et des murs, voit son superbe corps étouffé sous des jupes sans forme, sa divine beauté à jamais emprisonnée. Mais à quoi lui sert-elle, cette divine beauté tant chérie par elle et convoitée, jalousée par les autres ? A ces bas ébats bestiaux. Qu'elle déteste. Elle n'a rien à perdre, et tout à trouver.

Cyprio, son cher Cyprio la suit dans la cuisine où elle se sert un verre de lait. Elle revient dans le salon où elle s'installe dans un fauteuil après avoir mis sur la platine le disque de *Tangerine Dream*. Bientôt, elle n'entendra plus cette musique. Bientôt. Dans une semaine. Est-ce trop tôt ? Trop tard ? Elle ne sait pas. Elle a peur de ce tout proche avenir et à la fois elle en est vivifiée. Délivrée.

Adieu, divins messieurs tous concupiscents ; adieu, sexe, cadeaux et argent, vous n'existerez plus pour moi, vous ne serez que lointains et maudits souvenirs, oh, non, je ne vous regretterai pas ni ne chérirai votre mémoire mais au contraire vous rejeterai dans des gouffres de suprême ignorance ! Adieu, bas numéros de charmes et multiples racolages, car là-bas je n'aurai plus à séduire que mon âme, et mon corps désormais ignoré ne sera qu'une enveloppe à moi indifférente, je n'aurai plus à l'aimer ni à le haïr car là-bas, il n'existera plus ! Je serai libre, libre, libre, libérée de ce besoin frénétique de séduire, toujours séduire, libérée des mains vulgaires de ces hommes méprisés, libérée de leurs regards malsains et de leur dérisoire virilité, et je passerai mes journées à prier un Dieu magnifique, adulé, insaisissable, je passerai mes journées à implorer son pardon et sa miséricorde, en priant son amour d'éternel... Oh, je serai libre, libre, libre...

Notre chère Magnificia se met à danser sur les accords magnétiques de *Tangerine Dream* en répétant : « Libre, libre, libre... » d'une seule et merveilleuse voix qui s'enfuit de ses magnifiques lèvres purpurines et sensuelles, à partir d'aujourd'hui promises à l'unique admiration de Dieu, elle danse et danse, étourdie de sa toute nouvelle euphorie, de sa toute nouvelle paix, et n'en finit plus de chérir et d'adorer ce tout proche avenir qui la délivrera d'elle-même, elle, divine-exceptionnelle et suprême Magnificia Love, première reine de beauté, premier corps sur lequel les hommes rêvent de se ruer, première garce-putain universelle. Elle se met à insulter avec une furie effrénée l'ancienne Magnificia Love qu'elle a été, et est peut-être encore un peu, elle se promet de la tuer à jamais, l'assassiner pour toujours, se délivrer éternellement de ses griffes, de ses grilles et prisons. Elle se remet à danser après un flot d'insultes et ne pense plus qu'à sa divine légèreté, légère, elle se sent légère, légère...

Lorsque je rentrais de l'école, je me mettais à danser, à danser, danser, inventant chaque jour de nouveaux pas, de nouvelles attitudes comme pour séduire l'invisible spectateur qui en secret m'admirait. Oh, je l'imaginais si beau, si pur, cet invisible spectateur que j'aurais voulu donner ma vie en échange d'un seul regard sur lui, oui, donner toute une vie en échange d'un regard...

La musique cesse, Magnificia Love se fige, immobile, les bras ballants au milieu de cette demi-obscurité, ni tout à fait nuit ni tout à fait aube...

Elle portera d'abord un voile blanc de novice, et on la dépouillera de ses magnifiques cheveux d'ambre, oh, comme elle les offrira de bon cœur à ce Dieu tout-puissant qui en sa divine demeure l'accueillera, comme elle offrira également ce corps superbe sans regret et s'en délivrera avec joie !

Légère, légère, elle revient s'allonger sur son lit, et son cher Cyprio vient se blottir à son côté avec d'intenses ronronnements de satisfaction. Oh, t'imaginais-tu mon cher Cyprio que je finirais ma jeunesse dans un couvent ! Plus d'amoureux béats de stupide espérance, plus d'innombrables prétendants tous avides de satisfaire l'orgueil de leur dérisoire virilité, plus cette obligation de séduire, toujours séduire ! Ah, mon cher Cyprio, quel soulagement-délivrance-liberté s'ouvrent devant moi !

Mais sois tranquille, je ne t'abandonnerai pas. Je te confierai aux soins de la chère Fara Moore. Cyprio lui donne un rageur coup de griffe, et drapé dans sa dignité de sphinx va se coucher au pied du lit, affirmant ainsi son désaveu.

Mais je ne peux pas t'emmener avec moi, voyons ! Sois raisonnable ! Allez, ne fais pas de caprices, reviens vers moi !

Mais le magnifique et fier félin feint la plus suprême indifférence.

Eh bien, reste ! Ne viens pas !

Et Magnificia Love, s'étant voluptueusement étirée dans ses draps de satin, sombre dans un profond sommeil.

Trois jours plus tard, Magnificia Love, en robe de bure blanche, sandales à ses merveilleux pieds de nymphe arrange les derniers détails de la réception avant la toute prochaine arrivée des filles du *Red Devil*. Elle a commandé des assortiments de sandwichs et petits fours chez Fauchon, placé d'immenses cierges d'église aux quatre coins de la pièce et sur la table ornée. Le salon est dégagé le plus possible de ses meubles et bibelots afin que les filles aient tout loisir de se déplacer. Elle a quitté le *Red Devil* il y a une demi-heure à peine, sous les applaudissements enthousiastes et unanimes de la salle. Elle a trouvé dans sa loge plus de trente invitations sur lesquelles elle n'a pas même jeté un coup d'œil. Adieu, messieurs, se met-elle à chantonner en arrangeant un bouquet de roses blanches ornant le bout de la table. Il y a du champagne et divers jus de fruits et comme cadeau, son seul aveu. Magnificia Love se sent nouvelle, et divine, en vérité.

Bientôt, la sonnerie de la porte d'entrée tinte et c'est Amour Amour qui arrive la première, amoureuse béate de vaines espérances. Elle étouffe un cri de surprise en voyant Magnificia Love ainsi vêtue, dans sa toute simple robe de bure blanche, sans maquillage, cheveux tirés et sandales aux pieds et semble rester un instant plongée dans une douloureuse réflexion.

« Entre, entre, tu es la première mais ça ne fait rien dit Magnificia Love en l'entraînant vers le salon.

— Oh, chère Magnificia... que veut dire ce costume, ce...

— Un peu de patience, chère Amour Amour, un peu de patience... Une coupe de champagne ?

— Volontiers, oui... »

Et toute retournée par cet encore secret aveu que cependant elle commence à deviner, elle se précipite sur la coupe que lui tend Magnificia Love, coupe qu'elle boit d'un seul trait.

Et déjà, la sonnerie retentit de nouveau. Magnificia Love va accueillir Fara Moore, Whisky Grenadine et Rita Stromboli avec un angélique sourire toute chaleur et toute joie qui laisse les filles toutes ébahies de stupéfaction. Magnificia Love, dans son costume dépouillé, avec son visage sans maquillage, paraît encore plus belle, d'une beauté qui tient coites Ale Saphir, Rina Balistic, Ocean Slip et les autres. Toutes encerclent Magnificia Love et leurs regards interrogateurs s'échangent en silence tandis que la suprême créature promise à l'amour de Dieu continue à sourire de ce sourire angélique, toute chaleur et toute joie.

« Eh, bien, vous n'avez jamais vu une robe de bure blanche finit par dire la divine créature.

— Oh, Magnificia Love, qu'est-ce que cela veut dire ? crient plusieurs voix en même temps.

— Eh bien, j'entre au carmel dans quatre jours. »

Un silence stupéfié s'abat sur les superbes créatures du *Red Devil*. Amour Amour ne peut réfréner un sursaut, Ocean Slip porte la main à sa bouche et Ale Saphir saisit dans un geste de désarroi la main de Rina Balistic. Magnificia Love, au milieu du cercle que forment ses compagnes rassemblées semble drapée dans une paix rarissime. Elle finit par dire :

« Mais qu'attendez-vous pour vous servir de champagne et de petits fours ? Je suis très mauvaise maîtresse de maison ! »

Quelques murmures parcourent le cercle qui bientôt se démantèle et s'éparpille autour de la table dressée. Aucune des filles n'ose demander à Magnificia Love si ce qu'elle vient d'annoncer est vrai, la certitude se lit trop bien sur son merveilleux visage rayonnant de tranquille sérénité. Elle a pris une coupe de champagne et la boit à petites gorgées, ne semblant pas du tout étonnée par la soudaine absence, au sein de ce groupe d'habitude si bruyant, par la soudaine absence de paroles. Elle fait passer les assiettes de sandwichs et de petits fours, remplit les coupes de champagne, sert les jus de fruits, et ceci toujours avec son merveilleux sourire. La pauvre Amour Amour est toute blême de son amour déçu et ne quitte pas une seconde du regard la superbe créature dont elle s'est montrée servante. Une gêne s'est installée parmi toutes les filles du *Red Devil* qui ne savent que dire, et ne savent que faire en face de cette promise carmélite. Magnificia Love semble satisfaite de la confusion générale. Mais elle y reste suprêmement indifférente, comme déjà emprisonnée dans sa paix intérieure.

Cyprio observe cette silencieuse réception du haut de l'armoire placée au coin du salon, les yeux brillants d'une intense fièvre de rage comme s'il avait percé déjà le dessein de sa jadis toute exclusive maîtresse. Au milieu d'un temps de silence plus terrible encore que les autres, il saute de son perchoir et va se frotter aux jambes de Fara Moore, au grand plaisir de Magnificia Love qui a déjà promis à sa chère compagne le magnifique félin.

« Tu le soigneras bien, n'est-ce pas, Fara ?

— Oh, bien sûr ! Comme un roi », répond la chère intimidée Fara Moore.

Amour Amour, secrètement jalouse du privilège accordé à Fara Moore se venge silencieusement sur une assiette de petits fours, consolation qui n'échappe bien sûr pas au regard attentif de Magnificia Love. Je ne fais plus partie de leur monde pense-t-elle, non, je ne fais plus partie de leur monde se répète-t-elle sans une seule pointe de regret en détaillant les costumes indécents et extravagants des filles du *Red Devil*. Encore quatre soirées de spectacle et je fais mes adieux au Tout-Paris, je prends ma valise et mon billet de train et vais mon chemin... Vers une lumière éternelle, éternellement présente... Non, je ne fais plus partie de leur monde.

« Alors, tu nous quittes vraiment ? finit enfin par demander Ocean Slip d'une voix timide.

— Oui. Mais je ne vous oublierai pas.

— Oh, nous non plus ! Tu resteras la plus divine-exceptionnelle et suprême créature dans les annales du *Red Devil*.

— Ce n'est pas à ce titre-là que j'aurais voulu rester dans votre mémoire... Mais peu importe. »

Le silence revient, plus pesant que jamais. Les filles se servent de petits fours, comme pour faire passer le temps, et leur gêne. Seule Magnificia Love semble parfaitement à l'aise. Elle va et vient à travers la pièce, adressant à toutes ce sourire évangélique qui désormais est le sien. En se servant une seconde coupe de champagne, elle lance :

« Mais ne faites pas ces têtes-là ! Je ne vous ai pas annoncé une catastrophe !

— Oh, Magnificia, toi, si belle, si divine, aller t'enfermer au couvent ! C'est un suicide !

— Mais non. Au contraire. Une renaissance. »

Cette réponse fait taire tous les murmures de désapprobation. Les filles commencent à s'ennuyer sérieusement. Fara Moore prétexte un rendez-vous matinal pour s'enfuir. Ale Saphir et Rina Balistic la suivent de près. Rita Stromboli, Whisky Grenadine et Ocean Slip l'embrassent hypocritement-chaleureusement avant de s'éclipser. Seule Amour Amour ne se décide pas à partir, attendant on ne sait quel privilège de la part de Magnificia Love. Elle s'est nichée dans un confortable fauteuil, une coupe de champagne à la main, et concentre toute son attention à suivre le moindre geste de celle dont elle se veut la servante.

« Eh bien, Amour Amour, heureuse ?

— Non. »

Magnificia Love s'assied en face d'elle, ne semblant pas trouver cette présence gênante mais toujours lointaine et détachée, comme à des milliers de kilomètres du monde réel. Amour Amour, indécise, incertaine, n'ose poser la question qui ne cesse plus de courir dans ses pensées, obsédante.

« Amour Amour, tu as compris ma décision, toi au moins. Non ? Tu leur expliqueras, n'est-ce pas ?

— Oui, Magnificia Love, je te le promets.

— Elles n'ont pas accepté...

— Oh, Magnificia Love s'écrie soudain Amour Amour en se jetant à ses pieds, qu'est-ce qui pourrait te faire changer de décision ? Tout, je ferais tout ce qui est en mon pouvoir pour que tu n'ailles pas t'emprisonner à vie dans ce carmel, toi, merveilleuse beauté à l'abri de tous les regards, cloîtrée à jamais, c'est... c'est une infamie !

— Non, Amour Amour. C'est mon choix. »

Amour Amour, en larmes, se jette dans ses bras puis sans un mot de plus que ces pleurs d'amour déçu, s'enfuit.

J'ai revêtu la robe noire, le voile blanc, la vie pure. Je suis dans une cellule de deux mètres sur trois, à genoux sur un prie-dieu d'église et par la fenêtre entrouverte, j'aperçois le clocher de l'église où je vais prier six fois par jour. Le temps ne semble plus exister ici. Il est pourtant au centre de la vie, mais aussi par-delà la vie. Et la vie, au cœur de la vie, bat de son rythme paisible sur le corps du Christ.

PAGES DIVERSES

Visage derrière la vitre

Une silhouette passante sur le quai des eaux troublées par la pluie, silhouette d'espoir ou de tristesse mais de présence et d'espérance, une seule passante va son chemin, que personne ne connaît, son chemin et peu importe lequel, il suffit qu'il en existe un pour la voir marcher et la voir se mouvoir sous le ciel gris et triste d'une sale journée d'automne.

Elle s'est arrêtée. Elle s'est penchée vers l'eau. Comme pour y voir son visage ou y entrevoir son reflet, peut-être y lire sa destinée comme les bohémiennes de la tendresse déchiffrant la joie et le malheur au creux de vos mains trop usées pour savoir encore la tendresse. Elle s'est penchée et de son corps tout en noir a dessiné un arc-en-ciel, arc-en-ciel et mirage illuminant le gris des quais désertés et sinistres, sinistrés.

Puis elle est repartie. D'un pas lent. Lancinant. La tête toujours penchée vers cette eau troublée comme si s'y cachait le secret de son mystère et de son deuil, beauté et fascination. Elle est repartie sans m'avoir rien dit, à moi, pauvre passant trempé de pluie dans ses vêtements ternis, parties la mort que j'espérais et la vie qui sait fasciner parce que la mort est son âme.

Un visage derrière les vitres où coule la pluie d'un dernier automne, un visage qui attend, d'une inlassable attente que le temps apporte entre ses heures le présent d'un instant. Et dans ses yeux l'espoir d'un avenir libéré de ces grilles de pluie qui l'emprisonnent à l'intérieur de lui-même, et dans ses yeux tout l'espoir de lui, tout l'espoir du monde.

Le bruit inlassable, régulier métronome d'une averse, métronome d'une mort résonne dans le silence de ce regard, son attente. Et aucun bruit d'une autre naissance ne peut le vaincre, métronome réglé sur la mort, non, aucun bruit d'autre naissance...

Une tristesse sur ces yeux qui regardent la mort approcher, une pâleur sur ce visage né d'un autre temps et puis aussi une tendresse d'ailleurs, une tendresse pour celle qui vient et revient sur ses pas, inlassable... Peut-être est-elle très près et peut-être ailleurs, qui peut le dire, qui peut le sentir, mais elle viendra, féline et tendre, pour une caresse et une tendresse puis s'en ira avec son amour entre ses bras, comme un présent, comme un trésor, et heureux celui qui sera porté dans son cœur d'un amour mort.

Je voudrais que ton visage d'enfant reste toujours ainsi et ton insouciance aussi belle, ta joie aussi pure. Je t'imagine adulte, je t'imagine en corps sans âme, en corps de pierre. Ton sourire s'offre si tendrement ; plus tard il ne saura plus jaillir sur tes lèvres et il faudra que tu l'appelles comme l'on appelle toute chose, nous, adultes s'entretuant, adultes d'entremort. Le temps ne peut se figer. Le temps ne peut s'arrêter pour te garder ainsi, enfant d'outre-vie, enfant de toute vie par-delà et après la mort, et tu grandiras, et tu tueras, et tu perdras tout ce que tu possèdes aujourd'hui au creux de tes mains tel un joyau dont on t'aurait donné l'honneur et la pureté. Si tu restes ainsi, tu mourras. Et si tu changes, tu mourras aussi, mais de l'intérieur, par l'intérieur...

Rien n'est plus cruel que cette certitude sur ton visage, toi qui sait encore sourire.

Miroir de la mort

Les deux angoisses se sont heurtées dans un choc désespéré... Les deux corps se sont enlacés dans une lutte silencieuse, absurde, tuer l'angoisse... Elle restait blottie au plus profond des corps comme un cri étouffé que jamais leurs voix ne pourraient meurtrir, que jamais l'écho d'une nuit ne parviendrait à briser contre les parois d'indifférence de cette vie qui se refermait sur eux tel un carcan, prison d'une vie, désir de mort, désir de mort... Les mains cherchaient les mains, les yeux cherchaient les yeux, tout était fou, désespéré pour tuer ces deux angoisses mêlées et qui s'enlaçaient puis se détruisaient mais seulement pour renaître dans la parole d'un geste, la recherche démunie d'un lien, un lien... Où étais-tu résonnait dans l'écho, où étais-tu, où étais-je, toi, où étais-je, toi... Une caresse désespérée, une caresse dans la nuit sans issue qui reviendrait demain et n'en finirait jamais d'être là... La nuit était là, miroir d'une angoisse, miroir d'une mort jamais vécue, d'une tendresse jamais donnée... Une caresse si cruelle, et le choc désespéré des corps contre ces murs de pierre, l'écho s'élevait, où étais-tu, où étais-je, toi, et les mains cherchaient les mains, les yeux les yeux, et leurs mains se sont croisées, et leurs regards croisés, et ce miroir brisé de leur mort enlacée sur l'espoir, perdu dans la nuit, perdu dans la nuit dans un écho sans fin.

[...] Bruit de pas...

— Je croyais que vous m'attendiez ailleurs.

— Ailleurs où ?

— Je ne sais pas, ailleurs...

— Alors, pourquoi nous sommes-nous trouvés ?

— Trouvés ?

[...]

— Il n'y a jamais de prise, jamais de lien, jamais d'attache... Vous auriez pu entrer dans le café d'en face, vous tromper de rue, vous tromper d'avenue, retourner sur vos pas et vous apercevoir que votre passé n'existe plus... Qu'il n'y a plus aucune issue pour retrouver ces traces de pas, plus aucune issue pour se trouver...

— Se trouver lorsqu'on n'existe pas... ?

— Et se retrouver où... ?

— Ailleurs...

[...]

— Je ne sais pas, tout est si confus, et pourtant on doit continuer à chercher et se chercher alors qu'on ne sait déjà même plus pour quoi, pourquoi...

— Pour tout, pour rien...

— Ça ne veut plus rien dire, ça n'a plus de sens...

— Il faut croire...

— Je ne peux plus... je ne veux plus croire...

[...]

— Je l'imagine comme...

— Une longue absence...

— Non.

— Un désert blanc...

— Non !

[...]

— J'ai heurté une paroi puis soudain toute a disparu.

— Rien ne disparaît jamais.

— Tout finit par disparaître un jour.

— Les paroles se parlent à l'envers d'elles-mêmes...

[...]

— Sans issue...

— Mais vous ne vous battez jamais ! Pourquoi êtes-vous ici ?

— Je peux partir.

— Non !

[...]

La pluie frappe les vitres comme la voix d'une seconde révolte, le cri étouffé d'un énième appel, par-delà la distance du temps et l'absence de tout regard, la pluie frappe les vitres tel ce reflet de soi, toujours insaisi et toujours hors d'espoir que pourtant l'on suit pas à pas dans chaque ville inconnue et chaque vie étrangère, pas à pas dans chaque regard effleuré et chaque caresse échangée...

Le bruit d'un orage transperça leurs corps immobiles, figés au bord de leurs pas comme au cœur d'eux-mêmes, un ciel déchiré au miroir de leurs yeux avant que la violence du choc ne les projette dans l'espace sans pesanteur, et les éclats brisés de cette révolte tue s'abattirent, ces mille éclats brisés de leurs regards redevenus aveugles après l'espoir fugitif et meurtri d'une seule étincelle de lumière envers eux-mêmes.

Ils s'approchent, se rejoignent... Echos lancinants de ces paroles impossibles à dire, cercles mouvants de ces gestes bloqués à mi-chemin de leur atteinte, le temps s'est figé à l'intérieur, dans l'abri de leurs silences que plus rien ne peu briser, prison transposée, revécue à travers l'obscurité des mille visages étrangers d'une absence jetée au cœur de leur espoir.

[...] Bribe de musique, obsédante... lancinante...

— Je ne sais pas me battre contre la réalité...

— Si. Puisque vous êtes là.

— Non. C'est... le hasard, une coïncidence peut-être mais je ne me suis pas battue...

— Si, vous n'entendez pas ?

— Quoi ?

— Les battements de votre cœur se battent les uns contre les autres.

— Oui mais ça ne sert à rien. Se battre comme ça ne sert à rien.

[...]

— C'est juste lorsque la nuit n'est pas tout à fait là et qu'on ne sait pas encore où elle va vous entraîner qu'elle est si angoissante... lancinante...

[...]

— Il faudrait ne jamais dormir... Ne jamais

oublier, ne jamais s'oublier pour ne plus se retrouver le lendemain, dans la lumière cruelle du jour...

— Dormir, c'est partager un peu de sa mort. Je n'existe pas, c'est comme si j'étais mort. Vous, vous existez.

— Non.

[...]

— Je vous ai appelé mais vous n'étiez pas là. On se croise toujours. Et même si l'on ne se croise pas pour l'apparence, on se croise toujours, de l'intérieur...

— C'est peut-être à force de se croiser qu'on peut se retrouver.

— Ou s'égarer.

[...]

— Vous croyez que c'est possible ?

— Possible ? C'est un mot que je ne connais pas.

[...]

— C'est comme si nos voix s'étaient mêlées, confondues en une seule, puis soudain elles se divisent de nouveau, et l'on ne peut plus croire en soi puisque c'est quelqu'un d'autre qui a parlé...

— Quelqu'un d'autre ?

— Quelqu'un d'autre qui est soi l'instant d'avant mais déjà ne l'est plus... et l'on a l'impression d'avoir tout perdu... tout perdu...

— Que peut-on perdre lorsqu'on ne possède rien... ?

— Tout.

[...]

Nuit, et ses mille teintes voilées sous les éclairs irisés d'un espoir, les bruits des pas qui résonnent sur le silence opaque de ces rues désertées où errent d'une même démarche désespérée et l'incertitude de soi et la recherche obsédante d'un autre, nuit, et les échos de ces pas qui se perdent dans l'obscur d'une vie enlacée d'impossible, nuit, et l'écho de cet appel toujours non entendu qui s'égare entre les grilles d'une réalité posée sur la surface du temps telle la marque infaillible de sa défaite, son échec.

J'ai pensé que tout redeviendrait calme et sûre de moi après l'errance de cette nuit-là, j'ai pensé qu'il suffisait de ne jamais perdre cette volonté, même absurde et inutile de choisir et se choisir pour qu'un jour l'étincelle jaillisse enfin d'un mur terrifiant d'indifférence, j'ai pensé... pensé... je ne sais plus...

Egaré parmi les ruelles d'un cauchemar transposé au réel, sans jamais savoir si l'on est l'un ou l'autre de ces reflets qui se cherchent sans jamais pouvoir se rejoindre ni même se reconnaître, méandres d'une ville imaginée et la menace d'un vide prêt à vous saisir dès que votre pas s'éloigne des limites d'un cercle obsédant de vie...

... Et tout aura disparu vers cette obscurité qu'on n'a jamais véritablement quittée ni cessé d'être à force de s'être détruit pour n'avoir jamais pu renaître.

[...] Sirène d'ambulance...

— Tout semble attiré vers l'extérieur, le corps tout entier se glisse peu à peu vers cette seule issue de secours d'où s'écoule sans violence et sans heurts un mince filet de sang dont les teintes jouent avec les reflets du soir comme pour mieux les fasciner, et les entraîner avec elles vers cet obscur sans failles...

— Je suis derrière les grilles, et je regarde la ville, labyrinthe de rues où des milliers d'étincelles jaillissent en braises transparentes tels les éclats imaginés de cette vitre que je peux briser... Et je reste derrière les grilles, paralysée par l'impuissance, paralysée par cette impossibilité, perpétuelle impossibilité de se joindre comme de se perdre, se perdre ou se rejoindre par-delà le vertige d'un désespoir qui lui aussi semble sombrer dans sa nausée d'inexistence...

— Sensation d'être projeté de mur en mur puis soudain de disparaître... Temps d'absence, hors de soi, hors du monde... Puis de nouveau la conscience revient et avec elle l'angoisse de cette surface blanche d'où rien ne s'échappe et qu'on ne peut déchiffrer avant d'avoir été projeté au plus profond d'elle... Surface blanche murée à l'intérieur de sa prison dont on ne peut prévoir la tendresse ou la cruauté, l'amour ou la haine...

— J'ai vu les limites du cercle s'approcher, s'approcher toujours davantage... Je suis figée dans l'espace étroit de cette distance si infime, pourtant toujours infranchissable... Comme un cri qui s'étouffe de lui-même, un cri qui s'étouffe de lui-même... Un regard mais que je ne peux donner, un sourire mais que je ne peux recevoir, une main mais que je ne peux saisir... Un corps mais que je ne peux détruire...

[...]

La sirène devient bribe de musique lancinante et violente...

— Je vous emmènerai ailleurs, loin...

— Dans un pays où tout est blanc, un immense désert blanc dont on ne voit jamais la fin, où les mirages apparaissent comme des ombres où l'on va se blottir pour oublier qu'un jour la lumière du soleil vous a aveuglé les yeux...

— Non, pas ce pays-là, il n'existe pas...

— Je veux aller dans celui qui n'existe pas.

— Il est exactement comme celui où l'on ne peut exister.

— Non !

[...]

Marcher dans un couloir obscur aux portes closes, aux parois sans visage, se retourner par-delà soi et la distance du temps pour ne plus distinguer entre ces ombres furtives le regard qu'on a porté sur les mille instants d'avant, et continuer à avancer sans espoir de voir la lumière enfin apparaître, et continuer pour ne plus reconnaître entre les mille ébauches de ces lignes croisées à l'infini de soi, le seul chemin qui vous mènerait à cette porte vous laissant entrer pour vous laisser choisir.

Suivre les teintes d'une nuit dévisagée par les

flashes d'une ville travestie, s'égarer entre ses ruelles et ses avenues sans but, sans pensée, incertitude de soi, incertitude de l'autre, incertitude du monde, sans autre certitude que d'échouer avec le retour cruel d'une lumière de jour devant un miroir où votre visage se dévoilera, et dévoilera ce visage que vous n'avez jamais connu.

Laisser les pas s'entraîner les uns les autres vers ce nulle part sans cesse imaginé et toujours hors d'atteinte, nulle part sans teinte, sans contour qu'on voudrait comme un refuge hors de soi, hors de tout, hors de rien, mêler les sons qui n'ont plus de sens, mêler l'écho de soi vers des détours sans issue pour revenir, et revenir inlassablement sur les limites d'un cercle rythmé par les battements creux et infaillibles d'une angoisse.

Franchir le pas au coin d'une rue...

Et tout disparaîtra vers cette obscurité qu'on n'a jamais véritablement quittée ni cessé d'être.

[...]
Echo de pas...

— Il suffit de décomposer le temps en bribes, décomposer les bribes et les égarer, tout égarer, et s'égarer.

— Je ne comprends pas...

— Moi non plus, je ne comprends pas.

[...]

— Pourquoi dites-vous le contraire de ce que vous pensez ?

— Je dis ce que je pense.

— Alors vous pensez à l'envers de moi...

[...]

— Il suffirait d'étendre la main pour que tout cesse...

— Tout quoi puisque rien n'a jamais existé.

[...]

— Je m'étais perdu dans les ruelles d'un château fort... Je ne pouvais ni avancer ni reculer, je ne connaissais pas l'issue...

— J'étais sur une route en plein soleil... J'entendais des cris derrière moi mais dès que je me retournais, tout redevenait silencieux...

[...]

— Pourquoi sommes-nous revenus ? On aurait pu partir...

— Il aurait fallu se croiser pour qu'il soit possible de partir.

[...]

— Ce n'est pas cette rue-là.

— Je ne l'ai jamais vue.

— Mais elles sont toutes les mêmes.

[...]

— Vous viendrez ?

— Non. C'est de l'autre côté que je veux partir.

[...]

Blottis au creux d'un corps, battements imperturbables se heurtant aux parois aveugles d'un espoir, visages confondus dans l'ombre d'un miroir soudain brisé, regards qui s'effleurent puis se perdent, et si loin l'un de l'autre...

Raconter l'histoire de mille étrangers croisés, inventer l'histoire de ceux qu'on n'a jamais pu voir et de ceux qu'on a trop connus, ne plus vouloir écouter ni parler, et chercher désespérément au fond des yeux d'un autre ce visage dévisagé...

Demander l'issue mais le cri s'étouffe de lui-même, et le cri blotti au creux d'un corps entre ces battements creux, battements creux...

N'entendre pour toute réponse que le silence d'une nuit, et tendre les mains pour saisir ce visage qui s'échappe, ce regard qui s'enfuit, et tendre les mains pour saisir ce miroir de l'autre qui sans cesse se dérobe pour mieux se faire aimer, ou haïr.

[...]

Bribes de musique... lancinantes...

— Je vous déteste !

— Alors pourquoi êtes-vous revenue ?

— Je ne sais pas.

[...]

— Pourquoi fait-il encore nuit ?

— La nuit n'a jamais cessé d'être.

— Mais hier, elle n'était pas là.

— Hier est si loin...

— Je confonds les jours, les nuits, le temps... Je ne sais pas le temps, le temps n'existe pas.

— C'est parce qu'il vous a étouffé que vous avez l'impression qu'il n'existe plus.

[...]

— J'aurais pu me tromper de porte... J'aurais dû me tromper de porte, ou vous auriez dû claquer la porte !

— Pourquoi ?

— Parce que c'est impossible. Tout est toujours impossible.

— Alors pourquoi sommes-nous ici ?

— Justement parce que c'est impossible.

[...]

— Vous croyez vraiment que c'est impossible de vivre ?

— Je crois qu'il est même impossible de survivre.

— Et partir ?

— Partir aussi. Il n'y a pas d'issue.

Une caresse glaciale sur les corps de pierre, et les mains auraient glissé sur la surface sans image de ce mur dressé entre eux et par-delà toute vie telle une cicatrice de mort en perpétuelle errance... Une cicatrice au creux des mains, au bord des yeux, au bord des lèvres, et les échos lancinants de ces gestes bloqués à mi-chemin de leur atteinte, de ces paroles impossibles à dire, de cette révolte impossible à briser...

Une caresse désespérée dans la nuit sans issue qui reviendra demain et n'en finira jamais d'être là... Une caresse si cruelle, et le choc désespéré des corps contre ces murs de pierre, les mains cherchent les mains, les yeux, les yeux, et leurs mains se sont croisées, et leurs regards croisés, et ce miroir brisé de leur mort enlacée sur l'espoir, perdu dans la nuit, perdu dans la nuit dans un écho sans fin.

La mouche sur le piano

Les candidats, les professeurs et les membres du jury étaient déjà installés lorsqu'il entra dans la salle d'examen. D'un air faussement décontracté, il se dirigea vers les chaises disposées en cercle autour de l'instrument, s'assit et croisa ses jambes avec précaution en réprimant le tremblement de ses mains. La peur montait lentement en lui tandis qu'il entendait des bribes de phrases d'encouragement et que les jurés sortaient leurs fiches et leurs lunettes en discutant entre eux d'une voix détachée. Evidemment, ils peuvent se permettre d'être détachés pensait-il, de plus en plus nerveux. Il avait beau se répéter qu'il connaissait son morceau sur le bout des doigts, qu'il le jouait depuis un mois sans faire une seule fausse note, la panique s'infiltrait insidieusement en lui, troublant son regard et voilant sa pensée d'un brouillard opaque, impénétrable. « C'est toujours et précisément le jour fatidique que le *fa* dièse de la gamme en *ut* mineur vous échappe, que vous oubliez inexplicablement d'appuyer sur la pédale douce, que les trilles se dérobent sous vos doigts et que le pianissimo devient fortissimo... » Le nom du premier candidat résonna et un silence pesant s'abattit sur la salle.

Il a le trac, c'est indéniable se disait-il pour se rassurer. Rien qu'à voir comment il s'assoit sur le tabouret, je suis sûr qu'il va rater la première note. Mais brusquement, les mains s'abattirent sur le clavier et la musique emplit ses pensées et ses espoirs d'un doute sans cesse plus obsédant.

Les sons lui parvenaient à travers un brouillard trouble qu'il ne parvenait pas à percer et son regard errait comme à la recherche d'une main tendue entre les murs jaunis et les visages figés des gens éparpillés autour de lui. Par moments, les notes frappaient ses tempes de coups sourds qui envahissaient sa tête d'une douleur lancinante, intolérable. « Tu joues comme une machine bien réglée, tu n'as rien compris à la musique ! », avait-il envie de hurler à cet adolescent boutonneux dont les mains impitoyablement saccageaient sa propre musique. Il enchaîna sur l'allegro avec habileté et les coups martelaient d'une angoisse toujours plus cruelle les pensées de celui qui attendait... et attendait...

Lorsque le *si* de la fin retentit, il poussa un soupir d'intense soulagement. Les jurés, coudes sur la table et front soucieux, feignaient un dilemme insurmontable, « ils sont payés pour ça », pensait-il dans l'espoir de ridiculiser sa peur. Et c'est au moment où le rire montait dans sa gorge que retentit son nom.

Lentement, il se leva et s'approcha à pas graves et mesurés du piano. Il sentait tous les regards fixés sur lui, ces regards qui toisaient, jaugeaient, notaient. Une révolte impuissante l'envahit, mais déjà le clavier blanc le provoquait avec un sourire ironique de défi. Il respira profondément, murmura un mot tendre et amoureux à la musique puis vit ses mains s'approcher, s'approcher et se mettre à courir sur le corps pâle de son amour, son unique et merveilleux amour...

Le monde avait brusquement disparu. La musique l'enivrait d'une sensation de plénitude et semblait lui offrir une complicité et une tendresse jamais vécues. Les sons déferlaient, mélange de mystère et de magie, de mélancolie et de joie, il aurait voulu pleurer pour remercier le compositeur, il aurait voulu tout donner pour que ce moment dure toute une vie ou seulement pour mourir avec une joie aussi intense au plus profond de lui... Et ses doigts continuaient de courir sur le clavier à la recherche d'une perfection et d'un idéal se profilant au-delà du socle noir et luisant d'un piano trop irréel.

Ses yeux se détournèrent un instant de ses mains et se figèrent sur les visages ridés et aigris des jurés. Aussitôt, ses doigts glissèrent sur la surface lisse du clavier comme frappés par ces regards, regards qui lui volaient son amour, lui volaient sa musique, sa vie. Il ressentit une brusque sensation de déchirement comme si quelque chose en lui avait été arraché, comme si tout son être avait été écartelé puis jeté violemment dans un vide insondable d'où aucune note, plus jamais, ne pourrait jaillir. Il baissa la tête sur les touches, scruta un long moment ses mains raides et crispées puis il se leva et sans un mot, sortit de la salle.

Rues sinistres, rue de Lisbonne, rue de Londres, rue de Madrid. Il passa devant la gare Saint-Lazare où couraient des voyageurs en retard, puis devant les cafés où s'entassaient des hommes d'affaires et leurs pensées déchues, devant les luthiers aussi dont il regarda les vitrines par habitude. Il faisait lourd et pourtant ses mains étaient glacées.

Lentement, il monta ses six étages et entra dans sa chambre mansardée. Un piano et un lit. Un carton retourné pour table de nuit. Et puis, le défi du clavier lancé dans ce silence, cette solitude.

Une chaleur étouffante s'infiltrait dans la mansarde. Il brancha la radio et la referma en entendant le reportage d'un match de football. Puis, il s'allongea sur son lit et ferma les yeux.

Le plafond était propre mais triste. Il s'y dessinait d'étranges arabesques aux lignes incertaines et des milliers de couleurs phosphorescentes tournoyaient entre les blancs rigides de ce minuscule espace qui devenait alors plus immense qu'un ciel d'infini. Peu à peu, il sentait son corps s'amoindrir et glisser dans un gouffre de vide et de néant. Un vertige étourdissant l'empêchait de faire le moindre geste et les étoiles étincelantes continuaient leur course démente dans l'espace vide de cette chambre où aucune note ne résonnait. « Je suis paralysé », se répétait-il avec la panique au creux du corps, « paralysé, jamais plus je ne pourrai me relever ».

Une sirène d'ambulance résonna alors dans sa tête, bruit strident qui déchira son malaise. Brusquement, il l'entendit, il se redressa d'un bond. Et c'est alors qu'il la vit.

Elle était posée avec une nonchalance exaspérante sur le *fa* le plus haut de la gamme. Elle l'observait tout en se léchant régulièrement les pattes avec des gestes précieux et affectés. Ses ailes transparentes se pliaient et se dépliaient faisant un bruit agaçant de papier froissé qui écorchait ses oreilles de musicien.

« Bonjour », fit la sale bestiole en sautant joyeusement sur le *mi*.

C'était vraiment trop fort ! Comment osait-elle le déranger ainsi dans ses méditations musicales ? Comment osait-elle montrer son corps ridicule et laid, noir et graisseux, écœurant, détestable, visqueux, insupportable à regarder !

« Qu'est-ce que tu fais ici, dit-il d'une voix agressive.

— Moi ? Je viens te rendre visite, prendre de tes nouvelles...

— Mais je ne te connais pas !

— Peut-être pas mais moi, je te connais », répondit la bestiole d'un ton mystérieux.

Assis sur le bord du lit, il regardait attentivement la mouche noire d'un air désabusé. La logique de cet événement le dépassait. Vraiment, il n'y comprenait rien. Soudain, il s'écria :

— Va-t'en ! Je ne veux pas d'une mouche sur mon piano, tu entends !

— Je ne suis pas une sale mouche mais le roi des mouches.

— Et alors ? Je m'en moque ! Va-t'en ou je t'écrase d'un coup de poing !

— Tu ne le pourras pas. Mes gardes me protègent.

— Je ne le pourrais pas ? C'est ce qu'on va voir ! »

Il se précipita vers le clavier et frappa le *mi* avec une rage effrayante. Le *mi* envahit la chambre d'un son assourdissant. Lorsqu'il releva la main, il n'y avait rien sur la surface blanche, rien, et le roi des mouches, posé sur le rebord de la fenêtre le regardait avec un sourire sarcastique.

« Je te l'avais dit. »

Une haine sourde monta en lui tandis qu'il s'approchait lentement, précautionneusement, de la bête. Lorsqu'il arriva devant elle, il donna un violent coup de pied à l'endroit où elle était posée. Un cri de douleur transperça sa gorge mais au moins cette sale mouche doit être crevée se dit-il.

« Pourquoi veux-tu me tuer ? Tu ne devrais pas... »

Aussitôt, un immense tourbillon noir et bourdonnant s'infiltra dans la pièce. Des milliers de mouches envahirent la chambre, des milliers de pensées terrifiantes et des milliers d'espoirs bafoués...

Il décida de ne pas leur prêter attention, de les laisser courir sur sa peau, feignant de les ignorer. Personne ne supporte l'indifférence se répétait-il. Mais leurs avancées devinrent si agaçantes et si violentes qu'il fut obligé de se lever. Il interpréta alors une danse de combat, se retournant en tous sens pour les chasser et les anéantir, fou de rage et d'exaspération, fou de voir son âme réapparaître sans cesse dans le miroir irisé de leurs ailes.

La lutte devint infernale, son corps semblait se désarticuler et ses cris aux intonations rauques résonnaient de plus en plus fort au milieu du bourdonnement incessant et cruel...

Ce furent les mouches qui triomphèrent. Sereines et joyeuses, elles l'attaquaient désormais sans retenue comme autant de désespoirs et d'illusions vengés.

Il s'affala sur le tabouret du piano, vidé, épuisé.

Elles riaient hystériquement et le moquaient, elles virevoltaient tout en bavardant futilement et en savourant leur si facile victoire... Il ne pouvait plus les supporter. Il se leva et se dirigea vers la porte, les bras tendus devant lui afin de les écarter de sa vue et désespéré, il s'écroula sur les marches de l'escalier.

Après quelques moments de trouble et d'inertie, il décida d'aller acheter une bombe insecticide. Si son âme devait être une mouche, alors elle ne méritait pas de vivre.

Sur le palier du deuxième étage, il rencontra le roi des mouches. Répugnant et hilare, il se tordait de rire sur la rampe et des gouttes huileuses suintaient de son thorax, énormes, monstrueuses. Il détourna son regard et continua de descendre, de plus en plus furieux. Un désir incontrôlable de vengeance le pressait tandis qu'il courait dans la rue du Rocher avec dans les yeux la vision future d'un immense tas noir habité par la mort.

Le marchand de couleur était fermé. Evidemment se dit-il, dans ce maudit quartier, à 3 heures de l'après-midi, seul le drugstore est ouvert. Il reprit sa course, exaspéré de ce contre-temps. A l'intérieur de lui rôdait la menace inquiétante de ces heures sans joie et nourries de détresse.

Au rayon des lessives, il chercha le produit infaillible, l'assassin professionnel, le criminel miracle. Il ne découvrit sur les étagères qu'une minable bombe vieillie. Rageur, il l'acheta tout de même.

Et il courait, poussé par cette volonté folle de détruire et de tuer, impatient de retrouver le silence et la solitude de son univers désormais inatteignable. Elles voulaient lui faire croire qu'il était devenu fou à force de n'avoir pour seul regard que les touches blanches et noires d'un clavier. Elles voulaient le précipiter dans le doute et l'incertitude, lui dérober son art en lui dérobant son âme...

Dès qu'il eut franchi le seuil de sa chambre, il répandit l'arme du crime dans la pièce et sortit précipitamment en prenant soin de bien fermer la porte. Il s'assit dans le couloir, les jambes repliées sous lui, attendant sa victoire avec un plaisir et une satisfaction sans limites. L'odeur de la bombe insecticide parvenait jusqu'à lui, aigre, entêtante, insupportable. Il sentit sa tête tourner avant de sombrer dans le silence de l'oubli.

Le temps s'était échappé de son être. Lorsqu'il se réveilla, il chercha en vain à se souvenir de l'heure, du jour, du mois. Ai-je travaillé aujourd'hui ? Ai-je fait mes deux heures de gammes et répété pendant trois heures ma sonate de Schubert ? Ses mains lui parurent soudain laides et inutiles. L'angoisse revint en lui. Il n'avait pas joué.

D'un pas vif et décidé, il longea le couloir et poussa la porte. Un cri de désespoir déchira sa gorge devant le terrible trou noir et béant de son existence. Anéanti, il s'écroula sur le lit et se mit à pleurer.

C'est alors qu'il se souvint d'une phrase de Kafka. Comment n'y avait-il pas songé plus tôt ? C'est de la colle qu'il faut pour lutter contre les mouches ! Hurlant de joie, il se précipita à nouveau dans l'escalier, le visage encore baigné de larmes voilant son regard d'un éclat étrange et fascinant.

Il ne trouva que de la colle d'ameublement pour laquelle il dépensa tout l'argent qui lui restait pour le mois. N'importe pensa-t-il, qu'importe puisque je vais les tuer !

Dans un grand saladier, il prépara sa mixture, son poison. Il en étala sur le parquet, sur le plafond et sur tous les murs de la chambre, les yeux brillant d'un éclat de meurtre. Puis, il s'étendit sur son lit, calme, serein, heureux.

Les bourdonnements s'affaiblirent. Les mouches s'agglutinèrent sur cette matière de mort, s'arrachant les pattes, criant de douleur et agonisant sous ses yeux.

Il pensa que Kafka était un génie.

Son corps inutile et repu s'amoindrit pour se fondre dans le vide de la musique. Il la laissa venir à lui, le regard fixé sur le clavier taché et humilié où s'entassaient les cadavres répugnants de ses pensées désormais mortes. Un sentiment de plénitude, la certitude d'un aboutissement vivaient au plus profond de son être comme la récompense de son assassinat ou le verdict de son jugement, il ne savait pas.

Dans un dernier soupir, le roi des mouches expira et sombra dans le sommeil de l'oubli. C'est alors qu'il se leva et alla s'asseoir devant le piano. Ses mains, déformées et ridées effleurèrent les corps gluants d'une mélodie perdue et dans le silence et l'agonie de la mort, il resta devant la dépouille de son âme, infirme, à jamais infirme.

Renaître

Il fait beau et tout est vierge du souvenir de ce cauchemar, de ce passé, tout est vierge de mémoire comme si je venais de naître, renaître dans un lieu que peut-être j'avais déjà connu mais n'avais jamais vu, au travers d'une fille qui m'avait vécue et que désormais j'ai à vivre, découvrir et aimer.

L'aiguille et le stylo

L'aiguille de l'horloge, l'aiguille des minutes, aiguë et menaçante atteignit le trait noir suspendu sous le numéro douze ; il était 5 heures, 5 heures et pour lui la journée commençait seulement de s'élancer dans le temps de lui-même, la journée, à cet instant précis, commençait ses ravages, ses heures, ses longueurs et ses peurs.

Il essaya de se raisonner, de trouver le déclic pour tromper le signal de cette pendule maudite, chercha un stylo, mais chercher quelque chose était impossible sur ce bureau devant lequel il passait son temps à remettre de l'ordre et à rendre les choses claires, définies et si nettes que toute recherche en devint immédiate et donc inutile pour effacer la peur, sa peur qui revenait tous les jours avec l'arrivée de l'aiguille de l'horloge, l'aiguille des minutes sous le trait noir, accusateur, du numéro douze... De 8 heures du matin à 5 heures du soir, la peur semblait s'assoupir en lui, calme, inoffensive, oui, chaque jour, de 8 heures du matin à 5 heures du soir, la peur se plaisait à lui faire croire qu'elle était absente et repue et ne reviendrait plus le troubler mais chaque jour, exacte, précise, cruelle, elle se faisait lui, devenait lui, tout entière lui comme un miroir déformant, invraisemblable.

Il la sentit descendre de ses lèvres à sa gorge, de sa gorge à sa poitrine et déjà ses mains elles aussi la reflétaient, ses mains devenues moites qu'il croisait décroisait puis abandonnait à leurs sursauts. Connaissant ses habitudes, il prit soin d'éviter le piège de laisser vagabonder son regard sur le décor sinistre de son bureau mais s'efforça de le fixer, de le concentrer sur le stylo soigneusement posé sur le buvard ce stylo Bic bleu avec un capuchon de plastique bleu un peu rogné sur les bords, ce stylo dont la recharge traversait le manche transparent comme une sorte d'estomac caricaturé en fil de fer, ce stylo qui pouvait représenter une tour de New York, un « sky-scraper » s'il le posait verticalement sur la table, un cadavre s'il le couchait horizontalement, la tour de Pise à l'angle de quatre-vingts degrés, n'importe quoi, ce stylo pour éviter la pente glissante de la peur, le vertige et la nausée de la peur.

Lorsqu'il eut usé toute son imagination sur le stylo Bic bleu, il eut un moment d'égarement, se leva brusquement de sa chaise pour s'échapper, traversa le couloir et entra dans le bureau d'en face mais comme par un hasard prémédité, Georges était justement absent du bureau et inévitablement, son regard enregistra le décor, mur gris, calendrier sordide où les cases des jours étaient soigneusement barrées au feutre noir et dont l'image aux couleurs naïves et insouciantes représentant des fleurs dans un pré était d'autant plus choquante, déplacée, sinistre. Pierre resta un moment immobile, paralysé par ce coup du sort, paralysé par la peur qui peu à peu étendait son pouvoir à l'intérieur de lui, il cherca un support mais son attention s'éparpillait, son attention se laissait éparpiller, oui, un dossier posé sur la table, oui, un classeur ouvert à la lettre B, oui, un carbone sur la machine à écrire, oui, des feuilles éparses sur la table et des feuilles chiffonnées au pied de la table mais que signifiaient toutes ces choses, que signifiaient-elles pour lui, abandonné au temps de la nuit, qu'allait-il faire de toutes ces choses une fois que 6 heures viendraient pour le libérer des contraintes mais l'emprisonner en lui-même, qu'allait-il faire, seul ce soir comme tous les autres soirs dans son deux-pièces de la rue du Moulin-Vert, seul devant la fenêtre donnant sur la rue, rez-de-chaussée où quelques ombres furtives parfois passaient puis s'échappaient, seul face au vide de la nuit avec en lui les marques de la peur...

Il sursauta, se détourna et revint avec une sorte de colère et de révolte devant son bureau, bien décidé à lutter ce soir-là, ne pas se laisser envahir et se dérober aux attaques quotidiennes et nocturnes de son ennemie acharnée. D'un geste sec, il remit le stylo dans le verre, se précipita sur le paquet de feuilles posé au coin de la table, enfila une page sur la machine à écrire et commença à taper : « Monsieur le directeur en chef... monsieur, je vous prierais... Il était une fois sur un arbre perché... Le corbeau et le renard sur un arbre perchés... » puis entendant un bruit de pas, il se leva à nouveau d'un bond et courut vers le bureau de Georges qu'il apostropha violemment :

« Georges, qu'est-ce que tu faisais encore, où étais-tu, tu es impossible et ton boulot alors, c'est comme ça que tu fais ton boulot ?

— J'étais chez le directeur ! » se défendit Georges qui depuis quelque temps n'avait plus peur des menaces velléitaires de Pierre, toujours et, immanquablement excité vers 5 heures du soir.

« Mais enfin, tu es payé pour travailler, oui ou non et c'est comme ça que tu travailles ! », continuait Pierre avec une fureur nerveuse, volontaire qui l'aidait à s'abstraire pour un moment, un instant bref, fugitif peut-être mais un moment de gagné tout de même sur la nuit qui venait. Il suivit Georges entrant dans son bureau puis brusquement s'immobilisa à nouveau devant cet homme qui d'un air exaspéré se mit à taper à la machine comme pour se débarrasser de sa présence, Pierre s'immobilisa comme repris par la conscience de la réalité, bredouilla d'un air las, sur un ton résigné :

« Excuse-moi, je suis nerveux... »

Et véritablement résigné envers son double, la peur qui l'habitait, il retourna dans son bureau et s'assit devant sa table en regardant fixement l'aiguille de l'horloge avançant lentement, imperceptiblement vers le second et terrible signal quotidien : 6 heures.

Moins cinq et déjà il percevait les bruits de pas se précipitant comme dans une ronde de danse vers les paliers et les étages, les ascenseurs, le grincement

des câbles par instants, moins cinq, quelques murmures de voix féminines, voix soulagées, presque
enthousiastes qui en quittant ces lieux semblaient
quitter leur ennui et leur vide, des appels et des rires
aussi puis, peu à peu et déjà moins deux minutes, le
silence...

Le silence... Pierre tira la feuille de sa machine à
écrire, la jeta dans la corbeille, ferma à clé son tiroir,
glissa la clé dans la poche de son pantalon, se dirigea vers l'armoire où chaque matin il accrochait son
manteau et où chaque soir, il le reprenait... Il ferma
la porte derrière lui sans la claquer, déjà il savait que
la colère ne lui servait plus et traversa le couloir
jaune où les dernières secrétaires se pressaient avec
leur sac à main et leurs interrogations intérieures qui
quelquefois leur échappaient : « Qu'est-ce que je vais
leur faire à dîner ce soir ? » « Mon Dieu, je vais rater
mon train ! » « Pourvu que ma petite Marie n'ait pas
attrapé froid, par un temps pareil, la petite chérie qui
est si fragile ! » Pierre marchait droit devant lui, les
yeux fixes, comme évitant volontairement le spectacle de leur inverse dangereux croyait-il pour son
ennemie quotidienne, il salua d'un « bonsoir » vague
une femme, bureau n° 324, Mme Blanc ; elle s'occu-
pait des statistiques et des opérations boursières...

Mais déjà, un brouillard se formait autour de lui,
ce brouillard trouble et gris à l'odeur de lassitude et
de dégoût. Ce brouillard voilait la réalité, l'effaçait,
l'estompait, l'empêchant de percevoir les choses et
les gens comme il les percevait vers 8 heures du
matin, les choses et les gens semblaient disparaître
vers une zone d'ombre, lointaine, inconnue et hors
d'approche.

Le feu

Ça paraît si simple de découvrir, peut-être redé-couvrir le plaisir de marcher, de regarder les feuilles des arbres aux nervures si parfaites qu'on s'amusait à dessiner avant, bien avant, je ne sais plus le temps, sentir le soleil et le vent jouer avec soi et les feuilles mortes sous les pieds, respirer pour une première fois un champignon strié de noir égaré au milieu du lichen, apercevoir un écureuil courir sur une branche et sursauter au coup de feu d'un chasseur invisible qu'on imagine souriant de cruauté devant le sang coulant du corps de l'animal mort... Si simple et pourtant difficile à décrire, à écrire et à dire comme s'il fallait aussi réinventer les mots d'avec cette vie qui s'ouvre là-bas, très loin peut-être mais il ne paraît plus si épuisant ni inutile de marcher, cette vie, une forme blanche, floue et noueuse où l'on peut mêler les secrets et les peurs, les joies et aussi cette tristesse silencieuse puis les colorer sur la palette de ses espoirs insensés d'inconnu et d'irréel. Imaginer, inventer, réinventer et puis croire, avec un sourire amusé au coin des lèvres qu'un coup de baguette magique va nous livrer ce rêve entre les mains, là, juste au creux de vos mains qui se frottent l'une contre l'autre pour trouver une chaleur nou-velle. La forme blanche soudain s'allonge, deux auréoles s'en échappent et déjà se dessine le visage du saint à la limite de l'horizon, à l'endroit exact d'où les cercles blancs prennent leur élan, et ce sont les flammes du feu de bois qui hier encore caressait mes jambes et mes bras, mon visage et mes mains.

Avenir

Un oiseau frappe contre la vitre, il aimerait bien un refuge contre la pluie qui bat et rebat comme un cœur en révolte, en colère et peut-être de haine, mais je n'ouvrirai pas la fenêtre pour toi, oiseau-corbeau, j'ai encore un rêve à vivre et une vie à construire, un passé à revivre, un avenir à bâtir.

Un ami

Souvent on dit comme si c'était la chose la plus précieuse au monde, la chose qu'on ne peut acheter, la chose qu'on ne peut échanger et qu'on ne peut pas vendre, souvent on dit : « Je voudrais un ami. »

Un ami qui puisse tout entendre, tout comprendre, un ami qui puisse accepter même ce que je n'accepte pas en moi, un ami qui puisse devenir l'ombre de mes rêves, l'ombre de ma tendresse et aussi parfois l'ombre de mes tristesses, et je pourrais lui raconter, lui raconter mes histoires mais toutes mes histoires et même de ces histoires en noir et cruelles qu'on n'ose même pas se murmurer tout bas à soi-même parce qu'elles font tellement mal lorsqu'on est tout seul, solitaire avec la blessure qu'elles ouvrent à l'intérieur de vous.

Souvent on dit je voudrais un ami comme on dit je voudrais la vie.

Souvent on dit, je voudrais un ami et je lui dédierai ces non-poèmes, non-promesses, non-serments qu'on écrit avec le cœur et que....................................

La rivière

Le soleil joue avec moi, apparaît, disparaît, me murmure sa douceur, sa tendresse puis va se cacher dans le bois, là-bas, là-bas si près et je vais vers lui, par cette route qui serpente au milieu des champs, je vais vers lui et vers la lumière de son espoir, vers le lièvre qui court se tapir derrière un buisson, vers le chemin qui traverse la rivière où m'attendent les premières fleurs, bannies, vers la prairie à l'entrée du bois qui ouvre ses mille pétales blancs pour les animaux venant se rejoindre dans la douceur de son refuge, vers l'été qui meurt et l'automne qui renaît, l'œuf qui éclôt et le cadavre de sa mère.

Je marche sans pesanteur, comme enfin délivrée du temps mais l'odeur de la terre humide comme celle d'un feu vivant la veille, aujourd'hui mort et le frisson de froid qui parcourt mon corps, me disent, eux que ce corps est vivant, oui, je suis vivante, vie, je suis en vie.

La rivière se rapproche, ou est-ce moi qui m'approche, elle s'offre dans sa nudité tranquille, au milieu des roseaux, elle coule, paisible et rien ne semble pouvoir l'arrêter, non, rien ne l'arrête dans sa marche vers un ailleurs inconnu, que j'imagine puis préfère laisser à son mystère. Là-bas, après le pont, la forêt, elle m'attend, je l'appelle, elle avance et peut-être vais-je enfin, moi aussi, venir à elle.

La pluie

Saint-Preux, je connais, reconnais, la flûte disparaît, le violon réapparaît et la pluie continue de frapper les vitres, le toit, elle m'entoure, me fais-tu prisonnière ? Mais ses coups irréguliers, imperturbables seuls répondent sur le chant pleuré du violon qui m'entraîne... m'entraîne... Je connais-reconnais si bien cet air, combien de fois l'ai-je entendu-réentendu, chanté, sans jamais me lasser, aujourd'hui encore j'ai l'impression de le redécouvrir... Ou est-ce moi qui n'entends, ne ressens plus pareil, est-ce moi qui ai oublié, dont la mémoire n'enregistre plus que l'apparence mais ne se retrouve plus à travers moi-même, personne, est-ce moi, moi, qui suis moi, réponds-moi et aide-moi mais n'es-tu pas là, peut-être d'ailleurs n'as-tu jamais été là, vraiment là...

La voix

Tout est si calme, paisible. Seule la pluie trouble le silence comme la voix insaisie que je sais quelque part dans cette pièce mais dont je ne parviens pas à m'emparer pour la faire courir dans ma mémoire et mon présent. Parce que je veux me souvenir, parce que je crains trop de me souvenir, je deviens seul instantané, une image, cette cheminée où le feu est mort sur des cendres qui elles murmurent encore.

Et j'ai allumé la radio, une voix dont la seule chaleur m'est présente mais dont les paroles m'échappent et se dérobent... Moi, cette fille, inconnue, est ailleurs et je ne peux me situer, elle traverse des paysages creusés de plaines, entourés de forêts où il serait si facile, si tentant de se perdre pour ne plus revenir vers la route, sur la route qui la ramènerait là où elle est née, là où elle est morte, et là où gît, cadavre fourmillant et gluant, cadavre immonde, la justice et l'injustice de la vie, de la mort et l'espoir cruel parce qu'incertain d'une renaissance.

Un chat, à l'unisson du silence, si calme, s'endort

sur une peau de fourrure aux mystères noirs et blancs, une patte repliée sous son corps, l'autre étendue devant lui, ses longs yeux secrets refermés sur d'invisibles rêveries, que rêve un chat dans la chaleur et la tendresse de sa présence, c'est toujours si présent en soi-même, un chat, parce qu'il sait se vivre, parce qu'il sait s'aimer... Et s'il vient se blottir contre moi, pour une caresse, pour une tendresse, c'est toujours si triste de sentir qu'il m'accepte parce qu'il s'est, depuis longtemps, si longtemps déjà, mis à l'abri du geste de violence, comme un regret que parfois je pourrai seul lui offrir.

Le cri

Un plafond blanc... Un carré, deux carrés... et il faut revenir au début de la rangée suivante, un carré, deux carrés et ainsi de suite jusqu'à ce que la drogue, enfin ou déjà, s'échappe de mon corps...

« Madame Fontaine, allons, ne bougez pas, un peu de patience voyons. »

Elle parle à une morte, elle parle à un corps étendu sur un lit blanc, il n'a pas de conscience, il n'a même plus l'aspect humain avec tous ces tuyaux qui le traversent de part en part, on le dirait à l'abattoir et encore, l'abattoir serait pour lui un heureux sort auprès de ces tuyaux, de ces machines qui le conservent en vie-non-vie malgré lui... Et moi, moi aussi, c'est pour moi aussi ces tuyaux, ces machines, ces piqûres pour vous retenir au bord de la falaise alors que le vide et la mer en bas vous fascinent, pour moi, c'est pour moi aussi cet interdit, ce « scandale » dont on vous accuse d'être l'auteur mais « auteur » est un terme trop élogieux, assassin, on vous appelle assassin. Assassin, attaché sur un lit, piégé comme un rat, ah, dérisoire, quatre carrés sur le plafond

blanc et on revient à la rangée suivante tandis que
Mme Fontaine replonge dans son coma et que l'infir-
mière sort de la cage de verre... Une cage de verre.
Comme pour les singes au zoo.

Mais pourquoi suis-je ici, je n'ai tué personne. Non
absolument personne Monsieur le Juge, même pas
moi, voyez vous-même. Mais vous rendez-vous
compte de votre insouciance Mademoiselle, vous
estimez donc que les dévoués médecins qui en ce
moment même se mettent en quatre pour vous n'ont
déjà pas assez de travail comme ça pour... Oh, ça va
Monsieur le Juge, je connais la chanson. Ah, pas
d'impertinence s'il vous plaît, vous êtes en mauvaise
posture pour ça, vraiment, vous êtes mal placée.

Evidemment. Mal placée mais bien attachée, ça, je
peux vous le certifier. Sous serment. Vous le signe-
rez et contresignerez avec garantie à l'appui valable
pour dix ans, remboursement assuré. Mais si vous
croyez que ça va m'empêcher de recommencer dès
que vous aurez délié les liens. Bien sûr, je sais, vous
pouvez toujours me garder attachée pour la vie.
Seulement réfléchissez Monsieur le Juge, que ferez-
vous de moi. Je serai plutôt encombrante. Des expé-
riences ? Ah oui, je vois. Mais entre nous, tout à fait
confidentiellement, vous pourriez trouver mieux,
vous ne croyez pas. Vous voyez bien.

Non, ce n'est pas ça la révolte étouffée et la haine
des autres, du monde entier et puis aussi la haine de
soi, non, ce n'est pas cela du tout, c'est un cri, seulement vous ne pouvez même pas crier avec tous ces
tuyaux dans le nez, et dans la gorge, vous ne pouvez
qu'attendre le moment où ils vont vous détacher
pour pouvoir enfin les arracher, ces sales tuyaux où
coule une vie de produit chimique, glucose, formule..., voilà, c'est tout ce qu'il reste d'une vie au
bout du compte, non, même pas, je n'ai même pas
la chance d'être au bout du compte. Salauds !

Lâches !

Non, réalistes. Puisque je ne fais rien de ma vie, ma

vie ne vaut rien, ne valant rien, elle est officiellement déclarée par le gouvernement inutile et improductrice, en conséquence, la commission d'enquête a décidé à l'unanimité de détruire cet encombrant ramassis.

Soleil

Le soleil caresse ma main, je souris, parce qu'il fait beau, et parce qu'aujourd'hui, tout recommence.

Un instant encore je regarde le soleil s'étendre sur le lit, et le sol, et mes mains, et mes bras, et mon corps puis je me lève, tant de choses m'attendent, tant de choses m'appellent et je voudrais répondre à toutes mais répondre bien, répondre en pesant mes mots, répondre de telle façon qu'en me couchant ce soir je puisse me dire : « J'ai réussi aujourd'hui, il n'y a pas de raison que je ne réussisse pas demain » et que demain, après-demain, les jours à venir, le mois prochain, l'année nouvelle, l'avenir-vie soient illuminés de ce soleil attentif et tendre.

Demain

Le soleil est revenu mais aujourd'hui me semble triste. Non, aujourd'hui me semble révolté, d'une révolte qui s'étouffe d'elle-même parce que c'est moi qui suis révoltée contre moi. Je voudrais, devrais me faire violence. Je voudrais, aimerais une vie réglée, organisée, enfin, je veux dire une vie qui ne me laisserait pas une seule minute de repos, une vie où je me dirais sans cesse : « Si les journées pouvaient être plus longues. »

Oui, je pourrais, si seulement je parvenais à être attentive, à me passionner, mais vraiment me passionner pour tout ce qui m'entoure, un livre, une allée à désherber aussi bien que pour une balade ou un pull à laver, mais quelque chose en moi ne va pas, qui m'accapare, je ne sais quoi...

J'aimerais être consolée de ce jour sans lumière, j'aimerais que quelqu'un vienne et me parle comme si j'avais 10 ans, comme si j'avais 5 ans et me dise qu'à partir de demain, effort après effort, les choses vont s'arranger et que je vais enfin pouvoir devenir la fille que je veux être et atteindre la vie que j'aimerais vivre, et alors, peut-être m'endormirai-je ce soir sans rides sur mon front et sans larmes au cœur. Alors, peut-être demain me réveillerai-je avec un sourire aux yeux et une force nouvelle, une croyance nouvelle... Mais il n'y a personne, et il faut que je cherche ce quelqu'un en moi car cette volonté que j'aimerais posséder, moi seule peut la trouver, personne ne peut me l'offrir, elle ne serait plus alors véritable...

Non, ce n'est pas du tout ce que je voulais écrire. Je voulais écrire, décrire la campagne. Les jours où des lueurs d'espoir apparaissent, me caressent. La route et au bout le soleil. Ce que je crois impossible aujourd'hui parce qu'aujourd'hui, moi ne m'aime pas.

Le lien

Je cherche un lien dans mes pensées décousues...

Par la fenêtre, les branches du noyer où je guette l'écureuil sauvage, farouche que j'ai vu tout à l'heure mais il ne revient pas et dans l'attente, je cherche le lien, seulement tout est si flou, tout semble si loin de moi comme si je ne pouvais saisir les choses que de l'extérieur... Comme si j'étais un mur en face des choses, non, une simple caméra...

Une simple caméra.

Non, non, je ne veux pas l'être. Le rester. C'est comme être entourée d'un mur de pierre où seul votre regard ne serait pas muré. Oui, je vois l'arbre, très bien, mais la sensation, le souvenir, le rêve se heurtent au mur de pierre. Je vois, c'est tout. C'est-à-dire rien.

Par exemple, il pleut. Par exemple, j'entends une voix stéréotypée s'élever de la radio. Par exemple, il fait froid. Par exemple, je pense qu'il faut désherber le jardin et que j'ai deux vestes de laine et un pull à laver. Que je ne peux pas aller me promener parce qu'il pleut. Et c'est peut-être mieux parce que je suis en train de chercher le lien. Si j'allais me promener, je me mettrais à rêvasser. Ennuyeux et ennuyant parce que l'on ne sait jamais où l'on est. Un temps d'absence, un temps de vide, un temps de mort qui vous a fait prisonnière. De vous-même.

Et puis, j'ai aussi la cuisine à ranger. Une confiture de prunes à faire. Bon, c'est idiot tout cela. Cela non plus ne mène à rien.

Mais si, cela me mène tout simplement à ne pas rester toute une journée devant un mur blanc, à l'intérieur d'un autre mur, cela me mène à bouger et courir dans la maison, à savoir qu'une pointe de satisfaction peut me traverser en faisant une chose aussi simple (bête ?) que de balayer et que je peux me sentir apaisée après avoir fait le ménage dans une pièce, que je peux alors m'asseoir dans un fauteuil avec une cigarette et un café sans ce vague malaise diffus qui peu à peu m'envahit, me ronge, me détruit, me fait rester des heures, si lourdes, si pesantes à chercher... chercher... de quoi l'on pourrait m'accuser, me blâmer, me juger... Et enfin, me condamner.

Bon, idiot tout ça. C'est autre chose que je voudrais dire. Mais avant, ça m'amuse de raconter d'autres choses aussi bêtes (?). Non, bientôt, si je continue, tout, autour de moi, va devenir bêeee... te.

Bon, je vais laver mes pulls pour m'assurer, ou me défaire, de la stupidité en question.

Le pendu

Je cours sur une route déserte, une corde à la main, vite, plus vite, toujours plus vite, il faut que j'atteigne la forêt là-bas, il faut que je me cache, entre les arbres, derrière les feuilles. Sous la pluie, personne ne m'a vue sortir de la maison, non, et personne ne m'a vue prendre la route puis le sentier où maintenant je cours, vite, toujours plus vite, à la recherche d'un grand, très grand et très vieux chêne, très vieux car avec sa sagesse, il saura me dire comment faire, il saura me dire...

Vide, temps de vide, la corde se balance au bout de mon bras...

Flash...

La corde attachée à la branche de l'arbre, je grimpe sur cette branche, je serre le nœud, je me pends par les deux bras à la corde pour vérifier qu'elle est assez solide, oui, alors je reviens sur la branche, je me tords dans tous les sens et...

Sa langue sortait de sa bouche, violette, presque noire. Et pour seul témoin, un écureuil qui regardait, sans comprendre.

Le mur

Jeudi. Il pleut. Une peur. Diffuse. Une maison. Volets fermés. Un chat. Il miaule. Une route. Elle s'élance. Où vas-tu ? Nulle part. Que veux-tu ? Rien.

Froid. Il n'y a pas de feu.

J'ai marché, marché des heures à ma recherche avec pour tout signalement celui d'une fille vêtue d'un jean noir et d'un pull rose, je l'ai cherchée sur toutes les routes qu'elle a l'habitude de prendre mais je ne l'ai pas trouvée, elle devait s'être bien cachée, trop bien, si bien que personne ne pouvait la retrouver car si moi-même ne le peut pas, personne... Non, personne.

Froid. J'ai froid. Il faudrait allumer un chauffage. Ou me préparer un café. Bouillant. Je le boirai devant la cheminée, devant un feu de bois, tendre et chaleureux, et un chat viendra se blottir sur mes genoux, je ne serai alors plus tout à fait seule mais toujours silencieuse, oui, j'aime être silence.

Où vas-tu, que veux-tu ? Rien, je marche simplement sur la route à la recherche d'un abri puisque je veux me cacher, me tapir, disparaître et personne, non, personne, même pas moi ne pourra jamais me retrouver... Car moi ne suis qu'une fille vêtue d'un jean noir et d'un pull rose mais moi cherche une autre, différente, qui a changé de vie et même de visage, on ne la reconnaît pas, on ne peut se douter de ce qu'elle était avant ni même de ce qu'elle est désormais parce que mystérieuse et secrète, elle ne laisse jamais rien voir d'elle-même. Des yeux à demi fermés, mais à demi seulement sinon personne n'aurait envie de la connaître, reconnaître.

Passé, présent-avenir, deux filles se cherchent mais jamais ne se trouvent et c'est peut-être mieux lorsque les souvenirs vous enfoncent dans ce mépris de soi malgré tout mêlé d'indulgence où vous ne savez plus s'il faut repousser et hurler ou bien compatir...

Hier avant de m'endormir, j'ai rêvé, non, imaginé et rêvassé qu'on la retrouvait morte sur le chemin forestier qui...

Parce que la mort, on l'imagine oubli total et absence idéale, repos et paix, et quant à la lâcheté, on l'appelle réalisme...

Tu disais, elle disait...

Non, je disais...

Je ne sais plus ce que je disais, rien sans doute.

Le café. Non, je viens d'en boire une tasse, je vais avoir la nausée. Entre café et cigarettes et puis le froid. Les images et les rêves, les espoirs et cauchemars, je voudrais, voudrais enfin ne plus penser.

Un mur ?

Non, pas un mur mais que les choses passent devant mes regards sans éveiller cette peur, peur, peur de quoi, je ne sais pas, cette peur diffuse dont on ne peut que vaguement deviner la cause et contre laquelle on peut parfois lutter mais seulement, peut-être, en s'aveuglant...

J'ai allumé un chauffage mais j'ai encore froid. J'ai bu un café, bouillant mais j'ai toujours froid. Alors, c'est peut-être le feu que j'ai oublié.

Asile

Une rue déserte, je cours...

Des blocs d'immeuble se dressent des deux côtés de la rue, je cours, derrière moi les édifices ricanants referment le chemin et l'issue, sur mes côtés ils se penchent, devant moi ils avancent... Crier mais crier pour qui, la ville est déserte, cette ville d'enfer où je suis seule avec cette peur, devant cette peur de ne pouvoir briser la façade miroir qui m'éblouit, peur d'être à perpétuité d'une vie non-vie en vie par le seul pouvoir de cette angoisse qui se dresse et s'avance, menace et ricane... Mon visage et mes mains, mon visage et mes mains désormais prisonniers, emprisonnés derrière l'une de ces fenêtres sans transparence et sans espoir, prisonniers, emprisonnés, classés et répertoriés par ordre psychédélique entre des milliers d'autres. Mais quels autres, je ne peux imaginer que quelqu'un soit déjà passé par là... Un hurlement soudain, venu de loin, loin sans notion de temps ni de distance mais seulement de souffrance et ce hurlement résonne, il me fait peur et je cours plus vite, mais les blocs désormais se distendent et tels des halos de fumée se dispersent, tranquilles, paisibles... Agitent-ils leur drapeau blanc ? Non, ce n'est qu'une ruse, il faut courir, je dois courir, toujours, leur échapper, et revenir... Revenir vers la maison, dans la maison où les façades miroir étaient de bois et de feuilles mortes, de branches et d'écorces, où les cris étaient des cris pour soi et la violence n'existait que pour être contenue, reconnue. Mais ce monde-là existe-t-il ou n'est-ce qu'un rêve si parfaitement organisé que je l'ai cru vie... S'il n'existe pas...

J'ai peur... je cours.

S'il n'existe pas, je suis dans un studio-cellule, rectangulaire, je m'en souviens très bien, et les murs sont légèrement jaunis et fissurés, des plaques de plâtre parfois en tombent et se brisent en poussière sur la moquette tachée, brûlée, les cendriers sont toujours pleins, le clavier toujours muet, ma voix à vie brisée, l'horizon n'est que cette fenêtre aux vitres sales qui donne sur la rue étroite dont les façades d'immeuble menacent en ricanant de ma détresse, si je veux du café, c'est dans un verre sale que je le bois car j'ai cassé les tasses et tous les bols que j'avais, et pour lumière, pour seule lumière une ampoule électrique nue car j'ai peur d'aller chercher, d'aller choisir au milieu de la foule et du monde un abat-jour pour voiler cet éclairage cru et sinistre... Et l'argent de cet abat-jour, l'argent, en cachets bruns, en cachets bleus, en oublis et absences, disparition, idéalisation.

S'il n'existe pas, tous les jours sont devant moi définis de chance ou de malchance uniquement par rapport aux trente francs que j'ai ou n'ai pas, s'il n'existe pas, le monde n'est que rues avec ou sans pharmacies et vendeurs méfiants ou désinvoltes, s'il n'existe pas, l'avenir-la-vie se rétrécit au cercle des flics et psychiatres, hôpitaux et cliniques, enfin asiles, s'il n'existe pas, je dessine sur ma feuille de papier Canson une cellule au mur blanc et fenêtre grillagée dont la table et le lit sont scellés au sol et sur ce lit une forme floue, indéfinie, sans vie ni substance, une forme recroquevillée qui ressemble de loin à un corps, à mon corps, les mains au creux des jambes et le visage penché vers un rêve inexistant.

S'il n'existe pas, les jeans sont toujours sales et toujours noirs, le drame toujours rire et stupide, le mépris seul échange entre moi et les autres, l'isolement seule manière de vivre, non-vivre, détruire, le seul plaisir-souffrance des cachets bruns, bleus ou jaunes se substituant à tout, vie, sensation, mémoire, mouvement, nourrir, aimer, haïr.

Oui, s'il n'existe pas, je veux dire s'il n'a jamais existé, si je n'ai rien fait que rêver, alors le présent, mon présent est toujours celui-là. Le même.

Et le cauchemar reprend, les fumées blanches se teignent de mauve puis de gris, enfin de noir et je cours, je cours toujours, en toussant, m'étouffant, je veux parler, dire les mots mais je ne perçois qu'un bredouillement ivre mort de fille-ivrogne, de fille droguée, de fille non-vie dont la seule vie est de rechercher jour après jour ses cachets bruns, ses cachets bleus, sa destruction ou plutôt sa dégradation, je cours mais je cours dans un rêve car mes jambes déjà se sont dérobées et me font vaciller, je n'ai plus de corps, mon corps n'est qu'une forme sans substance, bredouillante, vacillante, ivre morte et mon regard, ma pensée, mon langage eux aussi sont entraînés dans ce trou noir, sans fond où l'inexistence est seule maîtresse. Ils ne veulent plus rien dire et ne représentent plus rien, même pas l'espoir d'une autre issue, d'une autre vie.

Je tousse, je crie mais je crie sans cri, agenouillée sur le trottoir gris et souillé de détresse entêtée de cette ville-enfer qu'un jour j'ai regardée de loin avec mépris, qu'un autre jour, j'ai détaillée en la craignant, qu'un autre jour encore j'ai voulu approcher et où une nuit enfin, je suis entrée... Pour apprendre que chaque jour était la nuit et que chaque lumière naissait de mes espoirs brûlés... Mes espoirs, désormais, sinistre et cynique foyer d'où s'élève cette fumée blanche puis mauve et grise qui m'étouffe et m'asphyxie alors que je cours entre ces façades d'apparat, que je cours agenouillée sur le sol et que je cours en hurlant d'un cri qui ne peut résonner que contre les parois intérieures d'un corps, de mon corps non-corps.

Le chat

Le temps est gris mais rien n'est triste. Non, et rien ne peut être triste dans la maison silencieuse. Silencieuse, apaisée, apaisante. Libre, liberté, je joue avec les mots pour trouver le mot exact mais en vérité, peu m'importe le mot, seule la sensation, un soulagement, un clin d'œil de l'espoir, une flèche de détermination, seule cette sensation qui enfin ne m'apparaît plus dans l'aura trouble d'un rêve impossible me relie à la vie, et au monde et à moi.

Le temps est gris mais rien n'est triste, et rien ne peut plus être triste, désormais, aujourd'hui, à la nuit d'aujourd'hui depuis longtemps déjà tombée sur la maison et sur mes yeux. Pour seule lumière, le feu, qui chuchote encore, qui chuchote et me chuchote toujours ses paroles apaisées, inventées, de ce langage inclassable et non-répertorié que le monde là-bas appellera barbare et que moi j'appelle amour.

Entre mes mains, un livre que je lis à voix basse et sur mes genoux, un chat qui ronronne, apaisé de l'angoisse apaisée en donnant des coups de tête et mordillant mes doigts comme pour me dire : « N'oublie pas que je suis là. » Non, je ne l'oublie pas, et je ne t'oublie pas, je te donne même des caresses... Mais exclusif et jaloux, possessif, tu poses résolument ta patte sur les lignes de mon livre pour m'empêcher de détourner mon regard de ton regard, complices.

Raconte

Sur le sentier, cachée derrière un buisson de ronces, la boule de fourrure m'observe avec une sorte de méfiance craintive, j'aimerais qu'elle vienne vers moi, me reconnaisse et se blottisse entre mes bras, pour rester là, à l'abri, comme si je pouvais la protéger.

Mais elle ne vient pas, elle ne s'approche pas et je passe mon chemin mais tu pourrais me suivre tu sais, tu pourrais même me raconter des histoires en chemin, comment on vit dans ta forêt et comment tu fais ton nid d'hiver, si les chasseurs t'ennuient et te tendent des pièges, comment tu les évites, te détournes, les confonds... Et moi, je te parlerais d'une ville que j'ai connue, il y a bien longtemps déjà comme disent les vieillards dans les contes et légendes... Que je ne connais pas. Mais pour toi, je pourrais en inventer, pour toi, je pourrais...

Flash

Un homme apparaît sur la terrasse de la maison d'en face puis disparaît. Mais en moins de temps qu'il n'en faut pour l'écrire, il revient et regarde les branches du noyer.

Je voudrais le silence, et le calme mais aussi la violence parfois, de cette violence intérieure, violence d'une émotion, d'un souvenir.

La maison est fermée sur elle-même, lieu clos, protégé, à l'abri où les journées s'avancent comme la patte du chat qui vient jouer avec moi. Elles sont peut-être l'image du paysage qui s'étend par-delà le mur du jardin, une route et des ronces, le soleil mais le froid. Des journées que ne s'annoncent pas, des journées qui semblent entre mes mains fragiles, si fragiles que j'imagine avec malaise, peut-être peur, enfin terreur leur cri de détresse si mes doigts soudain relâchaient leur étreinte pour qu'elles se brisent sur le sol en un éclat, un flash.

Ombre

Ce matin, un rayon de soleil m'a réveillée en me caressant la main puis le bras, il était doux et chaud, non pas sensuel mais simplement paisible comme le rêve qui venait de s'enfuir et j'ai eu l'impression qu'il me protégeait, qu'il était là pour me dire qu'aujourd'hui serait une journée sans fard d'illusion ni maquillage d'optique et que toutes ses venues, revenues me garderaient à l'abri de cette ombre qui parfois s'étend le long de ma main, de mon bras et se répand à mes pieds puis s'allonge et se dresse jusqu'à m'entourer d'un mur noir où mes regards se heurtent, silencieux.

NOTICE BIOGRAPHIQUE

Valérie (Valère) Samama est née la veille du jour des morts, le 1er novembre 1961.

Le 18 décembre 1982, à 21 ans, elle ne se réveillera pas.

Elle aurait 30 ans. Voilà dix ans qu'elle a disparu.

Signe du Scorpion.

Enfance au sein d'une famille bourgeoise ; d'origine tunisienne ; un père ingénieur absent et une mère dont elle se sent mal aimée ; un frère, Eric, aujourd'hui psychanalyste renommé.

1975. Valérie est anorexique, on la traîne de médecin en médecin. On l'interne pendant quatre mois dans un hôpital psychiatrique. Elle a 14 ans. Ce sera le thème du *Pavillon des enfants fous*.

1975-1977. Sortie de l'hôpital et poursuivant ses études, Valérie va traverser le pont entre le réel et l'imaginaire. Elle a tout d'abord choisi le métier de funambule avec l'école du cirque d'Annie Fratellini (*La Passerelle des rêves*, roman inédit) puis la danse.

Elle fait ensuite du théâtre et tourne dans *Pierrette* de Balzac, puis avec Jeanne Moreau dans *Lulu* de Maeterlinck.

Revenue à sa solitude elle dessine des formes abstraites, vagabonde dans les rues et commence à noter au fil des jours sur ses carnets.

1977. Sa mère étant absente elle commence à écrire. Elle a 16 ans. Deux ans après son internement, elle rédige en moins d'un mois *Le Pavillon des enfants fous*.

1978. Cet ouvrage paraît chez Stock, le 9 novembre 1978. Valérie passe à *Apostrophes*, le 27 avril 1979 (pendant que *Pierrette* est diffusée sur une autre chaîne). Du jour au lendemain elle devient célèbre alors qu'elle est toujours au lycée.

Désormais Valérie ne cessera plus d'écrire. Elle achète un studio, rue de Buci.

1979. *Malika*, le premier roman de Valérie, sort chez Stock. C'est l'histoire de ses 10 ans, de la passion de Malika pour Wilfried, unis par un amour fatal.

1979-1980. Elle écrit *Obsession blanche*, publié chez Stock, en 1981. L'histoire d'un écrivain rêvant qu'il écrit, qu'il va devenir l'auteur du siècle. « Ce qu'on fait faire à ses personnages on ne le fera jamais. On sait ce qui va arriver. On sait la fin de l'histoire : la page blanche qui ronge comme le cancer. »

1978 à 1981. Elle laisse des milliers de pages dactylographiées dont *La Passerelle des rêves* : avril-juillet 1978 (à paraître) ; *Station D* : août 1978-janvier 1979 (à paraître) ; *Laisse pleurer la pluie sur tes yeux* (Plon, 1987).

Fin 1980. Elle retourne chez sa mère.

1981. Elle a une crise de dépression, se drogue. Elle sent que la mort est la seule issue mais écrit *Magnificia Love* et vit à la campagne. Son état s'aggrave. Elle écrit *Vera* et meurt. Elle a oublié de vivre.

1987. Publication chez Plon de *Laisse pleurer la pluie sur tes yeux* puis, chez Perrin, de *Valérie Valère* par Isabelle Clerc.

1992. Publication chez Christian de Bartillat de trois volumes inédits.

Christian de Bartillat a été le seul éditeur de Valérie : chez Stock, puis chez Plon, puis « chez lui ». Il a toujours reconnu Valérie comme un grand écrivain de notre temps, à laquelle beaucoup de jeunes se sont largement identifiés.

Table

Du même auteur :

PAVILLON DES ENFANTS FOUS, Stock, 1978.

MALIKA, Stock, 1979.

OBSESSION BLANCHE, Stock, 1981.

LAISSE PLEURER LA PLUIE SUR TES YEUX, Plon, 1987.

LA STATION DES DÉSESPÉRÉS OU LES COULEURS DE LA
    MORT, Christian de Bartillat, 1992.

Composition réalisée par JOUVE

IMPRIMÉ EN FRANCE PAR BRODARD ET TAUPIN
Usine de La Flèche (Sarthe)
LIBRAIRIE GÉNÉRALE FRANÇAISE - 43, quai de Grenelle - 75015 Paris.

ISBN : 2 - 253 - 14373 - 1   ◈ 31/4373/2